子香

자향 1

펴낸날 | 2003년 12월 10일 초판 1쇄

지은이 | 백우영
펴낸이 | 이태권
펴낸곳 | 소담출판사
　　　　서울시 성북구 성북동 178-2 (우)136-020
　　　　전화 | 745-8566~7 팩스 | 747-3238
　　　　e-mail | sodam@dreamsodam.co.kr
　　　　홈페이지 | www.dreamsodam.co.kr
　　　　등록번호 | 제2-42호(1979년 11월 14일)

ISBN 89-7381-782-5 04810
ISBN 89-7381-787-6 04810 (전5권)
● 책 가격은 뒤표지에 있습니다.

<이 소설은 삼성언론재단의 저술지원을 받은 책입니다.>

백우영 장편역사소설

제1권 도망녀와 악귀

소담출판사

자향 1
도망녀와 악귀

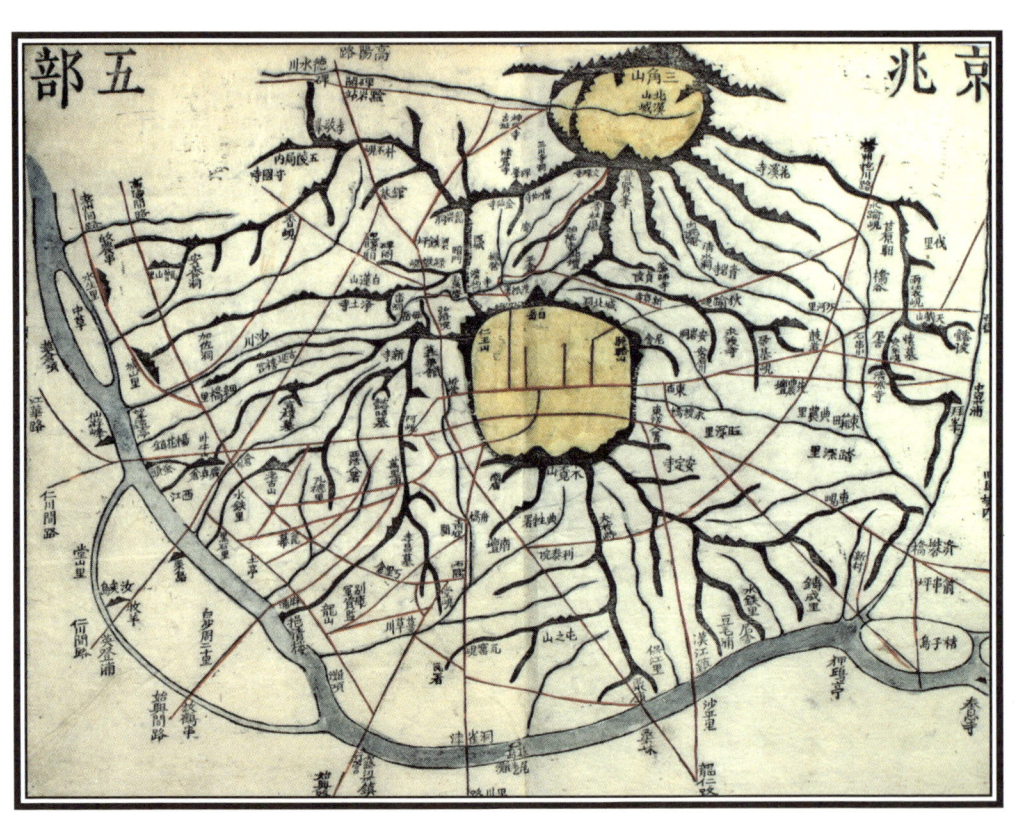

京兆五部圖. 金正浩, 1861年.

보물 제850호. 성신여자대학교박물관 소장

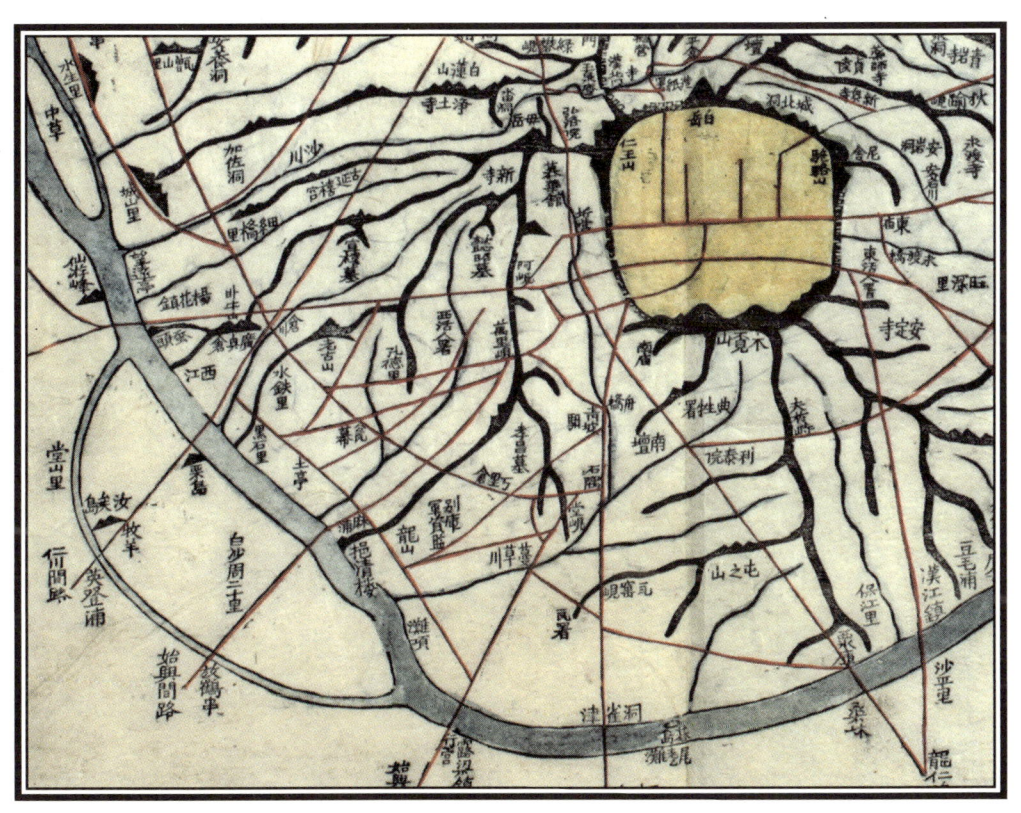

京兆五部圖 部分
소설의 주요 무대인 노고산~서상~도정··미포~서빙고~보강리 일대

프롤로그_나비의 비상

배추흰나비는 날았다. 맑고 시원한 대기 속을 처음으로 날았다. 하얀 날개를 맘껏 힘차게 퍼덕였다. 공기를 가르고 창공을 향하여 높이 올랐다.

세상이 한눈에 들어왔다. 아름다웠다. 그것은 환상의 세계였다. 흰나비는 차탄하였다. 아, 찬란한 세상, 아름다운 세계, 한없이 날고 싶다!

세찬 바람이 불어왔다. 높은 봉우리에서 날아오는 바람은 너무 셌다. 흰나비는 기우뚱하였다. 처음 비상하는 나비에겐 감당하기 어려운 바람이었다. 바람에 날리는 흰나비는 날갯죽지를 너풀대며 표류하였다.

꽃밭에 있던 나비들이 그런 흰나비를 보았다. 갓 태어난 흰나비가 바람에 허우적대고 있었다.

오마나, 아기 나비가 떨어진다. 바람이 너무 세다. 구해줘야겠다! 아기 흰나비를 구하자!

꽃밭의 나비들이 창공으로 훨훨 날아올랐다. 노랑나비 호랑나비 부전나비 줄나비 표범나비 팔랑나비 기생나비 신선나비 굴뚝나비 뿔나비. 수많은 나비들이 흰나비를 둘러싸고 날았다. 자신들의 연약한 몸체로 바람을 막았다. 바람을 이겼다.

아기 흰나비는 늠름하게 날 수 있었다. 나비 무리는 그렇게 강 위를 훨

휠 날아갔다.

  꽃밭의 아기는 나비 무리를 보았다. 아기는 고사리 손으로 나비들을 가리켰다. 나비 나비, 나비 날아간다.

  아기 엄마는 아기의 손끝을 따라 보다가 나비 무리를 보았다. 오마나, 이쁜 나비들이 날아간다. 저 많은 나비들 좀 보아. 나비가 떼지어 날아간다!

  아름다운 나비 날아간다!

1. 도피

　자향(子香)은 가슴을 떨며 안방 문지방 밖에 섰다. 집안은 난리가 난 양 어수선하였고 집안 사람들은 누구라 할 것 없이 침울함 속에 가라앉아 있었다. 아버님과 지우가 모두 잡혀가고 집안이 적몰되느니 남자는 씨를 남기지 않느니 하는 풍문이 이곳 사직동골에 파다하였다.

　자향도 사흘째 아버님을 뵙지 못하고 불안한 마음에 어젯밤 잠도 설쳤다. 그런데 여명이 트기 전에 어머님이 부르신다는 전갈이 온 것이다. 밤이 깊어도 어느 누구 하나 제대로 잠들지 못하고 긴 밤을 전전반측하고 있었다.

　"자향이냐?"

　"네, 소자 문안 올리옵니다."

　"안으로 들어오너라."

　장지문을 조용히 열고 안으로 들어서니 옷을 단정히 차려 입은 어머니 한산 이씨가 호롱불 곁에서 처연한 표정으로 앉아 계신다. 자향이 절을 하고 윗목에 다소곳이 앉아 어려운 눈빛으로 어머니를 쳐다보자,

　"네가 여기 오는 것을 언니 동생들한테 이야기하였느냐?"

　"아니옵니다. 조용히 오라 하옵기에 측간에 가는 척 가만히 왔나이다."

　"잘 했다. 내 몇 마디 할 터이니 잘 새겨들어라."

　자향은 뭔가 사태가 엄중함을 느끼고 긴장하였다. 어머님의 태도가 평소와는 판연히 달랐고 어조까지도 냉엄하였다.

　"너도 짐작은 하셨시민 집안에 한바탕 큰 풍파가 일게 되었다. 이번에는 갑자년*보다 더 처참하리라는 풍문이다. 우리 집안도 그 와중에서 벗어닐 수가 없다. 어른께서는 가시기 전에 의연히 대처해야 한다고 하시더구나.

갑자년 천오백사년 연산군 십년에 일어난 갑자사화를 일컬음.

그 말씀은 나라를 위해서는 한 가족의 죽음도 달게 받아야 한다는 뜻일 게다. 옳은 말씀이시지만, 아무리 나라를 위한다 해도 뼈대와 학문이 있는 집안이 어이 대를 끊을 수가 있겠느냐."

자향은 가슴이 철렁하였다. 대를 끊느니 어쩌니 하는 말씀이 너무 크게 가슴을 쳐왔기 때문이다. 어머니는 잠시 말을 끊고 자향을 지긋이 바라보았다. 무언가 가슴 미어지는 슬픔이 마음속 깊이 일었던 것 같았다. 어머니는 숨을 고르고는 더욱 가라앉은 목소리로 당부하듯 말하였다.

"자향아, 총기가 가장 빼어나고 글재주 있는 네가 우리 집안을 이어 다오!"

자향은 순간 망연하였다. 어머니를 똑바로 쳐다보았다. 어머니도 그를 반듯이 마주 본다. 모녀의 눈길이 마주쳤다. 자향은 무언가 알 듯하였다.

"어머님……."

너무나 천둥 같은 말씀이라 자향은 제대로 입이 떨어지지 않는다. 대를 이으라니……. 날보고 어쩌란 말이신가. 우리 집안 모두는 어찌 된다는 것일까. 너무 놀라워 말끝을 잇지 못하고 어머니만 멀그러미 쳐다보았다. 어머니 역시 그런 딸을 조용히 바라보고 있다. 모녀는 서로를 살피듯이 한동안 그렇게 마주 보았다. 이윽고 어머니가 착 가라앉은 목소리로 말하였다.

"너를 일찍 여읠 걸 그러지 못한 게 한이로다. 세상일이 이리 될지 그 누가 측량이나 하였으리. 어쩌면 우리 집 대를 네가 이어주려고 늦었는지도 모를 일이다. 자향아, 내 말을 어머니의 마지막 부탁으로 알고 준신하여다오. 여기를 나가면 방에는 돌아가지 말고 석 주사를 따라 가라. 이 집과 부모 형제와도 인자 이별이다. 너는 영리한 아이이니 이 어미가 말하는 바를 이해할 것이다. 석 주사가 너를 안배하여 조용한 곳에 가서 살게 해줄 것이다. 여기 귀금속과 약간의 돈이 있다. 너의 전재산이니라. 이것을 갖고 가라. 석 주사에게도 약간의 돈을 주었다. 대대로 우리 일족같이 살아온 사람이니 너를 잘 돌봐주리라 믿는다. 심기가 깊고 마음이 돈독한 사람이니 끝까지 믿어도 될 것이다."

"어머님, 그러면 저보다는 만득이를 보내셔야죠."

자향은 어머님이 무슨 말씀을 하는지 환히 알아들었다. 뺨으로 눈물이 주르르 흘러 내렸다. 한 사람이 살아야 한다면 자기보다는 외아들인 막내 동생 만득이어야 마땅했다. 그러나 어머니는 조용히 고개를 저었다.

"그 애는 너도 잘 알다시피 지진한 아이이다. 천자문도 제대로 떼지 못한 아이 아니냐. 한 데에 내쳐서는 살 수 없다. 차라리 아버님이 귀양 가시면 거기나 따라가는 게 나을 게다. 더구나 나는 너의 태몽을 믿고 싶구나. 나의 기대에 어긋나지 않기를 바란다."

태몽. 어머님의 태몽은 어느 날 자향이 아들 셋 딸 다섯을 데리고 당신을 찾아오는 꿈을 꾸었다고 하였다. 당신이 자향을 낳기 하루 전의 꿈이었다고 한다. 낳지도 않은 딸이 손자 손녀를 줄줄이 데불고 찾아오는 꿈을 꾸었으니 얼마나 좋으셨을까. 어머님은 늘 그 꿈 이야기를 할 때마다, 네가 낳은 아들이 어쩌면 그렇게 똑똑하고 딸들은 모두가 이뻤는지 모른다며 즐거워하곤 하셨다. 이 급박한 상황에 어머님은 그 아름다운 꿈을 잊지 않고 거기에 매달리고 계신 것이다.

더욱이나 어머니는 집안이 풍비박산되어 혈연 하나 남지 못할까 두려워하는 표정이었다. 들리는 소문에 의하면, 정암 조광조 대감이 가장 아끼며 만사를 물었다는 아버님이니 아무리 직급이 낮다 한들 온전할 리가 없을 것이었다.

"시간이 없다. 동이 트기 전에 여기를 떠나야 한다. 마지막으로 부탁하니 건강하게 잘 살아라. 세상은 험하고 무섭느니라. 아무도 함부로 믿지 말아라. 너는 이제 혼지이다. 좋은 남자 만나면 정성껏 모시고 살고 사내아이를 낳걸랑은 그분께 잘 이해시켜 성을 박씨로 이어다오. 집안엔 후사를 이을 아들이 없는 거나 마찬가지이니 그점 명심하기 바란다. 딸이라고 대를 잇지 말라는 법도 없지 않겠느냐. 언젠가 광명한 날이 오면 대를 떳

떳하게 이을 수 있을 게다. 청렴한 고령 박씨의 대가 끊어지지 않게 부탁한다!"

"어머님, 저도 어머님과 아버님을 끝까지 모시렵니다. 떠나 보내지 말아주세요. 가지 않겠습니다. 죽어도 같이 죽겠습니다!"

자향은 어머니의 치맛자락을 부여잡았다. 눈물이 하염없이 흘러 방바닥을 적셨다.

"자향아! 몸을 반듯이 해라!"

갑자기 어머니는 서릿발 같은 목소리를 내었다. 자향은 고개를 들어 어머니를 바라보았다. 차가운 시선이 그녀를 쏘아보고 있었다.

"영리한 네가 이래서 되겠느냐. 안방을 나가면 석 주사가 있다. 너의 옷가지와 일상용품은 내가 이미 챙겨 그에게 맡겨 놓았다. 그리고 나가기 전에 이 옷으로 갈아입어라."

어머니는 옆에 포개 놓았던 옷을 밀었다. 허름한 여종의 옷이었다. 하얀저고리에 검정치마였다. 자향이 어찌할 줄 몰라 미적미적하자 어머니는 엄하게 다그쳤다

"빨리! 언제 금부도사들이 들이닥칠지 모른다!"

그녀는 어쩔 수 없이 입고 있던 옷을 벗고 종옷으로 갈아입었다. 정신을 차려 어머니께 작별의 절을 올렸다. 그제서야 어머니는 약간 누그러진 어투로 당부하듯 말하였다.

"네 목숨을 살리는 게 아니라 박씨의 핏줄을 살리는 일이다. 그점 명심해라. 몸을 아끼고 굳세게 살아야 한다."

어머니의 말에 자향은 겨우 기어나오는 목소리로 인사 말씀을 올렸다.

"어머님도 보중하오시고 부디 목숨을 보존하시옵소서. 언니 아우들도 돌보아주옵소서."

"남자야 죽이더라도 여자야 죽이겠느냐. 네가 종으로 살지 않고 양민으로나마 박씨의 대를 이어준다면 내 종으로라도 열심히 살으마. 살아서 네

가 박씨의 대를 이어주기를 부처님께 지성껏 비마!"

바위보다도 굳센 어머니의 말씀이 서럽고 간절하게 들렸다. 어머니의 상상을 절하는 처절한 말씀은 자향의 여린 가슴을 한없이 흔든다. 아, 세상에 어찌 이런 일이 벌어진단 말인가! 하눌님, 하눌님. 어찌 이런 일이 저희 집에서 벌어지나이까!

자향은 넋이 나가버린 듯 몸을 일으키는 것도 경황이 없었다. 주르르 떨어지는 눈물로 앞이 보이지 않는다. 하늘이 내려 앉는 것만 같다.

"자향아, 정신을 차려라. 이제부터는 너 혼자라는 것을 잊지 마라. 만사를 두 번 세 번 고쳐 생각하곤 하여라. 여기 내가 너에게 남기는 마지막 정표로 글을 한 자 주니 정말 어렵고 큰 결심을 해야 할 때 열어 보아라."

어머니는 꽃수를 넣은 작은 귀주머니 하나를 자향의 손에 쥐어주었다. 자향은 어머니가 주는 귀금속 보따리를 받아들고 몇 번이나 망설이다 장지문을 나섰다. 자향은 혼이 빠져버린 양 정신이 없었다. 저고리 고름으로 눈물을 닦고 뒤를 돌아보니 장지문은 이미 굳게 닫히고 어머니의 자태는 더 이상 보이지 않는다.

자향은 북받치는 설움에 "어머님!"하고 흐느끼는데 사나이의 굵직한 목소리가 그녀를 깨쳤다.

"아씨!"

낮으막하나 무게 있는 목소리에 놀라 바라보니 석 주사였다.

"아기씨, 가십시다."

석 주사는 고개를 끄덕이며 걱정 말고 따라오라는 표정을 지었다. 그의 안온한 얼굴이 날아가는 혼을 잡아주는 것 같았다. 자향은 석 주사의 재촉에 뒷문 쪽으로 끌려갔다.

시간은 묘시가 되기 전, 집안에는 아무런 기척이 없다. 안방 무열에는 아까 깨우러 온 양주댁이 있으련만 코빼기도 보이지 않는다. 자향은 섭섭하고 허무한 마음에 또 울컥 눈물이 났다. 보름이 다 된 밝은 달이 사위를 차갑게 비추고 있었다. 여느 때 같으면 아름다운 달빛이련만 지금은 마냥 쓸쓸할 뿐이었다.

뒷문에 닿자 석 주사는 문을 살그머니 열더니 밖의 동정을 살폈다. 평소에는 늘상 싱글벙글 웃으며 무슨 말이든 곱게 받아주던 석 주사였으나 지금은 서당 훈장보다 더 엄숙하다.

"아기씨, 눈물은 닦으시고 이 보퉁이를 안고 내 뒤를 바짝 붙어서 따라오시오. 정말 울지 마오. 보는 사람 있으면 이상히 여기리다."

자향이 고개를 끄덕이자 석 주사는 들고 있던 보퉁이를 넘겨주었다. 그는 문을 나서 사방을 훑어보고는 허리를 쭉 펴고 위엄을 갖추어 걸어간다. 자향은 귀금속 보따리를 보퉁이에 넣고 종종 걸음으로 뒤따라갔다.

석 주사는 내수사 쪽으로 가지 않고 서쪽 모퉁이를 돌아 샛길로 들어섰다. 아마도 서문으로 가려는가 보았다. 인적도 없고 집도 띄엄띄엄한 곳을 지나자 석 주사는 혼잣말처럼 중얼거리듯 말하였다.

"아기씨, 내 말 잘 들으시오. 인자부터 나는 삼촌 아저씨뻘이 되는 거요. 성은 김씨로 김해 김가이고, 이름은 달석이요. 아기씨 이름은 송이고, 고향은 용인 하림리이고, 우리는 집에 돌아가는 거요. 서울은 남정문현에 사는 인척집에서 한겨울을 지나고 가는 걸로 하십시다. 인척은 내수사 직장 나가는 이 직장으로 하면 되오. 그는 내가 잘 아는 사람이니까, 여차직해서 조회해도 걱정은 없을 것이오. 이름까진 알 것 없고 그저 외당숙 된다고 해둡시다. 다 외우시었지요. 머리 좋은 우리 아기씨니까."

한참 중얼거리던 석 주사는 그때서야 고개를 돌려 불안해하며 따라오는 자향을 바라보았다. 자향은 그저 머리를 끄덕이었다.

전에는 석 주사가 그저 마음씨 좋은 마름 정도 되는가 부다 하였는데 지금 보니 침착하고 심기 깊으며 응변 좋은 사람이었다. 자향은 자신의 새 신분을 얼기설기 후딱 만들어내는 석 주사에 감탄하느라 어머니와 집을 떠나오는 슬픔을 잠시나마 잊을 수 있었다.

골목 하나를 꺾어 돌자 저 앞에서 발자국 소리가 저벅저벅 들려왔다. 한 사람이 아니라 두 사람인 듯하였다. 자향은 깜짝 놀랐다. 사소한 발자국 소리가 이처럼 무서우리라고는 예전엔 미처 몰랐다. 석 주사도 주춤한다.

아직 순라가 돌 시간이었다. 석 주사는 사방을 돌아보더니 오른쪽 골목 사이로 달려들어갔다. 자향은 놓칠세라 뒤쫓아갔다.

석 주사는 골목길을 두 번 돌아 일백여 보를 재게 가서는 뒤를 돌아보며 자향에게 고개를 끄덕였다. 오른켠의 작은 초가집으로 쓱 들어갔다. 따라 들어오라는 신호에 자향은 그를 놓칠세라 바투 쫓아 들어갔다.

"이천댁, 계신가?"

석 주사는 좁은 토방을 지나 다 쓰러져 가는 초가의 지게문에 대고 조용히 불렀다. 부르는 소리가 결코 크지 않았음에도,

"석 주사님이신가요?"

노파의 쉰 목소리가 들리고 지게문이 스르르 열렸다.

"여직 주무시는 걸 내가 깨웠구려."

"건 아닙니다. 어젯밤 일로 밤을 쇠느라 새벽이 늦었습니다요."

"잠깐 방으로 들어가도 되겠는가."

그제서야 이천댁은 석 주사 뒤에 있는 자향을 보았는지 눈을 동그랗게 뜨고,

"아이고 누추해서 걱정이지 어서 들어오세요."

자다 일어난 이부자리를 걷는 둥 부산을 떨었다. 아마 혼자 사는가 보았다. 이천댁은 방을 설렁설렁 치우면서 자향을 슬금슬금 살펴본다. 석 주사의 눈치를 연신 보며 뭔가 묻고 싶은 듯하였으나 정작 묻지는 않았다.

"이천댁, 오늘은 내가 신세를 좀 질 일이 있네. 우리 두 사람 새벽참 요기할 깃 좀 주고 이 아이 얼굴이랑 옷매무시를 좀 고쳐주게나. 너무 곱상해 보이니 시골처녀처럼 만들어주어."

그 말에 노파는 약간 놀란 듯했다. 하지만 뭔가 짚이는 게 있다는 듯 고

개를 끄덕였다.

"알았습니다. 우선 다리 풀고 쉬시지요. 아궁이 불이 일찍 꺼져서 방이 냉랭할지 모르겠군요. 받아 놓은 약주가 없으니 어젯밤 숭늉이라도 한 사발 드리리까?"

이천댁은 정지로 나가 부산한 소리를 내더니 숭늉도 들여오고 딱딱히 굳은 떡도 몇 점 밀어 넣고는 세소한 매무새로 들어와 웃목에 쪼그리고 앉았다.

"조금 있으면 아랫목에 온기가 오를 게고 그때쯤이면 밥에 뜸이 들 꺼구만요. 조금만 기다리시지요. 한데 어디 행차하십니까? 이 꼭두새벽에."

"이 처자와 함께 어디 갈 일이 있네."

석 주사는 간단히 말하였고 이천댁도 더는 꼬치꼬치 묻지 않았다.

"그럼 서문이 열리면서 나가시게요?"

"그러하네. 요즘에 나가는 사람들의 기찰이 어떠한가?"

"뭐, 까다롭다는 이야기는 들은 바가 없네요. 조정에 무슨 일이 있습니까. 하기야 요 며칠 사이는 털벙거지들이 더 많이 나다니기는 하데요. 이상한 소문도 들리고. 우리네야 알 바 없지만서두."

"세상에 큰 풍파가 또 한차례 일 모양일세. 한데 이 아이 옷매무시를 봐주게나. 시골 처자처럼 만들어 주어."

그 말에 이천댁은 자향을 슬쩍 쳐다보고는 무언가 짚이는 듯 혼잣말로 중얼거렸다.

"하녀 옷을 입었어도 귀품이 넘치니 옷매무시만 바꾸어서야 되나요."

이천댁은 잠시 생각하다가 이부자리를 얹은 농짝 틈새를 부스럭거리더니 화장그릇을 꺼내 참빗을 집어들었다.

"우선 머리타래를 바꾸어 보지요."

이천댁은 자향의 머리를 이리저리 빗겨 영락없는 촌것처럼 머리 모양새를 바꾸었다. 그리고 투박한 아주까리 머릿기름을 살짝 발라 윤기가 나게 했다.

"그거 너무 윤기가 나면 외려 양반집 처자 같지 않소?"

"아니에요. 이 기름은 저자에서 제일 싼 거니까 냄새를 맡으면 귀부인만 아니라 기찰하는 사람도 코를 막으리다."

석 주사의 말에 이천댁은 피식 웃으며 그렇게 대답하고는,

"문제는 얼굴이 너무 희고 고와 탈이지요."

이천댁은 집 뒤켠으로 나가더니 이상한 열매를 가져다 손으로 비벼 자향의 얼굴에 발랐다. 얼굴이 약간 회색으로 변했다. 그러자 바알간 양볼이 색을 잃고 핏기 없는 시골 처자처럼 보였다.

"됐소. 너무 심하게 분장하면 외려 이상하게 뵈리다. 지금 얼굴에 바른 건 뭐요? 피부를 상하게 하는 건 아니겠지."

"아이구, 걱정 마세요. 치자에 감물을 탄 거니까 얼굴이 살짝 까칠해지지만 며칠 지나면 괜찮아집니다."

자향은 얼굴 전체가 땅겨 불편한지 연신 얼굴을 문질러댔다. 그것을 본 이천댁이 웃으며 한마디 하였다.

"조금 지나면 괜찮으니까 잠깐만 참아요. 이쁜 얼굴은 어디 안 가십니다."

2. 수문장 천만수

석 주사와 자향이 이천댁 초가집을 나와 서문으로 향한 것은 그로부터 두 시진이 지나서였다. 너무 일러도 수상쩍게 보일 위험이 있어 아침식사 시간이 한참 지나서 들어오고 나가는 행인이 썩 많아질 때쯤 문을 통과하기 위해서였다.

당시 한양의 사대문은 전국에서 서울로 행차하는 모든 사람과 풍물이

들어오고 나가는 요로여서 기찰과 감시가 엄하였다. 게다가 보이지 않는 암거래가 이뤄지는 중요 거래처이기도 해서 사대문 수문지기는 권세를 쥔 사람 중에 약삭빠른 자들이 수족을 집어넣어 요목조목 재미를 보는 놓쳐 서는 안 될 요직이었다.

'그것은 무엇인가' 라는 한 마디에 반입금지가 되고 '저건 무엇이냐' 하면 쇠푼 없이 통과할 수 없는 트집이 되었다. 지방 감사를 비롯한 수령과 토호들이 보내는 봉물짐도 애초 없이 이곳을 지나야 했다.

봉물짐이란 나라에 올리는 헌상만이 아니라 간신들의 뒷문으로 들어가는 뇌물이 더 많은 법이다. 뇌물이란 사대문에서만 기찰을 엄하게 하면 없어질 수 있는 것을 그리 못하는 것은 세상 물계가 약한 것도 아니요, 사리 사욕을 탐하는 자들이 요로에 있기 때문이었다. 그래서 정암 조광조가 대사성에 오르고 나라의 기강을 세워야 한다고 역설하게 되자 사대문의 위장이 강직한 자로 바뀌게 되었다.

이렇게 되자 힘있는 자에 끈을 놓아 위장으로 온갖 패악질을 다하던 무관짜리 오리들이 한때 이 요직에서 밀려났다.

그 중에 천만수(千晩守)는 누구보다도 유능한 수문장이었다. 그는 이름자 그대로 늦게까지 대문을 지킬 뿐 아니라 사대문을 드나드는 '천만 가지를 죄 거둬들이는 천만수(千萬收)'이기도 하였다. 그는 이 방면에서 어찌 유능한지 마바리에 실려오는 봉물짐을 한 번 쓱 보기만 하여도 그 안에 무엇이 들어 있고 값이 얼마나 나가며 어느 골에서 올라오는 것인지 처억 알아내는 것이었다. 거기에 지나다니는 관리와 양반과 그 더붙이뿐만 아니라 용모파기에 오른 범인은 물론 조금이라도 수상한 자가 있으면 재격 알아내는 재주가 있었다.

하지만 천만수의 재주 중 으뜸은 권세 있는 자한테 줄을 대는 일이었다. 누가 한성 판윤이 되고 병조판서가 되는지는 물론이고 수문장에 입김이 쐬는 의금부 판관이나 오위의 장이 되는 신임한테도 언제 줄을 대었는지

통하지 않은 일이 없었다. 신임은 오자마자 천만수를 찾아 제가 새로 임명을 한 양 확인을 하고 신임을 하였다.

그런 재주로 그는 사대문 중에서 제일 좋다는 서문과 남문의 수문장을 십이 년째 하였는데 조광조의 귀에 잘못 그 이름이 들어가 일 년 전에 남문 수문장 자리에서 쫓겨나 백수건달이 되었다. 날고 기는 천만수였지만 천하에 강직한 조광조한테는 신임은커녕 천생의 원수였던 것이다.

그러던 차 어제 오후, 이조판서 남곤의 부름을 받고 안국동 집으로 달려가니 서문 수문장을 맡으라는 것이었다.

"천만수 네 이놈, 그동안 어찌 한 번도 얼굴을 안 보였느냐. 그래 내가 쉬이 힘을 잃고 조정에서 쫓겨날 줄 알았더란 말이냐?"

남곤이 어찌하나 볼 양으로 화난 얼굴로 호령하자 천만수는 한술 더 떴다.

"대감도 무슨 말씀을 그리 섭히 하시오니까. 제가 대감께 폐를 끼칠까 걱정이 되와 앞문은커녕 뒷문으로도 들어오지는 못하였으나 매일 뒷문 밖 문안을 하였사옵니다. 아침마다 안국동을 향해 절을 세 번씩 한 걸 모르시오니까. 믿어지지 않으면 조 녹사를 불러 확증하시옵시오."

"허허, 그놈 말 한번 잘한다. 답변 궁리는 매일 하는가 보다, 고놈. 그건 그렇고 내일부터 서대문인 돈의문(敦義門) 수문장을 맡게 해놓았느니라. 네 임무가 무언지 알겠느냐?"

"물론입지요. 봉물짐은 조광조 땜에 얼씬거리지 못했으니 그건 그렇다 치고, 우선은 정보 수집이겠지요. 특히 이번에 상감의 노여움을 산 패악한 자들이 응징을 피해 몰래 나가고 들어오는 것을 엄히 기찰해야 하지 않겠습니까."

"그렇고말고! 역시 그 정도를 모르면 천만수가 아니겠지. 첫째, 도다하는 조광조 무리만이 아니라 그 권속까지도 죄 잡아들여라. 둘째는 선비놈들의 동태를 매일 파악, 보고해야 한다. 귀찮은 남쪽 선비놈들이 상소를 하느니 어쩌니 하면서 곧 서울로 올라올 것이니 저들의 움직임을 조금이라도 놓쳐서는 아니 된다."

이렇게 수문장을 맡은 천만수는 그 즉시 소속 관청에 품신하고 임무 교대를 마친 뒤 오늘 꼭두새벽부터 대문 앞에 서서 오가는 자들을 일일이 검색하고 있었다.

이것이 오늘 석 주사의 불운이요 자향의 비극이었다. 석 주사도 평소 천만수의 고약한 명성을 잘 듣고 있었지만 그가 이렇게 빨리 수문장으로 돌아와 자향을 데려가는 길목에 버티고 있을 줄은 상상도 하지 못했던 것이다.

석 주사는 사람들이 오가는 새 중간에 서서 대문을 나갈 요량이었다. 한데 대문에 거의 다가가서 살펴보니 그 유명한 천만수가 철릭 차림에 털벙거지를 쓰고 당당한 수문장이 돼 장비 눈꼬리로 행인들을 기찰하고 있는 게 아닌가.

아뿔싸, 저 만수쟁이가 언제 수문장이 되었는고! 필히 나를 알아볼 터인데 이럴 줄 알았으면 남문으로 가는 걸 잘못하였고나!

후회해도 이제는 늦고 말았다. 지금 발걸음을 돌리면 더욱 이상하게 보일 것이었다. 그는 당당하게 뚫고 나가기로 작심하였다. 석 주사가 나즈막이 자향에게 귀띔했다.

"송이, 어떤 일이 있어도 당황해서는 아니 된다. 내가 일러준 신분을 잘 알겠지. 만일 여차직한 일이 있으면 삼개의 조씨국밥집을 찾아 나를 기다려야 한다. 항슬이라는 우두머리 일꾼이 있는데 그를 찾아라. 알았지, 항슬이다."

석 주사는 이제 자향에게 아씨 대접을 않는 것은 물론이고 공대말도 쓰지 않았다. 자향은 석 주사의 말에 바짝 긴장하였다. 뭔가 잘못 돼갈 조짐이 섬칫 그녀의 가슴을 스쳐내렸다.

그들이 기찰하는 수문 관원들 옆을 지날 때까지도 아무 일이 없었다. 자향이 늠름하게 걸어나가는 석 주사의 뒤에서 약간의 거리를 두고 따라가는데 뒤통수에서 꺼칠꺼칠한 호령이 들려왔다.

"거기, 저 양반하고 따라가는 계집애를 이리 좀 데려오너라!"

그 순간, 자향은 가슴이 철렁하였다. 자기들을 부르는 게 틀림없었다. 석 주사는 들은 체도 아니하고 대문을 걸어나가고 있었다. 자향은 놀란 가슴을 안고 그 뒤를 따라갔다. 그러나 창을 든 관원 하나가 발소리를 요란히 내며 쫓아오더니 석 주사의 앞길을 턱하니 가로막았다.

"수문장께서 뵙자고 하는 말씀이 안 들리시오?"

하지만 석 주사는 가당치도 않은 듯 가느다란 턱을 치켜 올리며 한마디하였다.

"나한테 말인가?"

"그렇다지 않소?"

"당신네 수문장이 나한테 무슨 볼일이 있느냐?"

"허, 그 사람 말이 많군. 이리 오시오!"

관원은 그를 떠다밀듯이 하여 수문장이 버티고 서 있는 대문 정중앙으로 데려갔다. 자향은 바늘의 실처럼 그 뒤를 따라갔다.

석 주사는 아무 일이 없는 양 수문장이 있는 곳으로 가서는 약간은 공손해진 어투로 인사를 건네었다.

"수문장께서 웬일로 저 같은 한미한 사람을 부르시오?"

말은 부드러웠으나 어투는 꼿꼿이 살아 있었다. 그러나 천만수도 뒤지지 않는 여유를 지니고 있었다. 으흠, 기침을 한 번 하고는 슬쩍 웃기까지 하였다.

"혹, 박운 참의 댁 마름어른 아니시오?"

과연 천만수였다. 지나가는 길에 몇 번 마주쳤고 청계천 술청에서 두어 번 먼발치서 본 적밖에 없건만 재깍 알아보는 것이었다. 다만 말투만은 양반집 큰 마름 대우를 해서 올려주고 있었다. 큰 마름은 다른 양반집 주인도 하대를 않는 시속이라 천만수도 말투로는 대접하고 있었다.

"그렇소이다. 한데 웬일로 저 같은 사람을 부르시오니까?"

이왕 알고 있는 바라 석 주사는 선뜻 인정하며 역시 미소를 지었다.

"주사께서는 어디를 가십니까?"

"용인의 시골집을 가는 길이외다."

살기가 등등한 사화가 박두한 것은 피차 아는 바이지만 석 주사는 평소처럼 별일이 없는 양 의연한 태도를 지었다. 천만수도 역적이니 어쩌니 하며 크게 논할 계제는 아니었다. 다만 입장이 달라지고 있음은 호상간에 아는 바이다. 더구나 주인이 의금부에 붙들려간 마당에 집안의 도마름이 시골행을 한다는 것은 예삿일이 아니었다. 무슨 꿍꿍이 속이 있을 터이었다. 당장 마름을 잡아올리고 가지 못하도록 막을 수야 없지만 술통을 두들겨 익었는지 설었는지 알아보듯 퉁기어 볼 필요는 있을 터이었다.

"귀댁 주인이 의금부에 가 계신 줄 알고 있는데 시골에 가시는 것이 하 이상하여 한번 물어보는 게요."

"허, 우리 주인께서는 청천백일에 부끄러운 일을 하신 바도 없고 소인배들의 한때 모함으로 고초를 겪으시는 것이니 마음이 하해 같은 주상께서 곧 정황을 살피실 게 적실하와 저희는 큰 걱정은 하지 않고 있소이다. 너그러우신 성음이 번개같이 나리실 걸로 믿고 있지요. 그리고 저는 매달 한 번씩 장원의 일을 처결하러 가는 것뿐이오."

"아하, 뭐 그 정도야 이해는 하오만 이 어려운 때 웬일로 나가시는가 하여 물어 보았소이다. 한데 저 아이는 동자아치요?"

천만수는 그렇게 말하며 자항을 위아래 쓰윽 훑어보았다. 보퉁이를 안고 떨 듯이 서 있는 계집도 그의 눈은 예사롭지 않게 쏘아보았다. 석 주사는 천만수란 녀석이 그 정도 신경을 쓰는 것은 각오한 바라 별로 놀라지 않고 말을 먹어들어 갔다.

"저 애는 제사 일에 심부름꾼으로 불려 왔다가 집에 돌아가는 길이오만,

천 수문장, 요즘 조정 일은 어찌 돌아가는 거외이까?"

석 주사가 자향에 쏠린 관심을 쓸어 뭉개며 조정 일로 말을 돌리자 때가 때인지라 천하의 천만수도 자신도 모르게 말을 받았다.

"우리 같은 수문지기가 조정 일을 어찌 알겠소. 다만 사대문을 드나드는 사람들을 엄히 기찰하라는 명령이 나리어 이렇게 일일이 신경을 쓰는 것뿐이요."

"그러시겠지요. 하지만 저보다는 수문장께서 단 한 오라기라도 조정 일을 더 아실 터이라 여쭈었소이다."

"나는 아는 바가 없소."

천만수가 말을 쌀쌀히 끊자 석 주사는 그럴수록 말을 은근하게 붙였다. 말소리도 사근사근 낮추었다.

"사실 금방 태연한 척 말씀드렸지만 기실은 우리도 영감이 언제 나오실 른지 노심초사 기다리는 중이지요. 허오나 매달 챙기는 장원 일도 중하여 이렇게 향리에 가오만 발걸음이 떨어지질 않소이다. 뭐 아시는 일이 있으면 사소한 것이라도 하고 좀 해주시오. 언제 형제처럼 서로 의지가지 할지 알 수 없는 세상 아니오이까."

석 주사가 의논성 있게 끈적끈적하게 다가붙자 천만수도 조금은 귀찮아진 듯하였다.

"말씀은 좋소만 내가 아는 게 뭐 있소. 가시는 향리는 어디요?"

"용인이오. 용인 하림리이지요. 거기에 실하지 못한 논 열 마지기에 몇 이랑 아니 되는 밭뙈기가 있소이다. 다른 대감들은 이 고을 저 고을에 논밭이 돈꿰미처럼 널려 있지만 청렴한 우리 영감은 임금님이 하사하신 그 전답만도 고마울 뿐이라고 매양 말씀하시지요."

청백론까지 나오자 천만수도 조금은 뜨끔하여 삘리 보내버리고 싶은 생각이 났다. 그는 석 주사 뒤에서 옹상그리고 있는 자향을 한번 더 훑어보고는 고개를 끄덕이며 말하였다.

"용인엘랑은 잘 갔다 오시오."

천만수의 이 말에 석 주사는 속으로는 기뻤으나 겉으로는 아쉬운 듯한 차례 더 능을 쳤다.

"제가 글피쯤 빨리 당겨 오겠소이나 그때 물산이 좋은 게 있으면 인정을 드리리다. 그 사이에 나라가 조금은 평온해지겠지요?"

"그걸 내가 어찌 알겠소. 하여튼 갔다나 오시오."

그래도 석 주사는 재빨리 몸을 돌리지 않고 고개를 몇 번 주억거리고 고맙다는 듯 인사도 하고 뭔가 물어볼 게 더 있는 듯이 미련을 보이며 주춤거리다가 발걸음을 떼었다. 자향은 느릿느릿 걷는 석 주사의 뒤를 따라갔다. 석 주사가 너무 늦게 가는 게 답답해 죽을 지경이었다. 이젠 저들이 우리를 보지 않을 터인데 왜 이리 천천히 가는지 마음이 다급하였다. 참다 못한 자향이 자그마한 소리로 말하였다.

"주사님, 빨리 가시지요."

그 말에 석 주사는 대답을 않고 몇 발짝 더 가더니 으흠, 기침을 하고는 뒤를 돌아 자향에게 엉뚱한 말을 했다.

"아까 급하게 말했는데 삼개의 조씨국밥집은 잊지 않았겠지?"

석 주사는 그들의 대화를 들을 만한 사람이 가까이 없는데도 반말을 하였다. 그러나 자향은 선뜻 대답하였다.

"네, 항슬이라는 사람을 찾으라고 하셨지요."

"그렇네. 항슬을 찾아 내 이야기를 하며 도움을 청하면 이것저것 도와줄 거네."

"지금은 주사께서 함께 계시잖아요."

"물론 그렇지만 언제 또 저 천만수 수문장이 사람을 보내 나를 데려갈지 알 수 없어 하는 말이네. 뭔가 기분 나쁜 생각이 드는 게야."

"저 수문장이 나쁜 사람이어요?"

"악랄하기로 유명한 자지. 무서운 자야. 아주 나쁜 자이고말고."

석 주사는 설레설레 고개를 저으며 두려워하는 기색이 역력하였다. 그러나 그들은 아무 일 없이 아현마루를 넘어섰다. 조선 개국 초에는 호랑이가 나온다는 아현 마루도 이제는 사람이 연락 부절이라 호환 걱정은 없으나 고개가 수월찮게 높은지라 많이 걸어본 적이 없는 자향 때문에 발걸음이 더디었다. 그들이 고개를 갓 넘어 주막집 서너 채가 나란히 있는 곳을 지날 때 석 주사는 고개를 갸웃했다. 잠시 귀를 기울이고 뒤를 돌아보더니,

"송이야 일루 빨리 와라!"

석 주사는 맨 끝에 있는 술집 옆으로 급히 돌아 들어가며 손짓하였다. 자향은 허둥지둥 뒤따라 들어갔다. 술청 옆을 지나 측간 같은 곳에 이르자 석 주사는 황급히 말을 줏어 섬겼다.

"지금 우리 뒤쪽에서 누군가 달려오는 발소리가 들린다. 우리를 잡으러 오는 사람일지 모르니 대책을 세워야겠다. 너는 지금 이 뒤켠으로 나가면 두 갈래 길이 있는데 오른쪽으로 가라. 서강 가는 길이다. 우리는 원래 왼쪽 삼개로 가야 하는데 길을 바꿔 가거라. 아무 일 없으면 곧 따라가겠지만 유사하면 내일 삼개에서 만나도록 하자."

자향은 그저 고개만 끄덕였다.

"서강에 가면 샛강주막이 있다. 사람들한테 물으면 알 게야. 거기 가서 주인 송씨를 찾아 하룻밤을 부탁하고 내일 중으로 삼개로 가라. 송씨한테 내 이야기를 하면 편의를 돌봐줄 게야. 그리고 내일은 꼭 조씨국밥집의 항슬이를 찾아가야 한다. 거기서 만나도록 하자."

"네, 알았습니다. 한데 석 주사님은요?"

"난 여기서 혹 우릴 잡으러 오는 자들이 있으면 가는 방향을 흐리게 하고 시간도 벌겠다. 아무 일이 없으면 뒤를 따라가마. 시간이 없으니 빨리 가라!"

석 주사는 어서 가라고 화급히 손짓하고는 시간이 아까운 양 되돌아 술

청으로 들어가 버렸다. 자향은 뭔가 긴박한 상황인 것 같아 더 머뭇거리지 않고 초가를 돌아나갔다. 잰걸음으로 조금 가자 삼거리가 나왔다. 왼쪽 길은 넓었으나 오른쪽은 우마차가 겨우 다닐 정도로 좁았다. 경사가 심한 언덕이었다. 뒤를 연신 돌아보며 한참을 가자 길 가는 사람이 끊어지고 혼자가 되었다.

앞에도 사람이 없고 뒤에도 사람이 없다. 겁이 덜컥 났다. 사람이 있어도 무섭지만 사람이 없어 더욱 무서운 것은 난생 처음 겪는 일이었다. 경사가 심해 금세 숨이 턱에 차왔으나 뭔가 급한 마음에 길을 땅겨 걸었다.

석 주사는 주막에 들어가자 길가에 면한 자리에 의젓하게 앉으면서 청내를 살폈다. 장사꾼인 성싶은 두 사람이 앞쪽 자리에 앉아 술을 들고 있고 안쪽에서 주모가 그를 쳐다보며 고개를 살짝 숙여 인사를 한다. 삼십 중반쯤의 주모는 가끔 본 바 있는 붙임성 있는 여인으로 석 주사를 알아보는 것이었다.

"여보게 주모. 여기 대포 한 잔 주시고, 묵 같은 게 있는가. 계집애 하나가 지금 치깐에 갔는데 그 애가 간식으로 먹게 좀 주시게나."

석 주사가 주문을 읊어대자 주모는 안에 대고 똑같이 소리쳤다.

"대포 한 잔에 메밀묵 한 사발."

서른 전후의 두 손은 석 주사와 주모의 흥정을 보고는 다시 자기들의 잔으로 고개를 돌리며 저들 이야기로 돌아갔다.

석 주사는 몸체를 꼿꼿이 세우고 앉아 점잖게 술을 기다리는 척하며 밖의 동정을 살폈다.

아닌 게 아니라 털벙거지들이었다. 서문을 지키는 졸개들이 분명해 보였다. 천만수란 녀석이 엉겁결에 석 주사를 보내 놓고 아차 싶어 그를 잡으러 보낸 자들일 것이었다. 창과 칼을 따로따로 든 털벙거지 둘이 잰걸음으로 술집 거리로 들어서더니 앞쪽부터 훑기 시작하였다.

주모가 대포 한 잔과 묵 한 접시를 가져다 놓는 것과 동시에 털벙거지들이 술집으로 들어왔다. 석 주사는 그들에게 아무 관심이 없는 양 뚝배기 잔을 들어 한 모금 시원히 들이켰다. 눈도 지긋이 감고 술맛을 감상하는 척하였다.

털벙거지들은 주막에 들어서자 휘이 한번 돌아보고는 대번 석 주사 앞으로 다가왔다. 그 중 구시월 암탉처럼 통통한 사내가 신난다는 투로 물었다.

"그대가 박 참의 댁 마름이시오?"

석 주사는 마신 술잔을 술상에 천천히 내려놓으며 머리를 치켜들고 앞에 버티고 서 있는 두 털벙거지를 웬일이야 하는 듯 응시하였다. 그리고는 천천히 말하였다.

"그렇소, 내가 박 참의 댁 도마름 석 주사일세. 나한테 무슨 일들이 있으신가?"

암탉 같은 사내는 그러면 그렇지 라는 표정을 지으며 씨익 웃고는 의기양양하게 말하였다.

"그대를 데려오라는 분부이시오. 한데 같이 온 계집아이는 어디 갔소?"

그 말에 석 주사는 조금은 놀랐다는 표정을 지으며 말이 어긋나게 나갔다.

"누가 날 데려오라 하시오?"

"우리 수문장님이 데려 오랍디다."

"천 수문장 말씀이오? 내 금방 그분과 한동안 이야기를 하고 헤어졌는데 그럴 리가 있소."

"건 알고 있우다. 하지만 뭔가 일이 틀려진 모양이요."

석 주사는 두 사람을 빈길아 보며 말을 느렸나. 사향이 널리 갈 수 있게끔 시간을 벌려는 요량이었다.

"여보시오들. 내 백일하에 아무 잘못이 없는 사람이오. 어쩐 일로 사람의 여정을 이리 막을 수 있오? 거 참 이상토다. 무슨 일일까?"

이때, 아무 말이 없던 키 큰 사내가 귀찮다는 듯이 한마디 대꾸했다.

"거 말이 많소. 가자면 고이 따라 오시오. 그리고 계집아인 어딜 갔소?"

털벙거지들은 주막을 둘레둘레 쳐다보며 주모와 눈맞춤을 하였다. 알면 빨랑 이야기하라는 뜻이었다. 주모는 고개를 저으며 뒤쪽을 가리키려 하고 있었다. 눈치가 빠른 석 주사가 재빨리 대답하였다.

"그 애는 발이 느려 먼저 가고 나는 대포 한 잔 걸치고 가기로 하였소. 마포 쪽으로 내려갔으니 따라가면 금방 잡을 수 있게 되어 있소."

"뭐야? 계집아이를 혼자 먼저 보내? 거 이상하다. 여보쇼, 마름어른. 우릴 속이면 경칠 줄 아시오."

암탉 같은 사내는 뭔가 수상하다는 표정을 지으며 동료에게 동의를 구하듯 서로 쳐다보았다. 그럴수록 석 주사는 심드렁하게 대답하였다.

"다 떨어진 동자아치 계집애가 뭐가 대단하다고 그리 신경들을 쓰시오. 그 아이는 내가 늦게 가더라도 늘상 하룻밤 자고 가는 마포 갯가집에 가서 기다리게 되어 있으니 신경들은 끄우. 필요하면 가서 잡아 오던가. 한데 천 수문장은 왜 날 되오라는 거요?"

그렇게 말하면서 석 주사는 대포잔을 들어 마저 꿀꺽꿀꺽 마셨다. 안주로 묵 한 점을 입안에 가득 넣고 마지못한 듯 일어나며 동전 한 닢을 탁자 위에 던져 놓았다.

"관이 오라시니 우리 같은 소인배 아니 갈 수 있으리오. 자, 갑시다들. 아니 시간들이 있으면 동동주 한 잔들 하실라오?"

"무슨 소리요. 우릴 돈에 눈먼 촌사령놈 취급하는 거요. 빨리 갑시다. 그리고 최 형. 최 형은 마포길로 가서 계집애를 잡아 와야겠는걸. 계집애라지만 안 잡아오면 천 수문장이 노발대발하지 않겠어."

암탉 같은 사내는 동료에게 점잖게 명령하고는 석 주사를 빨리 나가라는 듯 등짝을 툭 밀쳤다. 이것을 예기하고 있던 석 주사는 휘청 쓰러질 듯

허청거리면서 큰소리로 엄살을 부렸다.

"어이쿠, 이 사람들이 죄 없는 사람을 마구 치네. 대명천지에 이럴 수가 있는가!"

석 주사는 호들갑을 떨면서 주막에 먼저 들어와 있는 두 사람에게 눈길을 주었다. 아까 측간에 갔다고 거짓말을 한 게 혹 발설이 될까 봐 그들의 동정을 얻어내려는 것이었다. 하지만 암탉 같은 사내도 여간내기가 아니었다.

"여보슈, 누가 사람을 쳤소. 빨랑 나가지 않으니 살짝 밀었을 뿐인걸. 한데 계집아이는 마포 쪽으로 간 게 적실하오?"

"허 한 번만 더 치면 이 힘없는 백성 등짝이 으스러지겠네."

석 주사가 등을 만지며 딴전을 피우는데 창을 든 키 큰 녀석이 밖으로 먼저 나가며 다짐하였다.

"계집애가 마포 쪽으로 아니 갔으면 치도곤을 맞을 줄 아시오."

"허, 말끝마다 협박일세. 이 사람은 등짝 치고 저 사람은 협박하니 우리같이 힘없는 사람 이 세상 어이 살꼬. 여보시오, 사령나리. 아, 용인 집에 내려가는 사람이 마포로 가지 그럼 어디로 간단 말이오. 빨리 가서 계집애나 잘 데려오슈. 우리 마님이 귀여워하는 아이니 행여 허튼 짓하면 아니 되오."

"그 양반 참 별 소릴 다 하네."

"그래 최 형, 빨랑 가서 계집을 데려오게. 난 먼저 서문으로 갈 테니까."

선배 동료의 독촉을 받자 키 큰 사내는 더 이상 투정하지 않고 빠른 걸음으로 나갔다. 아마도 암탉 같은 사내보다는 마음씨가 착한 듯하였다.

자향은 아무리 생각해도 석 주사가 잡혀갈 것만 같아 걱정이 태산이었다. 그분이 잡혀가면 누굴 의지해 어디 가서 산단 말인가. 오늘 새벽부터 그가 보인 행동은 부모 못지않게 자상하였고 행동거지 하나하나가 민첩하였다. 그의 치밀한 응대에 자향은 매번 감탄하였으며 마음 든든해 하였다. 한데 발걸음이 자기보다 월등히 빠를 석 주사가 따라오지 않는 걸 보니 천만수에게 잡혀간 것 같아 불안하기 그지없었다.

이제 혼자가 되나, 생각하니 앞길이 막막하다. 그나저나 혼자만이라도 석 주사가 말한 서강의 샛강주막은 일차로 찾아가야 할 터였다. 석 주사야 큰 죄를 진 바 없으니 하루이틀 지나면 서강이나 삼개의 조씨국밥집으로 오지 않겠는가. 한데 행여 저놈들이 눈치를 채고 이 서강 길로 오면 어찌한다지?

그래, 석 주사가 오기는 글렀는가 보다. 그렇다면 이 길로도 가지 말고 딴 사잇길이 있나 알아봐야겠다.

그렇게 마음먹고 걸음을 재촉하는데 앞쪽에서 부상 하나가 터덜터덜 걸어오는 게 보였다. 패랭이를 쓰고 솜방울을 양쪽 귓가에 달고 등에 짐을 진 부상은 마흔으로 달리는 중키의 사내였다. 햇볕에 탄 검은 얼굴에 꾀죄죄한 몰골이었으나 눈 하나만은 초롱초롱 빛났다. 자향은 뭔가 섬뜩한 감이 들었으나 용기를 내어 물었다.

"말씀 좀 묻겠습니다. 이 길이 서강 가는 길 맞지요?"

"아, 그렇소만."

"제가 다리가 아파 잘 못 걷겠는데 서강 가는 지름길이 혹 없습니까?"

사내는 허리를 펴고 자향을 잠시 응시하고는 뭔가 짚힌다는 표정으로 말하였다.

"샛길은 있지만 처자가 가기 힘든 험한 길인데 괜찮을지 모르것소. 길만 험한 게 아니라, 아차하면 호랭이도 나온다는 무서운 산속이라우."

자향은 멈칫했다. 엄포만은 아닌 성싶었다. 사잇길이란 가로질러 가는 길이니 더 험하지 않을 리 없었다. 그는 고개를 살짝 숙이며 사례하였다.

"고맙습니다. 저희 같은 아녀자는 못 가는 길이구먼요. 그러면 이 길로 쭉 가면 서강이 나오겠지요."

"그리 하는 게 좋을 게요. 허나 무슨 사연 있으면 샛길도 좋으리. 여기서 조금만 가면 왼켠에 산길로 올라가는 길이 있수다. 그 길이 샛길인데 좀 험하지라. 내가 헛말했지만 대명천지에 호랭이야 나오것소. 뭔가 긴한 일이 있으면 그 길로 가 보시우. 월등히 빠른 길이니께. 샛길로 빠지는 길은 큰 소나무를 끼고 올라가니 유심히 아니 보면 길이 있는 걸 알 수 없으리다. 조심해서 가시오."

사내의 인상은 험악한 데가 있었으나 말하는 품은 정이 넘쳐 있고 세상을 훵하게 보는 도사 같았다. 자향은 깊이 허리 굽혀 예를 보내고 사내 옆을 스쳐 길을 재촉하였다. 뒤돌아보고 싶었으나 참았다. 사내가 가지 않고 자기를 계속 지켜보는 것 같아 공연히 뒷골이 땅겼다.

저 사람 말이 맞을까? 틀린 말은 아니겠지. 한데 뭔가 걱정이 되었다. 공연히 저 사람과 말을 하였나 보다. 말은 부드럽게 하여도 혹 수문지기를 만나면 나를 보았다는 이야기를 하지나 않을까. 사잇길 이야기까지도 아니하란 법 없지? 세상에는 말과 행동이 다른 사람들이 많으니 어찌 판단해야 할지 갈피가 잡히지 않았다.

조금 가자 과연 왼켠에 큰 소나무 한 그루가 보였다. 고개를 디밀고 살펴보니 정말로 사잇길이 있었다. 아마도 보부상같이 힘있고 뱃심 좋은 장사치들이 시간을 당기기 위해 다니는 길인 성싶었다. 자향은 갈까말까 망설였다. 그 사내만 고자질하지 않으면 누구한테도 쫓기지 않을 아주 좋은 길이었다. 어린 처자가 어찌 이런 길을 알리라 생각하겠는가. 한데, 사령들에게 고자질하는 날이면 그야말로 함정에 빠지는 것 아닌가.

자향은 앞뒤를 돌아보았다. 아무도 없었다. 아무도 모르게 이 길을 가려면 지금이 기회였다. 누군가 자신이 여기서 엉기적거리는 것을 본다면 더욱 수상하게 보일 터이었다. 그렇다. 이건 운명이다. ㄱ 사람을 빌어 보자. 세상엔 나쁜 사람만 있는 건 아니겠지. 지금 아무도 없을 때 이 길로 가자.

자향은 서둘러 사잇길로 들어섰다. 들은 바에 의하면 아현마루에서 서강 길이 한 시진 반이면 간다 했다. 이 길로는 한 시진이면 가겠지. 자향은 가파른 길을 헉헉 대며 죽을힘을 다해 올라갔다. 이제 모든 것은 운명에 맡길 수밖에 없었다.

3. 가을나무

천만수는 자신이 왜 이렇게 아둔한지 생각할수록 화가 났다. 일 년여 백수로 논 게 문제였어. 너무나 자신을 과신한 게야. 일을 해야 할 우리네가 손을 놓고 놀라치면 날카로운 감각이 무뎌지기 십상이지. 그걸 번연히 알면서 경계하지 않은 게 탈이야.

'항상 경계하라, 늘 긴장하라, 실수는 한순간이다'라는 자신의 계명을 깜빡했다고 생각하니 자신이 더욱 미워졌다.

박 참의 댁 도마름을 보내고 차 한잔 마실 시간도 안 돼 의금부에서 사대문에 띄운 관자 급보가 들이닥쳤다. 이번에 잡아들인 역신(逆臣)의 가족은 어느 누구도 사대문 밖으로 내보내지 말라는 엄명이었다. 역신들의 명단이 그 밑에 쭉 적혀 있는데 참의 박운의 성명이 생각보다 훨씬 앞쪽에 기명되어 있었다. 그 명령서를 보는 순간, 천만수는 어이쿠 비명이 터져나왔다.

"여봐라, 이독수. 누구 한 사람을 데불고 빨리 마포 쪽으로 달려가 금방 문을 나간 박 참의네 도마름을 냉큼 잡아와라! 놓치면 다 죽을 줄 알라. 따라가던 동자아치도 함께 데려와!"

얼굴이 시뻘개진 천만수의 표정을 보자 이독수는 등골이 서늘해지는 것을 느꼈다. 천만수 수문장이 저런 표정을 지을 때는 항상 무슨 사단이 나곤 했다. 그까짓 도마름이 별 중대할 건 없어 보였지만 그는 잽싸게 환도를 차고, "최윤보, 날 따라와!"하고는 대번에 출동하였다.

이독수는 돈독하고 빼어나라고 할아버지가 지어준 이름이었지만 천생이 악랄한 데가 있어서 '독랄한손(毒手)'이라는 별호가 붙어 있는 수문지기였다. 천만수는 석 주사를 잡아오는 것이 별 큰일은 아니지만 사소한 듯 긴요하다 생각하여 독랄한손을 찍은 것이었다.

독랄한손 이독수가 최윤보를 지명한 것은 달음박질을 잘하는 그의 쓸모를 챙긴 때문이었다. 그것만 보아도 독랄함을 알아볼 터였다.

그렇게 잘 편성된 추적조가 간 지 한참이 지나도 돌아오지 않자 천만수는 속으로 앙앙불락하고 있었다. 그 터울에 서문을 들어오고 나가는 사람들만 앙심밭은 기찰을 받았다.

저 사람을 단단히 조사해, 그녀석은 기다리라구 해, 저 지게는 일일이 뒤져보아, 그건 통과 못해, 압수해놓아,라는 명령이 우박 쏟아지듯 떨어졌다.

예상보다 지체되어 독랄한손이 석 주사를 데리고 복명하였다. 한데 계집아이가 보이지 않는 것이었다.

"뭐라구? 계집애는 먼저 갔다구? 어딜 먼저 갔다는 게야."

"발이 느리기 때문에 앞서 보냈다 합니다."

"그래서 최윤보가 그 애를 잡으러 갔다는 게야?"

"그러하옵니다. 곧 잡아 대령할 게니 걱정하지 마시옵소서. 윤보의 발걸음은 잘 아시지 않습니까."

천만수의 얼굴이 예상 밖으로 일그러지는 것을 보고 독랄한손은 극상의 존댓말을 썼다. 그러나 천만수의 마음속은 얼굴보다 더욱 뒤틀리고 있었다.

이것 봐라. 앳된 계집애를 먼저 보내다니, 거 이상하지 않은가. 언뜻 보아 시골년 같긴 했으나 곱상한 티가 숨어 있는 계집이었지. 얼굴색이 그래서 그렇지 이쁜 애였단 말씀이야. 그러고 보니 더욱 이상하다.

"여보 도마름, 그 애가 어디로 갔다 했소?"

"아, 그야 용인 가는 길이니 삼개길로 내려갔지요."

석 주사는 이제 마음을 단단히 먹기로 다짐하였다. 천만수를 만난 게 운명이 아니고 그 무엇이겠는가.

털벙거지한테 끌려오면서도 석 주사는 온갖 너스레를 떨었다. 시간을 벌어 자향만이라도 도망할 여유를 주기 위해서였다. 여보게 사령양반, 아까 마신 대포가 한물 갔나 내 뱃속이 부굴부굴 이상하구려. 잠시 측간을 다녀와야겠으니 기다려 주시게. 금방 왔던 길을 되돌아가게 되니 억울해선지 다리가 걸어지지 않소그려. 요즘 마음은 뒤숭숭하고 다리는 말을 아니 들으니 잠시 쉬었다 갑세다,하며 최대한 능장을 부렸다.

이제도 말을 늘여 시간을 벌어야 할 터이었다. 자향이 먼저 간 걸 수상쩍게 보는 천만수를 보자, 만수쟁이는 과연 무서운 자로다 하는 생각이 들었다. 한데 천만수는 생각보다 더 매서웠다.

"여보쇼 도마름, 당신 이실직고하는 게 어떻소? 그 아이가 누구요?"

"누구긴요. 가끔 박 참의 댁 반빛아치와 동자아치 일을 아주 잘 보는 송이라는 애일 뿐이라오. 그 애가 얼굴이 깨끔하고 총기가 있어 마님이 좋아해 수시로 불러다 쓴답니다."

"흠, 조금 있으면 들통이 날 터인데 빨리 말하는 게 좋을걸. 거 혹시 박참의 댁 아들을 처자 옷 입혀 도타시킬려는 것 아니요?"

주위에 있던 사람들이 펄쩍 놀랐다. 응대에 참여하고 있는 사람 말고도 대화에 귀를 쫑긋하고 있던 사람까지 모두 깜짝 긴장하였다.

남자를 여장하여 몰래 시골로 빼돌린다? 정말인가? 천만수의 탁월한 추측에 놀라 사람들의 시선이 한데 몰렸다. 그 중에서도 석 주사가 가장 놀랐다. 박 참의의 딸이라고 짐작하고 있지나 않을까 간을 조리던 차에 한술 더 떠서 아들이 아니냐고 으름장을 놓는 게 아닌가. 대번에 숨이 턱 막혔다. 역시 천만수는 무서운 놈이었다. 석 주사는 놀란 얼굴을 추스리며 간곡한 표정을 지었다.

"천 수문장 나리, 그 무슨 말씀이시오. 그 애는 송이라는 시골 아일 뿐입니다. 박 참의 영감께는 아들이 한 분 있지만 솔직히 말씀드리면 부끄럽게도 조금 반실이어서 밖에는 일체 내보내지 않고 있습니다. 그점은 알아보면 금세 알 수 있으리다."

"그러면 딸이로군."

올 것이 왔다. 석 주사는 속으로 각오를 다졌다. 이 사건은 사소한 듯하지만 들통나면 나 정도는 의금부의 어육으로 끝나리. 마음이 부르르 떨렸다.

당시 죄인을 다루는 곤장은 열 대만 제대로 맞아도 병신이 되고 스무 대를 실히 맞으면 도마 위의 물고기나 육회가 된 쇠고기처럼 묵사발이 나서 죽어 나가는 게 다반사였다. 엊그제 당상의 벼슬에 있던 사람도 한번 죄인으로 몰리면 예외가 아니었다. 하물며 한낱 마름 따위야.

그러나 지금은 죽음이 두려운 게 아니라 자향의 안태가 문제였다. 자향 아씨를 안전한 곳에 데려다 살 수 있게 하기도 전에 만수쟁이 천만수란 놈을 만나 이리 위태해졌으니 아씨의 안전이 걱정이었다. 우선 잡히지는 말아야 했다.

"허 참, 무슨 의심이 그리 많소?"

석 주사가 능청을 떨고 보았으나 천만수는 추포의 발톱을 더욱 세웠다.

"흥 도마름, 그 애가 삼개 쪽으로 갔소?"

"그러하오."

"정말이요? 아니면 책임질 거요?"

"발걸음 빠르다는 사령이 잡으러 갔으니 곧 데려오면 알 것 아닙니까. 너무 앞서 가지 마시오그려."

"앞서 가?"

천만수의 얼굴이 또 갑자기 바뀌었다.

"이독수, 윤보를 삼개 쪽으로 보냈나?"

"그렇습니다."

공연히 죄지은 듯한 독랄한손이 기어드는 소리로 대답했다.

"왜 그쪽으로 보냈나?"

천만수는 매섭게 다그쳤다.

"도마름이 그쪽으로 갔다 하기에 그 길로 보냈습니다요."

"바보 같은 놈, 도마름이 니 상관이야? 그래서 그 말씀을 들었다 이거야? 그렇게 매서워서 니가 독랄한손이냐? 으이그 밥통 같은 놈이로다."

천만수는 이독수와 석 주사를 번갈아 노려보았다.

"여봐라, 대기일조를 불러라!"

천만수가 호통치자 수문지기 하나가 '네이' 하고 목청을 뽑더니 서문 옆 성곽에 붙은 초가집으로 달려갔다. 눈썹이 장작개비처럼 일직선으로 시커먼 포졸과 귀가 함지박만한 포졸 둘이 초가집에서 뛰쳐 나와 번개처럼 천만수 앞에 대령했다. 그들은 유사시에 한성을 탈출하는 중죄인을 쫓는 추적조였다. 둘 다 가슴이 떡 벌어지고 키가 훤출한 게 장정 서넛은 너끈히 다룰 만하였다. 그들은 창 대신 환도를 허리에 차고 있었다.

"지금 중죄인 참의 박운의 딸 하나가 관의 명을 어기고 한성을 도타하였다. 너희들은 지금 당장 서강길로 나아가 계집애의 향방을 찾아라. 키는 중키에 몸매가 늘씬하고 얼굴은 이쁘게 생겼다. 하얀 적삼에 검정치마를 걸치고 금붙이가 든 보퉁이를 안고 있느니라. 오늘 밤은 서강까지 그 주변을 죄 훑고 내일 새벽엔 서강 도선장을 쥐 잡듯이 기찰하라. 그래도 못 찾거든 삼개로 급히 건너가도록. 이독수, 너는 다시 삼개 쪽으로 나가 윤보와 함께 계집을 찾아 데려오라. 못 찾으면 단단히 각오해야 할 것이야, 알았나?"

전장에 나간 장수가 작전 명령을 내리듯 한바탕 호령을 한 천만수는 부하들을 급히 보내고는 석 주사를 다시 한 번 노려보았다. 침중한 목소리가 석 주사를 오금이 저리게 하였다.

"도마름 어른, 그 계집이 잡혀오면 같이 형조로 가지만 도타한 경우는 의금부로 잡혀가 물고당할 각오를 하시오."

"여보시오, 수문장 나리. 우리가 무슨 죄를 지었다고 이리 핍박하며, 그 계집애가 뭐가 그리 중하다고 이리 난리시오?"

"흥, 그대의 얼굴엔 결연한 의지가 그려 있소. 그 계집은 보통 애가 아니다. 그 댁의 중요한 살붙이인데 혹 붙잡히면 어쩌나 하는 우려와 근심이 여실히 그려 있다 이거요. 내 말이 틀렸소?"

석 주사는 가슴이 철렁하고 온몸이 부들부들 떨렸다. 대꾸할 말이 생각나지 않았다. 천만수는 더욱 이죽거렸다.

"마음은 가상하나 이런 중요한 일을 처리할 독심은 부족한 분이시군. 이런 일을 맡을 사람이 당신밖에 없는 박 참의네가 가련하오. 난 그 계집이 얼마나 중요한지는 따지지 않소. 여기 오늘 의금부에서 온 관자가 있소. 그대에게 보여줄 것까지는 없지만 이번 역신들의 살붙이 하나 노비 하나도 문밖으로 내보내지 말라는 엄명이 내려 있소. 도타하는 자는 즉시 나포하여 형조로, 형이 더 무거운 자는 의금부로 보내라는 명령이오. 나는 그것을 집행할 뿐이오. 날 원망진 마오. 아마 그 댁 사람들은 이제 한 발짝도 집 밖으로 나가지 못할 것이오."

석 주사의 핏속에 공포의 혈류가 새벽 서리처럼 차갑게 뻗쳐내렸다. 온몸이 빳빳해지는 것 같다. 오기로 이를 악물고 한마디 하였다.

"천 수문장 어른, 갑자기 그 무슨 재변이란 말이요. 하해 같으신 성상이 엄연히 위에 계신데 우리 같은 죄 없는 양순한 백성을 어찌하여 죄인으로 내치시겠소?"

"그걸 낸들 어이 아오. 어울하면 상감께 가서 따져보시구려. 여봐라, 이 사람을 구금실 일간에 데려다 잘 모셔라!"

자향은 작은 언덕을 두 개 넘고 세 번째 큰 고개를 넘으며 기진맥진하였다. 양가집 규수로 태어나 궂은 일 한 번 한 적 없고 기껏 한 게 재미로 밤새 해본 바느질 정도인지라 이렇게 험한 산길을 달리듯이 오르자니 입에서 쉰내가 날 지경이었다.

이따위 얕은 언덕을 오르는데도 이토록 힘이 드니 농사짓는 아낙이나 시장바닥서 일하는 여인네들은 얼마나 어려울까. 그 생각을 하니 요까짓 것 하는 생각에 오기가 일었다. 두 다리에 힘을 주어 걸으며 자신을 독려했다.

해는 벌써 한낮이 지나 중천에서 약간 기울어 있었다. 빨리 가야지, 이렇게 지체하다가는 오히려 사잇길로 든 게 의착이 날까 두려웠다.

아현에서 서강까지 한 시진 반이면 넉넉하다던 사람들의 말은 자기에게는 턱도 없다는 걸 이제야 알 것 같았다. 밤이 깊어 컴컴하기 전에는 서강에 당도해야 한다. 그런 마음에 길만 보고 열심히 발을 옮기고 있는데 돌뿌리에 걸려 그만 앞쪽으로 철퍼덕 넘어지고 말았다.

허둥지둥 짚은 손바닥이 왕모래에 쓸려 피가 났다. 피를 닦기 위해 풀잎을 뜯다가 애련하게 핀 꽃 한송이를 보고 자기도 모르게 꺾어 들었다. 처음 보는 꽃인데 청아하기 그지없다.

무슨 꽃이 이다지도 이쁠까. 여인네 주머니처럼 볼록한 매무새가 하늘하늘하다. 이름은 알 수 없으나 보기에 너무 고왔다. 너처럼 아름다운 꽃이 어찌 이런 산골에서 피느냐. 사람이 즐겨주는 곳에 피었으면 더욱 좋으련만. 너도 나처럼 불행한 운명을 지녔나 보다. 네 신세와 내 신세가 하나 같구나.

자향이 꽃의 아름다움에 넋을 잃고 다친 오른손에 피가 나오는 것을 막느라 치마를 토닥이고 있는데,

"무엇이 그리 아름다워 넋을 잃었는고?"

여인의 새된 목소리에 자향은 깜짝 놀라 고개를 들었다. 큼지막한 방물

을 가슴에 안은 삼십대 중반의 여인이 길 위켠에서 그녀를 들여다보고 있었다.

"오마나 금낭화로군. 강원도에 많은 꽃인데 어찌 여기서 피었을까? 예쁘기도 하지. 산골에 핀 꽃도 아름다운 게야."

"이 꽃 이름이 금낭화입니까?"

"그렇다우. 이 철에 꽃을 피우고 유월에 씨가 익고 가을에 잎이 지는 며느리주머니라는 꽃이야. 시골 처자들이 시집가서 며느리로 이쁨 받으며 살고 싶을 때 따서 머리에 꽂는 꽃이지. 불쌍한 기생들도 그 꽃을 좋아한다오. 평생 며느리가 못 되는 기생들의 한이 서린 꽃이라나."

"아, 그래요!"

자향은 고개를 끄덕이며 답하고는 몸을 세워 방물장수를 눈여겨보았다. 키가 크고 얼굴이 거무티티한 게 억세보였으나 말하는 양자가 시원하고 삽삽하여 방물장수로는 아까워 보였다.

"한데 처자는 이 산골에 웬일이요. 이 길로 어딜 가시나?"

"서강에 가는 차입니다. 좀 빨리 가고자 사잇길로 들었더니 너무 힘이 드는군요."

"흥, 그래. 입은 옷은 비자들 거지만 얼굴과 말하는 품이 양가집 규수 같은데 어찌 이런 샛길을 안다지? 이 길은 우리 같은 보부상들이나 다니는 길인데."

자향은 뜨끔하였으나 내색하지 않고 대답하였다.

"지나가는 분이 알려주었어요."

"지나가는 사람한테 들었다. 그가 누굴까. 내 앞에 간 사람은 양씨밖에 없는데……."

그 말에 자향은 새삼 놀라웠다. 이들 보부상은 거의 다 서로 안단 말인가. 그녀가 이상하다는 투로 쳐다보자 방물장수는 새초롬한 표정으로 자향을 요목조목 훑어보더니 낮은 목소리로 속삭이듯 물었다.

"중키에 나이는 한 삼십 중반, 얼굴은 검고 입술은 얇고 눈은 독사눈처럼 반짝반짝한 사람이 알려줍디까?"

자향은 너무 놀라 대답 대신 고개만 끄덕였다. 방물장수는 다시 한 번 자향을 세세히 꼰아보았다.

"당신, 무슨 죄 짓고 도망가는 중이요?"

자향은 그야말로 화들짝 놀라 보퉁이를 끌어안고 방물장수를 노려보았다. 가슴이 콩당콩당 뛰었다. 보부상들은 어쩌면 이다지도 남의 신세를 훤히 안다는 말인가. 큰길로 갈 걸 괜히 사잇길로 와서 이렇게 앙큼한 여인을 만나다니…. 후회막급이었다.

방물장수는 더 가까이 다가와 코가 서로 맞다을 정도로 얼굴을 들이대며 자향을 훑어보고는 재차 종알댔다.

"당신이 입은 옷은 하녀들 거군. 허나 끝동이 넓고 수구가 짧고 배래가 느슨하고 섶이 넓은 건 경상도 양반네 옷 품새이지. 게다가 당신의 옷은 몸에 안 맞아요. 건 뭐냐면, 당신은 비자의 옷을 빌려 입은 경상도 출신 양반집의 귀한 딸이다, 이런 뜻이야. 내 말 맞지?"

"……."

"그래, 대답 안 해도 좋다. 한데 당신이 그 한강독사한테 서강 가는 샛길이 있느냐고 물었소?"

자향은 이번에도 고개를 끄덕였다. 한강독사는 아까 그 양씨라는 사람의 별호인 성싶었다. 별호만 보아도 마음이 나쁜 사람인 게 분명하였다.

"그랬더니 이 길을 알려줍디까?"

"네."

자향은 방물장수의 묻는 품이 나쁜 의도는 아닌 듯 해 조그맣게 대답하였다.

"요런 쳐죽일 놈. 그 컴컴한 놈이 또 여자를 농간해 재미를 볼려는 수작이로군. 당신은 지금 큰일 났수다. 쫓기는 신세가 아니라면 몰라도."

자향은 가슴이 철렁하였다. 이것이 어떻게 된 셈판이란 말인가. 저들이 한번 훑어보고 자기의 신세를 대번 알 뿐 아니라 함정까지 팠단 말인가. 자향은 어쩔 줄 몰라 죄 없는 보퉁이만 꽉 끌어안았다.

"그 보퉁이에 귀중품이 들어 있소?"

보퉁이를 눈여겨보던 방물장수는 짓궂게 물었다. 자향은 뜨끔하였다. 너무 놀란 나머지 자향이 입을 버린 채 대답을 안 하자 방물장수는 허리를 쭉 펴면서,

"귀중한 것이 있으면 그럴수록 별거 아닌 것처럼 행동해야지. 흥, 처자처럼 보퉁이를 신주단지처럼 끌어안는 건 말이요 '여기 귀한 게 많으니 도둑질해 가시오' 하고 훤사하는 거나 마찬가지야."

비아냥거리는 목소리만큼 히죽거리는 웃음도 징그럽다. 그리고는 뭔가 생각하는지 딴전을 피면서 눈을 감았다 떴다 하였다. 자향은 갈수록 불안했다. 이 여인네는 또 웬 타산을 하는 걸까? 혹 내 보퉁이를 빼앗을 생각을 하고 있는 건 아닐까? 하기야 인적이 없는 이 산골에서 보퉁이를 빼앗아 가면 속절없이 당할 밖에 없었다.

자향은 보퉁이 속에 있는 은장도를 살그머니 더듬어 보았다. 그러나 이런 억센 여자한테 은장도를 휘둘러 보았자 아무 소용없음은 뻔한 일이었다.

잠시 몸을 흔들며 뭔가 생각하던 방물장수는 숨을 크게 한번 쉬고는 풀섶에 털석 주저앉았다. 자향이 그런 그를 처다보고 있자 방물장수는 옆의 풀 위를 손으로 툭툭 치며 말하였다.

"안 잡아먹을 테니 일루 와서 앉아 봐요."

자향은 거절할 도리가 없어 주춤주춤 옆에 가 앉았다. 아직 미덥지 않은 바가 있어 약간의 거리는 두었다 방물장수는 그런 그녀를 보고 빙긋이 웃으며 사근사근 물어왔다.

"시간이 없으니 내 간략히 묻겠소. 당신을 도와주려는 것이니 솔직히 대

답해 보아요. 쫓기고 있는 건 사실이우?"

자향은 잠시 망설였다. 그러나 선택의 여지가 없었다. 이 여인은 자신의 신세를 훤히 알고 있지 않은가.

"그런 셈입니다."

"정직해서 좋소. 당신, 너무나 순진한 게 하 불쌍하여 도와줄 터이니 나를 믿어 보겠소?"

자향은 그 말에도 약간 망설여졌다. 그러나 솔직하게 대답했다.

"네, 이제는 그러는 수밖에 없지요."

"한강독사 양가는요, 당신이 산길에 약할 걸 짐작하고 이 길로 가게 유도한 거요. 그리고는 당신을 쫓는 사령이나 포교들을 만나면 이 길로 갔다고 알려줄 거요."

"그분은 왜 그런 짓을 하지요?"

"허, 순진한 아씨야. 참 답답도 하지. 세상은 그렇게 무서운 거라우. 우리 보부상이 다 나쁜 사람들은 아니지만 간혹 악랄한 자가 있다우. 특히 그자는 한양 일원서 호가 나서 한강독사라고 불리는 질이 나쁜 자요. 내 이야기를 해줄 테니 잘 들어봐요.

이 샛길은 우리 같은 장사치에겐 큰길보다 훨씬 빠르지만은 당신들 같은 안방귀신은 외려 큰길보다 더 시간이 걸린다우. 그러니 포교가 이 산길로 쫓아올 필요도 없이 서강 들어가는 길목만 지키고 있으면 도망갈 구멍이 없다오. 한강독사란 자는 이번에도 당신을 이 길로 가게 하구서 포교한테 고자질할 심산이었을 게야. 전에도 몇 번 그런 적이 있으니까. 그리고는 관으로부터 상급을 받아먹는 더러운 놈이지."

이야기를 듣고 보니 대번 이해가 갔다. 어쩐지 음흉해 보이던 사내였다. 그 능글능글한 눈을 보고도 그를 믿고 사잇길로 온 자신이 한탄스러웠다. 산길이 힘해서 생고생한 이유도 훤히 알 것 같았다.

"그럼 어찌하면 좋지요?"

자향은 용기를 내어 물었다. 자신도 모르게 불쌍한 표정을 짓고 있었다. 자향은 방물장수 같은 사람한테 동정을 얻으려는 자신이 부끄러웠다. 하지만 사람이 궁지에 몰리면 무슨 짓을 못할까, 하며 자신을 변호도 했다. 방물장수는 헤벌쭉하게 웃었다.

"처자는 이름이 뭐요?"

"송이라고 해요."

"그건 비자들 이름인데. 가짜로군. 그래 좋아, 이름은 송이라고 하고. 아버님이 누구라는 것도 말할 수 없지?"

자향은 그것만은 망설여졌다. 결정적인 이야기 아닌가. 이것만은 마음대로 말할 수가 없었다.

"말하지 않아도 좋아요. 이번 사화가 난 집안이겠지 뭐. 그런데 서강은 어딜 가는 거요? 의지가지 할 데가 있나?"

"샛강주막이 있다면서요?"

"오, 있지. 송씨가 하는 주막 말이군. 잠재워주는 방도 있고 삯마도 놓고. 그 집 주인을 잘 압니까?"

"저는 모르지만. 우리 집 도마름이 잘 아는 여각이라고 거기 가면 돌봐줄 것이니 가 있으라고 했어요."

"그 도마름은 같이 안 왔소?"

"오다가 서문 수문장한테 붙들려갔나 봐요. 날보고 먼저 가라고 하고 뒤따라 오마고 했는데 한참을 기다려도 안 오더군요. 그래서 혹 추적자가 있을까 이 사잇길로 온 거지요."

"수문장? 수문장이 왜 아무 상관없는 양반집 마름을 잡아가나."

"서문을 나올 때 우릴 붙들고 한참 수상쩍게 보더군요. 그때는 어찌 통과하였는데 아현고개를 넘었을 때 추적자가 오는 것 같다고 날보고 민저 가라고 했거든요. 결국 붙들려 간 것 같아요."

자향은 그 말을 하면서 조금은 울먹였다. 갑자기 서러워졌다. 붙들려 간

석 주사가 걱정되었으나 자신이 더 불쌍한 처지임이 사무쳐왔다.

"흠, 수문장 김득실이는 그렇게 나쁜 사람이 아닌데. 마음씨가 고운 분인데."

"그 사람이 아니에요. 우리 도마름이 그 사람을 보고 놀라 어쩔 줄 몰라 했거든요. 천만수라며 아주 악독한 사람이라고 고개를 설레설레 젖기까지 했어요. 제가 보기에도 코는 독수리부리 같고 눈은 장비의 고리눈인데 입술은 아예 없어서 무장도 아니고 간신도 아닌 잔인한 사람 같더군요."

"뭐야, 천만수가 다시 수문장으로 왔다구? 어이쿠 큰일났다. 우리네 장사도 쫑쳤군!"

"그 사람이 그렇게 무서운가요?"

"말도 마. 그자는 죽은 시체 살갗까지 벗겨 먹는 사람이야. 정암 조광조 대감이 그자를 쫓아냈을 때 우리가 얼마나 환호했는지 알아. 그자가 또 온 걸 보니 조정에 사화바람이 분다는 풍설이 적실하군. 음마야, 그 좋은 세상 왜 오래 아니 가고 이렇게 빨리 끝난다냐!"

방물장수는 몇 차례나 손바닥으로 풀섶을 두드리며 원통해했다. 그리고는 두 다리를 쭉 뻗고 넋을 잃은 듯, 한동안 앉아 있었다. 이윽고 작심한 바가 있는지 자향을 보고 말하였다.

"처자네 도마름은 틀림없이 그자한테 잡혀갔을 거요. 게다가 처자까지 잡으려고 단단히 벼르고 덤빌 게 불을 보듯 뻔해. 그 몸에 그 모습으로 서강 바닥에 들어갔다가는 대번 사람 눈에 띄어 붙들리기 십상이지."

"제가 시골 처녀같이 보이지 않나요?"

"우헤헤, 시골처녀? 삽사리도 웃겠네. 아까 말했지만 처자가 걸친 그 한복은 비자들 것은 맞으나, 이 옷은 경상도 양반집네 옷이요 하고 소리치며 다니는 거나 마찬가지지. 우리 같은 방물장수는 대번 안다우. 눈썰미 있는 포교들이 그걸 모를 줄 아우. 천만수란 자도 그 정도는 다 아는데 당신의 이 속살은 미처 못 봤겠지."

방물장수는 손을 쑥 뻗더니 자향의 저고리 깃을 쓰윽 밑으로 잡아당겼다. 자향의 성숙한 가슴팍이 하얗게 드러났다. 자향은 처음 당하는 일이라 후딱 옷을 추스려 입고 빨개진 얼굴로 방물장수를 흘겼다.

"화났수? 우혜혜. 아까 처자가 넘어졌을 때 위에서 보니 옷매무새가 흐트러져 하얀 속살이 내비칩디다. 내 그래서 당신이 양가집 규수란 걸 알았지."

"그렇다 해도 이렇게 수모를 주는 법이 어디 있습니까?"

"너무 화내지 마시오. 세상이 얼마나 험악한가를 알려주려는 것뿐이니까. 그나저나 이렇게 합시다."

방물장수는 보따리 속을 뒤지더니 골무 하나를 꺼내 자향에게 주었다. 빨강 노란 줄이 수놓인 이쁜 골무였다.

"이 골무가 내 신표요. 아름답죠? 내가 만든 골무라오. 손재주가 있어 뵈지요?"

"네, 너무 이뻐요. 한데 신표라니요?"

"신표(信標)도 모릅니까? 이걸 누구한테 보여주면 내가 부탁한다는 걸 알려주는 거예요."

"아!"

세상물정이 어수룩한 자향은 입을 벌리고 감탄했다. 이런 방물장수도 요렇게 속심이 깊고 궁리가 있는데 나는 아무 준비와 목적지도 없이 가고 있으니 한심스러웠다. 석 주사가 자기를 어디로 데려가는지 여태 모르고 있지 않은가. 그를 다시 못 만나면 이 도망길은 혼자 감당해야 할 일이었다.

"내 말 잘 들어요. 맘 같아서는 송이 처자를 서강까지 데려다 주고 싶지만 나도 급한 일이 있어 문안을 들어가야 합니다. 서문에 친민수가 다시 왔다니 남문으로 휘돌아서 들어가야겠어요. 그녀석을 만나면 안 될 일이 나한테도 있다오. 나도 행보가 바쁘오.

처자는 이 길로 서강 쪽으로 쭉 가시오. 여기서 한 시진쯤 가면 언덕이 있고 거길 넘어가면 초가집 한 채가 있어요. 그 집은 주인이 관의 간자 노릇을 하니 그 집 사람 눈에 띄면 안 됩니다. 그 집 가기 전에 소롯길이 있는데 그 길로 해서 오른쪽으로 야트막한 언덕을 올라가세요. 거기서 백여 보쯤 가면 다시 초가 한 채가 나옵니다. 그 집 주인이 진씨인데 그분을 찾아서 며칠을 숨겨달라 하시오.

그분은 은퇴한 무인으로 지체가 높지만 워낙 소탈해서 우리 같은 상것들하고도 왕래를 해주는 분이어요. 당신이 행여 위험하다 생각되면 어디 딴 데로라도 옮겨 숨겨줄 거요. 그리고 샛강주막의 송씨한테 연락해서 처자네 도마름이 오면 통기해 달라고 부탁해놓아요. 내가 모레 그 집으로 갈 테니 그때 봅시다. 서강은 거기서 지척이지만 들어가면 위험하니 각별히 조심해요."

자향은 한동안 읊어대는 방물장수를 보며 속으로 고마워했다. 부처님 저를 이렇게 보호해주려는 사람을 만나게 해주셔서 정말 고맙습니다. 빠른 시일 안에 불공을 정성껏 올리겠나이다.

"여 봐요. 뭘 그렇게 멍허니 있는 거요. 내 말 알아들었어요?"

"네, 감사합니다. 한데 아주머니를 뭐라고 불러야 하지요?"

"흥, 아주머니. 나도 아직은 처잘세. 그대 같은 처녀라구!"

그 말에 자향은 얼굴이 화끈해졌다. 큰 실수를 한 것이었다.

"죄송합니다."

"괜찮아요, 괜찮아. 맞아, 내 이름을 알려주지 않았군. 나는 손추수요. 경주 손가에 가을 추 나무 수. 우리 할아버지가 지어준 이름이야. 이름 이쁘지? 하지만 사람들은 나를 손가네 둘째라고 해서 손이랑이라 부른다오."

손이랑이라고 하면 수호지에서 나오는 뚱뚱하고 힘센 여걸 이름이었다. 남편 장청과 함께 술집을 열고 지나는 길손을 죽여 사람 고기로 만두를 만

들어 파는 파렴치한 여산적이었다. 그러고 보니 뚱뚱하지는 않았으나 손 추수도 사람고기로 만두장사를 할 만큼 억센 데는 있어 보였다.

"흐응, 처자도 수호지를 읽었군. 내 별호가 손이랑이라니까 얼굴 표정이 달라지는 걸 보니. 그렇지?"

"네, 그래도 그 손이랑은 마음씨는 착하잖아요. 그러지 말구요, 앞으론 손이랑보다 가을나무라 부르라 하세요."

"호호, 가을나무. 내 이름이 가을 추 나무 수니까 가을나무라고 부르라 구. 괜찮군. 양반집 규수라 머리는 좋네. 그래 앞으로 날 가을나무라 부르 라 하지. 고마워. 내 나이 서른하고도 반이지만 언젠가 좋은 남자 만나면 시집갈 거야. 저 금낭화 일루 줘 봐요. 내 머리에 꽂고 가게. 그 진 영감이 처자 말을 안 믿거들랑 골무를 보여줘요. 알았지요?"

천만수는 대기일조와 이독수를 보내놓고도 마음이 안 놓였다. 그렇다고 석 주사를 닦달하여 적실한 공초를 받아낼 생각은 아직 없었다. 계집이 도 망가는 길은 두 갈래뿐이라 특별한 일만 없으면 잡혀 올 밖에 없었다.

한데 이상한 생각이 그를 언짢게 했다. 계집아이가 안 잡힐 것 같은 예 감이 자꾸 드는 것이었다. 수문장 십여 년에 이런 예감이 간혹 들곤 하였 는데 그때마다 틀린 예가 없었다.

이건 뭔가 일이 묘하게 벌어지는 것이야. 내 예감이 맞을 게야. 하지만 복직한 지 하루도 안 돼 내 근무에 흠절이 생겨서는 안 되는데. 불여우 같 은 남곤 대감이 알면 고임을 잃을라. 남곤 대감이 누구인가. 기세등등 하 던 조광조가 하루아침에 금부로 잡혀가던 날 밤 남곤은 허름한 예조판서 에서 그 좋은 이조판서로 올라서지 않았는가. 그런 남곤의 신임을 잃을 수 는 없다. 그렇다면 이 일을 어찌한다지? 이 사안을 빨링 의금부 쪽에 넘겨 버린다?

이렇게 천만수가 책임 회피할 꾀를 짜고 있을 때 한강독사가 서문으로

털레털레 들어오고 있었다. 한강독사는 멀리서 천만수를 보자 대번 알아보고는 부리나케 달려왔다.

"아이구 수문장 나리, 성님이 다시 오셨군요. 이 한강독사가 이제 살판이 났네요. 성님 제 절을 받으십시오."

한강독사는 사람들이 보는 것도 개의치 않고 서문 앞에서 넙죽 절을 두 번이나 해댔다. 천만수는 그런 그를 보고 껄껄 웃으며 눙을 쳤다.

"양가놈아, 절을 하려면 세 번 하거라. 두 번 하는 것은 귀신한테나 하는 거다. 나더러 죽으라는 게냐? 여하간 이 형님이 없는 사이에 재미가 좋았느냐?"

"무슨 말씀을 그리 하십니까. 이 한강독사가 성님을 잃고 김득실인가 김손실인가 하는 수문장 땜에 얼마나 고생을 하였는데요. 아 참, 한 달 전에 제가 갖다 드린 연평도 조기는 잘 드셨습니까요. 댁으로 제가 직접 찾아가 뵈었는데 성님 혜안을 못 뵈와 물고기가 물을 잃은 양 섭섭하였나이다."

"에끼 이놈아, 머슴 시켜 갖다 놓고는 웬 거짓말을 해대느냐. 우리 마누라는 눈먼 봉사더냐."

"아차, 또 들통이로다. 하지만 이 시절에 그 비싼 조기를 한 두름이나 갖다 바친 사람이 세상에 저밖에 더 있겠습니까. 성님이 돌아오실 것을 이 한강독사는 예측하였고 부처님께 빌고 또 빌고 하였다 이거 아니겠습니까."

"알았다 이놈아, 생색은 그만 내거라. 그래 어딜 갔다 오느냐?"

"하, 안성의 정부자한테 돈 좀 꾸러 갔는데 추수걷이 이전에는 돈이 없노라고 남자맛 못 본 숫처녀처럼 매정하게 퉁깁디다. 이백 냥만 빌리면 큰 횡재할 일이 있는데 부자는 더러운 놈들이어요."

"누가 누구를 더럽다고 하느냐. 남의 돈으로 남의 돈 훑으려는 놈이야말로 더럽지."

"아이구 수문장님, 한 일 년 노시더니 말씀이 험악해졌소이다. 노자 공자를 공부하셨나, 하나라 은나라 주나라 성인을 흠모하셨나. 그런 사람 글 읽으면 사람 베립니다요. 누에는 뽕잎을 먹어야 산다 하는 우리의 평범한 진리, 성님도 잘 아시지 않습니까요."

"애 이녀석아, 사설은 그만 제껴라."

"어이쿠 이런 재변 보았나. 오다가 장작눈썹과 함지박귀를 만났던 이야 기를 까맣게 잊고 있었네그려."

"그들을 어디서 만났는가?"

"아현 고개 내려오는 고샅길서 만났지요. 서강 쪽으로 쏘아놓은 화살처 럼 달려갑디다. 무슨 일이 있습니까?"

"도타한 계집 하나이 잡을 일이 있어 급파하였다."

"계집요? 아하, 바로 그 애로군."

"뭐가 그 애야?"

"그게 말입니다. 제가 그 계집아이를 보았습지요. 하얀 저고리에 검정치 마를 입었고 보퉁이 하나를 신주단지처럼 안고 있는 처자 아닙니까. 얼굴 이 희지는 않아도 새초롬히 이쁘던데."

"맞다. 어디서 보았느냐?"

"서강 가는 샛길 못 미처에서 만났는데 계집이 당돌하게도 샛길이 있느냐 고 묻대요. 내가 그 길은 가기 어려운 길이야 하고 눙치고는 도망자에게는 둘도 없는 길인 양 언질을 던졌지요. 분명히 계집은 샛길로 갔을 겝니다."

"역시 고것이 서강으로 방향을 틀었군. 석 주사, 이 나쁜놈. 금방 들통날 거짓말을 하다니! 그럼 애들한테 그 이야기를 해주지 그랬는가."

"제가 왜 해줍니까. 이 좋은 서문 수문장으로 김득실이 온 뒤로 난 득이 없이 손실만 컸는데 제가 왜 도와줍니까. 성님이 수문장으로 재차 부임하 셨다는 말만 하였으면 내기 그들을 인도해 고것을 납싹 잡아왔을 텐데요."

"이녀석아, 경황없이 바쁜 중에 그런 이야기할 새가 어디 있겠느냐. 여 봐라, 대기이조를 불러라!"

4. 악귀(惡鬼)와 아들

박성수란 자는 평생 남에게 좋은 일을 해본 적이 없는 천민이었다. 그도 그럴 밖에 없는 것이 세상에 눈을 떴을 때부터 비자의 애비 없는 아들인 불행한 씨앗이었다. 그것도 다섯 마지기도 못 되는 가난한 양반주인 박씨네 비자의 아들로 났으니 오죽 했겠는가. 제대로 먹지 못해 젖이 아예 나오지 않는 어머니 덕에 갓난아이 때부터 남의 젖과 누룽지 국물로 개신개신 살았다. 죽지 않은 게 이상했다.

배고파 울 때가 힘없이 누워 있을 때보다 더 많았다. 눈은 퀭한데다 양볼에 살이 오른 적이 없으며 팔뚝은 꼬챙이처럼 가늘었다. 얼굴 가운데 코하나만 컸다. 사람이 못 먹어서 코도 마른다면 박성수 코는 아마 말린 포도처럼 납작해졌을 것이었다.

자연히 성깔이 비뚤어진 아이가 되었다. 비쩍 마른 영양실조로 한 십 년 살다가 열 살 무렵 어머니와 함께 염병에 걸렸다. 주인이 빨리 갖다버려라 해서 모자를 동네 뒷산 동굴에 함께 버렸는데 애미만 죽고 박가는 맘씨 좋은 할배머슴이 주워다 길렀다.

그러나 그 더러운 성깔은 나이가 들면서 더욱 고약해져 열다섯 살에 할배가 죽자 동네에서 쫓겨났다. 동냥을 하며 정처없이 서쪽으로 걸었다. 발이 닿은 곳이 양평이었고 그곳서 머슴살이를 했다.

양평의 머슴살이도 오래가지 않았다. 재차 쫓겨나서 온 곳이 서강이었다. 운이 좋았는지 부처님이 눈이 멀었는지 서강의 마음씨 좋은 부자 홍 참봉네 머슴이 되었는데 고약한 성깔 숨길 데가 없어서 노상 말썽을 일으켰다. 이웃은 물론이요 좋아하는 동료 머슴 하나 없는 걸 안 홍 참봉은 끌끌 혀를 한없이 차다가 선산지기로 내보냈다.

말이 선산지기이지 그만 없어지라는 건데 세상 어디에도 갈 데가 없는 박가는 한 뼘도 안 되는 밭이나마 붙이며 목숨을 연장했다. 굼벵이도 구르는 재주가 있다고 역시 애비가 누군지 모르는 비자의 딸 들창코 기집을 얻어 아들 둘을 낳았다.

가난뱅이가 밥은 더 먹기 마련이라 살림은 갈수록 어려워졌다. 결국에는 관의 끄나풀이 되었다. 박가의 산지기 집이 아현에서 서강으로 빠지는 샛길 끄트머리 외길에 있어 가고 오는 사람들을 몰래 기찰하기가 아주 좋았다. 도타하는 노비는 물론이고 죄인인 성싶은 자, 보부상의 움직임, 양반집 심부름꾼의 동태 등을 죄 발기해 서강 포교만이 아니라 포청이건 의금부건 수문장이건 고자질하는 게 일이었다.

그 때문에 멀쩡한 양민이 관아에 잡혀가 곤욕을 치른 게 한두 번이 아니었다. 이곳 몇 안 되는 산골 사람들이나 서강 양민들은 그런 그가 미워 뒤웅박이라 불렀다. 그가 개입하면 뒤웅박 깨 먹듯이 되는 일이 없음을 비아냥거린 것이다.

이날도 뒤웅박은 약초와 산나물을 뜯어다 아내에게 주고 마당으로 나오다가 울 밖 저켠 산쪽에서 희끗거리는 걸 보았다. 본능적으로 몸을 낮추며 울 사이로 밖을 살폈다. 하얀 저고리에 검정치마를 걸친 앳된 처자가 보퉁이 하나를 안고 사방을 살피며 조심조심 걸어오고 있었다. 걸어오는 품이 사람을 만날까 겁을 내고 있었다.

오라, 수상한 년이 걸렸군. 도타하는 비자인 게야. 개똥밭에도 이슬 내릴 때가 있는 법이라구. 이 박성수가 이래봬도 늦깍이 운이 있는 놈이거든.

그것도 모르는 자향은 초가에 아무도 얼씬거리지 않는 것이 좋아서 하눌님께 감사축도하며 오른쪽 산길을 따라 진씨네 집으로 향했다. 진씨네 집은 가을나무가 알려준 대로 백여 보쯤 가니 있었는데 큰 회나무에 기대여 다 쓰러져가는 초가였다.

계세요, 세세요를 몇 차례나 한 뒤에야 부시시한 나이든 남자가 짚신을 끌며 나왔다. 진씨는 처음에 믿을 수 없는 양 눈을 껌벅였다. 자향은 할 수

없어 이쁜 골무를 보여 주었다. 두 사람은 뒤웅박이 울 밖에서 엿듣는 줄
도 모르고 한동안 이야기를 나누다 안으로 들어갔다.

뒤웅박은 너무나 좋아 누구한테 들킬 염려도 잊은 채 펄쩍펄쩍 뛰어 집
으로 달려갔다. 집 안에 들어가자마자 뒤웅박은 아내를 불러 둘째가 어디
있느냐고 물었다.

"모방이 어디 있나?"

"낮잠 자고 있어요."

"안방이는?"

"산에 갔는가 보아요. 아까부터 안 보입디다."

"안방이는 산에 갔어? 그거 잘 되었다. 모방이를 빨랑 깨우소. 서강에
심부름 보낼 일이 있네."

뒤웅박의 두 아들은 큰애가 안방이 둘째가 모방인데, 열네 살짜리 큰녀
석은 철이 들어 애비 하는 일을 못마땅해하고 열 살배기 둘째는 아직 어려
애비 하라는 대로 하는 순둥이었다. 뒤웅박이 하는 일마다 좋은 게 없는
걸 아는 안방이는 애비 일에 건건사사 못마땅해할 뿐 아니라 가끔 기밀을
흘려서 애비한테 죽을 정도로 얻어맞기도 했다. 그러나 큰아들이 나이에
비해 등치가 워낙 큰지라 매번 두들길 수도 없어 이즈음에는 아예 큰놈은
기피하고 모방이만 온갖 잔심부름을 시켰다. 사람들도 대충 그런 흐름을
알아 가족 중에 안방이만은 사람 대접을 해주었다.

'모방이는 지 애비를 그대로 닮은 녀석이고 안방이는 안 닮은 게 어쩌면
이름하고 그렇게 부합하는가'라며 사람들은 손뼉을 치며 재미있어 했다.

독랄한손 이독수는 사소한 일로 수문장 천만수한테 퉁을 당한 게 분하
였다. 자신의 별호에 먹칠한 자체도 싫었지만 신임 수문장한테 찍히는 게
여간 기분 나쁜 일이 아니었다. 그는 화살 맞은 맷돼지처럼 사납게 내달
았다.

'최윤보가 아무리 발이 빠르다 해도 나도 달리기 시작하면 누구도 못말려.'

그는 반시진 가까이 숨이 가슴을 내지를 정도로 재빨리 달렸다. 도화동을 넘어서 마포 어름에 왔는데도 계집은커녕 최윤보도 보이지 않았다.

거참 이상하다. 계집의 발이 이토록 빠르다는 말인가. 수문장의 추리대로 계집이 박 참의의 딸이라면 곱게 자랐을 것이 분명하고 이처럼 재게 걸을 수 없을 터였다. 삼개 못미처 충분히 따라잡고 최윤보를 만나리라 예단한 게 영 틀어지고 있었다.

수문장이 예측한 대로 계집이 서강으로 빠졌을까. 하면 더욱 망신 아닌가. 삼개의 입구를 들어서는데 저만치서 최윤보가 되돌아오는 게 보였다.

"여어, 윤보. 계집은 못 찾았나?"

"계집은 일루 안 왔소. 주막과 여각 그리고 새우젓집까지 죄 뒤졌어도 계집은 없우다."

"혹 사가로 스며든 건 아닐까?"

"절대로 아닐 거요. 삼개 입구의 째보네집 털보가 내동 밖을 내다보고 있었는데 계집은커녕 삽사리 한 마리 지나가지 않았답디다."

"그래, 그럼 고년이 서강으로 빠진 걸세. 큰일났네. 창피하게 되었지 않은가. 이를 어쩐다."

눈쌀을 찌푸리는 독랄한손이 마음에 안 들었던지 최윤보는 고개를 비틀며 책임타령을 하였다.

"거봐요. 그래서 내가 마름이란 자한테 다짐을 받는 건데 형님은 빨리 삼개로 가라고 다그치는."

"자네 무슨 소리야. 불난 집에 부채질하는 건가."

"하여튼 형님은 성질 급한 게 탈이오. 그럼 서강으로 쫓아가아 하는 섯 아니요?"

"서강 쪽은 함지박귀하고 장작눈썹이 이미 갔네. 빌어먹을 그들한테 공을 놓치네그려."

"아니, 무슨 큰일났다고 그까짓 계집 하나에 추적조까지 동원된다요?"

"그까짓이 아니야. 고년이 비자가 아니라 유명한 박 참의라고 있지 않은가. 강직하고 학문이 도저하다는 박운 참의 말야. 그 박 참의의 고명딸이라는 게야. 이번 사화에 걸려 그 집안은 죄 노비로 박힐 참인데 그걸 피해 도타한 거라구."

"호오, 그렇탐 큰 사단이군. 작은 일이 아닐세. 더구나 고명딸? 박 참의가 아들도 없고 딸도 하나뿐인데 그걸 문밖으로 빼돌렸다 이건가? 으흠."

"귀한 딸이란 뜻이지 무슨 고명딸이야. 게다가 위에서 엄한 관자가 내려왔는가베. 이번에 금부에 갇힌 고관대작네 집안붙이는 누구 하나 문밖으로 나가지 못하게 하라는 엄명인가 부아. 천만수가 얼굴이 찌그러지면서 고년 안 잡아 왔다고 난리났어. 혹시 아들을 여자 옷 입혀 도망시킨 게 아니냐는 의심까지 하더라구."

"고명딸이라고 할 때는 언제고 아들은 또 뭐요? 형님도 오락가락 하는데 뭐 났수."

"나긴 뭐가 나. 고년만 잡으면 그만이지. 여하튼 우린 어쩐다. 고것의 행선지는 용인인가 본데. 함지박귀와 장작눈썹이 서강 가서도 못 잡으면 내일은 여기 삼개로 넘어와 필히 우리와 함께 잡으라고 성화일 텐데. 어쩔 수 없다. 우린 삼개에 둥지를 틀 밖에."

"천 수문장한테 고년이 이곳에는 없다고 보고하지 않아도 되까?"

최윤보의 이 말에 이독수는 퍼뜩 눈을 밝히며,

"생각 한번 잘했다. 보고하면 생 지랄하겠지만 헐 수 있나. 니가 퍼뜩 갔다 와라. 내 다시 삼개를 훑고 째보네 주막에 진을 치고 있을 게니."

"흥, 내가 천만수한테 얻어맞는 지천구요?"

"그럼 내가 가야겠어?"

"어이쿠, 무섭게 노려보기는! 알았수다. 제가 가리다. 제기 녹봉 적은 놈이 일은 죄 한다더니 그 말이 맞군."

"뭐야 내가 너보다 몇 푼 더 받니? 싸가지 없는 말은 그만 좀 혀라. 맨날 술 사달라고 할 때는 언제고!"

"알았수다 알았어요. 갔다 오지요. 천만수가 지랄하면 너 짖어라 나는 모른다, 그러고 오께요."

최윤보가 마지못해 수락하자 독랄한손은 조금은 은근해진 투로 당부하였다.

"천 수문장한테는 말야, 우리가 째보네 집에 진치고 도선장 새우젓가게 사사집 죄 적간하고 있다고 말을 이쁘게 하고 와. 알았어?"

"독랄한손께서 천만수는 되게 무서워해요, 응?"

"이 자식이, 형님 형님 하면서 어리보기하는 데는 도가 틔었나. 윤보 이놈아, 정신차려. 지금 천 수문장이 누구 뒷심으로 복직한 줄이나 알어?"

"누구 뒷심이요?"

"남곤이여. 예조판서 하다가 이번에 이조판서가 됐다는 남곤이라고. 이조판서가 판서 중 판서인 건 아느냐?"

"이조판서가 아무리 힘이 센들 우리 같은 포졸한테는 오위장이나 의금부 도사나 하다못해 한성부 판관이 쓸모가 있지, 어따 쓴다요? 그 무서운 조광조가 서슬 푸를 때 말 한마디 못했다 합디다."

"그래서 고소했어? 어이구, 세상 좀 알고 살아라. 그 때문에 사화가 나는 게여. 강하면 부러지고 원한 있는 곳에 보복 있는 게다. 으이그, 멍텅구리허고 짝패를 했으니 나도 밥통이지. 잘 들어. 조광조는 이제 끝났어."

독랄한손의 삿대질과 멍텅구리 소리에 최윤보는 슬그머니 부아가 났다.

"조광조 끝났다고 좋아하는 사람들 난 이상터라. 우리같이 맨날 배주리고 사는 백성, 조광조가 훨씬 좋지 않수?"

"그래, 조광조가 너 밥먹여 주데?"

"밥은 안 먹여줘도 기분은 좋습디다. 조광조 땜에 좋은 자리 있어 신나는 더러운 놈들 도둑질 못했잖소. 임금님도 상소 하나 제대로 처리 못하면 수라도 제때 못 들었답디다. 얼마나 통쾌허우."

"어이구 먹통하고는 이야기가 안 돼. 그러니 임금이 변심할 밖에. 야 윤보야, 내 다시 말한다만 세상은 내가 좋아야 하는 거다. 조광조가 펄펄 날아서 너한테 좋은 일이 뭐가 있다더냐? 컬컬한 대포 한잔 얻어먹은 적 있느냐? 너 같은 놈이야 기분만 좋았지 뭐가 좋은 일 있었냐구. 조광조가 죽던 남곤이가 살아나던 니나 나나 애새끼들 먹여 살리고 마누라 고생 안 하게 하는 게 젤 중요한 게야. 쓸데없는 소리 말고 퍼뜩 천만수한테 갔다나 와! 조광조 좋아하긴 육시럴."

"조광조한테 욕하는 거요, 나한테 욕하는 거요?"

"너한테 했다. 윤보님께는 욕 좀 하면 안 됩니까요?"

"제기, 양반은 먹는 게 밥이고 하는 게 씹이라더니 우리같이 힘없는 놈은 하는 게 일이고 먹는 게 욕이로군."

서강은 서로 양화진과 동으로 삼개를 두고 있는 갯가인데 특히 와우산 밑의 광흥창이 있어 유명하였다. 광흥창은 조선시대 관리의 녹봉을 주는 호조 예하의 관청으로 정사품짜리 수(守)가 주부 봉사 부봉사 등 관원을 거느리고 경영하였다. 서울 근교 와우산 밑에 광흥창을 둔 것은 이곳 서강이 전국의 세곡선이 쉬이 올라올 수 있는 곳이기 때문이었다. 특히 호남과 충청의 세곡은 모두 이곳에 모여 관리의 봉록으로 씌여졌다.

그래서 항간에서는 이런 말이 있었다. 황해도 세금은 북쪽 지키는 데 쓰고, 경상도 세금은 왜구 지키는 데 쓰고 전라 충청 경기도 세금은 나라 녹봉에 쓴다. 함경도 평안도는 사람도 몇 안 되고 세금이랄 것도 없어 이런 말밥에도 넣어주지 않았다.

자연히 서강에는 배가 접안하는 선착장이 있고 이를 지키는 관이 있고 여기 따르는 마을이 흥청거렸다. 서강에도 경강 상인이 드나들었으나 어물의 집산지이고 교통의 요충인 삼개(마포)와는 삶의 흐름이 판이하게 달랐다.

그 중의 하나가 삼남에서 올라오는 세공선(稅貢船)을 둘러싼 여러 꿍꿍이속이었다. 이들 세공선은 비 오는 날 접안하는 것을 제일 좋아했고 하다 못해 김포에 안개가 자욱한 날을 선호했다. 그것은 쌀가마에서 쌀을 빼내고 무게를 유지하기 위해 가마니에 물을 뿌리는 게 가장 쉬운 농간인데, 비가 오면 이 농간이 합법적으로 이뤄지는 것이었다. 이런 폐단을 없애기 위해 비온 날에는 세공의 수납을 하지 않고 날씨가 맑게 개인 날 수납토록 규정하고 있었다.

그러나 법망은 얼마든지 빠져나갔다. 비가 오다가 날이 개면 수납감독관은 그 즉시 무게를 달고 검정 낙인을 펑펑 찍어주면 뒷주머니에 큰돈이 풍덩 떨어졌다. 날이 개었다고 해서 비에 젖거나 짙은 안개에 이슬이 함초롬히 맺힌 쌀가마니가 금세 마를 리 없는 일이었다.

경강 상인들 중에 간이 큰 자들은 아예 쌀가마를 바꿔치기도 했다. 쌀의 질이 떨어지는 강원도 쌀을 양질의 삼남 쌀과 바꿔치는 것인데 이는 어느 농간보다도 지적이고 조직적이어야 했다. 경강 상인이 춘천서 사들인 강원도 쌀은 개인 배에 선적되어 아산 공세곶창이나 함열의 덕성창 또는 영광의 법성포창의 세공선이 출항하는 것을 기다린다. 삼남의 쌀이 출항한 것을 알면 그 배가 서강에 도착하는 것에 맞추어 춘천서 납작배가 한강을 따라 남하한다. 삼남 쌀이 서강의 선착장에 부린 다음날 꼭두새벽 춘천배가 도착해 가져온 쌀은 부리고 부려 있는 쌀은 배에 싣고 유유히 가버리는 것이다. 물론 이를 감독할 관리들은 전날 술을 먹고 잠에 빠져 나 몰라라 하면 되었다.

이러한 깃들은 임금이 혼매하거나 간신히 권력을 쥐었을 때의 일이다. 조광조가 권력의 핵에 있던 오 년 간은 봉물짐도 사대문을 통과하기 힘들었을 뿐만 아니라 서강의 세공선 납입과 감독도 엄정하여졌다.

조통정 포교는 오늘 하오도 서강의 선착장과 도선장을 순찰하고 집으로 돌아갈 채비를 하고 있었다. 여느 때 같으면 퇴청에 맞추어 포졸 한둘이 찾아와 그날 인사도 하고 돌아가는 잡사를 의논성 있게 이야기하곤 하였으나 이 며칠 사이 누구 하나 근접하지 않고 있었다. 모두가 문안에서 들려오는 풍문 때문이었다. 조광조와 뜻 있는 선비들이 죄 잡혀들고 남곤을 중심으로 한 훈구파 간신들이 득세하였다는 소식이었다.

그것과 내가 무슨 상관이란 말인가. 나야 할 바를 하는데 조정의 큰일이 우리와 무슨 상관이 있다는 말인가. 조통정은 시세의 흐름이 하도 어처구니없어 살맛을 잃을 지경이었다. 평생에 누구한테 아부한 적이 없고 신세 진 바 없다. 더구나 조광조 대감하고는 일면식도 없는 그였다.

그러나 사람들은 그렇게 보지 않았다. 서강 언저리에 있는 관리나 일부 백성에 있어 광흥창의 봉사 김치명과 이곳 포교 조통정은 조 대감 사람이었다. 그 대감과 똑같은 이들 때문에 그 좋던 콩고물이 하나도 없다고 푸념하곤 하였다.

조통정이 이곳 포교로 온 것은 지난해였다. 문안에서는 조광조 김식 등 빳빳한 선비들이 권신들의 폐악을 탄핵하며 무섭게 조정을 깨끗이 하는 와중에도 이곳 서강은 사소한 토악질이 수시로 숨을 쉬고 있었다. 그 참에 남궁태 사안이 일어났다.

남산골 타락동에 사는 남궁태는 장리를 놓아 고리를 취하는 자인데 광흥창의 부패한 관리인 부봉사 하나와 줄이 돈독하였다. 한 달 동안 쌀 이천석을 빌리면 이천팔백 석이 생길 횡재가 있는 차에 광흥창의 쌀을 공치기했다. 공치기란 쌀 바꿔치기보다 더한 부정으로 멀쩡하게 서강에 부려 있는 세미를 새벽에 배를 부려 퍼내가는 수법이다. 그리고 한 달이나 두 달 뒤 나라의 검사가 있기 전에 그 쌀만큼을 살짝 갖다 놓는다. 나라 세미로 고리대금업을 하는 셈이다. 선착장의 관리책임자와 세미를 접수하는 광흥창의 부봉사만 눈을 감아주면 너끈히 할 수 있는 부정이었다.

남궁태는 이 부정수법을 가끔 써먹었고 조광조의 칼날 같은 그 엄정한 속에서도 쉽사리 해내었다. 한데 일이 틀리려니 제 집 문턱 못 넘는 꼴이 되고 말았다.

남궁태는 부정으로 돈을 많이 벌고 만지다 보니 여기에 한 년 저기에 한 년 계집이 사방에 박혀 있었다. 그중 매월이라는 천기가 방중술이 좋아서 남궁태의 이쁜 첩 노릇으로 떵떵거리고 살았다. 하루는 셋째 남동생이 쌀 서른 섬만 있으면 석 달 만에 예순 섬을 만들 수 있노라며 누님에게 쌀 서른 섬을 만들어 달라고 되우 졸랐다. 매월이는 남궁태에게 애교를 부렸다. 남궁태는 그날따라 이가 아파 하루종일 안방에서 궁글다시피 하던 차에 귀찮은 부탁에 생판 쪼들리자 버럭 성깔을 부리며 손찌검까지 하였다.

"썩 꺼져 이년아. 쌀 서른 섬이 애들 엿가락이냐? 어른 이 아픈데 무슨 헷소리를 하는 게야. 니년 없다고 그 좋은 씹을 못할까."

이 막말이 밤일에 있어선 으뜸이노라 자부하던 매월이의 자존심을 손상했다.

'그렇게 좋다던 때는 언제고, 이젠 한코라도 주는가 봐. 나만한 년이 세상에 어디 있나. 그까짓 쌀 서른 섬 갖고, 흥 어디 두고 보라지.'

분하고 억울했다. 앙심이 났다. 기생 삼 년에 독심 없는 년 없다고 동생을 시켜 공치기 해먹은 걸 관에 고발하였다.

그렇지 않아도 부정부패라면 이를 갈던 조광조 사류는 이 차제다 하고 몰아대었고 광흥창 부정이 온 세상에 발기잡히고 말았다. 그 결과 서강과 광흥창의 오리들은 죄 박살이 나고 광흥창 봉사로 김치명이, 서강 직할 부장포교로 조통정이 부임했다.

이들이 온 것은 조광조와는 아무 연줄 없이 청백하고 강직하다는 소문 때문이었다. 그러나 소인들은 이편이다 저편이다 나누기를 좋아하는지라 이때부터 이들을 조광조 사람으로 여겼다.

이 사건으로 이가 아픈 탓에 재수가 옴붙은 남궁태는 재산이 몰수당하고 곧장 이백 대를 맞은 끝에 세상을 그만두었는데 그게 고놈인 고발자 매월의 동생은 보상으로 쌀 이십 석을 받아 장리장사를 신나게 했다.

서강과 광흥창은 이후로 부정이 완전히 사라졌다. 그렇지만 세상일은 적당한 부정이 없으면 재미없는 법이라 늘 치통 때문에 문제라고 말들이 많았다. 남궁태가 치통으로 첩을 발로 차고 못담을 욕을 한 끝에 패가망신했는데 서강은 김치명과 조통정 두 치통 땜에 아무 재미도 못 본다는 것이었다.

조통정이 오늘은 집에 일찍 갔다가 저녁 들고 샛강주막에서 술이나 한잔 걸쳐야겠다고 궁리하는 차에 방기포라는 포졸 우두머리가 근엄한 얼굴을 하고 나타났다.

"부장어른, 긴급한 정보가 들어왔습니다."

"무슨 일인가?"

"뒤웅박이 아들을 보냈는데 도타한 양반집 비자가 숨어 있는 곳을 포착했답니다. 주인집의 금붙이를 잔뜩 도둑질해 도망한 년이라는 걸요."

"그게 뭐 긴요한 일인가. 비자가 도타하는 것은 늘상 있는 일 아닌가. 한데 뒤웅박이란 놈이 이번엔 제대로 본 게 확실한가?"

조통정은 못마땅한지 이맛살을 잔뜩 찌푸렸다.

"이번에야 맞겠지요. 뒤웅박이 한물 갔다 해도 그까짓 비자 갖고 거짓말이야 하겠습니까."

"그럼, 졸개 하나 데리고 가서 잡아오게."

"알았습니다. 더구나 금붙이를 많이 도둑질한 년이라 하지 않습니까."

천생으로 부정부패가 뼛속에 스며 있는 방가는 히죽거리며 나갔다. 도타한 노비가 주인집에서 도둑질한 물건이 있을 경우 이들을 붙잡으면 보상이 있게 마련이라 방가는 신이 나 있었다.

조통정은 저런 인간들이 싫었다. 지난해 남궁태 사안으로 부정한 자는 죄 갈렸지만 개중에는 눈먼 경우도 있어 저런 자가 남아 있는 것이다. 하기야 졸개까지 청렴한 놈을 고를 수는 없는 일이었다.

뒤웅박도 마찬가지였다. 조통정이 보기에 녀석은 인간 쓰레기였다. 이곳에 부임하고 보니 포청의 끄나풀이 여럿 있는 중에 뒤웅박은 약간의 도움은 될지 모르나 백성에게는 화만 가져다주는 악귀였다. 고자질하는 건건이 더러운 냄새가 났다.

부임 초기에 그자의 됨됨이를 모르고 믿었다가 죄 없는 양민 한 사람은 물고시켰고 둘은 초주검이 되어 나갔는데 결과는 유야무야였다. 사실은 무죄인데 관이 실수를 하였으므로 미제로 처리한 것이다. 조통정 포교 십년의 크나큰 실책이었다. 피의자가 혐의가 없을 경우 무고자의 죄는 더욱 엄중하였다. 그러나 모든 게 확실치 않았고 관의 잘못도 컸으므로 할 수 없이 그냥 지나간 것이다. 그 생각만 하면 지금이라도 당장 사직하고 싶은 심정이다.

이 때가 유시, 저녁이 가까운 시간이었다. 봄이 기울고 여름이 다가오는 시절이었으나 밤기운은 조금 차다. 춘궁기도 깊이를 더하는 때라 날씨가 차면 배고픈 만큼 백성의 마음도 쓸쓸해지게 마련……. 맘씨 고운 진씨 부인은 저녁상을 방으로 들이며 여자 손님에게 매우 미안해했다.

"찬이 별루 없어서……."

겉으로 보기엔 비자, 자기들보다 훨씬 못한 손이었으나 남편이 극진히 대하는 것도 그렇고 여성의 섬세한 마음에 소홀히 할 수 없는 여자아이임을 저절로 느껴 접대가 공순히 나갔다. 고운 얼굴이 주는 인상도 좋았지만 그저 이쁘다기보다는 뭔가 숭고한 게 있었다.

"오마나, 벌써 저녁시간이군요. 찬이 없기는요, 이렇게 저녁밥 주시는 것만도 고마운 걸요."

밥상에 오른 것은 조밥에 쌀톨이 조금 섞였고 짠지 간장 고추장 그리고 나물 두 접시였다. 가난한 사람에게는 나쁜 밥상이 아니었다. 건넛방의 딸 셋이 문을 살짝 열고 아까부터 자향을 훔쳐보고 있었다. 진씨네 집은 아들은 없고 열살 전후의 딸만 셋이 있었다. 자향은 이 집도 자기네 집처럼 딸 부자인 것에 애련한 정이 갔다.

"따님들 일루 오세요. 같이 들어요."

자향이 딸들을 부르는데 장지문 밖에서 방을 들여다보던 진씨 부인이 말했다.

"무슨, 니들 문 닫고 조용히들 있어!"

큰소리로 나무라자 딸들은 머리를 쏙 오무리고 문을 휙 닫았다. 이를 보자 자향은,

"같이 먹어도 괜찮아요. 밥이 넉넉하지 못하실 텐데."

했고, 진씨 부인은 그래도 그게 아니라고 고개를 설레설레 저었다.

"제들은 따로 줄 테니 드세요. 점심을 못든 것 같아서 저녁밥을 서둘렀습니다."

아닌게 아니라 자향은 이천댁에서 아침밥도 거의 시늉만 했을 뿐 하루종일 먹은 게 없었다. 하지만 배가 고프지 않았다. 하도 경황 없는 일을 하루종일 겪어 배가 고플 여가가 없었다. 이천댁 천만수 한강독사 가을나무 그리고 진씨. 하루 사이에 생판 모르는 사람을 다섯이나 만났다. 게다가 이십 리 산길을 걸었다. 조용하고 귀히 살던 규중 처녀로서는 정말 힘겨운 하루였다.

그러나 자향에게 있어 오늘 하루가 여기서 끝난 것은 아니었다. 그녀의 뒤에는 뒤웅박 박성수가 사마귀처럼 발톱을 세운 채 노리고 있고 돈밖에 모르는 포졸 방가가 졸개를 데불고 신나서 달려오고 있었다. 천만수의 추격조 장작눈썹과 함지박귀가 칼바람 휘날리며 접근하고 있고 추격이조는 서강 사잇길로 풍우처럼 몰아쳐 오고 있었다. 그런 것을 알 턱 없는 자향은 지향없는 도망길이지만 맘씨 좋은 진씨네 환대에 지금은 마냥 행복했다.

"주인어른은 저녁 진지 안 드시고 어디 가셨습니까?"

"밖에 일이 있다며 좀 나가셨습니다. 곧 돌아오실 테니 걱정 마시고 저녁 드세요."

"주인 먼저 제가 먹어서 괜찮을지요?"

"그런 괘념 말고 빨랑 들어요. 곧 숭늉 갖다 드리리다."

늦봄이어선지 저녁이 다 되어서도 날이 훤했다. 가만히 생각해보니 오늘은 보름날이었다. 하얀 달이 하늘에 두둥실 떠서 이 산골과 바로 앞쪽 건너편 샛강을 훤히 비출 것이었다.

벌써 풀벌레들이 울기 시작하였다. 치르르 치르르 쑤쑤, 벌레들의 울음소리에 귀를 기울이던 자향은, 그때서야 자기가 전혀 알지 못하는 산골, 남의 집에 와 있는 것에 정신이 들어 부모와 형제들 생각이 났다. 쓸쓸하고 슬펐다. 가족이 그리웠다. 큰 눈에 눈물이 고이자 대번에 주르르 흘러내렸다. 아버님은 얼마나 고초를 겪고 계실까, 어머님은 내 걱정에 진지도 못 드실 게고, 형제들은 자기가 사라진 것에 무척이나 궁금해할 것이었다.

석 주사 생각도 났다. 그 심기 깊은 마름이 천만수의 갈고리 손아귀에 걸려 놓여나지 못한 채 자기 땜에 노심초사하고 있을 모습이 훤하였다. 이럴 줄 알았으면 우리들의 행선지나 자세히 물어 놓을걸. 샛강주막에 석 주사와 연통할 수 있게 통기해 달라고 부탁한 일을 진씨 어른이 잘 하셨는지도 걱정이었다.

숭늉을 마저 마시고 문밖을 내다보려고 하는데 정지 쪽 문이 스르르 열리더니 시커먼 어린애 얼굴이 쓰윽 나타났다. 자향은 깜짝 놀랐다. 너무 놀라 입을 열지 못하고 있는데 어린 얼굴이 말하였다.

"여 봐요 언니, 빨리 일루 나와요. 신발 일루 갖다 놨어요."

"딩신 누구여요?"

"지금 시간 없어요. 빨리 나와요. 언니 잡으러 포교가 오고 있어요."

"포교가! 어떻게?"

자향은 너무나 놀랍고 이상해 어찌해야 할지 몰랐다. 내가 여기 숨어 있는 걸 포교가 어찌 안다는 말인가. 귀신이 곡할 노릇이었다. 그때, 어린아이 얼굴 위로 진씨 부인 얼굴이 포개어 나타나더니,

"아기씨, 빨리 나오세요. 저 보퉁이도 갖구요."하고 재촉했다.

자향은 보퉁이를 끌어안고 정지문으로 나갔다. 진씨 부인이 허둥대며 자향의 팔뚝을 잡고 말하였다.

"이 애 안방이를 따라 가세요. 이웃 사는 착한 아입니다. 지금 포교가 널다리를 넘었다니까 서둘러야 합니다. 나중에 안방이 통해서 우리 영감이 연락을 할 테니 우선 가세요. 빨리 가세요."

진씨 부인은 울상이 되어 있었다. 안방이란 아이는 정지 뒤켠 울 밖으로 자향을 데리고 나갔다. 자향은 따라나오는 진씨 부인에게 고개 숙여 인사했다.

"안녕히 계셔요. 오늘 너무 고마웠습니다."

"아니어요. 아니어요. 이 밤에 어찌한다지. 조심해서 가요. 조심해 가요."

혹 포교가 나타날까 뒤웅박네 집 쪽을 볼라, 무슨 일이 났나 부산떠는 딸들을 방안으로 몰아 넣을라, 자향이 가는 것도 전송할라 경황이 없던 진씨 부인은 끝내 울고 말았다. 왼소매로 눈물을 닦고 검게 타고 일에 시달린 가녀린 오른손은 좌우로 흔들며 잘 가라고 했다. 자향은 저렇게 마음여린 부인을 울리고 떠나자니 가슴이 아팠다.

집 뒤쪽 얕은 언덕을 넘어 한참을 가자 짙은 숲이 나왔다. 숲 속은 사위가 어둑해지고 있었다. 달이 뜨려면 아직 일러 길을 알아보기 힘들었다. 아이는 뒤도 돌아보지 않고 길같지 않은 소로를 빠른 걸음으로 걸어갔다. 자향은 기를 쓰고 달려야 겨우 뒤를 댈 수 있었다. 두 번이나 나뭇가지에 걸려 넘어졌다. 세 번째는 보퉁이까지 내동댕이치며 무너지듯 꽈당 쓰러

졌다. 한동안 일어나지 못하고 부시럭대자 아이가 되돌아와 보퉁이를 찾아주고 어깨를 잡아 우악스럽게 일으켰다. 아까까지만 해도 모르던 덩치 큰 아이에게 몸이 닿았어도 부끄럽지 않았다.

"고마워요."

자향은 옷을 털며 미안한 듯 웃었다.

"괜찮아요? 제가 너무 빨리 달렸남요? 좀 천천히 갈까요? 하긴 포교들도 제가 가는 길은 모를 테니까."

아이는 멋쩍은 듯 웃었다. 나이에 비해 숙성해 보였고 말투 또한 그랬다. 그후로는 뒤를 돌아보고 돌아보며 산길을 걸었다. 약간 올라가는 길이라 낮에 오던 길보다는 수월하였다. 어두워 발치가 잘 안 보이는 게 불편하였는데 아이는 대낮에 가듯 잘 나아갔다. 등성이를 두 개 넘고 좌로 우로 서너 번 튼 뒤에 개울과 계곡을 여럿 건넜다.

"이쪽으로 오세요."

아이는 울창한 나무숲을 두 손으로 가르며 들어갔다. 자향은 아이의 등이 닿을 정도로 붙어서 따라갔다. 언제 목욕을 했는지 알 수 없을 정도로 고약한 냄새가 났다. 어린 게 남정네 냄새도 풍겼다. 공기놀이 한번 할 정도 갔을까. 움막 하나가 나왔다. 아이는 삐그덕 거리는 나무문을 열며 말하였다.

"여기예요. 들어와요."

"여기가 어디여요?"

"언니가 숨어 있을 곳이요."

"내가?"

"그럼 나도 숨으라고요?"

자향은 웃음지으며 아이를 바라보았다. 컴컴하였지만 윤곽은 잘 보였다. 얼굴이 검어서 그렇지 이목구비가 번듯하였다. 키가 자향보다 훨씬 컸다.

"여기는요, 나밖에는 아무도 모르는 비밀장소예요. 울 아버지와 대판 싸우면요, 여기 와서 몇 날 며칠이고 있다 가는 곳이죠."

"아버지와 싸워요?"

"그럼요. 자주 싸웠는데 요즘에는 서로 말을 안 해요."

자향은 이해가 안 돼 아이를 물끄러미 바라보았다. 존경하고 어려워해야 할 아버지와 싸우다니, 자기로선 상상이 되지 않는 일이었다. 아이는 잠시 뭔가에 귀를 기울이는 듯하더니 말하였다.

"여기 있으면 안전할 거예요. 이쪽에 잠잘 수 있는 이불 한 채도 있어요. 관솔도 있고 부싯돌도 있지만 오늘은 불을 켜지 마세요. 혹 눈에 띄면 안 되니까요. 참, 자리끼가 필요할 터이니 개울에서 물을 떠다 드릴게요."

아이는 귀퉁이에서 사발을 찾아 횡하니 밖으로 나갔다가 금세 돌아왔다.

"여기다 놓을게요. 엎지르지 마세요. 언니, 말예요. 제 이름은 안방이에요."

"아까 들었어요."

"그렇지요. 내일 아침 먹을 것 갖고 일찍 올 테니까 여기서 쉬세요. 아무 데도 가지 마세요. 여기가 가장 안전해요. 지금은 빨리 돌아가야 해요. 내가 없으면 모두 날 의심하고 이 산속을 뒤질 거거든요."

자향은 일이 어떻게 돌아가는 건지 어리둥절했다. 갑자기 이 아이가 나타난 것도 이상하고 홀쎄 우는 진씨 부인도 이해가 아니 가고 서강을 나간 듯한 진씨 어른의 하회도 궁금하였다. 하지만 지금 이 순간엔 이들 모두가 고마울 뿐이었다.

"감사해요, 도와줘서."

"지금은 뭐가 어떻게 돌아가는지 모르시고 궁금할 거예요. 내일 와서 죄 알려드릴게요. 문 꼭 잠그세요. 들짐승들이 있으니까. 그럼 갑니다."

아이는 대답도 듣지 않고 밖으로 나갔다.

"잘 가요. 조심해요."

자향이 안방에게 한 인사는 그가 가버린 뒤에 움막에서 혼자 메아리쳤다.

5. 함지박귀

포졸 방가는 요즘 너무나 배가 고팠다. 그가 배고프다는 건 뇌물 같은 게 생기지 않는다는 뜻이었다. 치통 땜에 도통 생기는 게 없었다. 원수놈의 치통이었다. 매일 보는 조통정 포교도 그렇지만 수시로 검사를 나오는 김치명 봉사를 볼라치면 밸이 뒤틀려서 배길 수가 없었다. 그럴 때면 믿을 만한 졸개들에게 푸념을 한없이 늘어 놓았다.

"야, 검수야. 너 요즘 배 안 고프냐? 이 형님은 매일 배고파 죽겠다."

"배고프면 아무거나 먹으면 될 거 아니요."

"야, 이놈아. 알면서 그래. 먹을 게 있어야 먹지. 이것아, 요즘 생기는 게 있냐, 누가 일루 오시오 해서 대접하는 놈이 있냐. 이러다간 니나 나나 다 굶어죽기 딱 알맞지."

"그럼 시장바닥 가서 장사라도 해보슈. 우리 같은 포졸 노릇 백년 한들 돈이 벌리겠수, 승진을 하겠수."

"허, 복장 질르는군. 니나 나나 양반으로 태어나지 못한 놈, 맘에 드는 직종이 어디 있을 거며 출세가 당치도 않은 건 잘 알지 않느냐."

"성님 제가 탁배기 한 잔 사올릴까요."

"으이그, 소경 제 호박 따먹기지. 니가 사는 탁배기 목구멍으로 넘어가겠냐. 콧구멍으로 안 들어가는 게 다행이지."

"흥, 지난번은 잘도 드시더니 오늘은 웬 통이유? 성님한테 못 살 이유가 어디 있소?"

"뜻은 가상하다만 그만두겠다."

"성님요, 한데 사실은 조광조 대감이 나라살림 잘 하는 것 아니우?"

"흥, 조광조 대감 좋아하네. 저같이 양반 집안에 태어나서 머리 좋고 재물 있으면 뉘라서 돈을 탐하랴. 나 같으면 벼슬도 탐하지 않고 시골 가서 냇가에 정자 짓고 음풍농월 신선생활하겠다."

"말은 쉽지요. 아흔아홉 개 가진 놈이 하나 있는 놈한테 백 개 채우게 그거마저 달라는 세상이라지 않소."

"뭐가 말이 쉽냐. 우리같이 험한 일에 더러운 생활을 했어도 세상 살다 보면 문리트듯 인생 보는 눈도 틔는 거라. 나한테 맡겨 봐라. 그까짓 현령 감사 판서 못할까. 그래, 니 말대로 조광조 대감은 잘한다 치자. 근데 우리네 치통은 뭐냐? 조광조같이 큰 나라 살림을 바로잡겠다는 것은 포부라도 크니 좋다치지만 이까짓 쬐그만 서강 바닥에서 잡으면 뭘 잡고 깨끗하면 어따 쓸 것이냐? 남이 좋으면 저 좋은 거고, 없는 놈 잘 먹게 되면 그게 적덕이라. 작은 덕도 열 번 쌓으면 큰 덕 되지."

"그러지 말아요. 그분네들 집에 가본 사람들은요, 청빈하게 사는 모습 보고요 정말 존경심이 나더라던데요."

"그럼 뭐해? 마누라는 죽을 고생이요 애들은 물리나니 평생 가난인걸. 옛 성현이 말했어. 가족을 위해서는 어떤 천한 일을 해도 훌륭한 거라고."

"천한 일하고 부정 부패하곤 다르지 않수?"

"인석아, 그게 그거지 뭐냐. 눈감아 줄 때 눈감아 주면 너 좋고 나 좋고 다 좋은 거다. 검수야, 광흥창이 뉘 거냐? 임금님 거냐, 백성 거냐? 아니면 양반 나부랭이들 거냐, 경강 상인놈들 거냐? 오락가락할끼다. 그 콩고물 조금만 먹게 해주면 저 좋고 나 좋은데, 으이그 앓느니 죽지. 그놈의 치통 땜에 될 일이 아무것도 없어라."

방가의 이 넋두리는 그렇고 그런 세상, 너 좋고 나 좋게 살자고 치면 기실 틀린 말만은 아니었다. 그러나 그의 말과 행실은 언제나 같지 않았다. 말은 때를 못 만난 호걸 같지만 행실은 천하디천한 사기꾼이었다.

유시를 조금 넘은 지금, 도타한 비자를 잡으러 가는 방가의 발길은 세상을 훤하게 아는 불운한 포졸의 것이 아니라 돈이라면 불쌍한 백성의 간도 빼먹는 사기꾼의 뻔뻔스런 활보였다.

그들의 가는 길은 서강에서 창천을 건너 노고산의 낮은 산맥이 깃을 내린 수철리 서쪽이었다. 서문 쪽에서 흘러내리는 창천은 밤섬 바로 앞에서 한강으로 들어가고 노고산 산맥은 창천 오른쪽의 흑석마을에서 끝난다. 뒤웅박의 집은 흑석마을 위쪽 산등성이 안쪽이었다. 흑석마을서 산등성이를 오르기 전에 작은 냇가가 있는데 비가 오면 길이 끊기는 곳이어서 넓다란 판자를 놓아 다리처럼 건너다니게 했다. 이 다리 아닌 다리가 서강으로 빠지는 외길이었다.

땅거미가 지기 훨씬 전 다리 위켠 느티나무 위에 어린아이 하나가 날렵하게 올라갔다. 아이는 끈질기게 서강 쪽을 바라보고 있었다. 그 옆을 지나가는 사람이 있어도 반짝반짝 빛나는 눈동자를 마주 보기 전에는 나무위에 사람이 있으리라고는 알 수가 없을 터이었다. 반 시각쯤 지났을까. 수철리 쪽에서 사람 모습이 어른거렸다. 아이는 속으로 뇌고 있었다.

"역시 포졸한테 고자질했군그래. 하나 둘 셋. 아이는 모방이고 둘은 포교와 포졸이겠지."

아이는 흡사 원숭이처럼 날렵하게 나무에서 내려오더니 풀숲을 헤치고 산 쪽으로 사라졌다. 차 한잔 마실 시간이 넘었을까. 방가는 검수와 모방이를 데리고 널다리를 빠르게 건넜다.

"아버지가 집에서 기다린다고 했지?"

"네, 포교님을 조용히 모시고 오라 했어요."

"왜?"

"모르겠어요. 한데 아버님이 이런 말씀을 하셨어요. '저 진씨는 원래 포수라 발이 빠르고 무술도 아니까. 조심해야 해'라구요."

"그럼 너네 뒷집 진씨네에 도타한 비자가 있다는 게구나?"

"그런가 보아요. 전 하여튼 잘은 몰라요."

그들이 뒤웅박의 집에 거의 갔을 때 으스름한 나무 속에서 박성수가 몸을 드러냈다. 아이가 누구보다 먼저 보고,

"아버지!"하고 불렀다.

"응, 잘 갔다왔구나. 아이쿠 방 포교 어른, 오랜만입니다."

"잘 있었는가? 그 비자는 어디 있소?"

"이 뒤에 있는 진씨네 집에 있습니다. 한데 이상하게 진씨는 아까 저물기 전에 서강으로 나가는 것 같습디다. 무슨 꿍꿍이속인지 모르겠어요. 하여튼 가시지요. 그 비자가 어디로 가는 건 못 보았으니까요."

그들은 더 이상 말이 없이 발소리를 죽이고 진씨네 집으로 다가갔다. 한데 바로 그 뒤를 키가 훤출한 사나이가 뒤따르고 있었다.

진씨 집 싸리문 앞에 온 방기포는 작은 소리로,

"뒷문이 있겠지?"하고 물었고 뒤웅박이 고개를 끄덕이자 검수에게 손짓했다. 검수는 울을 오른쪽으로 돌아 뒤쪽으로 갔다. 졸개가 뒷문에 닿았을 쯤해서 방기포는 '에헴' 큰기침을 하고 열려 있는 싸리문 안으로 들어갔다. 거 누구 없소, 하고 말을 붙이려는 차에 언뜻 보니 마루에 진씨 부인이 오도마니 앉아 있다. 두 손을 모아 무릎에 얹고 눈은 멍하니 울 밖 하늘을 바라보고 있었다.

"안녕하시오?"

방기포가 목소리에 힘을 주어 말을 걸었건만 진씨 부인은 그저 하늘만 멍하니 바라보고 있다.

"여 봐요, 사람이 인사를 하는데 받지도 않고 뭐하시오?"

큰 소리로 따지듯 묻자 그때서야,

"네"하고 힘없이 대답하며 마지못한 듯 일어섰다.

"내가 누군 줄 아시오?"

"네, 포교어른 아니신가베."

"알긴 아시누만. 한데 여기 외부 사람 하나 와 있지요?"

"아니요."

"없어? 그러지 말고 대답허시오. 거짓말한 게 들통나면 큰코 다치리다."

"거짓말은요. 난 거짓말 못하는 사람이어요. 그리고 우리가 이렇게 가난하게 산다고 해서 윽박지르는 겁니까. 이래봬도 우리 어른은 종사품 만호까지 한 양반이라오. 어디라고 말을 하대하고 그러시는가!"

진씨 부인은 힘없는 말씨 속에 칼날 번뜩이는 비수를 들이대며 방기포를 노려보았다. 방기포는 움찔하고는 말씨가 대번 공순하여졌다.

"제가 무슨 윽박질음을 하였소이까. 거짓말은 하지 마시라는 뜻이지요."

"우리 집엔 딸 셋밖에 아무도 없습네다. 믿어지지 않으면 찾아보세요."

말씨가 계속 차가웁다.

"그래요?"

"찾아보시라니까요!"

여인의 냉정한 응수에 방기포는 김이 샜다. 튄 것이다. 빌어먹을, 뒤웅박이 뭔가 잘못한 게 틀림없었다. 이런 일이 한두 번이 아니었다. 뒤웅박이 워낙 인심을 잃어 동네 사람들의 왕따가 되어 있는 것은 서강 바닥이 죄 아는 일이었다.

방기포는 뒤울을 살피고 들어오는 검수한테 턱으로 집안을 가리켰다. 그리고는 싸리문 밖에서 구경하듯 서성이고 있는 뒤웅박 부자를 흘끗 노려봤다. 검수가 이방 저방 뒤지는 소리가 쿵쾅거리고 났다. 방이래야 호롱불이 유일하게 켜 있는 안방과 샛방 그리고 건넛방뿐이어서 한참 뒤지고 말 것도 없었다. 마지막으로 칫간을 둘러보고 온 검수가 투덜대듯 말했다.

"개미새끼 한 마리 없습니다. 날샜네요."

"칫간도 봤나?"

"그럼요."

"아무도 없다. 그래? 한데 여보세요 부인, 아까 전에 비자 같은 여자 하나이 여기에 왔다는 이야길 듣고 왔는데 그 여잔 어디 갔습니까?"

"그런 여자 온 적이 없는 걸이요. 누가 그럽디까?"

"그거야 말할 것 없고 그 여자 어떻게 했는지 제대로 알려주서야 합니다!"

"없는 여잘 어디서 갖다 주란 말이요. 그리고 언놈의 헛 고자질을 듣고 우리 양반집을 이렇게 함부로 뒤진다는가?"

진씨 부인의 얼굴이 사납고 날카로워지는 만큼 방기포는 눈꼴이 파르르 떨렸다.

"아무리 양반 댁이라 해도 혐의가 있을 때는 조사를 받게 되어 있습니다. 부인 어른, 비자가 어디 있는지 알려주시지요."

"그런 여자 온 적이 없다지 않습니까."

조금 전만 해도 앳된 처자가 포교에 쫓겨 산으로 도망가는 게 너무나 안쓰러워 눈물까지 뚝뚝 흘리던 진만호 부인은 어떤 변신술을 썼는지 동짓 달 차가운 초승달처럼 냉정해 있었다.

울 밖에서 상황을 보고 있던 뒤웅박은 갈수록 애가 닳기 시작했다. 진씨 부인이 멀쩡한 거짓말을 눈 하나 깜짝 않고 해내는 게 분통이 터져 미칠 지경이었다.

저런 앙큼한 년. 내 눈으로 대명천지에 훤히 보았거늘 아니 왔다고. 으이그 분해라. 양반 여자란 죄 저런 년이야. 육시럴 년! 엉덩이만 토실토실해서 방사만 잘 하는 게 아니라 거짓말도 난당이로군. 한데 고년이 언제 도망갔다냐. 아이구 굴러온 복 날라갔네. 진씨가 서강 가는 척하며 내 눈길을 끌고는 저년은 딴 길로 숨겨 준 게 틀림없어. 그리구 진씨가 거기로 가서 고년을 어딘가 숨기려고 데려간 게 적실해. 오호라, 이 날고 기는 박성수의 큰 불찰이로다!

"흥, 부인. 여자가 이 집으로 들어오는 걸 보았다는데 그렇게 생떼를 쓰십니까? 쓰잘데없는 거짓말로 포청에 가시게 되면 체면이 말이 아니게 됩니다. 양반 어른도 죄를 지시면 큰 혼이 나지라."

"제가 무슨 거짓말을 포교님께 하겠습니까. 거짓말은 누군지 몰라도 고자질한 놈이 한 걸 거여요. 잘 알아보세요. 포교님, 뭐요, 날 포청으로 끌고 간다구요? 무슨 말씀을 그렇게 하십니까. 하, 하기야 잡아 가시면 저희야 끌려가지요. 힘없는 백성이 어찌하겠습니까. 지난해 도정 아범처럼 아무 죄 없이 곤장으로 쳐서 죽이시면 물고 당할 밖에 더 있으오리까."

진씨 부인의 이 비아냥에 방기포는 뜨끔하였다. 도정아범을 죽인 게 바로 자기였기 때문이다. 그때 얼마나 곤욕을 치뤘던가. 그래도 치통의 통인 조통정이 상부에 좋게 보고해 겨우 파직을 모면했다. 그 생각을 하면 방기포로서는 조 포교 욕을 할 건덕지가 없었다. 그 이후로 조 포교는 아무 증거 없이 사람 잡아오지 말라고 엄명해놓고 있었다. 사실 그 사안으로 조 포교도 진절머리를 앓았다.

그러니 빌어먹을 요년을 잡아갈 수도 없고, 어찌한다지. 더구나 양반 부스러기이니 함부로 다룰 수도 없다.

"만호 영감은 어디 가시었소?"

"서강 나갔구먼이요. 그인 밥 생기는 것도 아닌데 맨날 돌아만 다니셔. 남정네는 참 우스운 사람들이어요. 우리 영감도, 집안에 먹을 게 없어 애새끼들은 쫄쫄 굶고 있는데 어딜 그렇게 쏘다니시는지, 세상 살기 힘들어 팍 죽어버리고 싶소."

진씨 부인의 시치미 떼기와 너스레에 한다하는 방기포도 일단은 물러설 밖에 없었다.

"잘 생각해 보십시오. 만호 영감 오실 때쯤 다시 들를 데니 비자 아이는 데려다 놓는 게 좋을 거요. 남의 싸움에 칼 들이댈 필요는 없잖습니까. 우리가 호락호락 물러서지 않는 것 아시지요. 고거 내놓을 때까지 일년 석달은 고생하실 껍니다요."

"제기 먹고 살 것도 없는데 있으면 옛다 하고 다 주어 버리지 우리가 뭘 숨긴다요? 올라면 아무 때나 오시오. 건 포교님 맘대로니께."

집 밖으로 나온 방기포는 뒤웅박을 보고 얼굴을 잔뜩 찡그렸다.

"저 부인네는 원래 저렇게 만사 이판사판이요? 나 죽여라 하고 덤비네."

"양반임네 해서 그런지 저렇게 음큼합니다. 아이고 말 마십쇼. 지 영감한테는 얼마나 곰살맞은데요. 지금 저 태도는 전부 지어낸 거라요. 그것만 봐도 비자가 있었던 게 틀림없는 거지요."

"그나저나 어떻게 된 거요?"

"어떻게 되긴 뭐가 어떻게 돼. 한발 늦어서 튄 거지!"

걸쭉한 목소리가 방기포와 검수 그리고 뒤웅박의 뒤통수를 쳤다. 셋은 깜짝 놀라 동시에 뒤를 돌아보았다. 으스름 속에 포졸복을 조여 입은 오소리 같은 사내가 고목처럼 서서 그들을 쏘아보고 있었다.

"누구시죠?"

방기포는 사내의 걸쭉한 목소리에 기가 눌려 공손하게 나왔다.

"함지박귀란 사람일세."

"아, 그 유명한 성 포교님이 여긴 웬일이십니까? 어두워서 못 알아봐 죄송합니다."

함지박귀는 서울 근교에서 도타하는 사람 잡는 데 이골난 포교로 명성을 얻은 추적자였다. 그가 떴다 하면 어느 누구도 그 손아귀를 빼쳐날 수 없었다. 한 번은 평안도 의주까지 쫓아가 압록강을 넘기 일보 직전의 죄인을 잡아온 적도 있었다. 그는 늘 장작눈썹과 함께 뛰었는데 그 때문에 더욱 명성을 날렸다.

장작눈썹은 별호처럼 짙은 눈썹에 불 같은 돌격, 잔인한 성격, 빼어난 무술로 유명한데 함지박귀는 큰 귀값을 하느라 남의 말을 잘 들어주고, 그것을 추리하고, 도망자의 앞쪽으로 머리를 움직이는 판단력으로 해서 한

결 평판이 높았다.

"나도 그 비자 잡으러 왔소."

"어이쿠, 그렇습니까요. 성 포교님이 그 일로 이 누추한 산골에 행차하신 줄 모르고 이 박가가 마중을 못 나갔습니다. 밤이 늦었으니 저희 집에 드시지요. 우선 찬이 없는 진지라도 모시겠습니다."

"그나저나 그럴 수밖에 없소. 그대 집에 들어가 의논 좀 합시다."

뒤쪽에서 엉거주춤하던 검수도 함지박귀에게 허리 굽혀 인사하고 넷은 뒤웅박의 초가로 들어갔다.

뒤웅박의 집은 더러운 놈이 강직한 자보다 더 잘 산다고 진씨네 집보다 훨씬 나았다. 안방 건넛방에 골방도 약간은 크고 측간 옆에 헛간도 딸려 있었다. 고자질쟁이가 가끔 포교들을 맞이해야 했음으로 있는 돈 없는 돈 들여 구색을 갖춘 것이다. 호롱불도 아직 켜지 않은 안방 마루에 들창코 아내가 금방 먼저 온 모방이를 껴안고 앉아 있었는데 세 사람이 들어가자 부리나케 일어났다.

"여보, 높으신 포교님들이 오셨소. 저녁을 준비해요. 근데 여태 호롱불도 안 켜고 뭐 하는 거요?"

"맨날 등유 아끼라 해서 안 켰지요. 뻔한 걸 갖고 왜 뭐라고 하셔요?"

"저런 소갈머리하고."

여편네가 필요 없는 말을 쏘아놓고 부엌으로 들어가자 뒤웅박은 창피해서 얼굴이 빨개졌다. 어두워서 얼굴색을 못 보는 게 그나마 다행이었다. 진씨네 여편네처럼 좀 앙징맞을 수는 없을까. 맨날 터지는 속이 또 터지는 것이었다. 그러나 뒤웅박은 끓는 속을 누르고,

"세 분 방으로들 드시죠" 하고 정중히 모신다.

"아니네. 마루가 시원하고 좋소. 방은 밥 먹을 때나 들어가고, 여기서 의논 좀 합시다."

넷은 좁은 마루에 나란히 앉았다. 안쪽에 검수와 방기포, 가운데에 함지

박귀가 앉고 뒤웅박은 문쪽 맨 끝에 엉덩이를 걸쳤다.

"그 비자가 진씨네 집에 들어간 게 언제쯤이요?"

함지박귀가 뒤웅박에게 물었다.

"그게 날이 훤할 때니까요. 신시와 유시 사이쯤일까요."

"그걸 보고 아들을 서강에 통기하러 보냈소?"

"그렇습니다."

"그 사이 진씨네 집 망은 아니 보았소?"

"무슨 말씀을요, 제가 내내 살피고 있었습지요."

"어디에서?"

"저희 집 울 밖 소나무 사이에 숨어서 보고 있었습니다."

"그럼 진씨네 뒤쪽은 누가 들고나는지 알 수 없지 않은가?"

"그건 그렇지만 서강 가는 길은 저희 집 쪽으로 나와야 합니다. 진씨네 집 뒤는 온통 산과 나무로 길이 없습지요."

함지박귀의 총명한 머리에 '의문일호'가 새겨졌다. '길이 없는 산 쪽은 열려 있었다. 도망자에게 꼭 길이 필요한 건 아니다.'

"진씨네 집은 식구가 모두 몇인가?"

"진씨 부부와 딸 셋해서 다섯입니다."

"진씨가 어디 서강을 나갔다구? 언제쯤 나갔소?"

"그 비자가 집에 들어가고 나서 반시진쯤 지난 뒤에 옷을 고쳐 입고 나갔습니다."

"원래 뭐 하던 사람인데?"

"병조 산하 착호갑사를 지냈다고 했습니다. 그래선지 집에는 활도 있고 환두도 있고요, 지금은 나이가 좀 들었어도 몸이 날래게 생겼습니다. 우리 같은 사람은 당할 수가 없지요."

착호갑사란 호환을 막기 위해 나라가 채용하는 호랑이 잡는 무인을 일 컫는다. 원래 호랑이 잡는 게 퍽 어려운 일이어서 활 솜씨와 창 또는 칼 솜씨가 뛰어난 무인을 채용해야 했으므로 종사품의 높은 예우를 하는 직종이었다.

뒤웅박은 비자가 감쪽같이 사라진 책임을 면하기 위해 착호갑사 출신에 여직 날렵하다는 것을 힘주어 말했다. 함지박귀의 머리에 '의문이호'가 들어갔다. '진씨는 비자가 온 뒤에 서강에 나갔다.'

"이 동네는 그 집하고 이 집밖에 없소, 가근방에?"

"그렇습니다. 둘밖에 없는 이웃인데, 도통 오가지도 않고 인사를 해도 본 척 만 척합니다요. 양반에 착호갑사까지 했다고 어찌 도도한지요."

함지박귀는 속으로 웃었다. 임마, 나라도 너 같은 놈의 인사는 받지 아니하겠다. 분수도 모르는 놈.

그러나 그는 약간 미소를 흘리며,

"자네 집은 식구가 모두 몇인가?"

"저희야 뭐 단출합니다. 아내하고 아들 둘밖에 없지요."

"저 애가 큰애요?"

함지박귀는 들창코를 따라 부엌에 들어간 모방이 쪽을 가리키며 물었다.

"아닙니다. 저 애는 둘째고 큰녀석은 지금 없습니다. 그 애는 내논 앱니다. 맨날 집에 없지요. 애비말도 안 듣고 어떻게 생겨난 놈인지 불패천*입니다. 부끄러운 말씀입니다."

뒤웅박도 부끄러운 줄은 알았다. 함지박귀의 눈이 반짝 빛났다. '의문삼호'가 입력됐다. '뒤웅박의 큰아들이 있다. 아버지와는 사이가 나쁘다. 오늘 하루 집에 없었다.'

"큰애는 몇 살이요?"

"작은애보다 네 살 위인 열네 살입니다. 철날 나이인데 철이 인 나시 큰일이옵니다."

불패천 불패천불외지 不怕天不畏地의 준말. 하늘과 땅을 두려워하지 않음. 아주 막된 자가 되어 어느 것도 두려워하지 않는다는 뜻.

그때 안방에 저녁이 준비되어 넷은 방으로 들어갔다. 비싼 등유를 아끼던 등잔에 불이 너울거리고 작은 밥상 두 개에 두 사람씩 겸상으로 저녁이 차려져 있었다. 함지박귀와 방기포가 한상을 쓰고 검수와 뒤웅박이 마주 앉았다. 대박이 터진다고 일찍부터 성화를 부린 탓에 보리에 쌀이 섞인 고봉밥에 된장국이 있고 짠지 고추장 나물 외에도 귀한 고등어 자반이 곁들여 있었다. 어지간한 양반집 식단이었다.

"밥상이 푸짐하오그려."

방기포가 겉인사를 하고 우리 서강 와서 이 정도 식사하면 괜찮지 않소 하는 듯이 함지박귀를 바라보았다.

방기포는 함지박귀가 뒤웅박을 취조하다시피 조사하는 것을 보고 속으로 혀를 내둘렀다. 간단 명료하고 조리가 있었다. 과연 함지박귀였다. 우리 같은 시골 포졸하고는 근본이 다르구나 하는 생각이 났다.

조통정이 맨날 시골 포졸들은 어쩌니 저쩌니 하는 게 듣기 싫었는데 지금 보니 그 말이 틀리지 않았다. 하기야 유명짜한 함지박귀이니까 이 정도이겠지.

한데 함지박귀는 언제 여길 왔기에 이처럼 돌아가는 내용을 우리보다 소상히 알고 있는 걸까. 방기포는 궁금한 차에 한마디 묻지 않고는 배길 수가 없었다.

"성 포교님은 언제 여기를 오시었습니까?"

말없이 밥을 먹던 함지박귀는 방기포의 물음에 눈을 두어 차례 껌뻑이고는 간단하게 대답했다.

"바로 당신네 뒤를 따라 왔수다."

이건 거짓말이었다. 함지박귀와 장작눈썹은 평지로 서강에 들어갔다. 그들은 적어도 서강 어름에서는 계집을 따라잡을 수 있다고 확신하였다. 한데 서강에 생각보다 빨리 들어왔는데도 계집은커녕 그림자도 없었다.

도망에 이골 난 놈들도 흔적을 남긴다는 게 함지박귀의 신념이었다. 고것이 어디를 갔을까, 그럴싸한 곳을 한참 뒤지고 있는데 대기이조 동료 하나가 그들 앞에 나타났다.

계집이 샛길로 갔으며 이조의 동료가 그 뒤를 쫓아갔다는 것이었다. 지금쯤은 적어도 뒤웅박의 집 언저리에 와 있을 것이라고 말했다. 셋은 뱃속이 컴컴한 한강독사를 실컷 욕한 뒤 잠시 공론을 했다. 장작눈썹과 대기이조는 수철리에서 서강으로 들어가는 요목을 지키고 함지박귀만 뒤웅박의 집이 있는 곳까지 와 보기로 했다. 계집이 한강독사한테 속아 지름길로 왔다면 아무리 발 힘이 좋다 해도 수철리는 넘어오지 못했으리라 판단한 것이다.

함지박귀가 뒤웅박의 집에 도착한 것은 방기포와 검수가 널다리를 넘기 훨씬 전이었다. 함지박귀는 갈대가 우거진 풀숲에서 대기이조의 다른 동료를 만났다. 노린내라는 별호를 가진 노동팔 포졸이었다.

언뜻 보아서는 평범해 보이지만 깊이가 있는 포졸, 함지박귀는 노린내를 그렇게 평가하고 있었고 가끔 만날 때도 그를 상당히 대우하곤 했다. 그런 그를 여기서 만나니 여간 반가운 게 아니었다. 둘은 서로 반기며 소식을 교환하였다. 그리고는 사소한 방략을 짰다.

여기서 공교로운 것은 노린내가 도착한 게 자향이 진씨 집으로 들어간 직후였고, 안방이 자초지종을 알아채고 느티나무에 올라간 것은 함지박귀가 널다리를 지나간 직후였다는 점이다. 하기야 이런 공교로움과 자향의 행운은 오늘 하루 종일 계속되고 있었다.

첫째, 석 주사가 자향을 먼저 서강으로 가게 하였다. 둘째, 석 주사는 서문으로 끌려가며 최대한 시간을 벌었다. 셋째, 자향은 사잇길로 방향을 틀었다. 넷째, 한강독사는 함지박귀와 장작눈썹에게 자향이 샛길로 갔으리라는 귀띔을 해주지 않았다. 다섯째, 가을나무가 자향이 서강에 가면 위험하다고 판단해 진씨 집에 숨게 했다. 여섯째, 좋아서 펄쩍펄쩍 뛰는 아버지를 뒷산 멀리에 있던 안방이 우연히 보게 되었다. 일곱째, 대기이조의 노린내는 길을 벗어나 있는 진씨 집을 괘념하지 않았다.

이런 사소한 것들은 그저 사소한 사람들의 사소한 생각으로 우연히 이뤄졌을 뿐이다. 자향이 하루 내내 감사축도를 한 부처님과 하늘님하고는 아무 상관이 없는 일이었다.

그러나 인간의 마음은 약한 것. 그것을 사람 개개인의 팔자요 부처님의 자비요 하늘님의 안배라고 여긴다면 틀릴 것도 아니었다.

함지박귀는 식사도 사안 취재하는 것 못지않게 빨랐다. 맨 먼저 숭늉을 들면서 뒤웅박에게 물었다.

"큰아들은 언제 나갔소? 한번 나가면 며칠씩 안 들어오우?"

"그게 대중없습니다. 하루 이틀 만에 나타나기도 하지만, 애비한테 혼나고 나가면 닷새도 소식이 없습니다. 이번에는 뭐, 큰 일이 없었으니까요……."

아들이 언제 나갔는지 기억이 잘 안 나서 말을 흐리고 있는데, 부엌에서 마누라의 목소리가 날아왔다.

"안방이는 조금 전에 와서 모방이랑 밥을 먹고 있어요."

뒤웅박은 살짝 이마를 찌푸렸다.

"들어왔으면 아버지한테 문안하고 손님들께도 인사를 드려야지!"

역정을 내자 정지 쪽 문이 열리고 거무티티한 안방의 얼굴이 등잔불에 환히 나타났다.

"귀한 손님이 와 계신다고 해서 여쭙지 못했습니다. 인사올립니다."

안방이는 방에 들어오자마자 넙죽 절을 했다. 그리고는 무릎을 꿇고 다소곤히 앉는다.

"음, 이분들은 도타한 비자를 잡으러 오신 포교님들이시다."

뒤웅박은 한 짐을 던듯 말을 하고는,

"저놈이 제 큰애올시다"하고 새삼 인사치레를 했다.

함지박귀는 안방이를 슬쩍 보는 순간에 여러 가지를 살피고 있었다. 얼굴이 아버지와는 영판 다르게 잘생겼다. 검게 탄 모습에 총기가 흐른다. 입술이 두툼하고 단호하다. 시커멓게 쩌든 옷이 위아래 새롭게 많이 헤져 있다. 울창한 숲을 급히 달린 증거일 게다. 그리고 아버지가 말하는 것과는 달리 생각 밖으로 겸손도 알고 조심스럽다. 내놓을 정도로 막된놈은 결코 아니다.

"됐다. 이젠 나가서 밥을 먹거라."

뒤웅박의 말에 안방은 고개를 숙이고 부엌으로 나갔다. 함지박귀는 방을 나가는 안방의 뒷모습까지도 유심히 보고 있었다.

작으나마 심기가 있는 놈, 뭔가 일을 벌린 자의 침착함과 용의 주도함을 감추고 있는 녀석, 저놈은 냄새가 너무 나. 나이가 어리다는 것 외엔 범죄의 요소가 온몸에서 풀풀 넘치고 있다. 그러나 이 돌대가리들에게 그런 이야기를 들려주면 이해나 할까?

함지박귀는 밥통들을 한 차례 쓰윽 훑어보고 심호흡을 한 번 한 뒤 빼어나다고 자부하는 자기의 머리를 굴렸다. 위아래로 굴리고 좌우로 굴리고 비스듬하게도 굴려보고.

한데 이 밤 이 초가집에는 또 다른 두 개의 두뇌도 조직적으로 움직이고 있었다. 우선 천생으로 간사함과 개코의 후각을 지닌 뒤웅박의 머리. 뒤웅박은 함지박귀와는 또 다른 느낌, 자기가 자랑하는 빼어난 '감(感)' 때문에 내심 당황하고 있었다.

큰아들의 평소와는 다른 행동에 기분이 이상했다. 그리고 어이쿠, 그렇구나, 큰일났다는 생각이 마구 달려갔다. 빠른 사고의 변환 속에서, 요녀석이 혹 비자를 숨겨준 건 아닐까, 그래 숨겨준 모양이다. 확실해, 확실하고말고, 진씨네가 그렇게 번개같이 비자를 빼돌릴 수는 없었을 게야, 인석이 도와준 기지,라는 결론에 다다른 것이다.

자식이 그렇게 냉정하고 점잖게 행동하는 것은 난생 처음이었다. 한데 그것은 아무렇지 않은 양 테를 부린 것일 터이고 불쌍하게도 그 도가 넘어 어색했다. 겨우 열네 살짜리가 삼십대의 산전수전 다 겪은 빼꼼이들을 속여넘길 수 있을까, 그것도 유명짜한 포교들을……. 불가능한 일이었다. 그런 망상을 하는 아들이 우스웠다. 아니 가여웠다.

뒤웅박은 함지박귀를 슬쩍 바라보았다. 저 귀신이 눈치 못 챌 리 없다. 훤히 알고 있을 것이다.

조금 남은 숭늉을 마저 맛있게 마신 함지박귀는 으흠, 하며 게트림을 토해냈다. 그리고 뒤웅박이 아닌 방기포와 검수를 바라보며 말을 거는 것이었다.

정지에서 동생과 함께 밥을 먹고 있는 안방이는 기분이 나빠지고 있었다. 안방에 들어가 인사를 올린 게 애초부터 잘못되었다. 절을 하고 물러나올 때, 흘깃 눈길이 마주친, 귀가 부처님귀처럼 큰 포교. 그의 평명한 눈길, 뭉툭한 코, 굳게 다문 입술, 모두가 마음에 안 들었다. 두 사람의 눈이 마주쳤을 때 포교의 눈초리는 여전히 평명하였다. 그러나 그 속에는 반짝이는 섬광 같은 게 있었다. 평명 속에 숨어 있는 비수! 가슴이 철렁하고 마음은 섬칫하며 팔뚝에는 소름이 돋는다.

저 포졸은 내가 처자를 숨겨준 걸 눈치채고 있는 것 같애. 내가 너무 과민한 걸까. 뭔가 기분이 나쁘다. 저자의 손아귀는 갈쿠리처럼 날카로울 거야. 한번 걸리면 빠져나갈 수 없을지 몰라.

그러고 보니 아까 갈대 옆을 지나올 때도 뭔가 섬뜩한 것을 느꼈다. 그때의 느낌이 왜 이 포졸의 것과 같게 느껴질까.

어린 안방은 자신도 모르는 심안으로 포졸과 쫓기는 비자와 자기, 그리고 그들이 얽힌 지금의 상황을 냉철하게 보려고 노력하고 있었다.

그러나 방안에 있는 함지박귀는 더욱 냉철해 있었다. 그는 확신은 아니지만 오늘 밤은 뒤웅박의 큰아들을 상대로 모종의 음모를 실천할 밖에 없다는 결론을 내고 있었다. 아이는 생김새로 보아 잡아 족친다한들 결코 불지 않으리라. 그것은 타초경사(打草驚蛇), 풀을 건드려 뱀을 놀라게 하는 외, 아무것도 아니다.

함지박귀는 이 밤의 덫을 시동하기 위해 우선 두 시골 포졸에게 물었다.

"두 분은 앞으로 어떻게 하실 생각이오?"

갑작스런 질문에 방기포는 잠깐 뜸을 들인 뒤,

"글쎄요, 진씨가 집에 들어왔는지 살피고 한번 으름장을 놓아야겠는데, 그 뒤엔 어찌해야 할지 가늠이 서지 않습니다. 성 포교께서는 어떤 좋은 방안이 있으십니까?"

은근히 기대어 본다.

"내가 보기에 그 비자는 평지 길이건 산 길이건 이 밤에는 움직이지 못할 거요. 진씨네 뒷산 어디쯤에 숨어 있겠지. 진씨네 부부는 결단코 말하지 않을 거구. 종사품 대접의 착호사에 만호까지 했다는 분네를 함부로 다그칠 수 없는 일 아니요? 사실 큰 관련이 있는 사람들도 아니고."

"그들이 비자를 숨겨준 게 적실한데 왜 관련이 없다 하십니까?"

"도타한 노비를 본 자는 고발해야 하지만 그들이 보지 못했다 하면 어찌 억지로 책임을 추궁할 수 있소. 그리고 설혹 그 계집을 본 게 확인된다 해도 도타한 비잔지 몰랐다 하면 그만 아니겠소. 그런 점으로 관련이 없는 사람들이지."

함지박귀는 큰 소리로 말하였다. 부엌에서 귀를 쫑긋하고 있을 안방이도 들을 수 있게 하기 위해서다.

"그럼 성 포교께서는 어찌하실 작정입니까."

"오늘이 보름이요. 조금 있으면 달이 환하게 뜰 게 아닌가. 나는 산을 뒤져볼 생각이네. 도둑은 달빛을 싫어하지만 우리 포졸은 밝은 달을 좋아하지 않소? 박씨, 내 부탁이 있는데 밤참으로 주먹밥 두 개만 만들어주실 수 있겠소?"

"네 네, 마누라한테 이르지요."

부엌의 안방은 어머니 몰래 귀를 쫑긋해 함지박귀의 말을 듣고 있었다.

저 포교가 과연 큰 문제로군. 나의 비밀 움막을 찾아내지는 못하겠지만 내일 새벽 그 비자한테 갈 수가 없잖아.

안방은 앞으로 어찌해야 할지 막막하였다. 그 이쁜 비자 언니가 너무나 걱정이 되었다. 왠지 그리고 무언가 잘못될까 봐 가슴이 아팠다.

6. 산 냄새 그리고 꽃 향기

자향은 안방의 시커먼 이불을 덮고 컴컴한 방 안에서 눈을 멀뚱거리다 스르르 잠이 들었다. 하루 사이에 달라진 신세가 너무 어이없고 처량하여 잠을 잘 수 없을 지경인데, 양반집 처자가 하도 된일을 당한 하루였기에 피곤 속에 떨어진 것이다.

자향은 경황없이 헤매었다. 많은 말과 사물들이 그녀 주변을 맴돌았다.

자향아, 세상은 무서움느니라. 아무도 믿지 말거라. 어머니는 수심이 그득하고. 언니, 언니 어디 있어. 어딜 가고 있는 거야. 일루 와, 일루 와, 소리치는 건 막내였다. 막내의 여린 손이 자꾸 그녀를 잡아당긴다. 자향아 자향아, 내가 도와주께 내가 도와주께, 날 잊지 말아, 알았지. 동무 소연의 목소리는 왠지 서글프고. 외처럼 길쭉한 얼굴의 석 주사는 송이야, 샛강주막 알지, 삼개의 조씨국밥집엔 항슬이다. 항슬이 이름 잊지 마소, 목소리가 여운을 남기며 울린다. 그런가하면 언니 일루 나와요, 포교들이 있어요! 나무들을 잘 봐요. 나무가 도와줄 거여요. 안방의 검은 얼굴이 화사하게 웃으며 손짓하였다. 자향은 자기도 모르게 안방에게 달려간다. 그러나 금방 있던 안방은 어딘가로 사라지고 꽃들이 천지에 널려 있다. 울긋불긋한 꽃 사이에서 자향은 묘한 춤을 본다. 쥘부채를 흔들며 춤을 추는 여자는 무당이요 자향은 그 무당의 흉내를 내며 같이 춤을 추고 있다. 가라 가라, 세월아 한 많은 세월아! 너는 옥황상제의 시녀로 이 세상을 구제하기 위해 왔나니! 외침이 처절하여 가슴이 섬칫할 지경이다. 무당 저켠에 젊은 무사가 싱긋 웃으며 그녀를 부르는 것 같다. 가까이 다가가자 젊은 무사는 파아란 검을 휘두르며 그녀 옆을 스쳐 지나간다. 깜짝 놀라 젊은 무사를 돌아보는데 바로 앞에 시커먼 사나이가 서 있다. 큰 손으로 자향을 잡으러 덤빈다. 놀라는 것도 잠시, 날렵한 사내가 퍼런 검을 휘두르며 달려와 시커먼 사내를 후려친다. 하얀 섬광이 교차하고 젊은 무사와 시커먼 자가 동시에 쓰러진다. 피범벅이 된 두 사람을 안고 자향은 어쩔 줄을 모른다. 갑자기 배가 요동친다. 파아란 파도가 그녀 머리 위로 덮쳐오고 배는 강물 위를 빠르게 나아간다. 세찬 바람이 부는 듯하더니 험상궂은 얼굴이 그녀에게 포효한다. 어디를 도망가느냐, 어딜 도망가느냐! 큰 소리에 자향은 번쩍 눈을 떴다.

여기가 어디지? 집이 아니었다. 아, 어제 안방이란 아이가 데려다 준 움막이구나. 자향은 그때서야 자기가 드러누어 있는 곳이 집이 아닌 움막임을 알았다.

자향을 놀라게 해 깨운 험상궂은 얼굴은 서문 수문장 천만수였다. 꿈속에서 본 것들이 뇌리를 스치고 급류처럼 흘러가는데 마지막 본 천만수 얼굴 외에는 생각이 잘 나지 않는다. 꿈결에 많은 것들을 보았다는 생각만 어렴풋하다. 너무도 고된 하루를 겪어서 잠결이 뒤숭숭했구나.

지금은 몇 시쯤 되었을까. 자향은 일어나 앉았다. 갑자기 꿈속에서 본 안방이 얼굴이 눈앞에 어린다. 꿈속에 안방이도 있었구나. 뭐라 이야기를 많이 했는데 자세한 것은 생각이 나지 않는다.

혹시 안방이에게 무슨 일이 있는 건 아닐까. 포교늘이 이 움막 가까이 오고 있는 건 아닌가 몰라. 갑자기 쫓기는 자의 불안이 온몸을 덮쳤다. 자향은 일어나 문께로 갔다. 귀를 기울였다.

풀벌레 우는 소리와 나무 잎새에 바람 스치는 소리가 '싸아' 하게 들렸다. 그리고는 고요하다.

밖에 나가볼까. 밖에 나가면 다가오는 사람의 발소리가 더 잘 들릴 거야. 허나 겁이 났다. 안방이 말대로 산에는 무서운 짐승도 많다. 문을 열었다가 살쾡이라도 덤벼들면 큰일이다.

자향은 후다닥 자던 곳으로 가서 이부자리를 뒤집어썼다. 그런 건 싹 잊어버리고 싶었다. 몇 달이 아니라 일 년이 넘도록 빨래를 안 한 듯한 이불에서 고약한 냄새가 났다. 목을 이부자리에서 길게 내밀고 숨을 깊이 들이쉬었다.

멀리서 짐승 우는 소리가 들렸다. 그 소리에 다시 겁이 덜컥 나고, 혼자라는 생각에 그만 너무 쓸쓸하였다. 어머니와 아버지 생각이 났다. 언니와 동생 생각도 났다. 가족 생각을 하자 눈물이 솟아난다. 뜨거운 눈물은 그녀의 뺨을 적시며 줄줄 흘러내렸다.

함지박귀가 가져다준 주먹밥으로 저녁 겸 밤참을 때운 노린내는 갈대숲에서 눈을 감은 채 발자국 소리를 기다렸다.

함지박귀는 노린내에게 당부하듯 말하였다. 노 형, 방기폰지 장기폰지 하는 밥통들은 서강으로 돌아갔소. 강직하기로 소문난 치통 부장한테 보고하고 지시를 받아오겠다는 게야. 우리가 있으니까 오늘은 아마 다시 오진 않겠지. 그치들이 있으면 외려 걸리적거리던 차에 잘 되었다구.

문제는 뒤웅박의 큰아들이네. 영 수상하거든. 어쩌면 고 녀석이 계집아이를 어딘가에 숨겨주었을 거야. 내가 숲을 뒤지러 진씨네 뒷산으로 가면 안방이란 아이는 틀림없이 내 뒤를 쫓아올 것이야. 노 형은 바로 그때 고 녀석을 미행해. 그러다가 계집아이를 숨겨준 곳으로 갈지도 모르니까.

그렇게 당부하고 함지박귀는 진씨네 뒤켠 산으로 천천히 사라졌다.

노린내는 함지박귀의 꾀에 감탄하지는 않았다. 그는 워낙 재주가 넘치는 사람이라 이 정도의 꾀는 너무나 당연한 것이었다. 노린내는 당장의 소원이 있다면 함지박귀와 한 조가 되는 일이었다. 그까짓 장작눈썹 정도의 무술은 노린내의 눈에 차지도 않았다. 나 노동팔(盧東八)이 왜 노린내란 별호를 얻었는가. 어감은 조금 나쁘지만 노린내처럼 오만 곳에 발을 들여놓은 마당발이요 온갖 냄새를 귀신같이 맡아내는 본령을 뜻한 게 아니던가. 냄새를 맡아내는 데에는 자신이 있었다.

함지박귀 정도는 그런 자기의 재주를 알아볼 법한데, 그러지 못한 것 같아 안타까웠다. 자기의 재주를 알아서 동무로 삼으면 큰 덕을 볼 터인데 그걸 모르는 것이다.

어렸을 적 할아버지의 말씀에 따르면 자기네 교하 노씨는 고려 때에 명성을 날린 무인이었다. 태조 임금이 나라를 빼앗는 과정에서 노씨도 몰락, 지금은 한낱 포졸에 지나지 않지만 언젠가 조상의 빛나는 영광을 되찾겠다는 신념은 그의 마음속에서 하루도 떠난 적이 없었다.

태조 집안도 전주와 함홍에서 쫓겨난 유랑민이었지 않은가. 여진 놈들의 벼슬까지 살면서 절치부심, 끝내는 나라를 거머쥐었다. 태조처럼 나라를 빼앗지는 못하더라도 무인으로 입신하는 게 무에 어려울까. 내 몸에 흐르는 피는 천생의 무인, 그것도 빼어난 무사인 것을.

노린내는 남모르게 갈고 닦은 자신의 무술을 은연중 자부하고 있었다. 그 어느 누구도 그런 자신의 실력을 잘 모르지만 언젠가 그 실력은 세상에 알려질 게고, 기필코 출세를 하게 되리라, 하고야 말리라, 마음먹고 있었다.

그러려면 우선 함지박귀처럼 머리 좋은 선배동료를 동아리패로 삼아야 한다. 김득실 수문장은 워낙 강직해 사가 끼어들지 못했지만 이번에 다시 부임한 천만수는 뇌물을 조금만 쓰면 될 것이다. 함지박귀와 한 조를 만들어 달라는 청탁쯤이야 얼마나 건전한가.

그러기 위해서는 이번에 도타한 박 참의 딸을 붙잡아 공훈을 세워야 한다. 보상을 받으면 천만수에게 한턱 내서 잘 보여야지. 이번에 함지박귀의 마음에 드는 것도 중요하구. 요놈, 뒤웅박의 아들을 납싹 채어서 계집을 잡아야겠다.

발자국 소리가 들렸다. 귀를 더욱 쫑긋하고 눈도 크게 떴다. 아이가 살금살금 걸어서 갈대밭 옆을 지나가고 있었다. 녀석, 어린것이 몸이 좋군. 상놈치고는 잘 빠졌어. 아까 갈대밭을 지날 때 이상한 표정을 지으며 이쪽을 노려볼 때는 섬칫했다니까. 녀석은 감도 좋아. 뭔가 이 노린내의 낌새를 맡은 것이 확실해. 어리지만 무시해서는 안 되는 녀석이야.

하지만 그 모든 게 경험이 있어야 빛을 보는 법. 경험이 있었다면 모든 걸 알아챘을 것을. 아이는 진씨 집 옆을 지나 함지박귀가 간 숲으로 가고 있었다. 노린내는 아이가 눈치채지 못할 정도의 거리를 두고 뒤를 쫓았다.

아까까지 드리웠던 엷은 구름이 걷히자 하얀 달이 능선 위로 보였다. 산과 숲이 하얗게 드러났다. 먼 데서 들짐승 우는 소리가 들렸다. 노린내 같은 익숙한 야행인에게는 길이 없어도 얼마든지 행동할 수 있는 밤이었다. 남의 눈에 띄지 않는 것만이 관건이었다.

아이는 작은 개울을 건너자 갑자기 뒤를 돌아보았다. 노린내는 관목숲에 납작 엎드렸다.

녀석이 벌써 누군가가 뒤를 쫓고 있음을 알아챈 걸까. 노린내는 뜨끔하였다. 아니야, 저 아이도 뭔가 켕기는 게 있어 마음이 산란한 게야. 하지만 아이에게 발각되는 날에는 오늘 밤의 노림은 끝장이다. 함지박귀의 눈에도 벗어날 것이고.

아이는 되돌아오지는 않았다. 움직이는 발소리가 다시 들렸다. 멀어져 간다. 자갈을 밟는 소리가 자박자박 들려왔다. 아기자기한 소리였다. 자갈이 아니라 풀섶만 밟고 가는 건가. 노린내는 고개를 들어 나뭇가지 사이로 살펴보았다. 어, 아이가 보이지 않는다. 발소리는 들리는데. 귀를 곤두세웠다. 분명 풀섶을 밟는 소리는 들려왔다.

노린내는 기분이 확 나빴다. 그렇다. 은둔보법(隱遁步法)! 보이지 않는 어느 자리에 서서 걷는 척하며 미행인을 살피는, 그러다 흔적도 없이 사라지는 수법. 그것을 아이는 지금 자기에게 펼쳐내고 있는 게 아닌가. 저런 수법을 펼치다니, 맹랑한 놈이다!

맞아, 이놈이 계집을 숨겨준 게 확실해. 그렇지 않고서야 저런 비상한 수법을 알 리가 없지. 기분 같아서는 당장 쫓아가 주리를 틀고 싶었다. 저가 단근절맥 수법의 고문을 어찌 견뎌낸단 말인가. 계집 있는 곳을 불 밖에 없지!

그러나 함지박귀는 그런 수법을 싫어한다. 지금은 그의 지휘를 받아야 한다. 금명 포교로 승진할 게 분명한 함지박귀 아닌가. 그와 한 동아리만 된다면 출세가 확실하니까.

노린내는 고개를 움츠리고 귀만을 발동하였다. 아이는 아직도 걷고 있었다. 저켠 컴컴한 숲 속에서 녀석은 미행자를 찾기 위해 온갖 어린 꾀를 발동하고 있는 게 분명하였다.

발걸음 소리가 정상으로 돌아왔다. 나무와 풀을 스치는 소리도 들리고 자갈이 떽떼구르 구르는 소리도 들렸다. 한데 방향이 이상하였다. 앞쪽 산등성이로 가지 않고 오른쪽으로 돌고 있는 게 아닌가. 노린내는 조심스럽게 따라가며 생각을 굴렸다. 녀석이 이렇게 계속 오른쪽으로 도는 건 무슨 이유일까?

노린내가 혼란 속에서 헤맬 때, 뒤에서 침중한 소리가 들려왔다.

"저녀석 하는 짓거리 보면 비자를 숨겨준 게 확실하지?"

함지박귀가 어느 결에 뒤켠에 와 있었다.

"발소리 하나 내지 않고 귀신같이 오시었소. 이래봬도 이 노린내가 귀 밝기와 냄새 맡는 데는 도가 틔었다고 자부하는데 형님은 도시 기척 없이 나타나는구려."

"자네한테 안 들킬려고 신경을 쓰면서 왔지."

"저녀석은 열 살짜리 아이가 아닙니다. 형님 말대로 비잔지 규순지 숨겨준 것도 확실하구말구요."

"그렇지. 열네 살이라는데 믿어지지 않지?"

"않구말구요. 놈을 잡아다 주리를 틉시다."

"그래서는 안 돼. 산통만 깨진다구. 순순히 불 놈이 아냐. 보면 모르나. 저놈은 보통놈과 달리 다뤄야 해. 녀석은 지금 집으로 되돌아갔어. 새벽까지는 나오지 않겠지. 잠깐 앉아서 이야기나 할까."

그들은 풀섶에 마주보고 앉았다. 서로 앞뒤를 살펴봐 줄 수 있게끔 앉은 것이다. 하늘엔 보름달이 두둥실 떠 있고 풀벌레 우는 소리가 요란하였다. 함지박귀가 허리춤에서 어포쪽을 꺼내 노린내에게 주었다.

"자네는 이런 거 안 갖고 다니나?"

"왜요, 좀 있지요. 우리들 추적자들의 상용 휴대품목 아닙니까. 육포가 있는데 드릴까요."

"아니네 그건 나중 먹세."

어포 맛을 잠시 보던 함지박귀는 입맛이 돋워지자 하늘에 별이 있나 살피며 말하였다.

"우리 포교들은 범인을 쫓을 때 밤 하늘의 별을 찾는다고들 하지. 그만큼 어렵다는 뜻인데 나는 꼭 그렇게 생각하지 않네. 조금만 생각하면 범인은 항상 우리 곁에 있지. 단서는 사방에 널려 있구. 우리나라 포교와 포졸들은 훈련 부족이야. 물론 자질 문제도 있겠지. 조금만 가르치면 훨씬 나을 것을 그런 걸 가르치는 조직도 없고 전문가도 없어. 나는 말이야, 포교를 가르치는 전수수련장 같은 걸 하나 만들고 거기 훈련도감 노릇을 하면 잘할 것 같다는 생각을 하곤 하지."

노린내는 함지박귀의 말을 듣자, 성 형은 평소 생각하던 것보다 훨씬 머리도 좋고 방략이 있는 사람이구나 하는 생각이 들었다.

"그것 참 좋은 생각입니다. 그걸 상부에 한번 건의해보지요."

"허, 노 형. 무슨 말을. 내 한번 해본 소릴세. 우리 같은 졸짜의 의견을 이 세상이 받아줄 것 같은가. 이 세상은 양반놈들 세상이야. 우리는 그저 곁다리에 불과하지."

"그래도 노력을 한번 해본들 손해날 건 없지 않수?"

함지박귀는 노린내를 쳐다보며 씨익 웃었다.

"고맙네. 자네도 순진한 사람일세. 마음이 깨끗하다는 증좌겠지. 하기야 사람은 모름지기 그런 순진성이 맘속에 살아 있어야 하는 건데. 노 형, 이번 사안을 어떻게 보는가."

"뭘 말입니까."

"저 계집의 도타사안 말일세."

"계집은 조정의 명을 어기고 도망하였으니 엄벌에 처해야 하는 것 아닙니까."

"겉으로 보면 그렇지. 허지만 한꺼풀 벗기고 보면 이번 사건은 양반의, 그것도 문관들 권력싸움의 한 끄트머리일 뿐일세."

"그렇게 보면 그렇습지요."

"멀쩡해 보이던 선비들을 어느 날 갑자기 박살낼 때는 뿌리째 없애야 하겠지. 발본색원, 화근척결, 일망타진. 아들은 물론이고 계집 하나도 놓아두어서는 안 되는 거 아니겠나. 치사하고 창피한 일일세. 우린 더럽게도 그 치닥거리하는 발톱에 불과한 게구."

"발톱이요, 우리가?"

"그럼. 듣기가 싫나?"

"아니요, 맞는 말씀이요. 부끄러운 일이지만."

"한데 지금 도망하고 있는 저 계집은 말야, 인물도 있고 머리도 좋고 운도 따르는 아이 같으네. 내버려두면 화근이 되는 경우이지."

"듣고 보니 그러하군요. 그렇다면 사안이 큰 걸요. 하지만 저가 금세 잡히지 않고 견디겠습니까. 형님 같은 고수가 추적하는데 말입니다."

"이론상은 그러하지. 달이 유난히 밝군, 날씨도 좋고. 그나저나 저 뒤웅박네 애송이는 보통내기가 아닌 것 같애. 아까 집에서 나와 이 산속을 한

바퀴 돌고 간 건 아마도 내 뒤를 쫓기보다 또 한 사람, 바로 자네라는 존재가 있는지 알기 위해선 것 같애."

"네? 그 정도로 저녀석의 심기가 깊단 말이요? 하긴 아까 녀석이 갈대숲 앞을 지나갈 때 내 쪽을 유심히 보더이다."

"나 외에 또 한 사람이 있다는 생각을 하는 건 확실해."

"허면, 지금 내가 미행하는 걸 눈치챘을까요?"

"건 아닐 게야. 자네가 워낙 은밀하게 했으니까. 저녀석이 은둔보법 쓰는 거 보았지."

"보았소. 녀석이 그런 수법을 어찌 알았을까."

"스스로 체득한 게야. 대단한 놈이야. 몸도 좋고 감각도 천부적인 것 같애. 상놈만 아니라면 친군위의 밀사로 키우면 좋을 놈인데."

"친군위의 밀사요?"

"응, 내가 괜한 소릴 했나."

"무슨 말씀인지 이야기 좀 허시오. 친군위가 무슨 밀사를 키웁니까. 요즘에?"

"아니네."

"아니라니요. 친군위에 무슨 일이 있습니까. 궁금하게 만들지만 말고 시원히 이야기 좀 해봐요. 제 입이 무거운 거 아시잖소."

함지박귀는 잠시 하늘을 바라보았다. 별이 잘 떴는지 살피는 모양이었다. 별이 하나 둘 하늘에서 반짝이고 있었다. 달이 밝은 밤이라 별이 무리 지어 나타나려면 한참 있어야 할 것 같았다. 별을 살피던 함지박귀가 눈길을 노린내한테 주며 말하였다.

"그래, 자네니까 이야기하네만 친군위가 있는 건 알지?"

"알고 있지요. 왕실 직속의 비밀정보기관 아닙니까. 하지만 근자에는 그 조직이 유명무실한 걸로 알고 있는데요."

"외부에는 그렇게 알려져 있지. 허지만 지금도 엄존하네. 이즈막에 더 강화되었다는 소문도 있어."

"그렇습니까?"

"이번 사화도 그들 조직의 도움으로 일어났다고들 해. 종전에는 정규직으로만 유지했는데 지금은 밀사들을 많이 쓰는가 봐. 무술 솜씨 있고 날렵하며 특수한 재주가 있는 은밀한 자들을 많이 포섭하는 듯허이."

"그래요? 듣자니 무섭습니다."

"무서울 것까지야, 뭐. 아마 자네도 그 조직에서 필요한 인물로 명단에 들어가 있을지 모르겠네."

"무슨 말씀을, 형님이나 그런 곳에 끼지 나 같은 무명짜가 어디 해당이 되겠습니까."

"아니네, 냄새 도사인 자네야말로 적임자이지."

"하면 그 조직은 누가 지휘를 하는 겁니까?"

"직제상으로는 친군위에서 통제하는 거니까 종이품 위장 소관으로 되어 있지만은 기실은 왕실 직할이라고 하데. 지금은 왕비가 지휘하는 것 같애."

"그러면 사조직이 아니요."

"나라를 위해 왕비께서 직접 통어를 하는 거니 꼭 사조직이라고만 이야기할 수는 없지."

"왠지 으시시합니다요. 거기의 밀사로 들어가면 대접이 괜찮을 법한데요."

"그야 여부 있겠나."

"그건 그렇고 저녀석은 어찌하실 생각입니까?"

"방법이야 있는데."

"어떤 방법이요?"

"내가 산길을 돌아보니 녀석이 다닌 듯한 길 아닌 길이 있더군. 대낮이라면 저녀석의 비밀 장소를 너끈히 찾을 수 있겠어. 어떤가 자네 냄새 맡는 데 도사니까, 저녀석의 몸 냄새로 아이가 평소 다니던 길을 찾을 수 없겠는가. 평소 다니던 길을 가다보면 수상한 것들을 잡아낼 수가 있지 않겠는가 말야."

"그러나 밤에는요, 어렵습니다. 왜냐면 밤엔 나무들이 자기들 내음을 한껏 내뿜습니다. 그리고 밤에 움직이는 동물들의 체취도 강해져 냄새를 구분하기 힘듭니다. 일반적으로 생각하는 것과는 틀리지요."

"거 듣자니 기이하군. 나무들이 냄새를 밤에 발산한다?"

"그러문요. 특히 소나무 전나무 참나무 등 힘이 좋은 나무는 냄새를 아주 강렬하게 내뿜습니다. 이 산에는 소나무가 그중 많아 밤엔 냄새 구별이 어렵습니다. 떡갈나무와 상수리나무도 목취, 나무의 내음이 강한 편이구요."

"호, 그래. 재미있는 이야기일세. 자넨 목취 맡아내는 기술을 어디서 배웠는가. 느낌 같아서는 혼자 터득한 것 같진 않군."

"형님은 역시 머리만 좋은 게 아니라 감각도 좋으시우."

"그렇지. 내 예상이 맞았네그려. 그 사연이나 한번 들어보세."

노린내는 함지박귀가 자신의 장기를 알아보는 게 기뻤다. 혹 좋은 계기가 될지도 모른다는 생각도 났다.

"달이 밝으니 그 이야기나 한 번 할까요."

"한 번 해보게. 재미있을 법 허이."

노린내는 다리를 쭉 뻗고 고개를 들어 잠시 하늘을 바라보고는 말을 꺼내었다.

"제가 어렸을 때 지리산을 오른 적이 있습니다. 동무랑 천왕봉을 한번 오르자고 간 것인데 그곳 반선 계곡에서 묘한 분을 만났습니다. 등에 망태를 매고 약초를 캐러 다니는 노인이었는데 잠시 같이 있는 중에도 연신 코를 벌름거리지 않겠어요. 왜 그러느냐고 물었더니, 풀과 나무의 냄새를 맡는다는 거여요. 하기야 약초쟁이들은 그런다는 말을 들은 바가 있지만 참 희한합디다. 그래서 한참 이야기를 나누었지요."

정말로 모든 풀의 냄새를 맡을 수가 있습니까. 물론이지. 풀마다 냄새가 다 다르지. 사람도 냄새가 각기 다르지 않는가. 풀만이 아니라 나무도 짐승도 벌레도 심지어 저 자갈과 물과 공기까지도 내음이 다르다네. 자갈과 물과 공기도 냄새가 있다구요? 그렇구말구. 냄새가 약하기는 해도 아예 냄새가 없는 경우는 없어. 어느 것이나 다 냄새가 있을뿐더러 그 냄새도 수시로 변하지. 공기도 잘 들이쉬며 음미해봐, 냄새가 있어. 오래 버려둔 골방에 들어가면 퀴퀴한 냄새가 나지. 건 썩은 곰팡이 냄새만이 아니라 공기도 썩어서 나쁜 냄새를 풍기는 거라구.

사람이 술을 먹었다 하면 주취 땜에 냄새가 달라지지 않던가. 여인네가 분장을 하면 화장품 내음 땜에 냄새가 달라지고. 된장국에 된장을 좀 더 넣으면 더 풀은 만큼 된장 냄새가 진하고 구수하지. 이치가 뻔한 것 아닌가.

여보게, 냄새가 바뀌는 것 중에 가장 슬픈 게 무언 줄 아는가. 사람의 냄새가 살아갈수록 바뀌는 이치일세. 어려서는 유취가 있지만은 그래도 뽀송뽀송한 그 내음이 좋고, 이팔청춘에는 풋풋한 냄새가 싱싱해서 좋고, 삼십의 장년에는 힘차고 당찬 내음이 매력 있어 좋지. 허나 마흔을 넘어가면 쉰내가 나고, 쉰을 넘으면 고릿한 냄새가 나지 않는가. 스스로도 역겹게 되지. 그대는 이 늙은이의 냄새가 맡어지는가? 내 냄새가 고릿한가. 허허, 고릿허겠지. 슬픈 일이 그 아니겠는가. 이러하니 어느 물건인들 그 본연의 냄새가 없을 수 없다 이말일세.

나는 무릎을 탁 쳤습니다. 영감님 말씀이 맞습니다, 하였더니 노인은 한 바탕 냄새론을 펴는 것이었어요. 그건 정말로 희한한 탁견이었습니다.

나는 노인장을 스승으로 모시기로 했습니다. 동무는 먼저 보내고 두 달이 넘게 노인장 집에 머물며 냄새학을 배웠습니다. 생각 같아서는 한 일이 년 배워야 하는 건데 먹고 사는 문제가 있는지라 그러질 못하였지요. 노인은 떠나올 때 말하더군요. 나한테 십 년을 배워도 자네가 재능과 열성이 없으면 아무 소용이 없네. 헌데 그대는 상당한 재질이 있는 것 같으이. 열심히 해보아. 냄새, 거 좋지. 노상 맡아 봐. 그리고 그걸 즐기라고. 즐기면 냄새가 저절로 맡아지기 시작하는 게야. 그럼 고수가 되는 거지. 세상에는 수만 가지의 냄새가 있으니 한꺼번에는 배울 수가 없다. 다만 하루하루의 연찬에 의해서 터득할 수 있으리라.

그 뒤로 스승의 가르침에 따라 냄새 맡는 일이 제 본업이 되다시피 하였습니다. 그런데 사람들은 내가 노가라고 그 많은 냄새 가운데 하필이면 역겨운 노린내를 내 별호로 붙여주었으니 정말 서운합니다. 허기야 조상이 주신 성으로 하야 빚어진 것이니 어찌할 수 없는 일이지요만.

"호, 자네 참 훌륭하이. 그 재주 큰 복일세. 우리 포청에서 자네의 재주를 높이 사고 긴히 써야겠네그려."

"말씀은 고맙지만 세상이 나의 이 사소한 재주를 뭐라고 높이 사겠습니까. 기대하지 않습니다."

"아니야. 자네는 겸손해해도 그건 참 희한한 재주이네. 그래, 이 밤에는 그 재주를 발동하기가 정말 힘이 드는가?"

"해볼 수야 있지만 큰 효능이 없을 거란 이야기입니다."

"그럼 어떤가. 실패는 병가지상사인걸. 안 하는 것보단 백 번 낫지. 한 번 시험이라도 해보세."

"형님이 일단 결과를 꺾어 놓으신다면 한 번 해보지요."

"그럼 시작하게나!"

노린내는 먹던 어포를 마저 꿀꺽 삼키고 옆 개울로 가서 얼굴 코 입 손을 깨끗이 씻었다. 그리고는 아까 안방이 지나간 길을 쫓아 냄새를 맡기 시작하였다. 함지박귀는 말없이 그 뒤를 따랐다. 삼십 보쯤을 가다가 오른쪽과 왼쪽을 번갈아 킁킁거리던 노린내는 왼쪽을 손가락으로 가리켰다. 조금전 안방이 간 길과는 정반대였다. 저녁때 안방이 자향을 데리고 간 그 길 아닌 길이었다.

안방은 측간에서 나오다 큼지막한 손에 어깻죽지를 붙잡혔다.

"너 이놈, 날 따라와!"

아버지였다. 그는 어깻죽지를 붙잡히는 순간, 우악스런 손목이 누구 것인지 알았다. 그렇게 할 사람도 아버지밖에 없지만 그 손목은 꿈에도 잊지 못할 아버지의 악귀 같은 갈고리였다. 뒤웅박은 아들을 집 밖 소나무숲으로 데리고 갔다. 그곳은 뒤웅박이 지나가는 사람을 망보거나 안방이를 족칠 때 쓰는 비밀 장소였다. 그만큼 소나무에 가려 은밀하고 안온한 분위기까지 주는 움막 같은 장소였다.

뒤웅박은 아들을 소나무 등걸에 밀어붙여 앉히고는 자기도 그 앞에 쪼그리고 앉았다.

"너, 이놈. 오늘 한 짓을 아버지한테 이실직고해!"

"뭘요?"

"뭘요? 이 애비가 모를 줄 알고! 그 비자를 어디다 숨겨놓았냐?"

"비자가 어디 있는데요."

그 말을 하면서 안방은 주변을 둘러보았다. 그는 아버지보다 더 걱정되는 게 포교였다. 그가 이 대화를 들을까 봐 가슴이 조였다. 아버지가 이처럼 혹 알아채지 않을까 미리 걱정도 하였으나 포교가 저쪽 어딘가에 있는 이 마당에 이렇게 나오자 속으로 애가 탔다. 아버지한테 혼이 나는 것은 문제가 아니었다.

"안방아, 너 아버지 말 다 알아들으면서 시침을 떼는 거냐!"

뒤웅박의 말투가 갑자기 부드러워졌다. 어, 이상하다. 안방은 눈을 동그랗게 떴다. 아버지는 말씨만 온화해진 게 아니라 상상 밖으로 웃고 있었다. 믿기지 않는다. 안방은 웃는 정도가 아니라 징글맞은 표정으로 바뀌고 있는 아버지를 멍청히 바라보았다.

"포교들은 지금 여기 없다. 그들이 들을까 봐 걱정되지?"

"네?"

안방의 대답인지 물음인지 모를 이 반응은 반사작용으로 나왔다. 아버지가 능구렁이처럼 나오는 것도 이상하였지만 포교들이라는 복수의 표현, 그리고 그들이 지금 여기 없다고 알려주는 말. 모두가 이상하였다. 방기포와 졸개는 저녁 식사 후 서강으로 돌아갔다. 따라서 함지박귀 한 사람만 남아 있었다. 한데, 아버지는 한 사람이 아니라고 알려주고 있는 것이다.

그렇다! 귀때기 큰 포교 말고도 또 한 사람이 있는 게다. 갈대숲 속의 그 이상한 기운, 그것은 살기였다. 포교도 그냥 포교가 아닌 무서운 암살자임에 틀림없다. 그리고 그들은 어딘가로 갔다. 안방은 놀라서 아버지 얼굴을 물끄러미 바라보았다.

"포교들은 너의 비밀 움막으로 갔다. 그 계집아이를 거기 숨겨 놓았지? 뻔한 일이지. 포교들이 그런 것쯤 모를 줄 알았느냐? 어리석은 놈!"

이건 또 무슨 이야길까? 안방은 계속 아버지만 살펴보았다. 아버지는 자기의 움막이 어디 있는지 알지 못한다. 동생 모방이만 안다. 그러나 동생은 그것만은 절대 비밀로 해주겠다고 했다. 그래서 두 번 데려간 적이 있다. 모방이가 평소 물러터진 녀석이지만 형과의 약속은 절대 지킬 것이다. 어떠한 일이 있어도!

한데 아버지는 포교들이 나의 비밀 움막으로 간 걸 어떻게 알까? 혹 넘겨짚는 건 아닐까. 그래서 내가 거기로 가게 만들려는 수법인 것이다. 틀림없다. 아버지는 나를 위해 이런 말을 할 사람이 아니다. 포교들과 짰을 것이다. 속지 말자. 지금은 말을 아껴야 한다. 얼굴색도 조심해야 한다.

"포교들이 어떻게 네 움막을 찾아가고 있는지 알고 싶지?"

"……."

"궁금하지 않아? 지금쯤 움막에 거의 닿았을지도 모른다. 그들이 그 비자만 잡으면 나야 좋지. 보상을 받을 테니까."

"……."

"포교들이 어떻게 네 움막을 찾아가고 있는지 알려줄까. 노린내라는 포교가 있다. 그자는 이 세상의 모든 냄새를 맡을 수 있어. 영리한 개보다도 더 냄새를 잘 맡지. 풀 냄새 나무 냄새 돌 냄새 물 냄새 아니 공기 냄새까지 다 맡는 귀신이야. 그는 지금 네가 평소에 산에다 남긴 냄새를 맡으며 네 움막으로 가고 있는 게야. 안 믿어지지? 그치만 사실이다. 사실이야. 믿든 안 믿든 니 맘이지만. 하하하, 무서운 포교로다.

노린내는 무서운 포교야. 냄새로 사람의 행방을 추적하다니! 무서운 일이로다. 그까짓 비자 하나 잡는데 제갈량 뺨치는 함지박귀에다 냄새의 도사 노린내까지 동원되다니! 그 앤 보통 비자가 아닌 게야. 훨씬 큰 거물 계집아이가 틀림없어. 넌 것도 알고 있지?"

뒤웅박은 뭐가 그렇게 좋은지 하늘을 보고 연신 껄껄 웃었다. 안방은 코를 들고 살짝 냄새를 맡아보았다. 아버지는 술에 취해 있지 않았다. 그러면 혹 정신이 이상해진 건 아닐까. 그것도 아니다. 태도가 평소와 다르고 말이 좀 허황돼도 조리가 정연하지 않은가. 술책인가. 나를 부추기기 위한?

안방은 허리를 펴고 아버지를 빤히 바라보았다. 정신을 집중했다. 포교들이 정말로 움막 쪽으로 가고 있다면 시간이 없다. 그렇다고 무작정 달려가자니 아버지가 영 미심쩍다.

뒤웅박은 오연한 자세로 일어나서는 잠시 아들을 내려다보았다. 미소인지 냉소인지 모를 웃음을 입과 눈가에 흘리더니 뒷짐을 지고 돌아섰다.

"네가 애비한테 이실직고하지 않을 줄 알았다. 이실직고할 네가 아니지. 아니고말고! 그래, 니 마음대로 하여라. 너는 그런 아들이니까. 이 애비는 고 아이를 포교들이 잡아오면 그것으로 만족이다. 거물이건 별 볼일 없는 비자이건!"

그리고는 성큼성큼 걸어 집으로 들어가 버렸다. 안방은 엉거주춤 일어나서 멍한 채로 서 있었다. 이건 도대체 어떻게 된 셈판일까? 이 모든 건 평소

아버지의 태도도 행동도 아니다. 결단코 아니다. 무엇을 뜻하는 것일까?

　진필중 만호가 집에 돌아온 것은 술시쯤이었다. 딸들은 세상 모르게 잠들어 있고 부인만이 밥상을 차려 놓고 오도마니 기다리고 있었다.
　"진지 드셨습니까?"
　"서강의 주막서 간단히 들었소. 한데 무슨 일이 있소?"
　"네."
　진 만호는 이것저것 묻지 않았다. 조용히 듣기만 하였다. 뒤웅박의 짓이란 걸 환히 아는 그였다. 서강서 돌아오는 길에 그는 수철리 앞길에서 방기포와 졸개가 잰걸음으로 무슨 사단이라도 난 양 부산하게 걸어가는 것을 목도하였다. 방가는 그를 보지 못했으나 은퇴한 사람은 현직을 유심히 보는 법이라 대번 알아보았다. 그를 보는 순간 가슴이 섬찟하였다. 뒤웅박이 무슨 짓을 하였구나. 그 불길한 예측이 들어맞은 것이다.
　"안방이는 지금 어디 있소?"
　"지금은 자기 집에 있는 것 같습디다. 그 여자애를 데려다 숨겨 놓고 집으로 돌아가는 것을 보았어요. 한데 포교가 갈 때 몰래 내다보았더니 둘이 아니고 셋인 것 같데요. 어두워서 잘은 못 보았습니다만."
　"셋? 그럼 넷도 되겠군."
　"네에?"
　"아니야. 걱정 말고 그만 자리에 드시게. 포교들이 다시 오면 내가 응대할 터이니."
　진만호는 등잔의 심지를 줄이고 마루로 나와 밖을 내다보았다. 밤공기가 차다. 찬 공기 속 멀리에서 나뭇가지들이 뚝뚝 부러지는 소리가 환하게 들려왔다.

　노린내는 냄새를 맡으며 천천히 앞으로 나아갔다. 한동안은 반듯한 직선으로 걸어가다 오른쪽으로 틀었다. 그리고는 한참 코를 쿵쿵대며 고개를 갸웃했다.

"왜 그러는가?"

함지박귀가 묻자,

"소나무들이 내뿜는 냄새가 너무 강합니다. 공기를 마셔보세요. 싱싱하지요. 싱싱한 공기는 더러운 냄새를 희석시킵니다. 그만큼 아이놈의 냄새가 흐릿해져서 맡기가 힘들군요. 가는 길도 오른쪽으로 또 틀었네요. 여하튼 가 봅시다."

그러나 노린내는 얼마 안 가서 발을 멈추었다. 다시 사방으로 몸을 돌리며 냄새를 맡았다. 그렇게 여러 차례 애를 먹으며 전진하느라 추적은 영 느렸다. 녀석이 길을 여러 번 튼 데다 자갈길을 서너 차례나 지나가서 냄새가 자주 끊기곤 하였다.

"놈은 우리가 냄새로 뒤쫓을 걸 미리 알고 행보한 것 같소."

함지박귀가 노린내를 위로하느라 한마디 하자,

"꼭 그런 건 아니겠지만 그런 셈은 되었네요. 특히 이쪽은 참나무숲이 있어서 다른 냄새 맡기가 어렵습니다. 찐한 참나무 내음은 소나무와는 또 다릅니다. 녀석의 냄새가 더욱 흐릿해졌습니다."

노린내는 한동안 눈을 감고 사방의 냄새를 음미하며 서 있었다.

"더 이상 추적이 안 되는가?"

"기다려 보세요."

노린내는 사람이 다닐 수 있는 풀섶마다 코를 들이대고 냄새를 맡았다.

"윽 비린내!"

"왜 그런가?"

노린내는 눈을 화등잔만큼 뜨고 컴컴한 숲 안쪽을 노려보고 있었다.

"뱀들이 잔뜩 있어요. 깜짝 놀랐네. 여섯 마리도 넘네."

"뱀?"

평소 뱀을 싫어하는 함지박귀는 잽싸게 뒤로 물러났다. 그리고는 그런 행동이 부끄러웠던지,

"장작눈썹이 있었으면 되게 좋아했겠네"하며 얼버무렸다.

"장작눈썹이 뱀을 좋아합니까?"

"좋아하는 정도가 아니네. 뱀을 보기만 하면 대번 잡아 껍질을 벗기고 머리부터 자근자근 씹어먹는다네."

"허허, 그래서 힘이 센가. 뱀을 좋아하는 사람은 정력이 좋아 여잘 너무 밝히는 병이 생긴다 해서 경계하는데. 게다가 이가 빨리 나빠진다고도 하구."

"그런가."

"그러문요. 우리 집안에 의술 아는 분이 계신데 그분이 말하더군요. 뱀을 많이 먹는 사람은 나이가 사십만 넘으면 이가 죄 빠지니 조심해야 한다구요."

"그럼 뱀을 많이 먹으면 안 되겠네. 늙어서 이 좋은 건 효자보다 낫다는 속신이 있잖은가."

"그렇지요."

노린내는 뱀을 피해 다시 냄새를 맡기 시작했다.

"뱀 냄새 땜에 녀석의 냄새가 사라졌소. 밤엔 이렇다니까요. 나무 냄새에다 짐승 냄새에다……."

함지박귀는 또 뱀을 만날까 봐 노린내의 뒤를 바투 쫓아갔다. 노린내는 서너 군데를 킁킁 냄새 맡더니,

"찾았습니다. 갑시다."

그렇게 헤매며 추적은 계속되었다. 등성이를 두 개나 넘고 개울을 하나 건넜다. 관목숲이 우거진 평평한 곳에 왔을 때 노린내는 갑자기 얼굴을 찡그렸다.

"왜 그러는가?"

"녀석의 냄새가 진동하오."

"건 무슨 말인가."

"녀석의 냄새가 사방에 묻어 있습니다."

"왜 그런가 갑자기."

"모르겠어요."

노린내는 냄새를 맡으며 눈을 게슴츠레히 떴다. 하늘의 둥근 달을 노려보았다. 입술을 자근자근 씹었다. 고개를 크게 끄덕이더니 자기들이 온 곳과 영판 다른 방향인 왼쪽을 노려보았다.

"녀석이 여기에 왔습니다."

"녀석이라니. 안방이란 아이 말인가?"

"그렇습니다. 아이놈이 이 왼쪽의 지름길로 와서 여기에 자기의 냄새를 사방에 뿌려 놓았습니다. 그리고 오른쪽으로 갔군요. 아니 이쪽으로 갔나."

노린내는 이곳 저곳을 왔다갔다 하며 허둥대었다.

"이건 또 뭐야. 산목련 냄새 아냐!"

노린내는 놀란 눈을 함지박귀에게 던졌다. 함지박귀는 노린내가 왜 그러는지 몰라 망연히 그를 쳐다보았다.

"허, 이건, 이건 쥐똥나무 꽃 냄새구."

노린내는 컴컴한 바닥을 두리번대었다. 뭔가를 주워서 달빛에 비춰보았다. 어처구니없는지 쓸쓸히 웃었다.

"형님, 일루 와 보세요."

"그게 뭔가?"

"쥐똥나무 꽃을 으깬 거요."

"그래서?"

"냄새가 나지요. 한 번 맡아봐요."

"냄새가 향긋하군. 아주 진하군그래."

"그렇습니다. 이 쥐똥나무는 지금 한창 꽃을 피우고 있는데요, 이 철에는 가장 냄새가 진한 꽃이지요."

"그래서 어쨌다는 건가?"

함지박귀는 노린내가 무슨 말을 하는지 도통 알 수 없었다.

"아이놈은 천재요. 머리가 비상합니다. 그놈은 천잽니다."

"천재가 어쨌다는 건가?"

"아이는 우리가 냄새로 추적하는 걸 알고 있는가 보오. 지름길로 와서 사방에 자기 냄새를 흩뿌려 놓고는 그것도 모자라 이 철에 가장 냄새가 진한 산목련과 쥐똥나무 꽃을 으깨어 여기에 그 냄새가 진동하게 해 놓았어요."

"자네가 냄새를 제대로 못 맡게 훼방을 놓았단 말인가?"

"그렇습니다. 내 코가 이 꽃 냄새로 얼얼합니다. 어라, 산개나리꽃 냄새까지 나는구료."

노린내는 연신 냄새를 맡으며 주변을 맴돌았다. 꽃잎 하나를 주워서 킁킁 냄새를 맡아보고는 약간 언덕진 풀섶에 주저앉았다. 함지박귀는 그의 앞에 가서 말그러미 쳐다보았다. 약간 하관이 빨고 햇빛에 탄 노린내의 얼굴은 힘이 빠져 있고 평소 승냥이 눈 같던 두 눈도 팔자로 축 처져 있다. 노린내가 느슨한 목소리로 말을 늘였다.

"이 산개나리꽃 냄새는 봄의 으뜸이지요. 개나리가 영춘화, 봄을 맞는 꽃이라면 이 산개나리꽃 내음은 봄을 상징하는 향기입니다. 이 향기를 맡으면 모든 번뇌를 잊습니다. 제 스승이 그런 이야기를 했습니다. 어느 해 몸이 나빠 산행을 못하고 있을 때, 겨울의 눈이 녹아 졸졸졸 어름짱 밑으로 봄물이 녹아 내릴 제, 문득 산개나리꽃 내음이 머리맡까지 풍겨오더랍니다. 산개나리 냄새다! 아, 봄이 왔구나! 이 봄에 내 일어나지도 못하고 이게 무언가. 그렇게 회한스런 한탄을 하는데 자기도 모르게 몸이 병상에서 벌떡 일으켜지더랍니다. 아까까지만 해도 노곤하던 삭신이 그렇게 뿌

듯할 수 없더라는 거죠. 그 뒤로부터 이 산개나리꽃은 마음을 맑게 해주는 향기, 번뇌를 씻어주는 화향(花香)이 되었답니다."

"여보게, 노 형. 스승의 추억과 향수는 나중 음미하고, 우선은 추적을 해야 하지 않겠는가. 이 냄새들이 가신 뒤에 맡아보면 아이 녀석의 냄새를 맡을 수 있지 않겠어?"

"그럴 수도 있지요. 하지만 녀석이 방금 남긴 냄새로 인해 전에 남긴 냄새는 거의 맡아지지가 않습니다. 내 코가 정상으로 돌아올 때까지 당분간 추적은 안 됩니다. 어린아이의 함정에 빠진 거지요. 그리고 아이놈은 우리가 이렇게 헤매는 사이 계집을 빼내 사라질 게 뻔하구요."

함지박귀는 어처구니가 없었다. 화가 꼭뒤까지 치솟았다. 그러나 참았다. 이럴수록 냉정해야 한다. 어려울수록 침착해야 한다는 게 평소 그의 신념이었다.

한데 우리가 저의 냄새를 추적하는 걸 녀석은 어찌 알았단 말인가. 우선 그것이 궁금하였다. 아이놈은 집으로 돌아간 게 아니고 부근에서 자기들의 말을 엿들은 겐가. 그럴 수는 없다. 우리의 말을 알아들을 정도로 가까이 다가왔다면 모를 리가 없다.

함지박귀와 노린내는 한동안 풀숲에 앉아 있었다. 노린내는 코를 만지작거리며 사방에 널려 있는 여러 내음을 맡아보고 있고 함지박귀는 눈을 살짝 감고 사념에 빠졌다. 밤도 이젠 깊어 축시를 넘어가고 있었다.

함지박귀는 이러한 고요한 밤을 좋아하였다. 모든 사람이 자고 있는 밤에 혼자 산길을 걸으면 영감이 뭉클뭉클 몸속에서 솟아나곤 하였다. 천생의 야행인이었다. 어쩌면 이 밤도 그 영감이 피부 언저리에서 맴돌고 있는 것 같았다.

잡힐 듯 잡힐 듯 뭔가가 가까이 다가왔다. 그렇다. 뭔가 영감이 떠오르려는 게다. 그는 마음을 집중해 앞뒤를 되새겨보았다. 갑자기, 함지박귀는 눈을 번쩍 뜨고 손뼉을 쳤다.

"노 형, 아까 그 애가 어느 쪽에서 왔다고 하였지?"

그 말이 하도 커서 노린내는 깜짝 어리둥절한 표정을 지었다.

"저쪽 방향이요. 그쪽이 아이네 집이 있는 곳 아니요. 지름길인가 보지요."

"맞아. 고 녀석은 지름길로 온 거야. 그 지름길은 그의 집에서 여기까지 반듯한 길이고."

"그래서요?"

"우리는 그동안 좌로 우로 빙빙 돌아왔지 않은가. 지름길은 녀석의 집에서 비밀장소로 가는 일직선의 길인 게야. 무슨 말인지 알겠는가. 나를 따라오게. 이젠 내가 안내하지!"

함지박귀는 언덕을 넘어 번개처럼 달렸다. 노린내가 가리킨 쪽의 정반대 방향으로 반듯이 달려갔다. 아이 녀석이 간 지 얼마 안 되므로 빨리 쫓는다면 놓칠 리 없었다. 내리막길로 잠시 내려갔다가 얕은 계곡 하나를 넘었다. 관목숲이 빽빽한 곳이 나왔다. 그때, 노린내가,

"잠깐만요, 냄새가 납니다. 금방 지나간 그녀석의 냄새가 있어요. 이쪽으로 오세요."

노린내는 울창한 숲을 헤치고 오른쪽 움푹 숨어 있는 계곡 속으로 들어갔다. 움막이 하나 나왔다. 도저히 사람이 들어갈 수 없어 보이는 곳이었다.

찾았다! 함지박귀는 움막을 보자마자 문을 박차고 들어갔다. 컴컴한 속을 눈을 부릅뜨고 둘러보았다. 아무도 없다.

"샜나?"

"없습니다. 윽, 이건 또 뭐야. 분꽃 냄새. 이런, 녀석이 또 분꽃을 여기에 짓이겨 놓았구만!"

노린내는 킁킁대며 코를 벌름거렸다. 함지박귀는 그 사이 이곳저곳을 뒤져보았다.

"여기 자리끼와 이부자리도 있는데. 아직도 온기가 있군. 계집이 떠난

지 얼마 안 된다는 증거일세. 나가세."

둘은 움막을 나왔으나 어디로 가야 할지 막막하였다.

"냄새를 못 맡겠는가?"

함지박귀가 묻자 사방을 한 차례 돌아본 노린내는 고개를 흔들었다.

"아이놈이 이 움막을 한 바퀴 돌면서 사방에 냄새를 흩뿌렸소. 분꽃을 또 짓이겨와 내 코를 얼얼하게 해놓았습니다. 어느 쪽으로 갔는지 종을 잡을 수 없소."

"쳐죽일 놈. 이놈 만나기만 해봐라 주리를 틀어서 죽여버리겠다!"

드디어 함지박귀도 더는 못 참고 화를 버럭 내었다. 인내와 침착도 한계에 다다른 것이다. 오히려 노린내가 찬찬히 이쪽 저쪽을 노려보며 생각을 굴렸다.

"형님, 놈은 마을 쪽으로 내려가지 않았을까요? 바로 이쪽으로요."

"그럴까? 여하튼 그쪽으로 내려가 보세."

둘은 달음박질로 내려갔다. 백여 보를 내려간 노린내가 함지박귀를 불렀다.

"이쪽에는 전혀 녀석의 냄새가 나지 않는데요."

"그 계집의 냄새는 맡을 수 없는가. 어린애보다 더 냄새가 날 것 같은데."

"그렇지 않아요. 움막에서 냄새를 맡으려 해보았으나 거의 나지 않습디다. 화장을 안 한 비자로 분했기 때문에 별 냄새가 없는가 봅니다. 무슨 아주까리 냄새 같은 게 조금 맡아지기는 했지만."

"여하간 이쪽으로 내려온 건 아닐세그려."

"그렇습니다."

안방은 자기도 모르게 움막 쪽으로 가고 있었다. 아버지가 뿌려놓은 생각의 끈에 이끌려 냉정한 이성은 잃고 있었다. 노린내가 냄새의 귀신이라고? 내 냄새를 맡으며 내 움막으로 가고 있어? 그럴 수 없어. 아무리 냄새를 잘 맡는다손 치더라도 몇 시진이 지난 냄새를 어찌 맡을 수가 있겠어. 거짓말이야.

안방은 자기도 모르게 찌든 저고리 소매를 들어 냄새를 맡아보았다. 냄새가 진동하였다.

그는 얼굴을 찡그렸다. 냄새가 나긴 나는군. 이를 어쩐다. 이를 어쩌지. 내 냄새가 많이 난단 말이야. 그는 울상이 되었다. 불쌍한 언니가 위험해! 언니가 붙잡히겠다. 큰났다! 큰났어!

"이 밤에 우거지상을 하고 어디를 가느냐?"

시커먼 몸체가 안방의 앞에 우뚝 막아섰다.

"아, 영감님. 저는 저는……."

착호사 진 영감이었다. 안방이 존경하고 어려워하는 진 영감이 그를 내려다보고 있었다. 안방이 존경하는 훌륭한 무사가 물었다.

"어딜 가고 있는 게냐?"

"지금 언니가 위험합니다."

"왜?"

"함지박귀와 노린내란 포교가 언니를 잡으러 가고 있어요. 언니를 구해야 해요."

"언니는 어디 있는데?"

"저의 움막에 숨겨 놓았거든요."

"그럼 안전할 게 아니냐."

"아니어요. 포교들이 평소의 제 냄새를 맡으며 제가 다닌 길로 해서 움막에 가고 있는데요. 막을 수가 없습니다."

"너의 냄새를 맡아서 움막으로 가고 있다고?"

"네."

"호오, 그런 법이 어디 있을 수 있는가."

"아니어요. 아버님이 말하는데요, 노린내란 포교는 풀 나무 물 공기할 것 없이 모든 냄새를 맡는대요. 냄새의 귀신이래요."

"그래?"

"그렇데요. 영감님, 어찌하면 좋을까요. 제가 먼저 달려가서 언니와 함께 와우산 너머로 도망갈까요."

"아니다. 저들은 산을 타는데 도가 트인 조선 최고의 추적자야. 그렇게 해선 영락없이 잡힌다. 가만 있자. 조금 생각해보자꾸나. 잠깐만 기다려보아."

진 영감은 중천에 떠 있는 둥근달을 쳐다보며 눈을 껌벅거렸다. 굳게 다문 입술이 뭔가 결단을 내릴 때의 모습 같았다. 진 영감은 갑자기 무릎을 탁 쳤다.

"그렇지! 이열치열하는 수가 있겠군."

"그게 무슨 방법인데요?"

"네가 그들이 가고 있는 곳에 가는 것."

"네? 그게 무슨 방법이어요?"

"네가 그 포교 곁에나 그 앞쪽에 가 있으면 너의 냄새가 평소 뿌린 냄새보다 더 강렬하게 날 게 아니냐."

"그렇지요."

"그러면 그 노린내란 자는 너의 지금 냄새만 맡게 되고 평소의 냄새는 잘 못 맡게 되지 않겠는가. 자연히 추적이 안 되겠지. 그 사람 주위에 가서 빙빙 돌으렴. 그럼 혼동이 되어서 어떤 냄새가 평소 뿌린 냄샌지 알 수 없게 되지."

"정말 좋은 방법이어요. 제가 당장 그들 있는 데로 가겠습니다."

"잠깐!"

"네, 또 무슨 분부가……."

"그렇다. 지금 한창 꽃을 피고 있는 나무들이 있지."

"아주 많아요. 대부분의 나무가 지금 한창 꽃을 피우고 있어요."

"그 중에서 가장 냄새가 진한 것은?"

"산개나리 쥐똥나무 분꽃나무 산목련 뭐 그런 것들이지요."

"그래, 달려가는 중에 그런 나무들의 꽃을 보면 여러 송이 따 갖고 가렴."

"그래서 노린내가 오는 길목에다 비벼서 터뜨리라는 뜻이군요. 진한 꽃향기로 냄새맡는 걸 무디게 만들라고요."

"그렇고말고, 그렇고말고. 안방이는 역시 똑똑해."

"알았습니다. 영감님, 무슨 말씀인지 알았습니다."

안방은 더 이상 들을 것도 없다는 듯 바람처럼 달려갔다. 아이의 뒷모습을 보며 진만호는 혼자 중얼거렸다. 허참, 똑똑하기는. 상놈으로는 정말 아까운 놈일세. 열정도 있고.

잠시 절망에 빠졌던 안방은 이제 신이 나서 달려갔다. 영감님은 정말 위대한 분이시다. 위대한 분이셔. 활도 잘 쏘실 게야. 은둔보법만 가르쳐주실 게 아니라 활쏘기와 칼쓰는 것도 가르쳐주시면 얼마나 좋을까.

안방은 나무와 풀에 마구 걸리면서 있는 힘껏 달렸다. 움막으로 가는 길은 지름길과 남의 눈을 피해 돌아가는 길, 두 갈래가 있었다. 자향을 데리고 갈 때는 포교의 눈을 피하기 위해 멀리 돌아갔었다. 돌아올 때도 마찬가지였다. 그러나 안방은 지금 지름길을 가고 있었다. 함지박귀와 노린내는 저녁 때 간 돌아가는 길을 추적하고 있을 게 아닌가. 그렇다면 시간이 있다. 냄새를 잃는 수도 있어 추적이 마냥 쉬울 리는 없고 더딜 터이었다.

안방은 개울을 건너기 전 숲이 울창한 곳에서 걸음을 멈추었다. 숨이 차서 헉헉대었다. 가슴의 거친 맥동이 가라앉기를 기다려 귀를 기울였다. 나뭇잎 스치는 소리가 오른쪽 저켠에서 났다. 예상대로 그들은 냄새를 추적하느라 이제야 오고 있었다.

안방은 그곳에서 사방으로 왔다갔다하였다. 일부러 몸과 손을 나무와 풀에 대고 비비며 냄새를 온갖 곳에 뿌렸다. 오면서 딴 산목련과 쥐똥나무 꽃잎을 짓이겨 나무 등걸에 묻히고 뿌리기도 하였다. 한참 그러고 있을 때 노린내와 함지박귀가 가까이 다가왔다.

7. 풍수사

유심현은 타고난 풍수사(風水師)였다. 그는 어려서 어려운 농사일로 힘든 세월을 보내다 열 살에 아버지를 여의고 한 해 뒤에 어머니마저 잃었다. 삼대째 출신은 못하였어도 양반집안인지라 홀로나마 여막을 짓고 삼년상을 치렀다.

한데 그 삼 년이 그의 핏속에 삼대조의 영기를 불어넣고 말았다. 어느 사이인지 바람과 물이 그의 몸 속 깊이에 자리잡은 것이었다. 하늘을 보면 바람이 움직이는 게, 땅을 굽어보면 물이 땅속을 졸졸 흘러가는 게 보였다. 그뿐만이 아니었다. 길을 가다 무심히 본 초가가 혈에 제대로 앉아 있는 것도 눈에 띄었고 무덤 하나이 언덕에 덩그만히 누워 있어도 그곳이 명당인 걸 환히 알 수 있었다.

그의 삼대조 유명천은 군수의 아들로 어엿한 양반이었는데 어느 날 갑자기 영기를 받아 풍수지리를 도통한 분이셨다. 논어 맹자를 읽던 열다섯에 느닷없이 이상한 것들이 보이기 시작하더니 피흉(避凶)과 구복(求福)의 술법이 저절로 몸 속에 스며든 것이다.

몸의 욕구를 저버릴 수 없어 곽박의 금낭경, 양균송이 주석한 정오성, 북암노인 채성우의 명산록 등을 구해 독파한 뒤 자연스레 희한한 풍수사가 되었다. 군수를 마지막으로 환로에서 물러난 부친은 아들의 어이없는 변신에 천둥같이 화를 내었으나 구경에는 그것도 팔자인가 하여 체념하였다.

다만 유명천은 풍수사이긴 해도 격조 있는 지사(地師)였다. 누가 명당을 보아달라거나 새 집을 짓는데 양택을 골라 달라한다 해서 가벼히 몸을 움직이지 않았다. 사람이 된 자나 마음이 내켜지는 집안만 보아주고 조언을 해주었지 몇푼 돈에 팔린 적이 없었다. 자연히 득도한 지사로 평판이 났다. 문안의 고관대작한테도 이름이 알려졌다.

한번은 시임 영상 황희 정승의 부름을 받았다. 여늬 고관이라면 응하지 않을 것을 그래도 청백리로 유명한 대감인지라 흔쾌히 만나주었다.

"음지와 양택을 보는 데 조선 제일가는 지사라 하더이다."

황희 정승이 대접하여 묻자,

"조선 제일이라니요. 그 말씀은 황송하옵고 기실은 보는 게 아니라 그저 보일 따름입니다."

"저절로 보인다 이것인가."

"그렇습니다만, 사람에 따라 다르지요."

"그건 무슨 말씀인가."

"안으로는 앎이 있고 밖으로는 덕행이 있는 분네의 양지나 음택은 보여진다는 뜻이옵니다."

"그러면 우리 같은 사람들의 것은 볼 수 없다는 이야길세."

"무슨 말씀을요. 정승 대감 같은 청백하신 분의 것은 얼마든지 보이고 또 보아드릴 수도 있지만 그런 걸 보아달라고 부탁하실 분이 아니시지요. 더구나 대감은 명당이 아닌 곳에 들어가셔도 후손이 누대로 번창하리이다."

"고맙소. 내 그 말을 듣고 싶어서 부른 건 아니고, 풍수의 궁극은 무엇인가 알고 싶어서 한번 뵙자 하였소."

과연 일국의 경모를 받는 황희 정승 대감이라 묻는 바도 품격이 있었다.

"천박한 제가 풍수의 묘체를 터득한 바는 없으나 간단히 말씀해 올리지요. 풍수는 선인에게 안주할 땅을 바치고 죽어서는 그 영을 잘 수습할 수 있는 음택을 주고자 하는 것이온데, 근자에는 자손의 번영과 행복 따위의 이기적인 폐단이 심하여 기본 개념이 많이 훼손되고 있습니다. 이 세상에는 지상에 유동하는 공기 즉 바람과 지하에서 흐르는 물이 복과 화를 같이 가져다주는 바, 이에 순응하고 다스리는 것이 우리 풍수사들의 할일이라 말씀드릴 수 있겠습니다."

"허, 그 말씀은 나라를 다스리는 요체와도 별반 차이가 없소이다."

"시생도 그렇게 생각하옵니다. 대감께서는 나라를 잘 다스리시니 풍수에는 이미 자연스레 도통한 바이라 저희 같은 사람은 필요가 없는 경지이옵지요."

"내 일찍이 곽박의 금낭경을 얼핏 본 바가 있소. 거기에 기감이응(氣感而應)이요 귀복급인(鬼福及人)이라 했는데 이것이 노상 아리송하여 한번 그 심오한 뜻을 묻고자 하오."

"뭐 심오할 것까지야 있겠습니까. 좋은 기운인 생기를 받는 땅에 묻히면 영(靈)은 분산되지 않고 한곳에 모이게 되며 힘을 얻어 승천할 수 있으므로 곧 귀(鬼)가 사람에게 복을 주는 것이다,라는 뜻이겠습니다."

"그럼 귀신과 사람은 언제든 연결이 된다, 이런 뜻이오그려."

"매번 연결은 아니 되지만 이승과 저승이 한꺼풀인 것처럼 연관이야 있겠습지요."

"우리같이 공부자의 가르침만 믿는 사람에게는 두려운 말씀이오그려."

"대감같이 마음이 끼끗한 분은 귀신이 범접을 못하니 두려울 게 뭐가 있겠습니까. 귀신이 가까이 오는 것은 외려 도움을 주려는 것이니 기더욱 좋을 뿐입지요. 그리고 대감은 아무 데나 누우셔도 귀신이 감응을 할 것입니다요."

"목화어춘(木華於春)이면 속아어실(粟芽於室)이라 하는 문구의 궁극적인 뜻은 무엇이오?"

"순수한 언해로는 봄이 되어 나무에 꽃이 피면 창고의 곡식도 싹이 튼다는 것 아니옵니까. 이는 본성(本性)의 근원이 기를 얻으면 서로 감응함이, 마치 부모의 장사지낸 유골이 생기를 얻을 때 그 자손이 왕성한 복을 얻음과 같다고 풀이할 수 있겠습니다."

"그 경우는 현실과 반대로 산 나무가 음택이고 창고의 곡식은 후손일세그려."

"하긴 그러하옵니다. 그저 비유법일 뿐이지요."

"그럼 지사가 지녀야 할 참 덕목은 무엇인가?"

그 질문에는 유명천도 조금은 조심스러워진다. 얼굴이 근엄해지고 눈은 맑아지면서 천천히 입을 열었다.

"신라의 도선국사께서 이런 말씀을 하신 바 있습니다. 지사는 이산전해(移山轉海)하는 묘수(妙數)가 없어서는 아니 된다. 허나 저희 같은 평범한 풍수사가 어찌 산을 옮기고 바다를 밀어낼 수 있겠습니까. 다만 그런 신묘한 비법을 갈구하는 자세를 가지라, 하는 큰말씀으로 받들어 모시고 있습지요."

"그 참 깊은 말씀이오. 내 그대 때문에 풍수가 뭘 지향하는 것인지, 그 참 목표가 뭣인지 조금은 이해가 가오. 허면 내 이 초라한 집은 양택으로 어떠한가?"

황희 정승은 비가 오면 줄줄 새는 자기 집을 둘러보며 헙헙하게 웃었다. 유명천도 따라서 빙긋이 미소지었다.

"대감의 저택은 보기에는 허름하지만 온갖 복과 낙이 주렁주렁 달려 있습니다. 임금님 계신 곳을 바라보는 저 대문 밖에는 앞으로 이십대 자손의 환한 길이 한없이 뻗어 있습니다요."

"고마운 말씀이오. 나는 그저 공자님 가르침에 이생이나마 깨끗이 살기를 원할 뿐이니 죽어서 묻힐 광중은 신경을 끄기로 하였소."

"어디에 누우신들 명당이 아니겠습니까. 중국에 한 좋은 예가 있습니다. 어느 덕행 높은 분이 돌아가자 유언대로 집 뒤켠 평범한 야산에 장사를 지냈는데 유명한 풍수가가 그곳을 지나다 보니 엄청난 명당이었다 합니다. 알고 본즉 그곳이 원래 명당이 아니라 그 훌륭한 분이 묘를 쓰자 그곳 산이 스스로 산세를 바꾸어서 명당을 만들었다는 것이었습니다. 훌륭한 분에게는 명당이 따로 없다 하는 말씀인데, 우리나라로 하면 대감 정도가 그러하지 않겠습니까."

"허허, 그대의 그런 아부는 듣기가 괜기찮소. 아다시피 내 가난뱅이라 사례할 여유도 없을 뿐더러 주어도 받지 않으실 사람이라 작은 선물을 드리리다."

황희 정승은 녹사를 불러 '그것을 내오라' 하더니 전라도 금산사의 명물인 홍시 한 상자를 선물로 주었다.

황희 정승이 유명천과 나눈 대화는 장안의 화제가 되었다. 이로 인해 여러 고관이 유명천을 찾아 명당을 보아달라 부탁하였다. 그러나 한 번도 움직이지 않았다. 황희 정승처럼 명당이 필요 없는 분이지 않느냐고 능청만 떨었다. 하지만 꼬이는 사람들을 일일이 당할 수가 없어 끝내는 금강산으로 몸을 피하고 말았다.

그로부터 삼십 년 뒤, 어느 겨울에 유명천의 유물 몇 점이 아들에게 전해지면서 그가 금강산 유점사에서 운명한 것을 알게 되었다. 그후 유씨 집은 풍수와는 관련이 없어졌다.

풍수와는 손을 떼었지만 삼대째 출사를 안 하다 보니 유명천의 집안은 가난골에 떨어졌고 그 턱에 농부가 되었는데, 유심현이 삼년상을 극진히 치르는 중에 조상의 영이 그의 몸에 나린 것이었다. 어쩌면 유명천 조상의 영이 손수 농사짓는 후손이 가여워 영기를 씌웠는지 일 수 없는 일이었다.

한데 유심현이 조상 못지않은 풍수사가 된 것은 이 고을 몇몇 촌로 외에는 아는 사람이 별로 없었다.

와우산 자락의 이 작은 언덕 집은 일찍이 명천 조상이 거하던 천하 양택이었다. 초가에 두칸 방밖에 없어도 밝고 시원한 집은 산천초목의 호흡이 느껴지고 새와 들짐승의 우는 소리도 청랑히 들렸다.

유심현은 잡귀들이 온 산을 휘젓는 소리에 잠을 깨었다. 눈을 멀뚱하게 뜨고 있다가 일어나 밖으로 나왔다. 보름달이 밝아서 천지가 하얗게 아름다웠다. 하늘의 별을 보고 흐르는 대기를 보니 이제 축시를 넘어 인시로 가고 있는 시각이었다. 살짝 기우는 달을 보고 있노라니 묘한 감응이 이는 것이었다.

"흐음, 잡귀가 설쳐대는 게 산에 무슨 일이 있는 겐가. 시원한 바람이 동쪽에서 불어 이쁜 손이 올 징조이네. 잡귀가 손을 보내나. 어떤 손이 있어 찾아올거나?"

혼자 중얼거리고 있는데 거무티티한 얼굴이 울 위로 쓰윽 솟아올랐다. 유심현은 대번 그를 알아보고 호통을 쳤다.

"너 이놈, 악귀 아들아! 이 한밤중에 웬일이냐!"

그러자 까만 얼굴이 대번 말대꾸를 하였다.

"맨날 악귀 아들이라서. 제 아버지가 비록 악귀라도 그 말 자꾸 하시면 듣기 싫습니다요."

"악귀 아들을 악귀 아들이라 부르지 신선 아들이라 부를까."

"지사님, 저도 성이 있고 이름이 있습니다."

"알았다, 인석아. 울 밖에서 이야기하지 말고 냉큼 들어오너라."

"한데요. 한 사람이 더 있걸랑요."

"누군데, 너의 동무냐? 뭐가 대술까. 데리고 들어와라."

"그리구…… 사실은 여자여요."

"여자는 우리 집에 아니 된다. 당장 꺼져버려라. 나는 여자와는 담을 쌓았다. 부정을 타면 아니 되니까."

"하지만 여자라도 마음이 아주 맑고 깨끗한 사람인데요."

118

안방은 그 말을 해놓고 약간은 의연한 태도를 지었다. 조금은 으스대었다. 유심현은 눈을 꿈벅꿈벅하며 그런 안방을 비스듬히 바라보았다. 녀석의 하는 꼴이 우스웠으나 왠지 기분이 나쁘지 않았다.

아까 귀신이 감응해 알려준 바라면 여자라도 상관이 없다는 뜻은 아닐까. 더욱이 이들 둘 외에 다시 손이 있을 리 없었다. 어디 악귀 아들이지만 맘이 가는 놈이니 믿어 볼까. 유심현은 빙그레 미소지었다.

"그래. 아까 내 감응에 이쁜 손 둘이 온다 하였으니 오늘은 여자라도 받겠다. 일루 들어들 오거라."

유심현의 부드러운 말이 떨어지자 안방은 해쭉 웃으며 뒤를 보고 말하였다.

"언니, 우리 들어갑시다."

안방이 보퉁이를 안고 먼저 삽짝 안으로 들어오고 자향이 다리를 절며 뒤를 따라 들어왔다.

자향이 보니 유심현 지사는 나이가 사십을 갓 넘은 듯하고 얼굴은 뽀오얀데 하관이 빨아 장자풍의 인상을 주었다. 아래턱에 길게 뻗은 채수염이 더욱 위엄을 갖춰주었다. 그러나 반짝반짝 빛나는 눈은 광기도 언뜻 내비치어 풍수사의 무서움을 느끼게 하였다.

자향이 깍듯이 인사를 올리자 유심현은 툇마루를 가리키며 말하였다.

"우선 거기들 앉게. 헌데 이 한밤중에 무슨 사연인가. 처자는 다리를 다치었는가?"

"네, 언니가 나무에 걸려 조금 다쳤습니다."

"밤길에 험하게 다니면 다치기 십상이지. 무슨 죄를 지었느냐. 몰래 밤길을 다니게. 이 세상은 죄짓고는 못 사는 게야. 악귀 아들아."

"또 악귀 아들이라시네."

"허허, 악귀 아들이 악귀를 싫어한다면 악귀를 빼주지. 그래 무슨 일이 있느냐, 이 한밤중에?"

안방은 조금은 불쌍한 표정을 지으며 저간의 사정을 간단히 설명했다. 허둥지둥 도망오는 길에 자향에게 들은 이야기 중 말해도 될 것은 들려주며 풍수사의 궁금증을 풀어 주었다.

"그러니까, 우리 언니는 아무 죄도 없이 포교한테 쫓기는 거니 얼마나 억울합니까. 지사님이 저희들을 도와주세요."

"세상엔 아무 잘못 없이 당하는 일도 많지. 그래서 원혼이라는 게 있는 게야. 그나저나 우선, 그 노린내가 냄새를 못 맡게 해야겠는걸."

"냄새를 못 맡게 하는 법이 있어요?"

"있고말고. 이 지사님이 하는 일이 뭔 줄 아는가?"

"뭔데요?"

"저 산들을 보아라. 산과 산 사이에 바람이 싸 허니 불고 있지. 바람이 부는 게 보이느냐?"

"나무가 움직이는 걸 보니 바람이 불고 있는 것 같기는 한데, 바람이 보이지는 않는데요."

"허, 바람은 못 보아도 바람이 부는 걸 느끼면 됐다. 허나, 내 말을 잘 들어보아. 마음을 비우고 깨끗한 심사로 하늘을 보거라. 바람이 어디서 불어 어디로 가는지 보이게 마련이다. 바람 자체가 보이는 게야. 그리고 고개를 숙여 땅속을 보면 물이 어드메서 어느 골탕으로 흐르고 있는지 수맥도 보이지. 그런 것을 보는 게 바로 우리네 지사님들의 본령이다."

"그래서요."

"그래서요라니. 바람을 불게 하고 물이 흐르게 하면 모든 냄새는 자연히 없어지는 법. 곽박 선생의 금낭경에 의하면 생기(生氣)는 바람을 만나면 흩어지고 땅속을 흐르면 물에서 멈춘다 하였으니 냄새도 바람과 물을 만나면 흩어져 버리는 법이 아니겠느냐."

"그럼 빨리 노린내가 우리 냄새를 못 맡게 바람과 물을 부려 보셔요."

"허 고놈이 이 어르신을 시험하는구나. 허지만 좋다. 잠깐만 기다리거라."

유심현은 정지 앞에 가서,

"광주댁, 나 땜에 깨어났는가. 그래, 사발에 냉수 한 그릇 담아 주게."

분부하자 동자일을 보는 할매가 하얀 사발에 물을 가득 담아서 내왔다. 할매는 물을 건네고는 안방한테는 아는 체를 하고 자향엔 관심이 깊은 양 유심히 바라보았다.

유심현은 뜰 가장자리에 서서 안방과 자향이 온 곳을 향해 뭐라 중얼중얼 하고는 물을 한입 가득 머금고 공중에 푸 허니 뿜어내었다. 물은 하얀 포말이 되어 새벽 대기 속으로 훨훨 날아갔다. 마치 새하얀 안개처럼 사방으로 화사하게 퍼져 흩어지는 것이었다. 순식간에 온 천지가 하얀 안개로 뒤덮였다.

안방과 자향은 그 장관에 놀라 서로 쳐다보며 눈을 동그랗게 떴다. 그건 상상속의 요술이었다. 그리고 그것은 현실이었다.

아, 이분은 숨은 이인(異人)이구나. 자향은 이 갸름한 얼굴에 눈빛이 형형히 빛나는 풍수사를 다시 보았다. 위대해 보이는 이인은 그러나 아무렇지도 않은 표정을 지으며 말하였다.

"자 됐다. 저들이 아무리 냄새를 잘 맡는다 해도 이쯤하면 못 쫓아올 게다."

"그건 무슨 수법이어요?"

안방이 묻자 유심현은 그에는 대답하지 않고 자향에게 물었다.

"그대네 집은 남향이 아니고 약간 동향일세."

"네."

자향은 무심결에 대답하고는 놀라 입을 벌렸다.

"그걸 어찌 아시는지요?"

"보면 느끼지. 그대의 마음이 맑기 때문에 그런 것들이 내 가슴에 외 닿는 게야. 그리고 이번에 사화를 입는 분네들의 특징이 집의 방향이 남향이 아니라는 점, 아들 대가 약하다는 점, 그리고 강직함이 지나치다는 점 등

인데 이것은 한다하는 지관과 사주쟁이는 대개 다 알고 있지. 특히 금년에
는 동향으로 약간 틀어 있는 집이 유난히 불길한 세이네. 그렇지, 강직한
선비네 집일수록 정남향이 제일 좋은 것이야."

"그럼 집의 방향을 바꾸면 운세가 달라지나요?"

"대번 달라지지. 허나, 그런 걸 따지는 사람과 아니 따지는 사람이 있는
데 그대네 어른은 아니 따지는 사람일 게야."

자향은 순간 아버님의 얼굴을 떠올렸다. 사실 그런 걸 따질 분이 아니었
다. 공자의 실용적인 말씀만을 중시하고 학문과 청렴만을 괘념하시는 분
이 풍수지리에 얽매일 리가 없었다.

"그렇습니다. 저의 아버님은 그런 건 괘념하지 않는 분이셔요."

"하긴 따질 것도 아닐세. 인간의 모든 운명은 다 타고나는 것이니까."

"그렇지만 집을 좋은 곳으로 바꾸면 대번 달라진다면서요."

안방이 끼어들자,

"너는 나서지 말거라. 니네 악귀네는 상놈인 주제에 정남향의 대문을 가
진 게 외려 탈이어서 악귀에서 벗어나지 못하는 게야. 니 애비가 죽걸랑
삽짝문을 동향으로 바꾸거라. 알았느냐!"

"모르겠어요. 악귀가 대문이 문제겠어요."

"허 고녀석, 엉덩이에 뿔난 놈처럼 톨아질 줄은 아네. 그래, 네가 그렇게
싫다 하면 악귀란 말은 이제 아니 쓰마. 그리고 네가 아버지 생각하는 게
갸륵하니 너의 아버지가 개심할 수 있는 부적을 하나 만들어 주마."

"정말이세요?"

조금전에는 금방 울어버릴 것 같던 안방의 얼굴이 환해지며 좋아하였
다. 자향은 그런 안방이 안쓰러웠다. 어쩌면 아버지와 아들이 저렇게 다를
수가 있을까. 자향은 안방의 손을 잡아주었다. 언니의 부드러운 손이 닿자
안방은 어쩔 줄 모르며 몸을 비비 틀었다.

밤이 한참 깊을 때, 자향은 잠깐 눈을 붙인 듯하다가 다시 눈을 떴다. 안방의 냄새가 풀풀 나는 이불 속에 누워 있었다. 이번에는 꿈을 꾼 것도 아닌데 왠지 마음이 더 불안하였다. 안방이 무슨 일이 난 게야. 그러니 내가 이렇게 불안하지. 밖을 나가볼까.

그녀는 조용히 일어나 밖의 동태를 보았다. 아까는 들리던 바람 소리도 들리지 않았다. 짐승 우는 소리도 들리지 않았다. 벌레 우는 소리만 요란하였다. 문을 살그머니 열었다. 달빛이 하얀 불빛처럼 쏟아져 들어왔다. 사방이 환하였다.

문 밖은 잡목들이 마구 얽혀 손으로 틈을 벌려야 나갈 수 있었다. 이십여 보를 갔을까. 무슨 소리가 들리는 것 같았다. 자향은 덤불숲에 몸을 낮추고 귀를 기울였다. 달려오는 발자국 소리였다. 소리를 내지 않기 위해 애쓰는 모양이었으나 풀 밟는 소리와 나무 스치는 소리가 들렸다. 고개를 살며시 들어 동태를 보았다. 회색 그림자가 얼씬하는 듯하더니 금세 자향 앞으로 다가왔다. 자향은 몸을 낮추고 덤불에 낮게 숨었다.

그림자는 자향 가까이 오더니 몸을 숨기고 달려온 뒤를 돌아본다. 옆얼굴을 볼 수 있었다. 안방이었다. 자향은 나지막히 불렀다.

"안방이 아냐?"

"어?"

안방은 후딱 뒤를 돌아보았다. 자향을 알아보고는 기어서 다가와 목소리를 죽여 물었다.

"왜 나와 있어요?"

"뭔가 걱정이 되어서. 꿈자리도 나쁘고 도저히 잠을 잘 수 없었어. 무슨 일이 있지?"

"그래요. 포교들이 일루 오고 있어요. 빨랑 여기서 도망가야 해요."

"큰일났네. 그럼 내 보퉁이를 가져와야 해."

"알았어요. 일루 오세요."

안방은 자향을 끌고 움막 오른쪽으로 갔다.

"여기서 잠깐 기다려요. 내가 보퉁이를 가져오께요. 그리고 뭔가 좀 할 일이 있어요. 들어오지 마요."

안방은 움막 안으로 번개같이 사라졌다. 자향은 포교들이 쫓아온다는 말에 가슴이 콩당콩당 뛰어서 손으로 명치를 눌렀다. 귀를 기울였다. 쫓아오는 소리는 아직 들리지 않았다. 안방이 빨리 나오지 않아 마음이 불안하였다. 들어간 지가 얼마 되지 않건만 마음은 여삼추 같았다.

안방은 토끼처럼 튀어나오더니 움막을 한바퀴 빙 돌았다.

"왜 그래?"

자향이 물었는데도 안방은 대답도 하지 않고 자향에게 따라오라고 신호하고는 왔던 길로 다시 가는 것이었다.

"일루 가면 포교들과 만나잖아."

"그래요. 그러니 빨리 가요."

오십여 보를 가자 물이 졸졸 흐르는 개울이 있었다. 안방은 거기서 방향을 왼쪽으로 틀어 개울물을 밟으며 산 쪽으로 올라갔다. 자향은 영문도 모른 채 안방처럼 소리가 나지 않게 물 속을 살살 걸어갔다. 개울물은 발목에 닿아 걷는 데는 아무 불편이 없었으나 발이 시렸다. 달빛이 나무 사이로 비출 때마다 은빛이 어른거렸다. 백여 보쯤 갔을 때 오른켠 아래 숲에서 발자국 소리가 요란히 났다. 안방은 개울물에 발을 담근 채 가만히 서 있었다. 자향도 멈추었다.

포교 둘이 질풍처럼 달려가는 소리가 났다. 움막으로 가고 있었다. 그들이 사라진 뒤 둘은 다시 살살 개울을 따라 나아갔다. 한참을 가자 개울이 바위 틈새로 들어갔다. 안방은 자향에게 들어가자고 신호하였다. 바위 안쪽은 동굴처럼 아늑하였다. 개울 위에 작은 바위가 널려 있고 둘은 거기에 앉았다. 신발을 벗고 발을 닦았다. 동굴 같은 바위 안에서 둘은 잠시 앉아 있었다. 조금만 움직여도 포교들한테 들킬 것 같았다.

안방은 포교들이 어떻게 움막을 찾아냈는지 설명해주었다. 냄새귀신 노린내와 쥐똥나무 산개나리 산목련 이야기도 해주었다. 자향은 두려움에 바들바들 떨면서도 착호사 진 영감의 꾀에 감탄하기도 하였다.

"이젠 어떻게 해? 이렇게 여기 계속 있을 수는 없잖아."

자향이 묻자 안방은 고개를 비틀며 뭔가를 골돌히 생각했다. 조금 뒤에 얼굴이 밝아지며 입을 열었다.

"방법이 하나 있어요!"

"뭔데?"

"이 위쪽으로 가면요, 풍수사이신 신묘한 어른이 한 분 살고 있어요. 그분이 도와줄려고 맘만 먹으며 될 거예요."

"풍수사?"

자향은 아까 꾼 꿈이 생각나 어안이 벙벙하였다. 꿈속엔 풍수사도 있었다. 안방한테 이런 말을 들을려고 그런 꿈을 꾸었나. 무슨 계시 같은 걸 암시해주기 위한 꿈이었을까. 자향은 묘한 생각에 고개를 갸우뚱하였다.

"왜 놀라세요?"

"아니, 아무것도 아니야."

자향은 생각할 시간이 필요하였다.

함지박귀와 노린내는 다시 안방의 움막으로 돌아갔다. 노린내는 분꽃 냄새를 떨치며 안방의 냄새를 추적하려 애썼다. 함지박귀는 안방이 가져다 놓은 일용품을 뒤적이면서 뭔가 단서를 잡으려 노력하였다. 반각쯤을 씨름하던 노린내가 고통스런 목소리로 말하였다.

"형님요, 이놈은 정말 천재인 것 같소. 어디로 나갔는지 도저히 알아낼 수 없는 걸이요. 더군다나 여자애 냄새를 자기 냄새로 딮어버렸소. 내가 여자 냄새로 추적하려는 것을 막으려는 심산인게요. 허, 정말로 보통놈이 아닐세."

"그게 정말인가?"

"그럼요. 아까는 경황이 없어 무슨 아주까리 냄새만 난다고 생각을 했는데 그건 어쩔 수 없이 베개머리에 남은 냄새였소."

"다른 냄새는?"

"글쎄, 다른 냄새가 조금 나기도 하는데 분간이 잘 안 되네. 분꽃을 짓이겨 도배를 해서는 못 맡게 해놓았다니까요."

"괘씸한 놈!"

함지박귀는 다시 화를 천둥같이 내었으나 노린내는 조용히 고개를 흔들었다.

"놈은 천재요! 심기가 한없이 깊은 천재라니까요!"

노린내의 표정은 죄지은 사람의, 아니 그보다는 패배한 자의 몰골이었다. 그러한 모습을 한동안 바라보던 함지박귀가 노린내의 어깨를 토닥이며 위로하였다.

"노 형, 너무 상심 말게. 범죄자의 행동은 그 아무리 사소한 것도 알기 전에는 신묘해 보이네. 그러나 그 신비스런 것도 알고 보면 아무것도 아닌 예가 대부분이지."

"녀석이 어디로 나갔는지 흔적이 없어요."

"그렇다면……."

함지박귀는 눈알을 때굴때굴 굴렸다. 눈을 떴다 감았다 하며 자기가 좋아하는 영감을 끌어내려 노력하였다. 그러더니 갑자기 눈빛을 세우고,

"녀석은 왔던 길로 되돌아간 건 아닐까."

노린내를 범인이라도 되는 듯 노려보았다.

"아, 그럴 수 있겠네요. 하지만 우리가 오면서 만나지 않았잖아요."

"그 사이 어디에서 옆길로 샐 수가 있지."

"그럼 다시 되돌아가 봅시다."

둘은 움막을 나와 되돌아갔다. 백보도 안 가서 개울을 만났다.

"여보게 노 형, 냄새와 물은 어떤 관계가 있는가?"

"냄새와 물요? 그건 상극이지요."

"상극, 냄새가 물을 만나면 없어진다는 건가."

"그럼요, 빨래를 하면 더러운 냄새가 다 없어지잖아요."

"그럼 이 개울물을 밟으며 가면 냄새가 남아 있지 않겠지?"

"물론입니다. 맞았어요. 고 녀석이 일루 갔군요. 그러고 보니 형님도 천 잽니다그려."

"이보게, 세상에 천재란 어쩌다 있는 게야. 우리 모두가 천재라고 추켜올리자는 겐가."

두 사람은 허망하게 웃었다. 누가 말한 바도 없이 둘은 개울 위쪽으로 따라 올라갔다. 개울이 바위 속으로 들어간 곳에 와서 노린내는 안쪽을 들여다보았다.

"아, 냄새가 납니다. 녀석이 여기서 쉬었던가 봅니다. 형님의 예측이 귀신처럼 들어맞았습니다. 계집의 냄새도 조금 납니다. 계집애 냄새는 향긋하기는 한데 진하지는 않군. 확실히 화장을 안 하는 처잘세."

노린내는 안방의 냄새를 따라 오십여 보를 추적하였다. 개울이 바위에서 나와 산골로 연결되고 있었다. 둘은 산골을 거슬러 올라갔다. 벌써 여명이 터오고 있었다. 갑자기 하늘에서 찬 공기가 뿌옇게 쏘아 내렸다.

"이슬이 함초롬히 내리네그려. 한데 무슨 이슬이 이처럼 안개비처럼 내린다는가?"

그렇게 중얼거리던 노린내는 그 자리에 우뚝 서서 더 나아가지 않았다. 찬 공기와 이슬에 몸이 추웠던지 부르르 떨었다.

"왜 그러는가."

"냄새가 끊어졌습니다. 더 이상 냄새를 맡을 수가 없네요."

"아예 나지 않는다는 겐가."

"그렇습니다. 또 왔던 길로 간 건 아니겠지요?"

"이번엔 그럴 리 없는 것 같은데."

둘은 그 자리에 한동안 서 있었다.

"이슬이 너무 많이 내려 냄새를 다 없애버린 걸까?"

함지박귀가 묻자,

"글쎄, 이슬은 이슬이래도 이런 안개 같은 이슬은 처음이네요. 묘한 이슬안개도 다 보았네. 하지만 이 정도의 이슬로는 냄새가 없어질 리 없는데. 거 이상하다. 여하튼 이상합니다. 추적이 안 되네요."

노린내는 연신 고개만 갸우뚱거렸다.

유심현은 자향에게 치마 대신 잠방이를 입게 하고 하얀 장삼까지 주었다. 머리에는 헌 패랭이를 씌우고 부적 같은 게 들어 있을 성싶은 감나무 상자를 허리에 차게 하였다. 감나무 상자를 허리에 꼭 붙이어 질끈 동여매니 영낙없는 지관의 수행동자가 되었다.

"처자 이름이 자향이라고 하였는가."

"네."

"자향이, 너는 이제부터 내 수행동자가 되었다. 알았느냐?"

"알겠습니다. 제가 해야 할 일이 무엇인지요."

"동자의 할 일은 간단하다. 오른손에는 이 버드나무 가지를 들고 왼켠 허리에 귀중한 나침반과 소지(燒紙)할 전주한지와 초가 두 자루가 들어 있는 이 감나무상자를 차면 되느니라. 이것을 갖고 다니다가 내가 '나침반' 하면 나침반을 꺼내어 주고, '수맥장' 하면 버드나무를 주고, '소지' 하면 전주한지와 초와 부싯돌을 건네주면 된다."

"별루 어려운 일이 아니군요."

"물론 그리 어려운 일이 아니다. 하지만 지사님의 수행동자는 마음이 청결하고 행동이 조신하고 지혜가 출중하고 귀신과는 벗할 줄 알아야 한다."

"마음을 청결히 하고 행동을 조신할 수는 있겠습니다만, 풍수 지식은 없고 귀신은 무서워 벗을 못하겠나이다."

"그렇게 걱정할 것은 없다. 내가 풍수 일을 보는 데 필요한 간단한 지식을 알려주마. 우선 오행과 풍수의 요체가 무언고 하면……."

유심현은 한바탕 풍수론을 읊어대었다. 자향으로서는 난생 처음 듣는 학문이었으나 이상하게 끌리는 데가 있어서 열심히 들었다. 옆에서 이를 지켜본 안방도 언니에 질세라 귀를 쫑긋하고 들었는데 어려운 한문투가 나올 때마다 수시로 말귀를 알아들을 수가 없었다. 그럴 때마다 언니를 쳐다보는데 그녀는 다 알아듣는 듯 아무렇지 않게 듣고 있었다.

'이 언니는 공부를 많이 해서 저 어려운 한문투 설명도 막힘 없이 듣는구나. 역시 나하고는 틀려.'

안방은 언니처럼 못 알아듣는 게 몹시 섭섭하였다. 한번은 목소리를 죽여 물어보았다.

"언니는 다 알아듣겠수? 어렵지 않아요?"

"응, 알아듣겠는데. 그렇게 어렵지 않아."

"언니는 좋겠어요. 빼어난 풍수사가 되겠구려. 난 어려워서 못 알아듣겠어."

그런 말을 하며 안방은 쓸쓸하였다. 하지만 유심현은 그런 것엔 아랑곳하지 않고 수시로 안방에게 호통쳤다.

"넌 그만 끼어들어. 웬 잡귀가 헷소리를 하는고!"

안방은 공연히 슬펐다. 위화감을 느꼈다. 이 언니와 나는 역시 신분이 다르구나. 어디가든 상놈은 버릴 수 없어. 언니를 위할 자격도 없는 놈이야. 하긴 상놈이 양반집 처자와 어울리는 것만 해도 과분한 거지.

그러나 마냥 섭한 것만은 아니었다. 유 지사님이 자기가 가르쳐달라고 할 때는 거절하던 풍수 지식을 자향에게 유독 열심히 깨우쳐주는 게 얄궂긴 했어도 자향을 서강의 샛강주막까지 데려다 주기로 약속한 게 고마웠기 때문이다. 강의는 반시진 만에 끝났다.

유심현은 강의를 한 자체에 매우 만족한 표정을 지으며 자향에게 다정히 말하였다.

"이 정도면 풍수가 뭔지 대충은 알았을 게다. 뭐 이상한 것이 있걸랑 물어보아라. 어려워 말고 아무거나 물어도 좋다."

"그럼 한 가지 여쭤보겠습니다. 풍수가 장풍득수(藏風得水) 즉, 바람을 저장하고 물을 얻는 것이다 하셨는데 그렇다면 미신만은 절대 아니고 깊은 철리가 깃들어 있는 학문이네요. 더구나 장자의 주석서로 유명한 대학자 곽박 선생의 금낭경을 통달해야 한다면 한학의 도저한 지식이 있어야하겠는데 다른 지관님들도 모두 선생님처럼 철리에 통달하시고 한문의 대가이신가요?"

"허어, 좋은 질문을 하였도다. 학문이 있는 아이와 대화를 하니 기분이 흔창하고나. 대저, 지사는 철리학자여야 하느니라. 인간에게는 대학 중용의 유학만 중요한 게 아니고 천지의 조화를 알 수 있는 역학 음양 오행의 구조도 중요한 것. 그런 것을 죄 통달하였을 때만이 진정한 지사가 되는 것이다.

그러나 우리나라의 풍수사는 거개가 얄팍한 지식으로 산세의 형태만을 보고 주절대는 거니 그들에게 무슨 철리가 있고 한학의 깊이가 있겠느냐. 저 안방이가 가끔 나한테 풍수를 가르쳐 달라고 한다만은 너처럼 한학을 배우지 못한 주제에 그런 욕심을 부리는 것은 과분하지. 과분하고말고. 그럴 땐 지 애비를 그대로 닮았느니라."

유심현은 의기양양하게 안방을 흘겨보았고 안방은 입술을 꼭 깨물고 영분해하였다.

"흥, 저도 삼 년만 공부하면 그까짓 논어 맹자 곽박의 금낭경 다 읽을 수 있어요."

"저놈이 저렇다니까. 상놈인 주제에 사서삼경을 읽겠다구?"

"양반만 머리가 좋나요 뭐."

"허, 저가 머리가 좋은 줄 아는가 부다. 큰일낼 아이로군."

자향은 두 사람의 대화가 매번 어깃장을 내지만 기실은 애정이 깃든 실랑이인 줄 눈치채어 빙긋이 웃기만 하였다.

"자, 동자야, 마지막으로 이 나침반을 보거라. 이 물건은 처음 보았지? 이 나침반은 중국에서 가져온 귀중한 물건이다. 안방이네 집 두 채는 살 수 있는 큰 값어치가 있다. 이것은 동서남북 사방의 방향을 가르쳐주는 것인데 이 나침 바늘의 위쪽은 북쪽을 아래는 남쪽을 가리키는 것이다. 보아라, 내가 빙빙 돌아도 바늘은 계속 같은 쪽을 가리키지 않느냐. 그러니 이쪽이 북쪽인 게다. 사방에 방위가 적혀 있어 알기가 쉽다."

자향과 안방은 처음 보는 나침반이 신기하여 열심히 들여다보았다. 지사님이 빙글 돌 때마다 바늘도 빙글 따라서 도는 것이었다.

"나침반은 지금부터 이천오백 년 전에 중국에서 발명한 것인데 처음에는 지남차라 불리었다 한다. 방향을 잡고 지도를 만들고 집을 지을 때도 없어서는 안 될 문명의 이기인 게다. 한데 사람들은 중국이 우리에게 전해준 종이 만드는 법과 목화씨 기르는 법만 고마워하였지 이 나침반의 효용은 잘은 모르고 있다. 우리 지사에게는 젤 중요한 도구이니라."

"지사님들은 모두 이런 나침반을 갖고 있나요?"

"아니다. 이런 귀중한 것은 우리나라에 몇 개가 없다. 이 물건은 개국 초 중국서 건너온 것으로 우리 사대조가 남긴 유물이다. 내 열다섯이 안 된 나이 적, 어느 날 다락 위에서 광채가 뻗어나는 것을 보았다. 무엇인가 하고 살펴보니 바로 이 나침반이었다. 그후로 내게 영감이 떠오르며 바람과 물의 흐름을 알게 되었단다."

"신이 나렸군요."

"그런 셈이지. 그리고 이것도 우리 사대조의 유물이다. 네가 허리에 찬 감나무상자 말이다."

유심원은 자향이 차고 있는 감나무상자를 통통 두들겼다. 연한 갈색에 소리는 청아한데 작으면서도 장중한 느낌을 주는 상자였다.

"오래 전에 우리 사대조가 세종조 때 유명하신 황희 정승을 만나 풍수의 철리를 논하신 적이 있었지. 황희 정승은 그 철리 대화가 맘에 들었던지 전라도 금산사의 명물인 홍시를 선물로 주시더래. 그 감은 잘 먹고 씨를 뒤뜰에 심었는데 암수 두 그루가 무럭무럭 자라서 큰 홍시를 매년 열매맺 었다더군. 하도 홍시가 크고 좋아서 사람들은 황정승감이라고 불렀다구 해. 감이란 원래 따뜻한 남쪽 과일이라 서울 근교의 감나무는 알이 굵게는 열리지 않잖은가. 대개 추운 곳의 감나무는 관상용인 게지.

한데 그렇게 잘 열매맺던 감나무는 우리 사대조가 금강산 유점사에서 작고하신 그때를 기해 암수 두 그루가 함께 스르르 말라죽었어요. 이를 안 사람들은 그 감나무는 황정승 감나무가 아니라 유지사 감나무였다고 놀라 워했데요. 내 풍수의 신이 나린 뒤 뒤뜰에 있는 감나무 그루터기를 잘라 이 상자를 만들었다."

"이 상자가 무슨 영기가 있나요?"

오랜만에 안방이 재미있어 하며 묻자 이번엔 퉁을 주는 대신 미소를 던 지며 대답하였다.

"이 상자는 그냥 보기에는 귀해 보이지 않지만 묘리가 있지. 풍수를 보 아달라는 사람이 오면 이 상자를 통통 쳐보는 거야. 부탁한 사람의 마음이 정결하면 청량한 소리가 나고 그렇지 않은 경우엔 탁한 소리가 나거든. 자, 지금 들어보겠나?"

유심현은 상자를 다시 한 번 톡톡 쳤다. 맑은 소리가 났다.

"그렇지. 이 소리가 제 소리일세. 이 상자가 처자는 좋아하는 게다."

"그럴 리가 있나요."

"아니야. 그렇구말구. 마음에 들지 않는 사람이 오면 상자는 싫은 소리 즉 탁한 소리를 낸다구. 이따가 김 진사네 집에 들어가기 전, 동자 네가 이 상자를 톡톡 쳐보거라. 지금처럼 청아한 소리가 나면 그 집 일을 보아주는 거고 탁한 소리가 나면 그 길로 되돌아오는 거다. 그리고 이 버드나무는 산 일을 볼 때 수맥이 있는 것을 알려주는 신물이다."

안방은 자향이 들고 있는 버드나무를 살짝 만져 보았다. 그저 평범한 버드나무일 뿐 무슨 신물 같아 보이지 않았다.

"이 버드나무는 와우산 북쪽 언덕배기에 있는 나무에서 채취한 것이다. 매년 두 차례 그 중 잘 뻗은 가지를 잘라 나의 신물로 쓰는데 효험이 좋단다. 거기에는 큰 버드나무 네 그루가 입구자형으로 자라고 있다. 내 그곳에서 북쪽 문안 쪽의 지세를 살펴보니 네 군데에 큰 서당이 생길 터이더구나."

"그곳은 사람이 별로 살지 않는 곳인데 무슨 서당이 생겨요?"

안방이 묻자 유심현은 눈살을 찌푸렸다.

"그래서 네가 상놈인 게다. 이 지사님의 깊은 통찰을 어찌 그리 쉬이 부정하느냐. 이 언니를 보아라. 다소곳이 내 말을 듣지 아니하느냐. 서당이 생긴다면 생기는 게야. 그것도 엄청나게 큰 서당이다."

"그럴라면 세월이 한참 지나서 사람이 많이 살아야 할 것 아니어요?"

안방이 지지 않고 말하자,

"허허, 못 말릴 아이로군. 이 세상은 너의 인생으론 가늠이 아니 되는 게야. 삼천갑자 동방삭이도 억겁을 보는 부처님 눈에는 새벽 이슬보다 못한 것. 백 년 오백 년이 긴 세월인지 짧은 세월인지, 동자가 한번 이야기해보아라."

자향은 지사님과 안방을 한 차례씩 바라보고는 조용히 말하였다.

"부처님을 빌지 않더라도 황제 복희씨의 긴 역사로 보면 일이백 년은 수유와 같이 짧지요."

"옳타구나! 그대는 역시 내 임시 동자이지만 농자 한번 질 두었도다!"

안방은 이번에는 밸이 홱 틀렸다. 언니를 그렇게 생각해주고 밤새 생고 생하였건만 내가 고마운 줄은 모르고 지사님과 한통속이 되어 날 통박하다니! 아무리 속이 영근 안방이도 어린 나이와 여린 마음은 속일 수가 없었다.

　장작눈썹과 대기이조의 이대치는 서강입구 삼거리에서 밤늦게 야순을 하다가 사가에 방을 얻어 잠시 눈을 붙였다. 어쩌면 함지박귀가 금세라도 계집아이를 잡아 돌아오려니 하였으나 밤이 새도록 아무 소식이 없었다. 그러나 맘이 무딘 장작눈썹은 아무 걱정이 없었다. 그까짓 계집 있는 곳만 알면 냉큼 잡아낼 자신이 있었다. 외려 이까짓 사소한 일에 악랄한손에다 대기 일 이조 등 삼개조나 동원한 게 맘에 들지 않았다.

　천만수도 한물 간 게야. 계집 하나 도타한 데에 날렵한 포졸을 여섯이나 동원하다니. 늦여름 모기 보고 환도 휘두르는 격이지. 한 일 년 놀더니 소심해졌어. 아니면 박운 참의한테 억화 심정이 있나.

　그는 사처에서 대접하는 아침 보리밥을 맛있게 먹은 뒤 기지개를 켜며 나갈 채비를 하였다. 먼저 동태를 보러 나갔던 이대치가 들어오며 말하였다.

　"함지박 성님이랑 노린내가 오구 있소."

　"계집아이도 데려오고 있는가. 기념으루 샛강주막에 가서 한잔 퍼야겠는걸."

　"무슨 말을, 헛손이요. 맹물 잡았나보우."

　"이런!"

　그때 함지박귀와 노린내가 들어왔다. 이슬을 잔뜩 받았는지 온몸이 후줄그레하였다. 얼굴도 약간은 초췌해 보였다. 함지박귀는 마루에 털썩 주저앉더니,

　"이 집에 밥 좀 남은 게 있나?"하고 물었다.

　"밥이요? 뭐 있겠지만, 꽁보리밥이요."

　"꽁보리밥도 맛있겠는걸."

　"계집은 어떻게 되었소?"

"코빼기도 못 보았네. 요상한 아이놈이 하나 끼어 동티났네."

"아이가 끼다니요?"

"뒤웅박의 장남이 묘한 놈일세. 열네 살밖에 안된 놈이 신묘하게 놀더라니까. 허 참. 뒤웅박이란 놈이 약 주고 병 주고 온갖 짓을 다한 셈이야."

옆에 앉은 노린내가 차근차근 설명을 하였다. 이야기를 들을수록 장작눈썹의 눈썹은 한일자에서 양 삐침으로 곤두섰다. 얼굴 색깔도 시푸루둥둥 바뀌었다.

"허, 고놈 맹랑한 놈일세. 은둔보법에 꽃잎으로 노린내 자네의 냄새까지 훼방했다? 허, 고이헌지고. 그나저나 그놈을 처음부터 주리를 틀지 그리하였소. 죽이겠다는데 어느 놈이 불지 않고 견디리."

"이 사람아, 죽어도 불지 않는 놈이 있는 게여. 내가 잘못하였다고 시비하는 건가?"

"누가 성님한테 시비를 건댔소. 그렇단 이야기지. 보리밥 나왔네. 아침이나 드슈."

장작눈썹은 그렇게 말을 숙였으나 정작 마음속으로는 함지박귀가 허둥댄 것을 우습게 보았다. 제기 내가 갔더라면 아이놈을 다리 몽갱이를 부러뜨리더라도 자복을 받고 계집은 납싹 잡아왔을 터인데. 고까짓 것 갖구 허둥대.

함지박귀는 이대치가 가져다 준 밥을 노린내와 함께 들며 장작눈썹에게 물었다.

"방기포란 포졸은 만나 보았나?"

"오늘 아침 일루 온다 했소. 어제 여길 들렸습디다."

그렇게 이야기를 하고 있는데 때맞춰 방기포가 검수를 데리고 사가로 들어왔다.

"저를 찾고 있는 중입니까. 식사들은 하셨습니까? 우리 포교부장 말씀이 여기가 마음에 들지 않으면 샛강주막으로 오시라던대요. 그곳서 아침 대접을 하겠답디다."

시골 포졸이지만 눈치는 밝은 방기포가 들어오면서부터 말을 이쁘게 들이밀었다.

"여기도 먹을 만하네. 바빠서 거기까진 못 가겠네."

함지박귀가 받았다.

"계집아이는 아직 오리무중입니까?"

"오리무중은 아니고……. 내 빨랑 밥을 먹을 테니 잠시 의논들 하세."

함지박귀는 약간 얼굴을 굳히며 당부하듯 말하였다.

지사 유심현이 오늘 안방의 부탁을 받아 자향을 서강의 샛강주막까지 데려다 주기로한 것은 서강 언저리에서 연이어 두 건의 일이 있기 때문이었다. 그저께 상을 당한 건너 마을 김 진사 댁은 누대로 세교가 있는 집안이어서 일찍이 묘를 봐준 적이 있었다. 한데 진사의 부친이 갑자기 돌아가 모레 발인을 앞두고 정확한 위치를 찍어주기로 하였고 오후에는 밤섬에 들어가 새 집을 짓는 데 좌정할 방향과 안채 위치와 대문 뒷문 낼 곳을 지정해 주기로 하였었다. 김 진사 댁이야 인사 받을 처지가 아니고 밤섬은 돈이 있는 자가 술청 겸 여각 비슷한 집을 짓는 터여서 상당한 사례를 해주마 약속한 바라 몇 달 생활거리가 생기게 된 일이었다. 그참에 자향을 일행처럼 꾸며 데려가기로 한 것이었다.

그러나 지사 이십여 년에 풍수를 익히느라 무른 메주 밟듯 팔도를 횡행, 세상 물정이 훤한 유심현은 자향을 숨겨 데려가는 일이 아차, 위험함을 익히 알고 있었다. 그래서 진짜 수행동자처럼 옷차림도 바꾸고 풍수의 묘리도 알도록 강론까지 하였다. 그러다 보니 자향의 영리함을 대번 알아보고 은근히 제자를 삼고 싶은 생각까지 나는 것이었다. 중국의 전례로 보아도 여자 지사는 없었지만.

아침 들고 강의하고 옷매무새 다시 다듬고 하느라 서강으로 출발한 것은 진시가 훨씬 넘어서였다. 유심현은 소매가 넓고 깃이 곧은 도포를 입고 머리에는 통영갓을 썼다. 자향은 버드나무 가지는 오른손에 들고 허리에는 감나무상자를 둘러차고 머리에는 동자용 패랭이를 쓰고 보퉁이는 새 보자기에 싸서 등에 매었다. 유 지사가 입혀준 하얀 장삼 때문에 언뜻 보아서 어린 사내동자처럼 보이었다.

유 지사의 별장 같은 처소에서 언덕길로 내려올 때까지는 안방이 뒤를 졸래졸래 따라왔는데 마을로 내려가는 초입부터는 따르지 못하게 유지사가 호통을 쳤으므로 안방은 울상이 되어 나무숲에서 멈춰 섰다.

"이놈, 빨리 사라져라. 네가 따라왔다가는 들통나기 딱 알맞다!"

"알았어요. 언니와 작별인사나 좀 하구요."

자향과 안방은 사귄 지 하루가 채 안 되었지만 피차 너무나 애를 태운 바가 있어 정이 깊어 있었다. 헤어지자니 서로가 애틋하여 눈을 연신 껌뻑거리었다.

"언니, 안녕히 가셔요. 몸조심하셔요! 그렇게 차리니까, 영판 달라서 아무도 몰라보겠어요. 태연하게 행동만 하면 돼요. 정말 몸조심하셔요!"

"그래, 너무 고마웠어. 언젠가 만날 수 있을 거야. 잊지 않을게."

서로 손을 흔들고 헤어지는데 안방은 끝내는 눈물을 질질 짠다. 자향도 눈시울이 뜨거워졌다. 자향은 힐끗힐끗 뒤를 돌아보고 안방은 행여 누가 볼까 봐 나무숲에 숨어 자향이 고개를 돌릴 때마다 손을 흔들었다.

산아래 마을로 접어들며 안방이 안 보일 때쯤 해서 유 지사가 한마디 하였다.

"저녀석이 상놈인 주제에 정도 깊고 의리도 있네그려. 애비만 잘 만났으면 출신도 할 수 있을 것을!"

"인방을 안 지 오래 되세요?"

"오래는 아니고 한 삼 년 되나. 어느 날 내 처소에 오더니 돌아갈 생각을 않는 게야. 알고 보니 아버지한테 혼나고 집을 나온 거라. 하도 불쌍하여 먹여주고 재워주었더니 그로부터 수시로 와서 이삼일이건 사오일이건 묵다 가곤 하지."

"그런데 왜 기회만 있으면 나무라셨어요?"

"그건, 녀석이 잘되라고 퉁을 준거지. 조금은 알고 있겠지만 그 애비가 실은 천하 악귀로 이 고을의 우환덩어리라. 제 애비하고 꺼떡하면 말썽이 나서 맞기도 많이 하고 버티기도 하는가 본데, 그러다 보니 애가 비뚤어지고 버릇이 나빠지는 것 같아 건건사사 나무라보는 것이네."

"참 민첩하고 영리한 아이여요. 어젯밤 저를 구해주느라 얼마나 애썼는지 모릅니다."

"그리여. 기특한 데가 있어. 허나 상놈이 재주가 있으면 무엇하나. 외려 화가 되지."

"오늘 가는 김 진사 댁의 음택은 이미 보아주셨다면서요."

"삼 년 전에 보아주었는데. 썩 좋은 곳은 아닐세. 그 사이에 수맥이 바뀔 수도 있고 용이 움직일 수도 있응께 다시 봐줘야 하지."

"용이 뭔데요?"

"용(龍)이란 땅의 기복을 말하는 것인데 그 모습이 마치 용과 같다고 하여 그리 부르는 거지. 용이란 그 형태에서 이름 붙여진 바, 용신(龍身) 즉 용의 몸에 따라 음양의 생기가 유동하는 것이 인체의 맥락과 기혈이 움직이는 것과 같다 하여서 이를 맥이라고도 부른다네. 그리고 이 용맥이 일기일복, 한 번 일어나고 한 번 숨고, 좌절우곡, 왼쪽으로 꺾고 오른쪽으로 굽는 게 대나무의 마디와 같다 하여 그런 곳을 절(節)이라고 칭하지. 그리고 용맥 중에서 가장 생기가 몰린 곳, 핵심적인 곳을 혈(穴)이라고 하는데 이것은 인체의 요처, 즉 침을 놓는 혈과 똑같은 이치일세. 어려울 게 없어요."

"무슨 말씀인지 대충은 알겠으나 아직은 전체가 흐릿하옵니다."

"우리 여동자가 내 밑에 있으면 빼어난 풍수사가 되겠는걸."

"그렇진 않을 것 같습니다. 저는 집에서 사서를 배우긴 했지만 대학이나 중용보다는 당시 같은 문학적인 게 입성에 맞았거든요."

"당시를 좋아하누만. 어렸을 적엔 대개 그러하지. 아름다운 사랑시가 아니 좋을 리 있나. 그뿐만 아니라 당시는 충절 강개 회한 망국 초탈에 시어(詩語)의 깊이까지 절절하니 아니 좋아할 사람 없지. 허나 나이가 들면 깊이 있는 한문(漢文, 한나라 시대의 산문)과 처절한 송사(宋詞, 송나라 시대의 장체시)도 정이 가고 성리학 무언지 오행이 무언지 잡학 같은 것에도 관심이 가게 되지. 하기야 이팔청춘에 무덤 이야기를 좋아할 사람이 누가 있겠는가. 내가 청승일세."

"아닙니다. 재주가 없다는 말씀일 뿐, 지사님의 가르침은 재미가 있사옵니다. 전에 생각하던 것과는 다르게 풍수도 이론적인 것같이 느껴집니다."

"물론일세. 공자님 말씀 바르고, 부처님 말씀 넓고, 노자님 말씀 깊지만, 풍수의 진리는 이승과 저승의 결합이라 그 현묘함은 어디에도 견줄 수 없으리."

거기까지 말한 유심현은 가던 걸음을 멈추고 자향을 돌아보았다. 그리고는 살포시 웃으며 말하였다.

"내 일찍이 장가를 들었다가 아내를 산욕으로 잃었네. 십여 년 전이니 그때 같이 죽은 갓난아이가 살아 있으면 그대와 나이가 비슷할 거구만."

"아, 그러셨어요. 가슴이 아프옵니다."

"그대가 가슴 아플 게 무에 있는가. 이쁜 처자를 보니 죽은 아내와 딸 생각이 나서 한마디 한 걸세. 이것도 청승이지. 저 산 아래 언덕을 좀 보아."

유심현은 오른쪽 완만한 등성이를 가리켰다. 나무가 울창한 사이에 약간 너른 풀밭 같은 게 보였다.

"보이는가. 왼쪽에 바위가 있고 오른켠에 큰 소나무들이 있지. 그 가운데에 내 안사람이 묻혀 있네. 손이 없이 죽은 아내이지만 내생에서나마 복을 받으라고 이 고장에서 가장 좋은 명당에 묻어 주었다."

"보기에도 좋아보이는군요. 한데 무덤은 아니 보이는데요."

"일부러 봉분을 세우지 않았네. 저 명당은 안산에 달빛형으로 오른쪽에 거울이 있고 왼쪽엔 분갑기름 항아리가 있는 옥녀산발형(玉女散髮形)이라네. 산발한 머리는 곧 단정히 빗을 테니 그 명칭도 좋고, 명당의 소응은 사람들이 선망할 정도로 귀히되고 재자가인을 내는 것이니 기더욱 좋지. 오래 살았으면 그대 같은 재자가인을 낳고 좋았을 것을. 하기야 저 명당은 내생에서나마 그러라고 내 골라준 것이니."

유심현은 다시 걷기 시작했다. 자향은 다소곳이 따라갔다. 자기로 하여 죽은 부인 생각을 하였다 하니 마음이 죄송스러웠다. 한동안 둘은 말이 없이 걸었다.

선이 고운 산허리를 돌아가는데 분꽃 냄새가 났다. 어딘가 분꽃이 잔뜩 피어 있는가 보았다. 자향은 사방을 휘돌아보며 유심현에게 말하였다.

"지사님, 분꽃 냄새가 많이 나지요?"

"분꽃? 이 시절에 많이 나는 냄새인데 동자는 어찌 그걸 아는가?"

"어제 안방이가 알려 주었어요. 그 앤 산에 피는 꽃은 죄 알고 있는데요. 그래서 그중 가장 냄새가 많이 나는 산개나리 쥐똥나무 분꽃 산목련의 꽃을 짓이겨 냄새귀신 노린내를 골탕먹였답니다."

"산에서 살다 보니 나무와 꽃을 알게 되었는가 본데 그것도 기특한 일일세. 꽃은 산에게 어떤 존재인줄 아는가? 우리 동자님."

자향은 엉뚱한 질문을 받자,

"무슨 말씀인데요?"

삽삽하게 모른다 했다. 유심현은 계속 걸으며 말하였다.

"산을 잘 수놓은 비단으로 보면 흙과 바위는 바탕이요, 나무와 꽃은 무늬라. 무늬가 아름다우면 비단이 값이 나가는 법일시, 산에게 꽃과 나무는 그만큼 귀한 존재 아니겠는가."

자향은 고개를 끄덕이었다. 오늘 새벽 처음 보았을 때 느낀 대로 이 지사님은 과연 보통분이 아니었다. 이인이요 철리학자였다. 시시한 풍수사는 아니었던 것이다.

"그럼 그 비단 속에서 우리 인간은 무엇이옵니까?"

"허어, 그런 질문도 하는가. 격조 있는 물음일세. 이 산천에서 인간은 바람과 물과 같은 존재가 아니고 그 무엇이겠는가. 인간이 그 이상도 그 이하도 아닌 것을 사람들은 저희만이 주인인줄 아는 거라. 나르는 바람과 흘러가는 물이 바로 우리와 같기에 우리네 풍수사는 생기와 수맥을 찾고 있는 것이지. 이승과 저승을 잇고 내생의 행복을 갈구하는 심원(心願)으로."

자향은 더 이상 물을 수 없었다. 이 철리학자는 한마디만 하면 답변이 줄줄 나오도록 준비돼 있는 도사였다. 어떤 질문이건 재격 근사한 말씀이 나올 것이었고 그 답변 속에는 애련한 그 무엇이 깃들어 있어 가슴을 아프게 해줄 것이었다. 자향은 그런 지사님이 왠지 좋아졌다.

음메하는 소 울음소리가 들리고 초가 두 채가 왼쪽 밭 가운데 보였다.

"마을로 들어서는군. 기찰하는 포교가 있을 게야. 동자는 의연하게 내 뒤를 따라오너라."

과연 초가를 지나 집채가 웅기중기 모여 있는 뜸마을 같은 곳을 가니 사람이 여럿 모여 있었다. 포졸 둘이 길가에 서 있고, 그런 포졸을 별로 본 적이 없는 시골 아낙들은 초가집 울 안에서 구경들을 하고 있었다. 유 지사는 그들을 괘념하지 않고 허리를 펴고 아무렇지 않은 양 걸어갔다. 사이가 십여 보 상간이 되었을 때, 유 지사가 헛기침을 한 번하고 먼저 말을 걸었다.

"포교님들 아니신가. 이런 곳에 웬일이시오? 아, 한 첨지 어른이 함께 계시는군요."

한 첨지라 불리운 사람은 오십을 바라보는 초로로 머리는 희끗희끗하였으나 올망졸망한 게 체신이 없어 보였다.

"아이쿠, 우리 유 지관님이 어딜 행차하십니까?"

"저 건너 마을 김 진사 댁 상사가 나지 않았습니까. 거기 산일을 보아주러 가는 길입니다."

유심현이 약간은 거드름을 피우며 말하자 한 첨지는 지사님 대접으로 더욱 곰살거렸다.

"아참, 김 진사 댁 산을 보아주러 가시는군요. 그러셔야겠지요. 포교님들, 이분은 우리 골서 유명한 지관님이십니다. 유 지관님이신데 선대부터 나림을 받은 명지관이시지요. 산일이 있으면 부탁을 하십시오."

별로 소개할 필요도 없는 사이를 얼숭덜숭 소개하자 포졸들은 그냥 고개만 끄덕이고 유심현은,

"내 유심현이라 하오"하며 고개를 끄덕끄덕하였다. 포졸은 장작눈썹과 큰바보 이대치였다.

"헌데 뒤에 있는 아이는 누굽니까요?"

역시 채신머리가 없는 티를 내느라고 한 첨지는 쓸데없는 것까지 물었다.

"이애는 내 수행동자요. 다음달에 내 문안의 모 판서 댁 산소를 다시 잡으러 경상도 안동엘 가야겠기에 수행동자를 입문시켰소이다."

"아, 노상 제자를 하나 둬야겠다더니 소원을 푸셨소이다."

"동자야, 이분 한 첨지께 인사드려라. 이 고을 큰어른이시니라."

그 말에 자향은 버드나무를 두 손으로 잡고 허리를 숙여 절을 하였다. 말은 없었으나 절하는 태가 의젓하여 한 첨지도 같이 고개를 끄덕이며 받았다. 장작눈썹과 이대치는 그런 두 사람의 대화를 턱을 들고 쳐다보고 있었다. 만사가 단순한 장작눈썹은 사내동자를 무심히 보았으나 큰바보는 바보답지 않게 눈빛을 반짝이었다. 유심현의 예리한 눈은 그런 두 사람의 동태를 기민하게 훑어보다 말을 붙였다.

"헌데 두 분 포교님은 웬일이십니까?"

유심현은 한 첨지에게 묻는 듯 그를 바라보았다.

"아, 이 두 분은 도타한 비자를 잡으러 문안서 파견돼 나오셨답니다. 근

데 그 비자가 사실은 이번에 역신으로 붙잡혀 들어간 문안 대감집 고명딸인 모양이요. 그러니 사안이 보통 사안이 아니지 않겠소."

한 첨지의 채신머리없는 과장에 유심현은 은근히 미운 맘이 일었다. 허나 속심은 감추고,

"오, 그렇습니까. 세상이 어려워 별 고생을 다 하십니다."

적당히 응수를 한 유심현은 갑자기 고개를 돌려 아낙들이 웅기중기 모여 있는 초가집을 노려보았다. 입은 한일자로 굳게 다물었고 눈은 매처럼 날카로워졌다. 표변하는 지사의 얼굴이 심상치 않았던지 한 첨지는 유심현과 초가를 번갈아 바라보며 물었다.

"지관님 웬일이십니까. 저 집이 뭐 잘못된 거라도 있소?"

유심현은 대꾸를 하지 않고 초가 쪽으로 걸어갔다. 삽짝 앞에 서서 잠시 뭔가를 살피는 듯하더니 소리쳤다.

"동자야, 수맥장을 가져오거라!"

자향은 재빨리 버드나무 가지를 유심현에게 바쳤다. 유심현은 수맥장을 받아들고 초가집 삽짝과 안채 쪽을 향해 몇 번 가늠을 해 보고는,

"나침반!"하고 소리쳤다. 자향은 감나무 상자에서 나침반을 꺼내 올렸다. 수맥장은 자향에게 건네주고 나침반을 받아든 유심현은 삽짝과 안채를 향해 방위를 쟀다. 오른쪽으로 돌아서 와우산 정상의 방위도 가늠해 보았다. 그리고는 초가를 향해 냅다 소리를 질렀다.

"누가 이집 대문을 바꿔 달았소?"

그러고 보니 삽짝이 대문인 셈인데 그 삽짝은 다시 만든 듯 새것이었다. 유심현의 뒤에 다가와 있던 한 첨지가 소리쳐 불렀다.

"여보게 종석이, 지관님이 부르시지 않는가. 빨리 나와서 대답하게."

종석이라 불리운 삼십대 후반의 사내가 여자들 뒤쪽에서 나와 계면쩍은 표정을 지으며 허리를 굽혔다.

"유 지관님 안녕하십니까. 이 삽짝은 엊그제 제가 다시 만들었습니다."

"왜 대문을 저쪽에서 이쪽으로 바꿨소?"

"아, 저쪽은 돌아다녀야 하기에 귀찮아 이쪽으로 옮겼습지요."

사내는 오른손으로 뒤통수를 긁적거렸다.

"귀찮다? 흥, 이 좁은 통로에나마 뭔가를 심고 싶어서 대문을 옮겼겠지. 큰일날 짓을 하였네. 이 집 좌향으로 보아 대문은 길가에 내는 게 절대 아닐세. 그대 조상이 공연히 저쪽에 대문을 낸 줄 아는가. 이 길은 와우산 귀신이 노상 들락거리는 귀로야 귀로. 귀신길이란 말일세. 귀신이 이 앞을 지나다가 대문이 보이면 얼씨구나 하고 들어가게 되어 있네. 그럼 어찌 되는지 아는가? 상사가 나지 상사가 나!"

"상사요? 누가 죽는단 말입니까. 울 어머니가 돌아가신다구요?"

"그대네 집에 사람이 어머님밖에 안 계신가?"

"아니요. 우리 내외에 동생도 있고 애도 넷이나 되는 걸요."

"그러면 누가 죽을지 어찌 아는가?"

종석이란 사내의 얼굴이 흙빛으로 변했다. 촌로들이 유 지사의 고명함을 수시로 이야기하는 걸 들어 그를 보면 항상 고개를 숙여오던 터였다. 한데 오늘 대문을 잘못 바꿔 누군가 죽게 되었다고 하니 이 아니 재변인가. 여편네가 삽짝으로 들어가는 길에 배추를 더 심겠다고 해서 문을 옮긴 게 어쩐지 께름칙하였었다.

"어이쿠, 지관님. 그럼 당장 삽짝을 원래대로 바꾸겠습니다."

"그런다고 되는가. 귀신이 이미 집안에 들어왔는지 누가 알아!"

이 말에 바자울 안에 모여 있던 아낙 셋이 우르르 삽짝 밖으로 나와버렸다. 귀신이 저희들한테 씌울까 봐 겁을 먹은 것이었다.

"그럼 어찌하옵니까. 지관님 부탁입니다. 도와주십시오."

사내는 두 손을 모아 비는 시늉을 하였다. 그런 모습에 한 첨지는 끌끌 혀를 찼고, 아낙들은 놀란 눈빛이었으며, 포졸 둘은 쩝쩝 입맛을 다셨다.

유심현이 근엄한 표정을 지으며 소리쳤다.

"동자야, 소지를 대령해라!"

"네!"

자향은 예견하고 있었다는 듯이 사내 목소리를 내어 대답하고는 감나무 상자에서 전주한지를 꺼내 지사에게 공손히 바쳐올렸다. 그리고 부싯돌로 칙하고 불을 만들어 한지에 불을 부쳤다. 하얀 한지에 불이 붙자 유심현은 뭐라뭐라 중얼거리고는 삽짝 안에 휙허니 던져 넣었다. 아직 불이 타고 있는 한지는 바람을 탔는지 한 장도 더 되는 초가 안으로 홀홀 날아 들어가 마당에 너울너울 춤을 추며 떨어졌다. 한지는 마당에 떨어져서도 잠시 동안 부시시 탔다. 불이 다 타고 꺼지자 유심현은,

"여보게 종석이. 대문이 삽짝이라고 함부로 바꾸면 아니 되네" 하고 사내를 꾸짖었다. 사내는 죄송하고 고마운 표정을 같이 지으며,

"알겠습니다. 앞으론 만사 지관님 교시를 받들어 모시겠습니다. 이 사례는 곧 찾아 올리겠습니다. 감사합니다요" 하고 몸둘 바를 몰라했다.

"무슨 사롄가. 이 동네 일은 다 내 일 아닌가. 그런 소린 하지도 말게. 자, 한 첨지, 전 이만 가오. 동자야, 제구를 모두 챙겼느냐?"

"네."

"그럼 가자. 너무 늦을라. 포교님들은 고생이 자심하오. 다음에 산일은 물론이고 새 집 지을 일이 있으면 찾아들 오시우."

유 도사 사제가 인사성도 바르게 죄 아는 체를 하고 떠나자 포졸들까지 엉겁결에 인사를 하는 것이었다.

쉰 걸음쯤을 간 유심현은 혼자 중얼거렸다.

"아하, 이제 겨우 일차 관문을 통과하였는가. 생각보다는 쉬웠지만서두."

그리고는 귀기 어린 웃음을 흘리며 뒤에 따라오는 자향을 돌아보았디.

"우리 동자가 첫 일인데 아주 잘 했어요."

자향은 빙긋 웃고는 물었다.

"지사님, 그 집 대문이 잘못 옮긴 건 아니지요?"

"물론이지. 동자는 알아챘군. 포교 중 하나가 눈을 번뜩이며 동자를 관찰하려 하기에 내 관심을 싹 쓸기 위하여 그 짓을 하였지. 종석이만 애를 태웠겠는데 그점은 미안하게 되었네. 나중 내 좋은 일을 해주면 되겠지."

권모술수 있는 지사와 영리한 가짜동자는 포교를 따돌린 것이 너무 기분 좋아서 김 진사 집으로 가는 발걸음이 가벼웠다. 봄이 짙어져서 날씨는 화창하였고 분꽃 산목련의 꽃내음이 향그러운 시골길이었다.

8. 샛강주막

선착장 가까이 백사장과 파란 한강이 내다보이는 샛강주막은 바깥주인보다 안주인 때문에 유명한 술청이자 여각이었다.

바깥주인 송씨는 응대 좋고 참을성 있는 사람이지만 빼어남과는 거리가 있는 사내였다. 그러나 안주인 순이어멈은 서글서글한 눈, 두툼한 입술, 곧은 콧날, 복성스런 볼이 미인은 아니라도 영락없는 맏며느리감이요, 음식 맛나게 하는 여각 여주인이었다. 약간은 통통히 살찐 몸매가 보기에도 듬직하여서 오는 이마다 한마디씩 꼭 말을 걸곤 하였다.

그렇게 인상 좋고 선심 좋은 순이어멈의 특징은, 그러나 음식 솜씨에 있었다. 굴이 담뿍 들어 있는 묵은 김치만이 아니라 싱싱한 갓을 소금에 절였다가 고춧가루 멸치젓국 파 마늘 생강을 다져 섞어 버무린 갓김치를 비롯해 부추김치 총각김치 겨자깍두기 나박김치 깻잎김치 순무김치 동치미 미나리김치, 못 만드는 김치가 없고, 국거리만 해도 된장국을 필두로 술국 북어국 연포국 가리국 냉국 아욱국 동태국 나물국 게국 우거지국, 내놓는 것마다 죄 맛이 있었다. 탕으로 가면 대구탕 도가니탕 아구탕 조개탕 추어탕 짱퉁이탕 잡탕이 제각각으로 특이하였다.

그 중에서도 가장 손쉽고 맛이 있는 게 설렁탕인데 주모의 인심이 좋아서 먹는 이들의 건강과 입맛을 돋워주느라, 쇠머리 사골 도가니 사태육 양양지머리 허파 우심 우랑 등 소의 온갖 부위를 잘도 모아서 국물이 철철 넘게 푹 고아 내놓는 것이었다.

그러자니 꼭두새벽에 일어나서 불을 지피고 남편을 성화하여 그 많이 드는 땔나무를 대느라 고생이 말이 아니었다. 그래도 먹는 이들이 맛있게 훌훌 드는 양을 보면 그것이 보람이요 살맛이라 그녀의 얼굴에는 항상 웃음이 살아 있었다.

"여보게 개성댁, 오늘쯤은 밴댕이회 한 점은 줘야 할 때가 되지 않았는가?"

사흘이 멀다고 샛강주막을 찾는 서 진사가 드디어 밴댕이회 타령을 하였다. 밴댕이로 하면 소금에 절였다가 간을 알맞게 뺀 후에 굽거나 뚝배기에 담아 찜을 하는 밴댕이자반이 있고, 곰삭아야 맛이 울어나는 밴댕이젓이 있고, 밴댕이를 토막쳐서 고추장 간을 하여 쇠고기를 섞어 끓인 밴댕이찌개가 있어 죄 별미이나, 강화도 뱃사람이나 마포의 어물장사는 밴댕이회를 으뜸으로 쳤다. 나이 오십에 세상 입맛을 통달한 서 진사는 강화도 어부 못지않게 밴댕이회 맛을 알아서 며칠 전부터 회타령을 하고 있었다. 삼삼하고 시원하게 넘어가는 그 회 맛을 한번 본 사람이 잊을 수 없는 건 어느 누구도 말릴 수 없는 일이었다.

"진사님, 회는 싱싱해야 하는데 강화어부 장가가 새벽에 서강 오기 전에는 안 되잖아요. 장가가 오면 순이를 보내서 회 드시러 오시라구 말씀올립지요."

"그렇지, 강화어부 녀석이 좀 빨리 와야 할 터인데. 여하간 고맙네. 그럼 오늘은 설렁탕이나 맛갈지게 해주시게나."

"알았습니다. 오늘은 혈색이 좋으시네요. 고뿔이 들었다 하셨는데 쾌차하셨군요."

"오뉴월 고뿔이 웬 턱인가. 금년 액땜은 그걸로 반은 치뤘네."

서 진사는 부가옹을 아버지로 둔 서강의 터줏대감인데 정말로 진사를 한 것은 아니고 집안이 부유하고 원래는 양반집이라 해서 높여 불러주는 것이었다. 사실 양반 출신인지도 적실치 않으나 행동이나 학식이 양반에 걸맞아 진사 대접을 해준들 하나도 억울할 바가 없는 분이었다.

김포댁인 순이어멈을 개성댁이라고 불러주는 것도 음식 솜씨 대접하는 추킴성이지만 기실은 순이어멈의 모친이 개성 출신인 것을 어떻게 알았던지 그렇게 불러서 돌아가신 어머님 생각으로 더욱 대접을 받는 것이었다. 더구나 양반 행세를 하면서 이런 바닷가 주막에 수시로 들러 갯가 사람들과 어울리는 것도 특이한 일이었다.

하지만 김포댁이 서 진사를 귀히 대접하는 것은 양반이나 부가옹 덕이 아니라 그의 학문 때문이었다. 어쩌다 술 한잔을 걸치고 대작하는 사람과 대화하는 걸 보면 그의 깊은 지식에 모두 감탄하였다. 사서삼경은 물론이고 오행 천문 의술 한문 당시 한자풀이 등 거침이 없었다. 그렇다고 매번 유식쟁이 티를 내는 것은 아니고 상대가 마음에 들 때만 가슴을 열었다.

오늘도 서강 선주의 행수차인이 붙임성 있게 인사를 올렸건만 건성으로 응대하여 상대를 머쓱하게 하였다. 그것은 평소 행수차인이 무식기가 뚝뚝 떨어지는 탓임을 김포댁은 잘 알고 있었다.

서 진사가 한참 늦은 점심으로 설렁탕을 홀로 들고 있을 때 조통정 포교 부장이 주막에 들어왔다. 이 사람 저 사람 아는 체를 하는 중에 서 진사하고는 피차 깍듯이 고개를 숙이었다. 그뿐 아니라 서 진사는 자기 앞자리를 가리키며 동석하자고 권하였다. 무관짜리요 하관이지만 강직함이 소문난 터이라 대접을 하는 것이었다.

"요즈음, 잘 지내시는지요?"

조통정이 앞자리에 앉으며 인사를 건넸다.

"성은이 하해 같으와 잘 지내고 있습니다."

그 말에 조통정은 조금 기분이 언짢았다. 잘 나가던 임금이 남곤 심정 간신배에 놀아나 깨끗한 선비들을 도륙하고 있는 이 마당에 성은이 하해 같다. 이 영감탱이가 능청을 떠는 건가. 아니면 슬쩍 떠보는 겐가. 순간 여러 생각이 스쳐지나갔다.

"아, 그렇습니까. 오늘은 날씨가 아주 좋습니다. 한강 물도 파아란 게 아름답습니다."

"봄 한강 물이 너무 푸르면 그해 가뭄이 난다고 하였소. 포교님이 파랗다 하니 걱정이 되는구료."

"아, 그런 속신이 있습니까. 그럼 파랗다고 함부로 말씀드리면 아니 되겠군요."

"꼭 그렇기야 하겠소이까. 그렇단 이야기지."

주모 김포댁이 조통정에게 눈을 맞추고 있었다. 평상시처럼 드릴까요라는 물음이었다.

"아니, 오늘은 삼해주 한잔을 먼저 주게. 동무가 한 사람 오게 되어 있네."

주모는 고개를 끄덕이고 부리나케 주방으로 들어갔다. 삼해주(三亥酒)는 이곳 서강의 공덕동 일대에서 빚어내는 특산 소주였다.

"술을 여전히 좋아하시는구료."

서 진사가 지나가는 길인 양 말을 걸쳤다. 조 포교는 조금은 뜨끔하였다. 술을 많이 든다는 주변의 폄하를 잘 알고 있기 때문이었다.

"요즘은 절제하려고 노력합니다. 우리 같은 포교야 하루 열두 시진 근무해야 하니 대포 한잔 걸치지 않으면 힘이 딸려 일해낼 수 있나요."

"허긴 그러하오. 젊은 분은 한잔 술이 약술이지요. 술이 백약 중에서 으뜸이라는 말도 있고."

주모가 소주와 간, 처녑을 가늘게 채 썬은 육회를 안주로 내왔다.

"오, 간, 처녑일세. 아직은 날씨가 간에 괜기잖겠지."

서 진사가 간, 처녑을 보고 입맛을 다시며 절기 탓을 하자 주모가 헐겁게 웃으며 응대하였다.

"간, 처녑이야 겨울이 좋지만 이 시절도 싱싱하기만 하면 맛이 좋습니다요. 영감님도 한 접시 해 올릴까요."

"아이고 아니네. 힘쓰는 사람들이나 많이 드셔야지."

육회는 소의 살코기나 간, 처녑, 양 따위를 가늘게 채 썰어서 갖은 양념을 하여 회즙에 찍어 먹는 음식이라 겨울이 제격이다. 여름이 되면 상할 염려가 많아 기피하는데 서 진사는 그것을 살짝 비춘 것이다.

"자, 안주도 나왔으니 한잔 드시오."

서 진사가 권하자,

"네, 한잔하겠습니다."

조 포교는 고개를 까딱하며 양해를 구하고는 삼해주 한 잔을 들이키고 안주를 먹성 좋게 들었다. 참기름 냄새가 입안에 아늑함을 준다. 간이 졸깃졸깃한 게 싱싱하였다. 그때, 청포 공복을 걸친 무관이 주막에 들어왔다. 사방을 한 번 둘러보고는 조 포교 있는 곳으로 성큼성큼 걸어왔다. 조포교와는 달리 얼굴이 해사하고 엄장도 컸다.

"오, 제검 나리가 오셨군."

무관을 본 조 포교가 반색을 하고는 서 진사에게 말했다.

"제 동무가 와서 옆자리로 옮겨 이야기 좀 하겠습니다."

"아, 그러시오."

조통정이 옆 탁자로 옮겨 앉자 이를 보고 있던 주모가 얼른 다가와 술과 안주를 옮겨 주었다. 포교부장보다 월등 높은 분이 왕림한 것에 주모는 잔뜩 긴장하고 있었다. 제검이라 불리운 자는 자리에 앉자,

"삼해준가. 낮술로는 독하지 않나?" 하고 물었다.

"이 집 주모의 안주 솜씨가 좋아서 괜찮을 거네."

조통정은 주모가 챙겨준 술잔에 한 잔을 부어 권하였다.

"삼해주가 술맛이야 좋지. 이 술이 요즘 갈수록 평판이 좋아서 한 해에 백 항아리도 더 팔린다네."

"그렇다더군. 그래서 옹리(甕里)의 항아리 장사들이 살판났다고 해."

"항아리 장사만 잘 되면 되는가. 종로통의 육주비전 물가가 천장부지로 오르고 있다네. 큰일났어. 우리네 물자비용이 턱없이 늘어나 난릴세."

"정세가 하수상하니 물가가 오를 밖에. 문안 마을은 어떻던가?"

"어제까지 우리 전함사 마을은 아무 이상이 없었네. 별 볼일 없는 동네 야 뭐 신경 쓸 일 없으니까."

조통정의 고향 동무인 최주원은 전함사(戰艦司)의 종사품 제검이었다. 부임한 지 벌써 2년이 넘어 가고 있었다. 과만(瓜滿, 임기가 참)이 되어 벼슬이 바뀔 때가 넘었는데도 한직은 노상 늦어지기 마련이었다.

전함사는 문안 중부 징청방의 내사와 서강의 외사가 있어, 내사는 정일이품이 형식상으로 맡는 도제조 제조가 관리하고 외사는 제검이 총찰하였다. 따라서 최 제검은 사실상 서강 전함사의 총책이어서 물가와 정세에 민감하지 않을 수 없었다.

최 제검이 목소리를 낮추어 말하였다.

"조광조 대감에게 사약이 내려간다대."

"그래? 그렇게까지는 아니 갈 줄 알았는데."

"그러게 말이네. 한데 문안의 분위기는 그게 아니데. 안당이 좌의정, 김전이 우의정이 되었는데 그 중에도 김전이 사람이 훌륭하다고 소문이 났었는데 바로 남곤 심정의 사람이 되었다 해서 난릴세. 그렇게 그악한 사람은 결코 아닌데 말이야. 세상은 알 수가 없어. 김식 김정 기준 박운 윤사임 박세희 등도 죄 사약을 받게 되리라는 소문인데. 그 외에 연루되어 쫓겨나고 귀양 가는 사람이 부지기수일세."

"나라가 절딴이 나는군."

"그래서 이야긴데 자네도 좀 조심하게나."

"내가 무슨 상관인가."

"그래서 문제야. 자네는 그렇게 올곧은 게 무조건 잘하는 건 줄 아는가. 지금 귀양 가는 사람들이 죄지어서만 가나. 남에게 불편하고 무서움증을 주는 사람도 이 세상에서는 큰 죄가 되는 게야."

이때, 옆에 있던 서 진사가,

"암 암……"하며 눈을 감고 중얼거렸다. 고개도 천천히 주억거리고 있었다. 언뜻 보아서는 잠꼬대하는 것처럼 보였다. 최 제검은 눈살을 찌푸리며 언짢아했다. 조통정은 손을 저으며 동무를 안심시켰다.

"괜찮네, 괘념 말게. 하던 이야기나 계속하게."

그래도 제검은 목소리를 더욱 낮추었다.

"청하는 자네가 여길 그만두고 좀 쉬라데. 남곤 일당이 조광조 대감하고 기맥만 닿는 사람도 똑같이 몰아 죽이려드니 자네가 불안하다는 걸세."

"나야 그 어른하고 기맥이 아니라 코빼기 한번 맞춰본 적 없는 사람일세."

"누가 그렇댔나. 사람들이 그렇게 볼 테니 걱정이란 거지."

"이 한직에 있는 나를 뭬 신경 쓰겠는가. 나중 나가라면 나가지 뭐. 그나저나 푸른연꽃은 잘 있던가."

"푸른연꽃이야 자기집 정자가 일터인데 무슨 걱정이 있는가."

"정자에 누워 있다고 다 사나. 그 형수가 걱정일세. 살림은 궁색하지 않던가?"

"여보게 가난한 선비가 출사를 못하면 궁색한 건 뻔하지. 싱겁게 물어보긴. 자네, 그 말 잘했네. 쌀이나 한 섬 푸른연꽃에게 보내주게. 하기야 자네도 박봉에 여유가 없을 테지."

"그래야겠네."

조통정은 삼해주를 한 잔 쭉 들이키고는 최 제검에게도 권했다.

"하기사 푸른연꽃 말이 맞네. 좋은 동무하고 술 한잔 못하니 이게 사람이 사는 겐가. 백구를 벗하여 파아란 강물에 배 띄우고 시나 읊고 사는 게 제일 좋지. 알면서 그러지 못하는 우리네가 불쌍한 게야."

"아참, 그런 소문이 있데. 박운 참의 딸이 서울을 빠져나가서 난린가 봐. 삼개로 도타하였데. 이번 역신으로 몰린 분네의 여자들은 죄 비자로 가게 되어 있는데 말이야."

"박 참의 딸?"

"그 딸이 정말 이쁘고 똑똑해 여러 집안에서 며느리 삼고 싶어 안달하였다더구만. 동궁비감이라는 평판이었다고 해. 고르고 고르느라 여태 시집을 안 보냈다는데, 하긴 그 집서도 아까워 빼돌렸겠지. 아름답고 빼어난 애가 노비로 떨어지는 게 가슴 아니 아플 부모 어디 있겠나. 그 애를 몰래 데려가던 도마름이 잡혀서 신분이 탄로났다데. 나이가 열여섯이라든가."

최 제검은 자향의 이야기를 하며 관심 있어 하였다. 그러나 조통정은 무덤덤해하였다. 옆자리에서 눈을 감고 몸을 흔들흔들하고 있던 서 진사는 아연 긴장하는 표정이었다.

이때, 주막에 포졸 하나이 불쑥 들어와 좌중을 휘허니 살폈다. 방기포였다. 그 징글맞은 얼굴은 조 포교를 보자 뚜벅뚜벅 다가와 귓속말을 하고는 상관이 무어라 하자 고개를 끄덕이고는 이내 나갔다.

그 방기포와 스쳐서 나이든 어른과 제자로 보이는 동자가 들어와 귀퉁이 좌석에 앉았다. 김 진사네 산역을 보아주러 갔던 유심현과 자향이었다. 둘은 약간 피곤한 표정이었다.

"생각해보게, 귀양 가고 사약 받는 것도 참혹하지만 멀쩡한 양반집 부인과 귀한 딸이 비자로 박히는 걸 말이야. 환장할 일 아니겠나."

조 포교는 술잔을 들어 한 모금을 마시고는 천천히 입을 떼었다.

"그 처자가 삼개가 아니라 사실은 이 서강 쪽으로 도망왔네."

"그래?"

"응. 어제 그 처자인 성싶은 노비가 도타해왔다고 고발이 들어왔네. 한데 무슨 소문이 그리 빠른가. 바루 어제 일인데."

"빠른 게 소문 아닌가. 세상이 어수선하면 날아다니는 게 소문일세. 한데 자네 구역으로 왔다구? 그것 참. 어젯밤 들은 바에 의하면 금부는 물론이고 이조판서 남곤이가 무슨 큰일이 난 양 난리를 쳤다고 하데. 자칫 잘못하면 불똥이 튈 수 있으니 조심하게."

최 제검의 마지막 말이 약간은 커서 좌중 사람만 아니라 유심현과 자향도 고개를 돌리고 둘을 쳐다보았다. 그 중에 자향은 당연히 크게 놀라고 있었다. 자향은 두 무관을 흘깃 보고는 재빨리 고개를 돌리고 상관이 없는 일인 양 유 지사를 바라보았다. 유심현도 긴장이 되었으나 태연히 주모에게 음식을 시키고는 살짝 물어보았다.

"바깥 분은 어디 가시었소?"

"네, 방금 난지도 어부 김서방이 선창에 배를 대어서 어물 좀 보러 갔습니다. 금방 올 겁니다."

"아, 그래요. 좀 만날 일이 있어서."

최 제검은 많은 사람들이 돌아보자 자기의 실수를 깨닫고 다시 작은 목소리로 물었다.

"그래, 그 애를 잡으러 포졸들을 풀었는가."

"어제, 수철리로 둘을 보냈는데 못 잡고 그냥 왔네. 알고 보니 서대문 수문장 천만수가 추적조를 두 조나 보내어서 이미 쫓고 있더군. 우리는 사실 뒷전일세."

거기까지 말한 조통정은 더 이상 말을 하지 않고 술만 기울였다. 최 제검도 잠시 입을 다물고 생각을 굴리고 있었다. 옆자리의 서 진사는 여전히 눈을 감고 조는 듯 명상에 잠겨 있었다.

유심현은 술시중 드는 아낙이 설렁탕 두 그릇과 동동주 한 잔을 가져오

154

자 자향에게 탕을 권하였다.

"동자야, 넌 탕을 들거라. 난 우선 대포 한잔에 목을 추겨야겠구나."

자향은 '네' 대답을 하고 수저를 들었다. 수저는 들었지만 두 무관이 자기 이야기를 하는 게 너무나 충격적이어서 어떻게 먹는지도 모를 지경이었다. 귀와 온 신경은 두 사람의 말소리에 집중해 있는데 이젠 목소리가 작아 들을 수가 없다. 더욱 간장이 녹는 것 같았다.

밖이 어수선하더니 등치 좋은 장정 셋이 들어왔다. 함지박귀와 장작눈썹과 방기포였다. 자향은 험상궂은 포졸이 셋이나 어쓱비쓱 들어오자 더욱 긴장이 되었다. 더구나 그 중에는 아침에 본 포교가 하나 끼어 있는 게 아닌가.

눈썹이 진한 포교는 유심현과 자향을 보자 눈을 한번 크게 뜨고 눈동자를 떼그르르 굴렸다. 장작눈썹 나름으로는 아는 체를 하는 것이련만 자향에게는 잡으러 쫓아와서 '응, 여기 있군' 하는 것만 같아 간이 오그라들 대로 오그라들었다.

자향으로서는 샛강주막 주인을 만나러 온 게 제 발로 호랑이굴에 들어온 셈이 되었다. 이틀 사이에 겪은 그 많은 고초도 지금 상황에 비하면 아무것도 아니었다. 앞이 캄캄해진 자향은 유일한 구원자인 유 지사를 바라보았다. 그러나 유 지사는 아무 일이 없는 양 대포잔을 연신 기울였다.

술청에 들어온 함지박과 장작눈썹은 방기포의 안내로 조통정과 인사를 나누고 있었다.

"일루들 앉아 식사들을 하시고 의논은 우리 마을에 가서 하십시다."

조 포교가 먼저 손님을 깍듯이 대하자,

"조 포교부장 말씀은 많이 들었습니다. 이번에 크게 신세를 지게 됐수다레."

함지박귀가 노련하게 인사말을 던졌다.

"우리 애들 셋을 보내드렸는데 그것으로 충분합니까?"

"넉넉합니다. 지금 네 갈래로 나눠 목을 지키게 했습니다."

"수철리서 여기 나오는 길이 두 갈래, 삼개 가는 길이 두 갈래인데. 여기 선착장과 망원정 빠지는 길은 내가 사람을 내보냈수다."

"네, 그 네 군데 몫을 다 죄어놓았습니다."

"종적은 아직 확실치 않지요?"

"아직은요. 곧 꼬리가 잡히겠지요. 빠져나갈 길이 없으니까."

"자, 먼저 식사를 드시구려. 어제부터 식사 한번 변변히 드시질 못했을 테니 많이들 드시지요. 아, 김포댁, 여기 삼해주 있지 않소. 포교들께 갖다 드리시오. 이곳 명산인 삼해주가 요즘 평판이 좋습니다. 목이 컬컬하실 텐데 한 잔씩 축이십시오. 그리고 내 동무인 제검 나리하고도 인사를 나누시구."

문안 포교와 서강 포교가 돌아가며 안면을 나누고 직급 높은 제검에게까지 깍듯이 인사치레를 하느라 한동안 부산하였다. 그 사이 김포댁과 아낙 하나는 잽싸게 설렁탕과 소찬 여러 접시로 식탁을 차렸다. 삼해주도 나오고 안주용 찌개도 나왔다. 끄릿끄릿한 포교들이 술청에 가득차자 그동안 식탁을 꿰어차고 있던 어부 서너 명이 슬금슬금 자리를 떴다.

그들과 교대하듯이 패랭이를 쓴 보부상 하나가 주막으로 들어왔다. 검은 얼굴에 눈이 반짝반짝 빛나고 표정은 유들유들한 사내였다.

그는 좌중을 한번 쓱 훑어보고는 노련한 웃음을 지으며 함지박귀 일행 옆으로 다가갔다.

"포교님들, 수고가 많으십니다. 그래 고년을 납싹 잡으셨습니까?"

자향은 화들짝 놀랐다. 결코 잊을 수 없는 목소리. 한강독사였다. 자향은 흘깃 그를 보고는 패랭이를 더욱 머리 아래로 눌러썼다. 저자가 어찌하여 여기에 왔을까. 가슴이 부들부들 떨렸다. 자향은 이들 여러 포교에 한강독사까지 나타나자 오늘은 죽을 고에 들었구나 하는 생각밖에 없었다. 도망할 길도 죄 포졸들을 박아 죄어놓았다 하니 이제 한 발짝도 뗄 수가 없는 처지 아닌가. 자향의 얼굴색이 바뀌는 것을 유심현은 대번 알아보고 있었다.

"흥, 한강독사, 잘 만났어. 당신 어제 우리를 무시했지. 기집이 지름길로 간 걸 왜 말해주지 않았나?"

장작눈썹이 금방이라도 매우 칠듯이 몸을 움찔하였다.

"무슨 말씀을 그리 하십니까."

한강독사는 그들의 옆 식탁에 앉으며 손사래를 쳤다.

"아, 포교님들은 언제 고년을 잡으러 간다고 저한테 이야기나 했소이까. 말씀만 하셨다면 제가 고것이 저 샛길로 갔을 테니 제가 안내할까요, 하고 잽싸게 인도를 하였겠지요. 성 포교님, 그렇지 않습니까요?"

"알았네. 한데 여긴 웬일인가?"

"제가 여기 오면 안됩니까. 헤헤, 사실은요, 천 수문장이 이야기합디다. 성님들이 고년 얼굴을 모르니 니가 가서 기집 얼굴을 확인해줘, 하구요. 그래서 왔지요. 기집 잡으면 저도 한몫 쳐주실 게죠."

"그래, 알았네. 고맙군그래."

세상 물계가 훤한 함지박귀는 천 수문장이 계집을 빨리 잡아오라고 안달하는 게 눈에 선하였다. 그러나 거기까지 생각이 미치지 못하는 장작눈썹은,

"고맙긴 뭐 고마워요. 그까짓 기집, 얼굴 모른다고 못 잡으까!"

시커먼 눈썹이 위로 치켜올라갔다. 그래도 한강독사는 여전히 실실거렸다.

"장작눈썹님, 그러지 마십시오. 우리네 보부상이 그래도 성님네들 동네엔 가장 믿음직한 발톱 아닙니까? 우리 없어 봐요. 많이들 아쉬울게요."

"뭐가 아쉬워. 난 니들 보부상놈들 정말 맘에 안 들어. 짜식들 한푼 잇속 없으면 어디 손가락 하나 까딱 할 놈들이어?"

콧등이 부어오른 장작눈썹은 주먹으로 탁자를 쾅 치고는 삼해주 한 잔을 입에 탁 털어넣었다.

"힘 좋은 관에 기신다고 너무 그러지 마십시오. 관이 아무리 높아도 담 쌓고 벽 칠 필요 뭐 있습니까. 우리 인생은 부전조개 이 맞듯 다 궁가박가로 지내는 게 좋고 좋고 또 좋은 거지라. 제비는 작아도 알만 낳구요, 못난 기러기도 백 년을 산답디다. 넘 무시하지 마십시오. 제가 포교님께 뭐 잘못한 게라도 있소이까. 여보게 주모, 나도 탁배기에 술국 하나 주시오. 허, 여길 정신없이 대오느라 점심도 굶었네. 싸구려 술 한잔 시원하게 짜악 마셔야 속이 파악 풀릴려나."

그 말에 장작눈썹은 벌떡 일어나서 부상놈을 박살낼 태세였고, 함지박귀는 어깨로 어깨를 툭 치며 이를 제지했다.

서 진사는 술청이 시끄러워지자 계속 자는 척만 할 수 없었던지 눈을 스르르 떴다. 포교들과 한강독사 유 지사와 자향까지를 한 차례 훑어보고는 일보는 아낙에게 손짓을 하였다. 아낙은 무슨 뜻인지 대번 알아채고 따끈따끈한 설렁탕 국물 반 사발을 가져다 부어 주었다. 서 진사는 주위의 시끌벅적에는 아무 상관이 없는 듯 따뜻한 설렁탕 국물을 훌훌 맛보는 것이었다.

자향은 빨리 주막을 나가고 싶었다. 예상대로 포교들은 장작눈썹에 함지박귀와 노린내까지 다 온 것 같았다. 그 중 한 포졸이 노린내라면 혹 자기의 냄새까지 맡어내지나 않을까 걱정이 되었다. 그녀는 방기포를 노린내로 넘겨짚고 있었다.

그러나 무슨 속심인지 유 지사는 느릿느릿 술을 들고 설렁탕은 아직도 반이나 남아 있었다. 자향은 다급한 마음을 눈치라도 하듯이 설렁탕을 빨리 먹고는 소리까지 내며 수저를 놓았다. 그래도 유 지사는 마냥 늘정을 피웠다.

"오마나, 손이랑 빨리 왔네. 모래쯤 온다더니."

주모의 쾌활한 목소리에 자향은 주막 입구를 바라보았다. 가을나무가 보퉁이를 안고 안으로 쓰윽 들어오고 있었다. 오, 가을나무다. 뭔가 다급하고 불안한 자향에게 가을나무는 너무나 반가운 존재였다. 지금의 자향은 지푸라기라도 잡고 싶은 심정인데 가을나무는 지푸라기 정도가 아니라 천군만마였다. 벌렁벌렁 뛰던 가슴이 이내 안온해지는 것 같았다.

"주모께서 주문하신 거 가져 왔어요. 잠깐 보시겠어요?"

가을나무는 술청을 휘 돌아보고는 주모에게 속삭이듯 말하였다.

"남문 칠패거리에 갔더니요, 주모가 주문한 게 있지 않겠어요. 후딱 사가지고 왔지요. 여기 있습니다. 보셔용."

가을나무는 방물꾸러미에서 뭔가를 꺼내 김포댁에게 주었다. 주모는 그걸 받아들더니 입이 함지박만큼 벌어지면서 가을나무의 손을 끌고 안으로 들어가려 하였다. 그러나 가을나무는 손을 빼치고는,

"주모님, 들어가서 보구 계셔요. 잠깐만" 하고는 허리를 살살 흔들면서 한강독사가 있는 곳으로 다가갔다.

"여봐요, 한강독사. 오랜만이어요."

"무슨 오랜만인가. 엊그제도 보아놓고."

한강독사는 그럴 줄 알았지만 재수가 없다는 듯 눈도 마주치지 않고 고개를 외쳤다. 가을나무는 그럴수록 사근사근하고 앙팡스러웠다.

"흥, 또 무슨 꿍작을 꾸미고 있군그래. 당신 얼굴을 보니 뭔가 나쁜 짓을 할려는 게 훤히 보이네. 그래, 염라대왕한테 급살 맞을 궁리를 하고 있소?"

"내가 무슨 나쁜 짓을 한다고 그러는 게야. 사나운 암캐마냥 캉캉대지 말어. 여기 훌륭하신 포교님들 안 보이시남. 말조심해여."

"어이쿠, 포교님들 안녕하세요. 조 포교부장님도 계시고. 포교님들이 이렇게 많이들 계신 줄은 몰랐네요. 무슨 큰 일이 있으십니까요?"

"당신 조용히혀. 포교님들이 의논중이시니께"

"흥, 날보고 어째 사나운 암캐라구. 그러는 당신, 한강독사는 남의 뒤꿈치만 무는 더러운 살무산가? 남의 눈에 눈물 내면 내 눈에서는 피눈물나

는 법이어요."

"내가 언제 남의 눈물 흘리게 한다는 게야. 난 포교님들 도우러 일부러 왔을 뿐일세."

"흥, 포교님들을 돕는다! 여우가 호랑일 돕는 게 낫겠다. 포교님들, 이 자 믿지 마세요. 뱃속에 칼을 품고 있는 사람이니께. 하긴 그걸 모르실 분들도 아니시지만."

가을나무가 가까이서 시끄럽게 주절대자 포교들은 동시에 인상을 쓰는데 그 모습이 약간씩은 달랐다. 조 포교는 눈을 지그시 뜨고 다른 포교들을 살피고 있고, 함지박귀는 못들은 척 식사만 하고 있고, 방기포는 재미있다는 듯 둘을 번갈아 쳐다보고 있었다. 장작눈썹은 내심은 고소하였으나 방물장수 계집이 큰소리를 땅땅 치며 부상을 다그치는 것 또한 마음에 들지 않았다. 성깔이 급한 장작눈썹은 끝내 참지 못하고,

"여봐, 보부상들. 어른들 많은 데서 시끄럽게 하지 말고 무슨 과같이 있으면 밖에 나가서 해결들 해! 방물 안은 년이나 등짐 지는 놈이나 시끄럽긴 오살허게!"

입담 고약하게 한마디 내뱉었다. 그러자 한강독사는 입이 부르튼 시늉을 하며 투덜대었다.

"내가 언제 시끄럽게 했습니까. 방물장수 여편네가 시끄럽게 했지."

"뭐야? 날보고 방물장사 여편네? 내가 니 여편네야? 흥, 여편네!"

"허, 말도 못하겠군."

"속담에도 있네. 입 더러운 놈은 말을 삼가라 했어요. 어디다 대고 여편네라고 해! 아이구, 포교님들 제가 시끄러웠나요. 죄송합니다. 이만 물러가겠습니다. 의논들 허셔요. 그래, 질 나쁜 독사 옆에는 오는 게 아닌데. 자칫 물릴라. 주모님한테 가야지."

가을나무는 방물을 안고 허리를 굽혀 인사를 하고는 주방 쪽으로 걸어갔다. 자향 옆을 지나갈 때 가을나무는 유심현에게 살짝 그리고 자향에게

은근한 미소를 던지는 것이었다. 가을나무의 새침한 눈이 파도처럼 찰랑이었다. 무언가를 말하고 있었다.

아, 저 눈이 나를 알아보고 있구나. 자향은 기뻤다. 가을나무가 뭔가 암시하고 있는 게 아닌가. 그녀는 나를 보러 나를 만나러 샛강주막에 온 것이구나!

술청이 조용해지자 조 포교는 함지박귀들이 식사를 마치는 것을 기다려 말을 꺼냈다.

"식사를 잘 드셨습니까. 이 집 음식 솜씨가 괜찮치요?"

"설렁탕 국물이 아주 진한 게 입맛이 납니다."

함지박귀는 조 포교의 기분을 맞춰주었으나 장작눈썹은,

"이 집이 음식으로 그렇게 유명하다는데 회맛 좀 안 보여주나."

미련을 보이었다.

"그거야 일 끝나고 깊이 먹어보세."

함지박귀가 달래듯이 말하고 조 포교는 슬쩍 웃으며,

"일 끝나면 내가 한번 모시리다. 그럼 우리 마을로 가서 의논을 할까요. 제검 나리는 마을로 들어가시려나?"

"아니, 난 여기서 남은 술 천천히 들고 집으로 퇴청할 생각이네."

"하긴 마을로 다시 들어가기엔 시간이 늦었구료. 그럼 난 포교들과 일이 있어 그만 가오."

"걱정 말고 가시게. 포교님들도 안녕히 가시오."

최 제검이 문안 포졸을 포교 대접으로 깍듯이 해주자 함지박귀는 허리를 깊숙이 숙여 직급 높은 예우를 후히 하였다.

"영감님은 그럼 천천히 드시다 퇴청하시지요. 저, 한강독사는 우리랑 같이 기겠니?"

"아, 그러문이요."

장작눈썹과 가을나무 때문에 속상했던 한강독사는 함지박귀가 자기를 챙겨주자 신이 나서 남은 술을 꿀꺽꿀꺽 마저 마시고 벌떡 일어났다. 그도 제검 나리에게 허리를 깊이 숙여 예를 표하고는 포교 일행을 따라 나갔다.

무시무시한 포교 넷과 생선가시 같은 한강독사가 술청을 나가자 자향은 살 것만 같았다. 그녀는 주막을 휘이 둘러보고는 마음속으로 하눌님께 감사축도를 올렸다. 그리고는 이젠 여유를 갖고 유 지사를 바라보았다. 유 지사는 포졸들이 들어오고 가을나무가 떠들고 한강독사가 무춤해하고 포교들이 나가고 하는 것에 대해 아무 관심이 없는 양 동동주 맛만을 음미하고 있었다.

자향이 옆 사람에게 들리지 않을 정도의 작은 목소리로 지사에게 물었다.

"지사님, 곧 밤섬에 가셔야 한다면서요?"

"음, 밤섬에 가야지. 그러나 그 전에 이 집 바깥주인을 만나 봐야지 않는가."

"네, 그래야지요."

자향은 그렇게 대답하였지만 주막 주인을 만나는 게 왠지 불길한 생각이 났다. 그보다는 아까 뭔가 눈치를 하고 나간 가을나무를 만나 봐야 할 것 같았다.

형조나 의금부에서 쓰는 몽둥이는 그 크기가 법으로 규정돼 있다. 대명률(大明律, 조선시대의 법률)에 의하면 포졸의 육모방망이는 길이는 삼척삼촌, 윗부분의 일척삼촌까지의 원지름은 칠푼, 아래 부분 이척까지의 너비는 팔푼, 두께는 이푼이다. 몽둥이의 크기를 법으로 자세하게 규정한 것은 조선 팔도 어느 곳에서 죄를 지었다 해도 똑같이 처결해야 한다는 법이론 때문이다. 어느 골은 마음이 후한 현령이 있어 작은 몽둥이로 살살 치고 어느 골은 독한 군수가 있어 무지막지한 몽둥이로 마구 친다면 형평에 어긋나는 일이라 그것을 막기 위한 배려이다.

몽둥이 사용법에도 제약이 있다. 몽둥이를 쓸 때는 끝 부분으로 무릎 아래를 치되 허리 부위까지는 미치지 않도록 되어 있다. 몽둥이의 중간 부위로 마구 쳐서 사람을 초죽엄시키거나 허리를 쳐서 불구가 되는 걸 막기 위해서이다. 더구나 일회 고문에 때릴 수 있는 횟수는 삼십 대로 제한하고 있다. 한 번 고문한 뒤에는 적어도 이틀의 간격을 두도록 하는 규정도 엄연하다.

그러나 세상 이치는 뻔하여서 규정은 지키라는 것이지 꼭 지켜진다는 건 아니다. 어느 고문자가 규정대로 몽둥이 끝만을 살살 치며 이쁘게 때려줄 리 없고 칠 때마다 삼십 대 이상 넘지 않도록 수를 세어줄 리 없다. 고문은 고문 자체에 그 목적이 있는 것이요, 규정을 지키기 위해 행하는 건 아니기 때문이다.

김승치라는 자는 일찍이 천한 조례* 출신인데 지금은 의금부의 포졸로 고문전담책이었다. 그가 고문을 전담하는 이유는 간단하고 확실하였다. 어느 누구보다도 악랄하기 때문이다. 무시무시하게 휘둘러 치는데도 멍하나 제대로 남지 않게 하는 특이한 기술까지 지니고 있었다.

그의 얼굴도 고문기술자에 딱 어울렸다. 시커먼 상판대기에 코는 벌렁코요 입술은 계집눈썹처럼 얄팍하고 입 언저리는 합죽이할매처럼 너부죽하며 턱은 낚시바늘처럼 휘어져 나와 보는 이마다 오금이 저릴 지경이었다. 독사눈처럼 반짝반짝하는 눈빛에 몽둥이를 흔들흔들하며 다가서는 그를 보고 간담이 서늘하지 않는 사람은 외려 이상할 터이었다.

석 주사가 김승치에게 끌려간 것은 밤이 한참 기울어서 멍멍 짖는 개까지 잠에 곯아떨어졌을 여명 바로 전이었다. 어제 든 동동주 석잔에 뒷골이 묵직한 김승치는 해정국보다 한판 몽둥이질이 훨씬 마음에 들었다.

그가 들고 있는 몽둥이는 가래나무로 깎아 만든 특제 몽둥이었다. 포졸이 쓰는 몽둥이는 참나무나 박달나무로 만든 게 보통인데 김승치의 것은

조례 皀隷 관청의 심부름꾼. 천민이 맡는 직종임.

나무 중에서 가장 단단하여 임금님의 관인 재궁(梓宮)에나 쓰는 가래나무(梓)로 만든 것이었다. 그것도 길이가 이 푼이 더 길고 두께도 일 푼이 통거웠다.

"이자야?"

김승치는 오른손에 든 몽둥이를 왼손바닥에 찰싹찰싹 치면서 게슴츠레한 눈으로 바라보았다.

"그렇소. 잘 좀 대접해주구레. 우후후."

석 주사를 데리고 온 옥리는 그렇게 비웃듯 말하고는 이내 옥문을 닫고 나가버렸다.

"으흐흐. 당신, 양반집 주사야? 마름이야?"

석 주사는 가물거리는 등불 속에 야차처럼 버티고 선 김승치를 보는 순간, 숨조차 쉴 수가 없었다. 간신히 소리내어 떠듬거렸다.

"주사일도 보고 마름 노릇도 하고 있소이다."

"흠, 마름일까지 본다면 뱃대기가 두둑하겠구려."

"그렇지야 않소이다. 우리 영감은 넉넉하지가 못해서."

"깨끗한 양반이다, 이거요?"

"그런 뜻이지요."

"뭐야. 그런데 딸내미를 빼돌려? 이 새끼 말을 이쁘게 해주니까 뵈는 게 없나!"

느닷없이 몽둥이가 석 주사의 오른쪽 어깨를 냅다 내려쳤다. 픽! 하는 소리에 이어 윽! 하는 비명이 터지고 석 주사는 푹 쓰러졌다.

"니네 영감이 청렴결백해? 일어나, 이 새끼야!" 왼쪽어깨.

"청백한 놈이 계집을 빼돌려!" 등짝.

"표리부동한 놈이 어째 청백하다!" 옆구리.

"청렴결백이 다 말라비틀어졌다, 이 새끼야!" 엉덩이.

청백이라는 단어를 넣은 꼬투리 말이 터질 때마다 몽둥이는 온몸을 돌아가며 후려쳤다.

그리고는 목덜미 가슴팍 무릎, 다시 어깨 등짝 엉덩이 팔뚝까지 춤을 추듯 휘둘러쳤다. 매가 마치 우박처럼 쏟아졌다. 석 주사는 아이쿠, 지쿠, 헉, 으악, 끙, 아이구 어머니, 사람 살려, 오만 비명을 내지르다 급기야는,

"사령 나리, 사령 나리. 살려주소 살려주소 살려주어요!"

두 손을 싹싹 빌며 눈물바람을 뿌렸다. 온몸이 오그라들고 혼백이 부들부들 떨리며 금세 황천으로 날아갈 것만 같았다.

"살려주어? 매 몇 대 안 맞은 놈이 엄살은 되우 하네. 야 이놈아, 정말 된맛을 봐야 알겠어!"

매가 비리비리한 석 주사를 사정없이 엄습했다. 일루 치고 절루 치고 매가 마치 눈이 있는 양 석 주사의 온몸을 칼질하듯 타작했다. 그러나 그 매질은 마구 치는 것만이 아니고 위로 갔다 아래로 가고, 옆으로 떴다 오른쪽으로 돌고, 비스듬히 그어치다 밑으로 훑는 게 고저 장단이 있고 흐름이 있어서 마치 한바탕 농무를 펼쳐내는 것 같았다. 매가 뜨고 몽둥이가 춤을 출 때마다 석 주사의 몸뚱이는 처절한 고통을 넘어 단말마의 비명을 거쳐 구역질과 토악질의 최악의 선을 넘고 죽기보다도 더한 어지름증 그리고 차라리 모든 것을 버리고 싶은 체념으로 묻혀버렸다.

사람이 매를 맞다 보면 악이 바칠 수도 있고 각오가 더욱 단단해질 수도 있으련만 김승치의 사다듬이는 어떤 묘리가 있는지 당한 사람 거의가 죽음보다 싫고 우선은 면하고 싶다는 염원을 갖게 하는 것이었다.

평생 처음 이런 곡경을 당하는 석 주사가 예외일 리 없었다. 착한 주인 밑에서 깨끗이 산 마름이 어찌 이런 독한 매를 감당할 수 있으랴.

김승치의 신들린 매를 맞는 순간, 죽기 서러운 것보다 아픈 것이 너무나 무서웠다. 아무 생각이 나지 않았다. 그저 만사 제키고 이 아픈 매질에서 벗어날 생각밖에 드는 게 없었다.

"사령나리, 죽여주소 죽여주어. 뭐든지 말하겠소. 뭐든지 하라는 대로

하겠소. 차라리 죽여주소!"

"이놈이 아직도 정신을 못 차렸나."

"아니요, 아니요. 죽여주소. 하라는 대로 다 할 터이니 차라리 죽여주소!"

그래도 김승치는 매질을 그치지 않았다. 가래나무 몽둥이가 몇 바탕 더 춤을 추었다. 말로 형언할 수 없는 고통의 지옥이었다. 석 주사는 이제 모든 것을 포기하고 있었다. 죽음보다 더 싫은 이 고통, 그것을 그는 도저히 견뎌낼 수가 없었다. 처절한 고통 속에 박 참의, 안방 마님, 자향, 아내와 아이들, 그리고 악귀 천만수를 비롯해 많은 얼굴이 꿈결처럼 스쳐지나갔다. 허나 그 모든 게 싫었다. 그리웁기는 커녕 그냥 싫었다.

싫다! 모든 게 싫다! 싫어! 아, 사령나리, 무얼 원하시오. 원하는 대로 다 하리다. 다 말해 드리겠소. 원하는 게 무어요? 날 빨리 죽여나 주오! 죽여주시오! 다 알려 드리리다!

그런 한순간, 인정 사정 없이 휘몰아치던 가래나무 몽둥이가 뚝 멈추었다. 눈이 게게 풀린 석 주사의 안광 속에 우뚝 멈춰 있는 몽둥이는 홍두깨보다 훨씬 컸다. 죽음보다 훨씬 무서웠다. 지옥도 이보다는 덜할 것이었다.

고통 속의 정적, 불안한 정적, 그러나 매가 없는 행복한 정적. 그 정적을 깨고 염라대왕이 물었다.

"다 불게야?"

"물론이요, 물론이요. 원하는 게 무엇이요. 다 물어보소! 다 물어보아. 죄다 말씀해 드리리다!"

매보다 차라리 죽고만 싶은 죄인은 쇠디 쇤 목소리로 걸걸대었다. 무릎걸음으로 겨우겨우 일어나 두 손을 모았다. 장딴지에서 허벅지까지 후들후들 떨리고 온몸은 갈래갈래 찢어지는 것 같았다. 그런 석 주사의 명치를 가래나무 몽둥이가 푸욱 찌르자 작은 몸둥아리는 헉, 소리와 함께 고목처럼 뒤로 발랑 나동그라졌다.

　김승치의 고문 결과, 그로 인해 얻은 세목이 함지박귀에 전해진 것은 그들이 조통정 포교의 마을에서 한참 의논을 할 때였다. 말처럼 긴 얼굴을 지닌 늙은 포졸은 묘한 미소를 지으며 함지박귀에게 말하였다.

　"성 형, 수구가 많수. 둘이서만 긴히 할 말이 있는데."

　"아니, 여기 다들 계신데 이야기해도 괜찮지 않겠소?"

　"하기야 그렇겠소다."

　말대가리는 석 주사가 정신없이 토해낸 비밀을 죄 들려주었다. 그리고 말끝에,

　"천만수 수문장이 이 정보를 성 형에게 빨리 전하라고 어찌 성환지 정신없이 달려왔소. 그렇게 빨리 왔는데 한낮이 다 기울었네그려"하고 숨찬 듯이 토를 달았다. 이야기를 모두 들은 포교들은 서로 얼굴을 둘러보았다. 계집이 박운 참의의 딸이야? 이름은 자향이고, 나이는 열여섯에, 역시 천만수의 판단이 맞았군. 역시 예리했어.

　그리고 샛강주막? 아까 식사한 그 샛강주막, 그곳에서 만나기로 하였다고? 석 주사와 거기서 못 만나면 삼개에서 항슬이와 만난다. 항슬이는 누구야? 그를 잡아야 할 것 아냐. 그리고 목적지는 용인 하림리이고.

　우선 할 일은 샛강주막을 훑는 일이었다. 함지박귀는 조 포교를 처다보았다. 조 포교는 뭔가 마음에 안 든다는 표정으로 생각에 잠겨 있었다.

　"조 부장님, 샛강주막 주인은 어떤 사람인가요. 믿을 만합니까?"

　조통정은 함지박귀의 얼굴을 빤히 바라보며 천천히 답하였다.

　"주인 송씨야 무해무익한 자이지요. 석 주사란 마름이 주인을 좀 안다 뿐이지 무슨 연분이야 깊겠소. 음모 따위를 할 수 있는 자도 아니고."

　"하긴 그렇겠지요. 그럼 그 샛강주막을 어떻게 조치할까요?"

9. 서 진사

서 진사는 설렁탕 국물을 다시 들었다. 국물이 식어 있었다. 그래도 맛은 여전하였다.

"이 집 설렁탕 국물은 식어도 맛이 있어요. 제검 나리, 그렇지 않습니까?"

서 진사는 옆자리에 있는 최 제검에게 다정하게 말을 걸었다. 평소 안면이 있는 투였다.

"저한테 말씀하셨습니까?"

삼해주를 한 잔 들고 술잔을 내려놓던 최 제검은 서 진사의 노인 대접을 하느라 공손히 응대하였다.

"그렇습니다. 제검 나리께 감히 말을 건 쉰네는 이 골 사는 서 진사라고 합네다."

"아, 바로 서 진사님이시군요. 말씀만 우레같이 듣고 처음 뵙습니다. 조 포교가 진사님 말씀을 많이 하더군요. 아까 동무가 괘념하지 말라고 할 때 진사님인 줄 조금은 눈치를 채었지요."

"내 원래 그렇게 주착이 없소이다. 제검 나리께서 양해하십시오."

"무슨 말씀을. 저는 최주원이라 합니다. 전함사에서 일을 보고 있지요. 학문이 섬부하시다는 말씀 잘 듣고 있습니다."

"섬부하긴. 그저 잡학일 뿐이지요. 부끄럽소이다. 제 천한 이름은 외자로 정자, 살필 정(偵)자올시다. 아까 제검 나리가 청하라는 친우의 말씀을 하시면서 조 포교에게 조심하라 권고할 때 이 늙은놈이 아는 체를 하여 송구하오."

"무슨 말씀을. 기실 조 포교는 강직한 건 좋으나 너무 포용이 없어서 우리 동무들 사이에서 걱정이 좀 있지요."

"세상을 그렇게 올곧게 살기가 얼마나 힘듭니까. 훌륭한 사람들이나 그렇게 사는 건데, 그러다 보면 시기와 질투가 필히 따르고 어려움이 노상 몸둥어리 근처에서 출몰하지요. 삶은 평생 가난하고 노력은 다른 이보다 두 곱절 세 곱절 해야 하고."

최 제검이 빙그레 웃고 응수를 아니하자 서 진사는 잠깐 동안을 두었다. 그리고는 또 혼잣말처럼 말하는 것이었다.

"아까 여길 다녀간 포교들은 어쩌면 그렇게 각양각색인지 모르겠더이다. 한 사람은 천방지축이고 한 사람은 무익유해하고 한 사람은 깊이를 헤아릴 수 없고. 한데 우리 골 포교인 조 부장은 심기가 깊어 무슨 생각을 하는지 가늠이 안 잡히는 분이시지요. 대단한 분이시오."

"아니, 졸고 계신 듯 관조하시고 계신 건 알았지만 어쩌면 그렇게 모든 사람들의 동태를 환히 꿰고 계셨습니까. 놀라웁습니다."

"그저 내 잡스러운 취미지요. 인생 오십에 남는 건 생각하는 힘, 그 생각으로 엮어지는 이야기들, 뭐 그런 재미밖에 없는 늙은이라서."

"포교들이 각양각색이라고 하셨는데, 어떻게 각양각색인지요?"

"허허, 뭐 이야기할 것까지야."

"아니, 말씀이 나온 김에 한번 듣고 싶습니다. 재미있을 것 같군요."

"내가 먼저 말을 냈으니 재미로 이야기해볼까요."

그렇게 서두를 꺼낸 서 진사는 물잔을 들어 물을 한 모금 마신 뒤 주막을 한번 휘이 돌아보고는 최 제검에게 눈길을 주었다.

"제검께서는 오늘 포교들의 행동이 어떻다고 보십니까?"

"글쎄요?"

갑작스런 질문에 적절한 응수가 궁한 최 제검은 허리를 펴고 빙그레 미소를 지었다.

"오늘, 포교들은 보기에 중요한 상황에 놓여 있었습니다. 제검께서 말씀하신 도타한 박 참의 딸을 잡는 문제 때문이겠지요. 사소한 계집 도타 사

안이지만 듣기에 조정에서 몹시 중시하는 것 같더이다. 한데, 그 사안이
중요함에도 불구하고 포교들 생각은 저마다 다르더군요."

"어떻게 달랐나요?"

"으흠, 제 추리가 틀리거나 엉뚱하다 해도 제검께서는 탓하지 않으시겠
지요?"

"탓할 이유야 있겠습니까. 그저 재미로 여쭤 본 것뿐인걸."

"그렇게 치부하고 들으신다면 내 말씀을 드리리다."

그때 눈치가 밝고 마음씨가 넓은 김포댁이 다시 나오더니 서 진사에게
는 물을, 최 제검에게는 황포묵 한 사발을 대접해 올렸다. 최 제검의 직급
높은 대접을 하느라 녹두묵에 치자 물을 타 넣어 은은한 노란물이 든 먹음
직한 황포묵을 내놓는 것이었다.

"아, 진사님도 이 황포묵을 좀 드시지요."

최 제검이 주모에게는 고맙다고 고개를 끄덕이고 서 진사에게는 공손히
묵을 권하였다.

"네네, 제검께서 먼저 드십시오. 우리 개성댁이 청포묵보다 황포묵으로
멋까지 내는 음식 솜씨가 정말 별난 주모라서."

둘은 서로 권하다가 함께 묵 한 점씩 맛을 보았다. 보기만 맛갈진 게 아
니라 입안에서 스르르 녹는 맛이 향긋하다. 서 진사는 유난히 고개를 끄덕
이며 입맛을 다시고는 갑자기 엄숙한 얼굴이 되었다.

"아까 포교들은 마치 양반 중인 양민 상민으로 신분이 고루 나뉜 것처럼
행동거지가 다릅디다."

"그렇습니까?"

"들어보십시오. 우리 골 조 포교는 바로 양반에 속합니다. 건너편에 앉
아 조용히 식사를 한 귀가 큼직한 포교는 중인이구. 그 옆의 등짐장수를
금방 팰 것 같은 자는 성미 급한 양민에 해당합니다. 마지막 그분들을 안
내해 온 얼굴이 검은 자는 이 고을 포졸인가 본데 그자는 상놈 중에 고리

백정에 해당되더군요."

최 제검은 속으로 재미도 있고 희한하였다. 서 진사의 관찰이 너무나 독특하여 흥미가 돋워진다.

"제가 왜 그렇게 이야기하느냐면요, 두 가지 관점이 있습니다. 첫째 그들이 생각하는 것과 둘째 보는 것이 다르다 하는 겁니다."

"생각과 보는 것이 각각 다르다구요?"

"그렇습니다. 다르지요. 생각하는 걸 먼저 이야기해볼까요. 고리백정 같은 자는 도타한 계집을 빨리 잡아 공을 세울 생각만 하고 있고, 성미 급한 양민은 빨리 이 일을 끝내고 술이나 실컷 먹고 싶고, 중인인 귀 큰 자는 어떻게 하면 조 포교의 협조를 얻어서 일을 잘 끝낼까 궁리하고 있었지요. 허나, 양반인 우리 조 포교는 최 제검한테 들은 바도 있는 탓인지 이 일의 전체 정황까지 두루 생각하는 게 심기가 깊어 보였습니다."

최 제검은 서 진사의 말에 은근히 놀랐다. 이 영감이 나이답지 않게 무슨 관찰력이 이처럼 도저하단 말인가. 언제 그런 모든 것을 알아내었을까.

그는 새삼 서 진사를 자세히 뜯어보았다. 등치는 크지 않아도 무게가 듬직한 몸매에 얼굴은 길쭉하고 입술은 여짓 붉으스레 하였다. 코는 얌전하게 올라서 있고 눈은 계곡의 옹달샘처럼 맑았다. 귀가 두툼한 게 그중 가장 돋보였다.

"왜, 이상하게 들리십니까?"

"아닙니다, 아닙니다. 너무 예리한 관찰에 그만 경탄하고 있습니다."

"경탄까지야. 누구든 조금만 유심히 보면 그런 정도야 알아낼 수 있지요. 그리고 그들이 보는 시야 말인데요. 그게 좀 아리송합니다."

"어떤 점에서요?"

"중인이라고 세가 점찍은 사람의 시야가 잘 집히지 않는다는 뜻입니다. 상놈은 오로지 도망간 계집이 어디 있나 보고 있고, 성깔 급한 자는 걸리적거리는 자까지 눈에 와 닿고, 우리 조 포교는 그가 처한 좌중 전체 그리고 생각되는 모두를 내면으로까지 보고 있었지요.

문제는 귀가 큼지막한 자요. 그는 이 주막 전체를 보는 듯도 하고 마는 듯도 하고 또 뭔가 멀리 보는 것 같기도 한데 확실치가 않아요. 어느 순간엔 조 포교의 경지에 가 있는 것 같기도 하고."

최 제검은 서 진사를 다시 보아야겠다고 생각하였다. 학문이 섭부한 정도가 아니었다. 그저 재미로 사람을 관찰하는 것만도 아니다. 무언가 경지에 가 있는 사람이었다.

"진사 어른께서는 어떻게 그들의 시야까지 그토록 예리하게 꿰뚫어보십니까? 놀랍습니다."

"허허허, 이 노인네가 주착이 없어 그렇습니다. 평소 사람들을 관찰하는 게 취미인데 오늘은 새벽부터 비기(祕機)의 비자가 뇌리에 떠올라 이상하다 하였지요. 그랬더니 결국 포교들을 만나려고 그러했던가 봅니다. 늙은 놈이 한자풀이를 좋아해서 아침마다 문득 떠오르는 한자로 그날의 일진을 점치는데. 오늘 아침엔 비(祕)자가 머릴 스칩디다."

최 제검은 갈수록 재미가 있었다. 어느 선비건 열중하다 보면 한자에 얽매이는 수가 있는 바, 서 진사는 아마도 도수가 심한 모양이었다.

"제검 나리도 한학에 조예가 깊으시니 이 비 자를 잘 아실 겝니다. 중국의 설문해자에 보면 비는 귀신스러운 것, 신묘하여 알 수 없는 것이라 하였습니다. 그러나 그 심오한 경지를 더듬어 보면 비자가 뭡니까. 파자(破字)해보면 필(必)히 보인다(示), 아닙니까. 즉 비란, 비밀이란 은밀하여 귀신도 모르는 게 아니라 잘 보면 필히 보인다, 그저 숨겨져 있을 뿐이다 하는 뜻이지요."

"말씀을 듣고 보니 그러하군요. 파자가 그럴 듯 합니다."

최 제검은 이제 서 진사의 분위기에 섭쓸리고 있었다.

"물론입니다. 세상에 비밀은 없습니다. 두 사람의 비밀은 하늘이 알고 세 사람의 비밀은 세상이 안다 하였지요. 낮말은 새가 듣고 밤말은 쥐가 들으며 숲에는 나무귀신이 들에는 참새귀신이 논다 하지 않습니까."

"한데 그 비자가 오늘 포교들과 어떻게 연관이 됩니까?"

"그게 조금은 이해가 아니 될 줄 압니다. 제 사고는 이상한 데가 있어서
요. 죄송합니다만 처음 제검 나리와 조 포교가 문안 마을 이야기를 할 때
부터 제가 옆자리에 앉아 오늘 비밀스런 일들을 겪는구나 하는 생각을 했
습니다."

"제가 조 포교한테 이야기한 내용은 뭐 비밀스런 것은 없었습니다. 진사
께서 들으셔도 이상할 게 없는 다 알려진 소문들이었으니까요."

"아, 그렇군요. 남의 이야기를 몰래 듣는 걸 적이 괘념했는데 너그럽게
이해해주시니 정말 좋습니다. 한데 그 뒤에 포교들이 오고 풍수사와 여자
동자가 들어오고 등짐장수와 방물장수, 보부상이 오는 이 모두가 비밀스
런 모여듬 같아서 관심이 갔었다는 뜻입니다."

"풍수사와 여자동자라니요. 보부상은 알겠는데."

"포교들보다 먼저 들어와 저 귀퉁이에서 설렁탕을 든 두 사람 말입니
다."

"아, 포교들이 나가자 곧 뒤따라 나간 두 사람 말이군요. 그 나이든 분이
풍수사였군요. 한데 제자인 성싶은 동자는 패랭이를 쓴 사내아이 아니었
습니까?"

서 진사는 최 제검을 바라보며 의미심장하게 웃었다.

"그 풍수사는 내가 잘 아는 유 지사란 자인데 나하고는 사소한 과갈이
있어 서로 아는 체를 하지 않는 사이지요. 나는 유학자이고 그는 도학자이
니 그런 차이라고 생각하면 될 겁니다. 한데 그는 제자가 없었는데 오늘
웬 계집아이를 도포에 패랭이를 씌워 사내 제자인 양 데리고 왔더군요."

"정말로 그 동자가 여지에였습니꺼?"

최 제검은 뭔가 이상한 생각이 들어 조금 큰 소리로 물었다. 손님들도
거의 간 뒤라 약간은 한가해진 주모가 여유를 갖고 그런 그들을 살짝 바라

보며 관심을 쏟고 있었다.

서 진사는 고개를 끄덕이며,

"틀림없는 여자애였습니다. 우선 몸이 작고 자태가 여자인데다 다른 사람한테는 들리지 않게 스승한테 답하고 말하는 소리가 영락없는 여자 목소리였지요. 나이들면 귀만 밝아진다고 그들 사제의 말 소리도 내겐 들리더이다. 늙으면 그게 죄이지요. 한데 그 여자애의 나이는 한 열다섯쯤 되어 보였을까."

"그래요?"

최 제검은 점차 묘한 생각이 났다. 나이가 열다섯이라고? 그가 조 포교에게 말해준 박 참의의 딸 나이는 열여섯이었다. 그렇다면 그게 그것이요, 수상하지 않은가. 그 애가 혹 박 참의 딸일 수도 있는 일이었다. 그렇다면 조 포교한테 알려 주어야 할 일이다. 하지만 박 참의 댁은, 시방 억울하게 사화를 당하고 있다. 그런 집안 딸을 잡도록 꼭 고발을 해야 한단 말인가. 망설여지고 민망한 일이었다.

"제검 나리는 신경 쓸 것 없으오이다. 우리 조 부장포교도 그 애가 여자애란 것쯤은 다 알고 있었으니까."

"그래요? 그걸 어찌 아셨습니까?"

최 제검은 그 말에 마음이 놓이는 한편 의아스러웠다. 서 진사가 더욱 기인처럼 느껴졌다.

"조금 전 시야라는 말을 하지 않았습니까. 상놈과 양민 포졸은 그 아이를 보고도 신경을 껐지만은 조 포교는 그 아이가 여자애인 걸 대번 알아보았고 계속 관찰을 합디다. 어쩌면 귀가 큰 포교도 지금쯤은 느끼고 있을지 모르지요."

"지금 느끼다니요."

"어떤 사물을 보고 금방 아는 수도 있지만 나중에야 아차 하고 아는 수가 있지 않습니까. 뭐 그렇단 이야깁니다."

"대단하십니다."

"대단할 건 없고. 그 애가 꼭 박 참의 댁 딸이라는 이야기는 아니니 너무 괘념하지 마십시오."

최 제검은 이제 헷갈리기 시작하였다. 이 양반이 지금 내가 주저주저하며 마음속으로 헤매는 것까지 알고 있는 것 아닌가.

"진사 어른께서는 학문을 어느 분한테 배우셨는지요."

최 제검은 서 진사를 조금 고찰해보아야겠다는 충동에 한마디 엉뚱한 질문을 하였다.

"우리 같은 사람한테 무슨 학문이랄 게 있습니까. 내세울 만한 스승도 없구 그저 이것저것 혼자 책을 보고 배웠을 뿐이지요."

"죄송합니다만 본은 어떻게 되십니까?"

"본이요? 허허, 내 양반 행세를 하지만 한미한 집안 출신이외다. 족보상 본이야 달성이고 시조공 한* 어른의 후손이지요."

"그러면 저 유명한 사가정(四佳亭) 서거정* 어른의 명문 집안이올시다. 사가정 어른과는 어떻게 되시는지요."

"사가정요?"

서 진사는 그렇게 되물으며 묘한 미소를 지었다. 최 제검은 그의 이상한 반응에 말을 삼가며 서 진사만 말그러미 쳐다본다. 서 진사도 눈을 가느다랗게 뜨며 뭔가 잠시 생각에 잠기는 것이었다.

서 진사는 조선 초를 풍미한 신동이요 탁월한 학자인 서거정의 손자였다. 그러나 그의 아버지는 호적에도 오르지 못하는 첩의 소생으로 일찍이 문밖으로 내침을 당해 농부로 살았다. 조선시대 양반의 서자는 양민만도

한 閈 서한은 달성 서씨 시조공.

서거정 徐居正 1420~1488 조선 전기의 문신으로 대표적인 학자. 자는 강중(剛中) 호는 사가정. 권근의 외손자. 집현전 박사를 거쳐 대사헌 대제학 육조 판서를 고루 지내고 좌찬성에 이름. 글이 뛰어나고 원만한 품성을 지녀 단종 폐위 사육신의 희생 등을 거치면서도 무사하였고 생육신 김시습과도 친근관계를 맺었음. 경국대전 동국통감 동국여지승람 동문선 편찬에 참여했고 향약집성방을 언해했다. 저술로 역대연표 동인시화 필원잡기 태평한화골계전 사가집 등이 있다.

못한 천대를 받았으므로 그 서러움은 어디에도 하소연할 수 없는 일이었다.

한데 그의 장자 서정이 다섯 살 적부터 하는 행동이 수상하여 글을 읽혀 보았는 바, 피를 속일 수가 없었던지 수재임이 드러났다. 서자의 한풀이를 하고 싶은 아버지는 없는 돈을 모아 온갖 책을 구해주었다. 나이 일곱에 사서를 떼고 한문 당시 송사까지 두루 섭렵하였다. 그러나 서정은 사서삼경이라는 정통 책보다는 잡서를 좋아하였고 노자 장자에 심취하였다.

그의 신동 소문은 문안에도 알려졌다. 아홉 살 되던 어느 날, 사가정 집안의 녹사가 찾아와 서정을 데려갔다. 좌찬성을 지낸 사가정의 문안 저택은 어린아이가 보기에는 고대광실이었다. 허나 서정은 그런 것에 결코 기죽지 아니하고 아이답지 않게 의연히 행동하였다.

사랑방에 불려 들어간 서정은 오십이 넘어 머리가 허연 할아버지를 처음 뵈었다. 넙죽 엎드려 절을 하고 나자,

"그 보료 위에 앉거라."

할아버지의 인자한 목소리가 들렸다. 서정은 보료 위에 앉지 않고 귀퉁이 자리에 무릎꿇고 앉았다.

"왜 앉으라는 곳에 앉지 않느냐?"

"쇤네는 서자의 천한 붙이이와 저 자리엔 앉을 수 없습니다."

또릿또릿한 어린 목소리가 서거정의 마음을 흔든다. 조선초 최고의 학자인 서거정도 똑똑한 서손자에게는 미안한 마음이 저절로 우러나오지 않을 수 없다.

"이름이 어찌 되느냐?"

"외자로 살필 정(偵)자이옵니다."

"어찌 그런 한자를 이름으로 썼을꼬?"

원래 이 정 자는 남 몰래 살핀다는 뜻이니 이름자에는 적절치가 못한 글자였다. 그러나 서정은 아무렇지 않은 양 대답하였다.

"쇤네같이 천한 자는 남의 눈치를 잘 살피어야 겨우 살 수 있겠기에 그렇게 이름 지어주신 것으로 알고 있사옵니다."

서거정은 무춤하여졌다. 어린 서손자한테 한방 먹은 것이다. 얼굴이 살짝 어두워졌다. 그러나 대학자답게 꾹 참고 물었다.

"네가 천재라고 소문이 났더구나."

"소문을 어찌 믿을 수 있겠사옵니까. 옛 성현께서는 소문을 믿지 말라, 항상 진실을 살피라 하신 줄로 알고 있습니다."

"으흠, 그래. 응답하는 것이 아주 똑똑하구나."

"황송하옵니다. 서얼 출신이 똑똑하면 더욱 불행하게 되오지라 마음이 편치 못하옵니다."

"허허, 어린 나이에 응답이 당돌하구나."

"큰어른께 답하는 자체가 당돌한 일이오라 죄송스러울 뿐이옵니다."

입고 있는 옷은 남루하였어도 대답하는 말은 얼음처럼 차가웁고 칼날처럼 날카롭다. 때글때글한 눈동자에도 한이 번뜩인다. 어린 가슴팍 깊숙이 어쩌면 저런 한이 새겨져 있을까.

"맹자를 읽었겠지?"

할아버지는 말을 부드럽게 돌리고 싶어하였다.

"네, 한두 번 읽었습니다."

"두 번으로 될까?"

"맹자는 이야기책이라 많이 읽을 필요는 없다고 생각합니다."

"호오, 그럼 논어는?"

"논어는 열 번도 넘게 읽었으나 뜻이 심오하와 매일 머릿속에서 놀기 때문에 백 번 읽은 것과 마찬가지이옵니다."

"그래, 논어는 백 번을 읽어도 한이 없느니라. 공사의 말씀 중에 어느 구절이 그중 감명이 깊었던고?"

그 물음에 서정은 잠시 생각하는 듯하더니 낭랑하게 외어댔다.

"자왈 사부모하되 견지부종하고 우경불원하며 노이불원이니라. 이 구절이 감명깊었습니다."

서거정은 다시 무춤하여졌다. 이 구절의 뜻은, 공자 말씀하시기를 부모를 섬기는 데 있어 기미를 보아 간할 것이니 자기 생각이 받아들여지지 않음을 보고도 부모 공경함을 어기지 아니하며 아무리 수고스럽더라도 부모를 원망해서는 아니 된다, 는 것이다.

신동 할아버지가 신동 서손자의 깊은 노림을 모를 리 없다.

서손자는 지금, 할아버지가 저의 아버지를 서자라 하여 문밖으로 내치고 가난한 농부로 살게 하였으나 저는 원망하지 않는다. 아무리 고생스럽게 살아도 논어의 말씀대로 원망하지 않고 있다, 고 말하는 것이다.

한데 그것이 진실일까. 진실이라면 이 어린것이 왜 그 대목을 읊는 겔까. 이치는 뻔하였다.

서거정은 은은한 눈빛으로 어리면서도 당돌한 자기 살붙이를 바라보았다. 서자를 낳아 내친 것도 마음에 걸리고, 그 서자의 아들이, 손자가 몸은 비쩍 마른데다 걸친 옷은 남루한 게 더욱 미안한데, 더구나 이처럼 똑똑하니 서러움에 가슴이 미어진다.

서거정은 잠시 생각하는 듯하다가,

"시경과 당시도 읽었겠구나."

달래는 어투로 물었다.

"그러하옵니다."

"그럼 시도 지을 줄 알겠군."

"시는 지을 줄 모르옵니다."

"왜 짓지 못하는고?"

"시는 뜻이 고결한 선비 같은 마음속에서 우러나와야 그 뜻과 바라는 바가 옳게 되옵지 저같이 천한 사람이 지으면 원망이 먼저 발동하와 좋은 시가 나올 수 없습니다. 시작은 한 번도 한 적이 없사옵니다."

이 말엔 가시가 돋아 있는 듯도 하고 겸손한 것도 같아 한다하는 서거정도 잠시 망연해하였다. 그러나 결국에는 왕가시가 부르르 떨고 있는 것처럼 느껴져 또 한번 가슴이 아팠다.

"그래? 하지만 좋아하는 시는 있을 터, 네가 좋아하는 시를 한번 외어보아라."

서거정은 허리를 쭉 펴고 말끝마다 퉁겨오는 서손자를 독수리처럼 꼰아보았다. 서정은 그런 할아버지의 용태를 아는지 모르는지 한동안 눈을 껌벅이다가 낭랑하게 시 한 구절을 읊었다.

학이 높은 언덕서 우니
소리 하늘 위로 울리고
물고기 물가에서 노닐다
때론 깊숙이 잠기네
즐거워라 저 동산
박달나무 아름답다
그 아래에 닥나무도 있고나
남의 산 돌이라도
옥을 갈 수는 있으리라

손자는 시를 읊고는 고개를 숙여 조용히 있다. 할아버지도 말없이 고개를 떨구고 있는 살붙이를 바라본다. 둘은 한동안 말이 없다.

손자가 무슨 뜻으로 저 시를 읊었을까. 이 시를 듣고 할아버지는 무슨 생각을 하실까. 둘은 서로 그렇게 상대를 헤아리고 있을 터이었다.

손자가 읊은 시는 시경의 소아(小雅)편에 나오는 학명(鶴鳴*), 학이 운다는 시의 둘째 구절이었다.

학명 鶴鳴 于九皐 / 聲聞于天 / 魚在于渚 / 或潛在淵 / 樂彼之園 / 爰有樹檀 / 其下維穀 / 他山之石 / 可以攻玉

이 시는 타산지석, 즉 남의 산의 평범한 돌도 내 옥을 가는 데는 보탬이 된다는 고사성어를 낳은 유명한 작품이다.

이 시 속에는 먼저 학이 있고 물고기가 있고 박달나무와 닥나무가 있다. 그리고 옥을 다듬을 수 있다는 쓸모없는 돌멩이가 있다. 시 전체는 은자가 사는 뜰을 읊은 것이지만 한일(閑逸)한 속에 깊은 뜻이 숨어 있는 바, 손자는 할아버지에게 은연중에 질문을 던지고 있는 것이다.

저 같은 서손자는 자식도 아니오이까. 학이나 물고기나 박달나무나 닥나무가 될 수는 없나이까. 저는 할아버지의 동산에 들지 못하는 타산지석에 불과하지만, 옥을 다듬는 데는 보탬이 될 수 있으오이다. 그 타산지석이나마 할아버지가 사시는 동산에 넣어주실 수는 없습니까. 할아버지 동산의 학이 되고 물고기가 되고 박달나무가 되고 닥나무가 되고 싶나이다. 옥 같은 존재는 더욱 될 수 없나이까.

그야말로 옥과 같이 반짝반짝하는 천재 손자가 자기를 타산지석이라고 섧게 외치는 우레 같은 항변이 서거정의 가슴을 쿵쿵 쳐왔다.

너무나 빼어난 녀석이로다. 한없이 커야 할 아이로다. 하지만 클 수가 없는 아이 아닌가. 그런 만큼 서린 한도 크고 깊을 수밖에 없고나. 저 깊은 한을 어이할꼬.

한다하는 사가정도 서손자를 보는 눈에는 연민과 고뇌 그리고 당혹함이 혼재되어 있었다. 처절한 서손자의 외침에 그만 말을 잊고, 고개를 숙이고 있는 피붙이를 그윽히 내려다볼 밖에 없었다.

서정은 사가정 할아버지의 지시에 따라 본가에서 사흘을 보냈다. 그는 작은 방에 안내되어 목욕도 하고 옷도 갈아입어 깨끔한 도령이 되었다. 그는 관심을 불러 일으키는 인물이 되었던지 많은 사람이 와서 기웃기웃 살펴보고 갔다. 수십 명이 넘는 머슴만이 아니라 언니뻘 되는 형님 누님들도 와서 보고 사랑방에 드나드는 선비들도 한번씩 관심을 가졌다.

이튿날 늦게는 안방에 불려가 대부인과 부인들의 관찰 대상이 되었는데 머리가 희끗한 할머니는 애틋한 눈길을 주며 이렇게 말하였다.

"총기 좋은 아이로 소문이 그렇게 자자하다더군. 아까웁네. 신분이 그리된 것 한탄이나 원망은 하지 말고 너그럽게 살으시게."

눈시울을 적시기까지 한 할머니는 어린 서손자임에도 그의 천재성이 안타까웠던지 말을 높여준다. 할머니는 금방 빚어낸 인절미를 들라고 권하기도 하고 서정에게 맞는 한복을 두 벌이나 내려주었다. 그리고는 못내 알쓸한 표정을 지으며 재삼 당부하는 것이었다.

"세상을 보람있게 훤하게 사시게. 마음을 넓게 갖고 살도록 해요."

아무리 머리가 좋다 해도 아직은 어리고 세상을 모르는 철부지로서 서자의 설움에 원한이 있었지만 온화한 할머니의 간곡한 말씀을 듣고 보니 뭔가 생각키워지는 게 있었다. 서정은 다소곳이 고개를 숙이고 주시는 선물을 안고 뒷걸음으로 물러나왔다.

나흘째 아침에 서정은 사가정 할아버지의 사랑채에 다시 불려갔다.

"내 너의 아버지한테는 못할 짓을 하였도다. 허나 너는 앞으로 깨끗한 마음으로 남에게 보탬이 되는 삶을 살기 바라노라. 김 녹사를 따라가면 이제는 좀더 잘 살 수 있게 안배하여 줄 것이다. 너의 좋은 머리가 외려 해가 되지 않도록 조심하여라."

할아버지는 서정에게 책 두 권을 내려주었다. 자신의 저술인 태평한화골계전(太平閑話滑稽傳)과 손수 국역한 향약집성방(鄕藥集成方)이었다. 골계전은 해학적 기문(奇聞)과 일화를 담은 책이요, 향약집성방은 의학서였다. 두 책을 주는 뜻은 자명하였다. 빼어날 대로 빼어난 자가 출신을 못하니 골계전으로 소일에 보탬이 되고 그 한계를 알고 자족하고, 의학서는 그것을 익혀 자신의 삶에 보탬이 되며 주변에는 덕을 쌓으라는 뜻 아니겠는가.

본가를 나서자 서정을 다시 데려가는 김 녹사는 원래 그가 살던 답십리로 가지 않고 서문으로 해서 서강으로 나갔다. 서강에 와서 보니 아버지와 가족이 작지만 아담한 기와집으로 이사와 있었다. 그리고 그곳 사람들은 그들을 서씨네 양반집으로 여겼다.

그때부터 서정의 아버지도 어색한 도포에 갓을 쓰고 양반 행세를 하였다. 그 후로 서정은 다시는 할아버지를 뵐 수 없었다.

그로부터 십이 년 뒤 본가에서 왔다는 젊은 녹사가 서강 근처에 있는 스무 마지기 논 문서를 가져왔다. 열흘 전에 사가정 어른이 몰하셨고 그분의 유언에 따라 논문서를 서정에게 주기 위해 왔다고 하였다. 그것이 본가와의 마지막 왕래였다.

이런 깊은 사연이 있는 서 진사한테 할아버지 사가정과는 어떻게 되느냐고 최 제검이 물었으니 야릇한 회포에 잠기지 않을 수 없었다.

"그 사가정 어른과는 가까운 사이이신지요?"

기다리다 지친 최 제검이 다시 한 번 물었다.

"가까울 수가 있나요. 먼 인척뻘이 되지만 워낙이나 뛰어난 분이라 인척이란 말도 하기가 죄송합지요."

"하긴 그럴 정도로 빼어난 분이지요. 하여간 인척뻘 되신다니 조심스러워집니다."

"제검 나리도 그 무슨 말씀을. 집안이 무슨 상관이 있습니까. 공자님 말씀을 따르면 선비는 기개와 정신 그리고 덕행이 중요한 것이지요."

"맞는 말씀입니다. 한데 아까 하신 말씀 중에서 귀가 큰 포교가 지금쯤은 동자가 여자애인 걸 알 것이라 하였는데……."

그 말이 끝나기도 전에 우락부락한 장작눈썹이 요란한 발소리를 내며 술청에 들어왔다. 그는 사방을 휘이 둘러보다 최 제검과 서 진사의 눈길과 부딪치자 인사인지 아는 체인지 고개를 건성으로 끄덕 하고는 큰 소리로 주모를 찾았다.

"여보시오 주모, 아까 여기 구석에 있던 두 사람은 어디 갔소?"

"누구요?"

"도사같이 생긴 사람과 패랭이를 쓴 여자애 말이오."

"오라, 유 지사님과 그 제자 말씀이군요."

"그렇소."

"그 제자는 남자애인데요. 여자애라니요?"

"여자애건 남자애건 어디로 갔느냐니까?"

"그걸 제가 어떻게 압니까. 설렁탕 들고 곧 갔습죠. 포교님들이 가신 뒤 금방 나갔습니다요."

"어디로 갔는지 모른다 이거요?"

"그러문이요."

"정말이요?"

"정말이지요, 제가 왜 무서운 포교님께 거짓말을 합니까."

장작눈썹은 주모를 잠시 노려보다 술청을 다시 한 번 휘이 둘러보고는 대뜸 주막 밖으로 나가버렸다. 이를 시종 지켜보고 있던 서 진사와 최 제검은 서로 얼굴을 마주 보았다. 최 제검이 말하였다.

"서 진사 말씀대로 뒤늦게 알아챈 모양이군요."

"그렇습니다. 저 눈썹 진한 포교가 알 리는 없고 귀가 큰 포교가 알고 뒤늦게 수상해서 챙기러 보냈겠지요."

석 주사는 겨우 눈을 떴다. 눈꺼풀이 천근 만근이 된듯 무거웠다. 사위는 컴컴하였다. 감방 쇠창살 사이로 희미한 빛이 새어 들어와 어렴풋이나마 사방을 볼 수가 있었다.

한밤중 같았다. 그는 망연한 눈초리로 천장을 바라보았다. 컴컴한 속에 무수한 귀신이 오가는 듯 섬찟한 환상들이 어른거렸다. 아무 생각없이 눈만 뜨고 있던 그의 뇌리가 조금씩 굴러졌다. 어젯밤의 일들이 망막 속에서 명멸하였다. 살아 있다는 의식이 돋아났다.

그래 아직 죽지는 않았구나. 여기가, 감방이지. 처음 붙들려온 금부의 그 무서운 지하감방이 틀림없었다. 아마도 아직까지 지하감방에는 자기 혼자만 갇혀 있는 것 같았다.

온몸이 지끈지끈 쑤셔왔다. 고개를 흔들어보자 목 언저리가 후끈 아팠다. 으윽, 신음 소리가 절로 새어나왔다. 어깨도 결리고 허리도 쑤셨다. 온몸이 죄 아팠다.

아, 그 무서운 몽둥이와 매질! 부르르 몸서리가 쳐졌다. 염라대왕보다 더 무서운 포졸이 자기를 후려치던 기억에 석 주사는 헉 숨이 막혔다. 바싹 탄 입술이 찢어지면서 통증이 인다. 마른 장작처럼 꺼칠한 입술이 터지고 피가 흘러나왔다. 윗입술로 아랫입술의 피를 핥았다. 끈적끈적한 피가 울대 언저리에서 엉킨다.

아! 다시 한 번 자신도 모르게 신음을 내지른 석 주사는 꿈틀하고 몸을 움직여 보았다. 아팠다. 온몸이 부서진 듯 모든 관절이 따로 놀았다.

그러나 이 통증보다도 더한 고통, 망연한 마음속에 피어오르는 불안이 그를 더욱 옥죄었다.

내가 무엇을 하였지? 무언가 해서는 안될 짓을 하였어. 고문하는 포졸이 매를 후려칠 때마다 몸부림치던 절망과 무언가를 마구 내뱉었던 기억이 그를 불안케 하였다. 생각이 뚜렷해질수록 손발이 떨리고 가슴은 울렁거렸다.

그렇다! 내가, 우리만이 알아야 하는, 자향과 마님과 나만이 알아야 하는 비밀을 그자한테 다 불은 거야. 그래, 틀림없어. 모든 것을 그자에게 불은 것이다. 말해서는 안 될 것을 다 불은 거야. 얼마나 많은 것을 불었을까? 어디까지 이야기하였을까? 정말로 죄 이야기한 걸까?

그렇다면 자향 아씨가 위태롭다. 고결하고 이쁜 아기씨의 목숨이 위험하다. 서강의 샛강주막이 머릿속에 뿌옇게 떠올랐다. 두툼한 인상의 여주인과 우직한 바깥주인 송씨, 그리고 포졸에게 끌려 샛강주막을 나오고 있는 자향. 그들의 모습이 흐릿한 속에 어둡게 포개어지고 흩어지면서 그의 뇌리를 압박했다.

아, 자향 아씨! 착한 아기씨! 가시면 아니 됩니다. 그들을 따라 가셔서는 아니 됩니다. 오, 이를 어쩐다지. 그 인자한 박 참의 영감께 내 배신으로 은혜를 갚다니!

박 참의의 너그러운 얼굴이 눈앞에 어른거렸다. 박 참의의 얼굴은 침중하였다. 실망했다는 표정으로 그를 응시하고 있었다. 아, 나는 죽일 놈이로다. 이 보잘것없는 목숨을 살리고자 저 하해 같은 박 참의와 마님을 배신하다니. 있을 수 없는 일. 있을 수 없는 일이로다!

한데 그 있을 수 없는 일이 지금 현실로 석 주사의 가슴을 짓누르고 있었다. 이것이 꿈이라면 얼마나 좋을까. 꿈이어야 해! 꿈이고말고.

그러나 꿈이 아니었다.

가슴이 태산처럼 답답해오는 석 주사는 무의식 결에 오른손으로 자신의 오른쪽 뺨을 찰싹하고 쳤다. 살짝 때렸음에도 통증이 짜르르 뒷골까지 울린다. 이번엔 왼손으로 왼뺨을 세게 쳤다. 발가락 끝까지 아픔이 저려왔다. 너는 죽어도 싼 놈이야. 싼 놈이고말고. 당장 뒈져야 해! 죽어야 한다구!

석 주사는 눈을 꼭 감으며 이를 악물었다. 주인을 배신한 자신을 용서할 수 없었다. 당장 죽어야 한다는 생각에 마음이 다급해졌다.

두 눈에서 눈물이 주르르 흘러내렸다. 양반은 못 되었어도, 스스로 괜기 찮은 놈이라 자부하며 살아왔다. 한데 이 나이에 이 무슨 재변이란 말인가. 말로가 이래야 한다는 말인가. 청천 하늘이여, 너무 하시나이다. 이 석명원이 그렇게도 나쁜 놈이오이까. 정녕 나쁜 놈이오이까. 그렇게도 은혜를 모르는 배신자란 말이오이까? 너무 하오이다. 너무 하외.

석 주사는 주체할 수 없는 서러움과 회한에 꺼이꺼이 오열했다. 그러나 오열만으로 해결될 일이 아니었다. 그렇다, 니는 용시될 수 없다. 용서할 수 없어. 석명원, 너는 더러운 놈이다. 은혜를 모르는 더러운 놈이여. 서푼 어치도 안 되는 네 목숨을 구하기 위하여 주인을 배신하다니. 동궁비감이라고까지 칭송하던 자향 아기씨를 죽을고로 몰아넣다니! 더러운 놈! 너는 죽어 마땅한 비겁한 놈이다!

석 주사는 벌떡 일어났다. 금방까지도 몸을 제대로 못 가누던 그가 어디서 힘이 솟았는지 감방 중앙에 번듯이 일어섰다. 그리고는 맞은편의 담벼락을 한동안 노려보더니 벼락같이 달려갔다. 풀어헤쳐진 그의 머리가 쿵 하고 벽에 부딪치며 작은 몸둥아리는 풀석 주저앉았다. 머리에서 피가 흐르고 몸둥이는 흩어진 수수깡처럼 널부러졌다.

감방 저쪽에서 딸그락딸그락 하는 소리가 나고 관솔불이 어른거렸다. 왼쪽 눈이 감긴 애꾸눈 포졸이 석 주사 감방으로 다가왔다. 새까만 얼굴에 주름이 가로로 세로로 그득하였다. 왼손에 관솔불을 들고 허리춤엔 열쇠 다발이 딸그락거렸다. 포졸은 하나밖에 없는 오른쪽 눈을 뛰룩거리며 벽가에 널부러져 있는 석 주사를 조용히 바라보았다. 고개를 약간 기우뚱할 뿐 아무 말이 없다.

다시는 일어날 수 없어 보이던 석 주사가 벌떡 일어났다. 반대쪽 벽을 향해 맷돼지처럼 달려갔다. 쿵, 머리가 벽에 부딪치고 몸은 철퍼덕 하며 바닥에 떨어졌다.

그런 석 주사의 행동에 애꾸눈 포졸은 하나도 놀란 표정을 짓지 않았다. 눈빛이 좀더 반짝일 뿐이었다. 포졸은 여전히 아무 말 없이 쳐다만 보았다. 차 한잔 마실 시간이 지났을까. 석 주사가 다시 허청거리며 일어났다. 몸을 겨우 가누자 이번에는 오른쪽 벽을 향해 돌진하려 하였다. 그때 애꾸눈 포졸의 칙칙한 목소리가 울렸다.

"죽을려면 불기 전에 진작 죽을 것이지!"

결코 큰 소리는 아니건만 석 주사는 벼락 맞은 사람처럼 우뚝 멈춰 섰다. 죽을려거든 불기 전에 죽으라고? 아, 천하에 옳은 소리! 온몸이 얼음처럼 차가워졌다. 양 팔뚝에 소름이 돋았다. 천천히 고개를 돌려 말소리가 난 곳을 바라보았다.

관솔불 사이로 형형한 눈빛 하나가 그를 꼰아보고 있었다. 동공이 풀린 석 주사의 두 눈은 활활 타오르는 듯 형형한 눈동자와 마주치자 그만 기가 팍 꺾였다. 죽어야 한다는 조금 전의 각오와 명제는 어느새 흔적도 없이 사라졌다. 자신의 혼을 잡아채는 듯한 환한 눈초리에 몸과 마음을 빼앗기고 있었다.

"누구시오?"

석 주사는 떨리는 목소리로 물었다.

"그대를 감시하는 옥리이다."

"왜, 나를 감시하오?"

"더러운 자가 죽는 꼴을 보려고."

"더러운 자?"

"그래."

"내가 더럽다, 이거요? 흐응, 그렇지. 난 더러운 놈이오."

"자신이 더러운 놈인 건 아는군."

"헌데 그대는 내가 더러운 놈인 걸 어찌 아오?"

"흥, 주인을 배신한 놈이 더러운 놈이지 무엔가. 그 정도야 절로 알지."

"그렇소. 난 주인을 배신하였고, 착하고 아름다운 아기씨의 목숨을 위태롭게 만들었소. 더러운 놈이오. 죽어도 싼 놈이지."

"알긴 아는군. 죽어도 싸지."

"하지만……."

"하지만 어쨌다는 게야?"

"하지만, 나를 이렇게 만든 건 누구요? 당신들 악마 같은 놈들 아니오?"

"그래서?"

"개 같은 놈들. 백성을 이렇게 무자비하게 치라고 너희들을 옥리를 만들어 주었나?"

"하하하, 그대가 뭔가 죄를 지었으니 붙지 않았느냐. 또 네놈이 의리가 있고 지조가 있다면 어찌 배신을 하겠는가. 그까짓 매 몇 대 맞았다고 벌벌 떨며 불어재킨 건 네놈이 아니던가. 허허허, 치사하고 더러운 놈!"

"그렇소. 난 치사하고 더러운 놈이오, 하지만."

"……."

"그자는 너무나 무서웠소. 그자의 몽둥이를 맞아보지 않은 자는 알 수 없을 거요. 무서웠소. 너무 무서웠소."

"염라대왕 말인가?"

"나를 고문한 포졸이 염라대왕이오?"

"별호가 염라대왕이지. 매를 맞아본 놈들은 모두 염라대왕같이 무섭다 해서 그렇게들 부르더군."

"염라대왕!"

"으흐흐, 염라대왕이지. 그놈을 만난 게 불행이라 할까."

"아, 마나님. 이놈을 용서하지 마십시오. 아무리 염라대왕을 만났어도 이놈은 님들을 배신하고 말았소이다. 이 비겁하고 더러운 놈은 이제 목숨을 끊으리다. 죽어서 사죄를 하겠나이다."

석 주사는 애꾸눈 옥리가 비아냥거리는 것에는 신경을 안 쓰는 듯 갑자기 풍들린 사람처럼 몸을 부들부들 떨며 중얼거렸다. 그러다가 돌연 애꾸눈 옥리를 노려보더니 큰 소리로 외쳤다.

"악마 같은 옥리놈아, 너희 악마놈들아! 이 더러운 놈은 지금 죽는다만은 그냥 죽지는 않으리로다. 이 한없는 원한, 필히 갚고야 말리라! 내 죽은 혼은 무서운 귀신 되어, 처절한 원혼 되어, 네놈들을 몽땅 천참만륙으로 죽이리로다. 복수를 하리로다! 복수를 하리로다!"

벌써 귀신이 된 듯 울부짖던 석 주사는 갑자기 너털웃음을 터뜨렸다.

"으하하하! 인생은 일장춘몽, 한 번 나면 한 번 가는 것. 네놈들도 그럴지라. 내 단박에 모두 쳐죽여 주리로다!"

회한과 원한으로 포한진 석 주사는 미친 사람이 되었다가 느닷없이 칼을 문 원혼이 되고 다시 원수 쫓는 야차가 되어 마귀처럼 울부짖었다. 머리는 산발하였고 옷은 너덜너덜 헤진 데다 얼굴이 온통 피범벅이라 울부짖는 그의 모습은 영락없는 마귀였다. 그러나 애꾸눈 옥리는 눈 하나 깜짝이지 않고 그런 석 주사를 바라보기만 하였다. 외려 측은한 눈초리를 보내는 것이었다.

이윽고 석 주사가 머리를 숙이고 담벼락으로 돌진하려는 자세를 취했다. 그가 마지막 숨을 고르고 돌진하려는 순간, 애꾸눈 옥리가 착 가라앉은 목소리를 뿜어냈다.

"여보게 석 주사!"

앞으로 몸을 빼치려던 석 주사는 자기의 이름을 부르자 자신도 모르게 멈춰 섰다.

"내 이름을 불렀소?"

"그렇소."

"어찌 내 성을 아시오?"

"그까짓 성 아는 거야 아무것도 아니지. 한데 당신은 정말로 죽을 생각이오?"

"그럼 이 더러운 놈이 죽지 않을 수 있소?"

"더러운 놈은 죽어야 하지. 암 죽어야 하고말고. 허나 스스로 안 죽으면 죽지야 않지. 단……."

"단?"

"저가 뿌린 씨앗은 저가 거두어야 하는 법. 그대 바보가 읊어댄 그 업화를 어찌 그냥 두고 죽으려 하오?"

"쏘아 놓은 화살이오, 엎질러진 물이거늘 어찌 한번 저지른 업화를 다시 거둘 수 있겠는가?"

"흠, 바보 같은 자로군. 꾀께 의기가 있는 줄 일었더니 엉 먹통일세."

"뭣이? 내 저지른 죄 커서 죽는다만은 너 같은 옥리가 어찌 나를 모독하는가? 선비는 죽일 수는 있어도 모독해서는 안 되는 법이다!"

"흥, 선비 좋아하네. 내 비록 옥리에 불과하다만은, 당신같이 치사한 중인 나부랭이는 치지도 않소. 정 죽고 싶으면 잘 죽으시오. 당신의 시체만은 시구문 밖에 잘 내동댕이쳐주지."

애꾸눈 옥리는 그렇게 말하고는 몸을 돌려 자기 자리로 돌아가는 것이었다. 석 주사는 그 자리에 우뚝 서서 그런 애꾸눈의 뒷모습을 물그러미 바라보았다.

사람이 말리면 죽자고 덤비고 죽으라고 독려하면 절대로 죽지 않으려 한다는 옛말처럼 애꾸눈이 허망하게 한마디 하고 관솔불을 들고 돌아서자 석 주사는 갑자기 서운해졌다. 서운한 것만 아니라 믿던 사람한테 배신당한 느낌까지 들었다.

열 발짝쯤 가던 애꾸눈이 갑자기 발길을 멈추었다. 어쩌면 석 주사의 그런 심정을 알아챘는지도 모를 일이었다. 뒤쪽의 소리를 듣는 듯 조용히 서 있더니 아무 소리도 나지 않자 뒤로 돌아섰다. 두 사람의 눈길이 마주쳤다. 애꾸눈이 물었다.

"왜 죽지 않고 서 있소?"

석 주사는 그 말에 찔끔하였으나 퉁명스레 대꾸하였다.

"네 놈이 죽으라 해서 죽는 내가 아니다."

"흠, 사실은 죽고 싶지 않겠지?"

"뭐라구! 또 사람을 모독하는 게야!"

"죽는다는 사람을 내가 왜 모독하겠소."

"그럼 뭐야?"

"죽는 것보다 더 나은 것, 그게 있다 이거지."

"그게 뭐요?"

"그거야 간단하지 않소. 그 양반집 딸인지 뭔지 하는 아이를 구해낼 방법을 취하면 되는 것 아닌가. 그 애가 죽는구나 하고, 어이쿠 죽을죄를 지었습니다 하고, 찔찔 짜며 죽는 것보다는 그게 나은 게 아니냐 이거요."

석 주사는 정신이 번쩍 났다. 그 말은 맞다. 맞고말고. 한데 저자는 왜 나한테 이런 말을 할까. 정말로 나를 도와주려는 건가. 아니면 더욱 나를 꼬드겨 속내 깊은 정보를 깡그리 얻어내려는 걸까?

　석 주사는 나무창살 가까이 다가갔다. 두 손으로 창살을 잡고 서서 애꾸눈을 위아래로 자세히 살펴보았다. 중키였으나 몸에 걸친 옥리 복장이 유난히 작고 색깔이 바래 초라해 보였다. 소매만 짧은 게 아니라 곳곳에 주름이 잡혀 사람이 째째해 보였다. 검고 쭈글쭈글한 얼굴은 천박했으나 나쁜 사람같지는 않았다. 게다가 하나뿐인 눈은 하급 옥리답지 않게 형형히 빛났다.

　"왜 나를 도와주려는 거요?"

　"그걸 이야기하자면 길지."

　옥리는 그 말을 느려터지게 뱉어 놓고는 열쇠뭉치 달그락거리는 소리와 함께 석 주사 앞으로 천천히 다가왔다. 그는 애꾸눈을 석 주사 얼굴에 바투 들이대면서 짓궂게 노려보았다.

　"염라대왕이 어떻턴가?"

　"염라대왕?"

　"당신을 흠씬 팬 그 포졸 말이오."

　"흥, 그를 염라대왕이라 부른다 했지."

　"그렇다오. 염라대왕, 어때 별호 하나 잘 붙였지 않수?"

　"하긴 그렇소. 정말로 염라대왕 같습디다."

　"고녀석이 내 조카요."

　"뭐요?"

　석 주사는 자신도 모르게 뒤로 한 발짝 물러섰다. 몸서리가 절로 쳐졌다. 자기를 사정없이 후들겨 팬 염라대왕이 이 애꾸눈의 조카다? 그렇다면 고놈이 고놈이잖은가. 한데 이자는 왜 말이 일루 갔다 절루 갔다 하며 나를 홀리고 있는 걸까. 가늠이 잡히지 않아 헤매는 석 주사와는 정반대로 애꾸눈은 징글맞게 웃었다. 그리고는 갑작스레 근엄한 표정으로 바꾸며 말하였다.

"그놈이 내 조카이긴 해도 정말로 쳐 죽일 놈이오."

"……."

"녀석이 홍문관의 천한 조례로 고생을 하는 게 하도 불쌍하여 내 이곳 포졸로 끌어 주었다오. 했더니 이놈이 천생의 포졸로 일 잘한다는 평판을 받은 것은 좋은데 사람치는 기술이 그렇게 좋은 줄 뉘 알았겠소. 더구나 포졸이 되면서 뱃속에 숨어 있던 사악함이 몽창 드러나면서 끌려온 사람을 기술적으로 치는 고문전담책이 되었다오."

"……."

"나도 옥리밥을 먹은 지 이십 년이오만 내 누구 한번 때리거나 돈을 훑은 적이 없소. 내 이 상판대기가 애꾸에 시커머서 처음 만난 사람은 날 더러운 놈인 줄 알지. 허나, 사람을 얼굴로만 평가하지는 마소. 나도 마음씨 하나는 착한 사람이오. 조카놈을 포졸로 끌어준 걸 수없이 후회해도 소용이 없어 이즈막엔 그것 땜에 속썩이며 살고 있소."

애꾸눈 옥리는 창살 옆에 주저앉으며 석 주사를 지긋이 바라본다. 그의 비장한 표정이 석 주사 마음을 약간은 안온케 해주었다. 그는 한숨을 한 차례 푹 쉬고는 창살에 등을 기대며 중얼거리듯 말을 이었다.

"진짜 염라대왕은 정말 눈이 먼 모양이오. 저런 놈을 잡아가지 않고 도대체 뭘 하는지 알다가도 모를 일이오. 허기사 이놈의 세상은, 좋은 놈은 죽도록 고생하고 나쁜 놈은 활개치며 뻔뻔히 사는 세상인께, 그런가 부다 하면 되겠지만 어디 그렇게 되오. 그 댁같이 어느 날 갑자기 붙들려와 곤욕 치루는 사람을 보면 내 간담은 몽둥이 맞은 여름 묵처럼 스멀스멀 녹아날 밖에. 내 한번의 실수로 오만 사람한테 못할 짓을 시키는구나 생각하면 이 얇은 가슴이 천 갈래 만 갈래로 찢어진다오. 그 누가 내 심정을 알겠소."

애꾸눈의 목소리가 나지막하고 호젓하여서 석 주사는 자기도 모르게 마음이 끌렸다. 그도 창살가 맞은편에 가서 주저앉았다. 서로 닿을 듯이 앉아 석 주사는 애꾸눈 옥리를 바라보고 애꾸눈은 옆을 바라보며 넋두리하는 형식이 되었다.

"녀석 애비가 하나밖에 없는 내 친동생이요. 동생은 조카가 갓난애 때 일찍이 돌림병으로 죽었다오. 천생이 착했지요. 그렇게 착한 보살도 없을 게요. 한데 그 속에서 어떻게 저런 놈이 나왔는지 모르것소. 부처님의 장난인지 보살님의 심술인지, 금부에 끌려와 곤욕을 당하는 사람을 볼 때마다 세상이 원망스럽소. 그놈은 불패천이라 저 상관 한 사람 외에는 어느 누구 말도 듣지 않는답니다."

"그 말 정말이오?"

석 주사는 이제 거꾸로 동정하듯 조심스럽게 물었다.

"그럼 내 뭣하러 거짓말을 하겠소?"

"나같이 억울하게 감방에 들어온 사람을 그렇게 초죽엄이 되게 치는 걸 보면 그대는 더 죽을 맛이겠소."

"알아주니 고맙소. 댁에 정말 미안하오. 미안한 마음만 갖고야 사죄가 되겠소만 그래서 내 당신께 말을 건 것이오."

"말이라도 고맙소."

"말 한번 물어봅시다. 댁이 모시고 있는 양반 말이오, 무슨 참의라던가 하는 그 양반은 훌륭한 사람이오?"

"우리 박 참의 말씀입니까? 그야 여부가 있소. 우리 박운 참의 영감의 이름을 대면 장안의 모든 사람이 강직하고 청렴하다고 다 칭송하는걸."

"하긴 나도 그 이름을 들어보긴 하였소. 하지만 혹 허명은 아닐까 해서 물어본 거요."

"허명이긴요. 정말 훌륭한 분이지요."

"당신이 죄책을 느끼고 죽으려 하는 걸 보니 그 말이 맞는 것 같소."

"그러문이요."

"그럼 그분 귀한 따님이 금부에 잡히게 해서는 아니 되겠군."

"물론입니다. 하지만 내 염라대왕의 매를 못 이겨 죄 불었으니 이를 어찌하면 좋소. 쏘아 놓은 화살이요 엎질러진 물이라, 담을 수가 없으니 죽음으로나마 용서를 빌 밖에."

마지막 말을 하며 석 주사는 눈물을 줄줄 흘렸다. 닭의 똥 같은 눈물이 뚝뚝 잠방이에 떨어져 옷을 흠씬 적셨다. 피칠갑이 된 얼굴에 눈물까지 줄줄 흘리니 몰골이 말이 아니었다. 애꾸눈 옥리는 그런 석 주사를 잠시 지켜보다가 오른손을 휘휘 저으며 말하였다.

"여보시오. 내 말 들어보시오. 사람들은 열이면 열, 백이면 백, 죄 저가 용기 있는 사람인 줄 알지요. 허나 세상은 그런 게 아니오. 댁처럼 훌륭한 영감 밑에서 착한 마름으로 지낸 분이 염라대왕의 매를 어찌 견딜 수 있겠소. 물론 사람에게 용기는 다 있게 마련이오. 허나 한계가 있는 법이오. 용기의 한계가 있다 이거지요. 우리 같은 평범한 사람이 아무리 용기 있다 해도 한계가 있는 게니 너무 상심하지 마오.

내 말 이해하시겠소? 이제 앞으로 이런 일을 다시 당하면 더 용기가 나고 버텨나가겠지만, 처음에는 감당이 안 되는 거요. 너무 죄책감 느낄 것 없고 체념만 해서도 아니 되오. 앞으로가 문제인 게지. 내 묻겠는데 혹 그 처자에게 연락할 방도는 없소?"

"여기서 내가 어떻게 연락할 방도가 있겠소."

"아니 그 얘기가 아니고, 혹 그 아씨하고 어디서 만나자는 약조 같은 걸 하지 않았느냐 이 말이오."

애꾸눈의 그 질문에 석 주사는 갑자기 경계심이 일었다. 그를 빤히 바라보았다. 애꾸눈도 석 주사를 반듯이 쳐다보았다.

"아직도 날 의심하우?"

"꼭 그런 건 아니지만 왠지 겁이 나서 그렇소."

"하기야 그렇겠지. 내 들으니 당신들이 서강의 샛강주막서 만나자고 했고 여차하면 마포의 항슬이를 만나라고 하였다고 합디다. 그 항슬이는 어디 가면 만나게 되는 거요?"

"아! 내가 그 이야기까지 불었단 말이오?"

"그러니까 내가 알지, 어찌 알겠소. 한데 항슬이를 어디 가면 만날 수 있는지는 끝까지 불지 않았답디다."

그 말에 석 주사는 부끄러운 한편 실오라기 같은 희망에 퍼뜩 정신이 났다.

"내 항슬이 어느 주막에 있다는 말을 아니하였답디까?"

"그렇다니까요. 주막 이야기도 아니하였고."

"그럼, 항슬이까지 금방 잡지는 못하겠군요."

"그러겠지요. 허지만 마포가 크면 얼마나 크것소. 날랜 사령이 두세 번 수소문하면 항슬이 누군지 알아내지 않겠소. 더구나 항슬이란 이름이 독특해서 금방 알 수도 있을 거요."

"맞았소. 항슬이는 별명이오."

"별명이면 더구나 쉽게 알겠네."

"그것도 그렇소. 하지만 지금 빨리 항슬이와 연락하면 어쩌면 일이 잘 될 수도 있지 않겠습니까."

"바로 그 얘기요. 어떻소, 내가 그 항슬이한테 뭔가 전언을 해드리까?"

애꾸눈은 그 말을 던지듯이 하고는 고개를 돌려 조용히 딴 데를 보는 것이었다. 석 주사는 정신을 가다듬고 애꾸눈의 옆얼굴을 살폈다. 믿고 싶은 마음과 믿어서는 안 된다는 생각이 수없이 오락가락하였다. 관솔불에 어른거리는 애꾸눈의 얼굴은 무덤덤한 표정이다.

믿고 싶은 생각이 자꾸 더해갔다. 하기야 믿지 않더라도 결국 항슬이 누구인지 단로닐 게 아닌가. 자기에게 모든 걸 터놓은 사람이 그렇게까지 속일 것 같지는 않았다.

"여보시오, 옥리 양반. 정말로 날 도와주실려는 거요?"

애꾸눈은 고개도 돌리지 않고 나지막히 대꾸했다.

"내가 믿어지걸랑 부탁하고 의심스러우면 말하지 마소."

10. 바람

안방은 자향 언니와 헤어지는 게 그렇게 슬펐다. 혼자 눈물을 찔끔찔끔 짜아내며 언니의 모습이 시야에서 완전히 사라질 때까지 숲에 서서 계속 손을 흔들었다. 언니가 돌아보지 않아도 계속 흔들었다.

어린 나이지만 평생 이렇게 누구와 헤어져서 가슴이 아픈 것도 처음이었다. 만 하루도 안 되는 사이, 그가 아름다운 처자 언니와 나눈 정은 영원히 잊지 못할 것이었다. 저런 누나가 있으면 얼마나 좋을까. 더 이상 바랄 게 없을 것 같았다.

지금의 심정은 만사 제치고 마구 달려서 자향 언니를 쫓아가고 싶다. 하지만 유심현 지사님 말씀대로 내가 있으면 언니가 위험해지니까, 가서는 안 된다.

자향이 언덕을 돌아 사라진 뒤에도 안방은 한동안 애련히 서 있었다. 쯔쯔삐 쯔쯔삐, 박새 우는 소리가 들렸다. 참새보다는 조금 크지만 몸체가 왠지 여려 보이고 눈이 맑은 새. 볼 때마다 알쓸해서 가슴을 아프게 하는 박새, 저 새가 왜 지금 우나. 내가 언니와 헤어진 슬픔을 같이 서러워해주는 걸까?

박새야, 날 위로하려구 우니? 아님, 내가 자향 언니와 헤어진 게 너도 슬프니?

안방은 혼자 그렇게 중얼거리며 박새가 어디 있나 숲을 둘러보았다. 박새 우는 소리만 들리고 어디 있는지는 보이지 않는다.

안방은 발길을 돌렸다. 언니는 잘 가겠지. 유심현 지사님이 도와주니까.

유 지사님이 오늘 새벽 서리 같은 안개를 계곡에 뿜어낸 것은 정말 멋졌어. 장관이었지. 그런 분이 도와주니까 안전할 거야.

그렇게 터벅터벅 집으로 돌아가는데 귀때기 큰 포교 생각이 났다. 그 포교는 보통 무서운 자가 아니야. 어젯밤의 그 눈동자. 평범한 듯한 그 눈망울 속의 번쩍이는 섬광! 맞았어. 그 포교는 나를 쉽게 포기하고 놓아줄 사람이 아니야. 우리 집 부근에 포졸을 박아놓고 나를 기다리고 있을지 몰라.

그 생각을 하니 섬칫해지고 가던 발걸음이 저절로 멈춰진다. 허나 그것도 잠시, 언니와 헤어진 이 마당에 그런 걸 겁낼까. 배짱도 생겨난다. 아니, 이별의 슬픔으로 인한 자포자기인지도 몰랐다.

언니도 인제 가버렸는데 알게 뭐냐. 에라 모르겠다, 잡아 가려면 가라지. 모른다고 잡아떼면 될 거 아니야.

세상 포기한 듯한 마음에 다시 집 쪽으로 발길을 놓았다. 어느새 진 영감의 초가가 보였다. 작은 개울을 넘어 숲을 나가려는 참인데,

"안방아!"

부르는 소리에 깜짝 놀라 소리나는 쪽을 바라보았다. 언제 보아도 듬직해 보이는 가을나무가 나무 사이에 숨어 있다.

"손이랑 아줌마, 거기서 뭐해요?"

"쉬잇!"

안방은 그 태도에 놀라 후딱 주저앉았다. 나무 사이로 앞을 살펴보았다. 아무도 보이지 않는다. 살살 기어서 가을나무한테 다가갔다.

"무슨 일 있어요?"

"그래, 너의 집에 포졸이 하나 와서 진치고 있다. 널 잡아가려고."

"날요?"

과연 예상대로다.

"그래. 그들은 네가 그 언니를 도운 걸 알고 있다. 내 널 만나려고 여기서 기다리고 있는 중이야. 송이 언니는 어떻게 되었니?"

"그럼 난 어떻게 하지요?"

"너는 잠시 피하면 되는 거구. 송이 언니는 어떻게 되었냐니까?"

그 말에 안방은 고개를 갸우뚱하고 가을나무를 쳐다보았다. 이 방물장수가 언니를 도와주었다는 말은 들었으나 어제 서울에 갔는데 벌써 여기에 와 있는 것은 예상 밖이다. 조금은 이상하게 느껴진다. 눈치가 밝은 가을나무가,

"너 날 못 믿겠니?" 하고 노려보았다. 찰랑이는 강물 같던 눈이 칼날처럼 찢어졌다.

"아니요. 누가 손이랑 아줌마를 못 믿는데요. 갑작스런 상황에 정신이 없어서요."

"그래? 헌데 너 아줌마라 하지 말고 언니라고 부르라는데 왜 말 안 듣니?"

"언니라고 하기는 너무 나이가 많아서 미안하잖아요."

"괜찮아. 미안할 것 없어. 앞으로 꼭 언니라고 불러. 알았지? 그리구 이제부터는 날 손이랑이라 부르지 말고 가을나무라 불러라."

"가을나무요?"

"응. 내 이름이 추수거든. 그 송이 언니가 어제 날보고 앞으로는 가을나무로 부르라고 알려줬단다. 가을나무, 이름 이쁘지? 그 처자가 얼굴만 이쁜 게 아니라 머리도 좋더라고."

가을나무의 그 말에 안방은 그녀에 대한 믿음성이 생겼다. 안방이 씨익 웃자, 가을나무도 찢어진 눈을 만월처럼 키우며 생긋 웃었다.

안방은 유심현 풍수사가 자향을 동자로 분장시켜 서강으로 함께 내려간 이야기를 들려주었다.

"그래, 영락없이 남자애처럼 보이던?"

"그러문요. 하얀 장삼까지 걸치니 멋드러진 사내처럼 보였어요. 오늘 아침 세소를 하고 나니까 어제보다 더 이뻐져서 그게 좀 걱정되긴 했지만요."

가을나무는 이맛살을 좁히며 뭔가를 골돌히 생각하였다. 풍수사의 방략은 멋지긴 해도 뭔가 불안한 마음이 인다. 이대로 두어서는 안 될 것 같은 생각이 든다.

"애, 안방아. 너 여기서 잠깐 숨어 있어. 내가 진 영감께 의논 좀 하고 올게."

안방은 가을나무의 그 말에 햇살처럼 떠오르는 느낌이 있어서,

"맞아요. 영감님한테 의논하세요. 어젯밤 냄새포교를 골탕먹인 것도 모두 영감님의 지혜였걸랑요."

"알았어, 거기서 기다려라. 곧 갔다 올게."

안방은 선창의 부두 오른쪽 끝에 있는 하역장에 다가갔다. 착호사 영감은 자향 언니와 똑같이 생긴 남자애를 찾으라고 하였다. 적임자를 찾아서 자향 언니와 빨리 역할을 바꾸라는 것이다.

그렇다면 동무 까치가 등치도 맞고 얼굴도 하얘서 적임이었다. 한데 뭣도 약에 쓸려면 없다고 까치 역시 하필 집에 없었다. 갈 곳은 대충 알고 있었지만.

진 영감님은 역시 방략이 노련하신 분이야. 빨리 까치를 찾아 언니와 바꿔쳐야지. 그러면 함지박귀가 눈치를 채었던들 허방을 잡지 않고는 배길 수 없을 터. 가을나무 언니가 샛강주막에 가서 자향 언니와 풍수사 어른을 모시고 오는 것과 시간을 빨리 맞추어야 한다.

오후가 기울어져가는 선착장은 어느 때보다 부산하였다. 봄철의 샛강은 세공미가 들어오는 대신 남포 해주 강화 호남에서 올라오는 어물과 장사

치들의 봉물짐 반입으로 하루 내내 바쁘게 돌아갔다. 특히 봄이 깊어지면 서울로의 어물이 줄을 잇는데 삼개의 포구가 붐비기 때문에 서강에 배들을 많이 대곤 하였다. 이들 어물과 짐짝들은 선창의 창고나 몇 안 되는 여각에서 하룻밤을 자고 다음날 새벽 일꾼들에 의해 아현마루를 넘어 서문을 통해 문안에 들어간다.

오고 가는 물건이 많다 보면 떨어지는 것도 많은 법이라 오뉴월의 쉬파리처럼 사람도 꼬이게 마련이었다.

까치는 그런 사람들 속에 끼어 어물을 나르고 있었다. 나이에 비해 힘이 없어서 이런 일을 하기엔 벅찼지만 어머니의 해소 기침약을 사기 위해서는 참아내야 하는 일이었다.

까치는 힘 좋은 섬쇠 형님 뒤만 따라다녔다.

"섬쇠 형, 오늘은 한 서방이 품삯을 많이 준댔어요?"

"아니."

"그런데 왜 그렇게 열심히 해요?"

"봄이잖아. 난 봄이 되면 기분이 좋아. 괜히 신나거든. 넌 안 그러니?"

"난 그런 거 없어요. 거 이상하다. 왜 봄이 좋을까. 난 봄이 되면 나른해서 졸립기만 한데. 아이쿠!"

까치는 들고 가던 짐 한 바리를 땅바닥에 동댕이치고 말았다. 열네 살짜리가 들기에는 너무나 버거웠던 것이다. 등짝에 큰 짐을 진 섬쇠는 까치가 떨어뜨린 짐짝마저 왼손으로 가볍게 들고 창고로 갔다. 까치는 미안해 어쩔 줄을 모르며 그 뒤를 졸래졸래 따라갔다.

"형, 고마워요."

"좀 가벼운 걸 들어라. 이건 너한테 너무 무거운걸."

"한 서방이 가벼운 것만 든다고 얼마나 호령하는데요. 품삯 받을려면 제대로 일해! 하고 매번 윽박질러서 무서워요."

"하긴 그 사람은 누구한테나 다 그러니까."

"형한테는 안 그러지?"

"왜 안 해? 너같이 힘 좋은 놈은 남이 못하는 만큼 더해야 해, 남을 위해서 말야, 하면서 맨날 다그친다구."

"사람 일 많이 시키는 방법도 여러 가지로군."

"그러니까 돈 벌지."

그때, 어물창 옆쪽에서 하얀 손바닥이 어른거리는 게 보였다. 눈에 익은 신호다. 눈에 힘을 주어 바라보니 역시 안방이다. 그는 안방을 확인하자,

"섬쇠 형, 잠깐만 동무 좀 만나고 올게."

"빨리 와!"

섬쇠는 안방이 쪽을 건너다보면서 걱정스런 표정을 지었다. 일하다 잠깐이라도 해찰을 하면 그 악독한 한 서방은 품삯을 주지 않기 때문이었다.

"무슨 일이니?"

쫓아온 까치가 묻자 안방은,

"시간 없어 가면서 이야기하자."

까치의 손을 끌었다. 까치는,

"이애, 나 지금 놉 파는 중이야. 이 돈 받아다 어머님 드려야 해. 해소 기침 약값이야."

"그보다 더 중한 일이 있다니까."

안방은 억지로 까치를 끌고 갔다.

조선시대에 포졸이 범인을 추적하는 방략 중에 가장 중요한 것은 풍우같이 몰아치는 것이었다. 속력으로 범인이 도망갈 사이를 주지 않는 방법이다. 그러나 함지박귀가 어제부터 펼치고 있는 방략은 올가미수법이었다.

처음 서문을 출발할 때는 길풍같이 내달았으나 긴일발로 치자를 놓쳤다. 그 뒤로는 자향이 어디 있는지 알 길이 없고 그를 숨겨준 안방이 머리를 쓰는 확실 종범인 까닭에 닭이 알을 품듯 살살 몰아갈 밖에 없었다.

오늘 아침의 경우도 마찬가지였다. 노고산 자락과 와우산 언저리에 그들이 숨어 있는 건 확실하였으나 어디쯤인지 알 수가 없었다. 장작눈썹 조는 와우산 쪽을, 노린내 조는 수철리 쪽을, 방기포 조는 흑석리 쪽을, 자기는 서강 입구를 지켰으나 오정이 넘어갈 때까지 흔적을 찾을 수 없었다.

천만수의 지휘를 받아 정보를 전해준 말대가리에 의하면 도타한 계집은 박운 참의의 넷째딸로 이름이 자향이요, 열여섯에 재색겸비 규수였다. 그런 섬섬옥수가 한낮과 어둔 밤에 오소리처럼 잘도 도망하고 있는 게 이해 가지 않았다.

"결론은 그 앤 샛강주막을 목표로 하고 있군요."

함지박귀가 의견을 묻듯이 조 포교에게 말하였다.

"현재로는 그렇게 생각되오."

조 포교도 선선히 그 의견에 동조하였다.

"혹 이미 샛강주막을 지나간 건 아닐까요?"

"벌써요? 뒤웅박 아들이 그 애를 숨겨 달아났다 하였지 않소. 간단한 이치로 보아 규중 처녀가 그 애의 도움 없이는 이 서강에 들어올 수도 없을 것 같은데."

"당연한 말씀이십니다. 그러나, 어제부터 고것이 꼬리를 감추는 솜씨가 보통의 상식으로는 이치에 맞지 않습니다."

"그건 무슨 뜻이오?"

"누군가가 그리고 뭔가가 그 애를 돕고 있다는 느낌입니다. 중국의 유명한 저서 도포론(盜捕論)에 의하면 아무리 완벽한 계획을 짠다 해도 도저히 붙잡을 수 없는 경우가 있다. 그것은 천기이다, 라고 한 구절이 있습니다."

이때 옆에서 아무 말 없이 듣고만 있던 장작눈썹이 퉁명스레 한마디 하였다.

"성님은 무슨 생각이 그렇게 기생 구멍처럼 깊소. 그까짓 계집의 도타사

건에 천기는 무슨 천기요."

"흥, 자네 그 말을 하니까 내 이야기하네만 오늘 아침에 일을 제대로 했는가?"

"내가 무슨 일을 잘못했다고 그러슈."

"자네가 맡은 구역에선 풍수사 사제만 지나갔다고 하던데 그 제자를 잘 확인하였느냐 이 말일세."

"제자를 뭘 확인한단 말이오?"

"그 제자가 사내였나 계집애였나?"

"그야 장삼 걸친 사내였는걸."

"오늘 샛강 주막에도 지사 일행이 왔던데, 그 제자도 역시 장삼을 걸쳤어도 사내가 아니고 남장 여자인 것 같았단 말씀이야."

"내가 검문한 풍수사 사제가 바로 그들이라오."

"뭐야?"

함지박귀는 허리를 쭉 펴고는 장작눈썹을 노려보았다. 입술은 위아래로 굳게 다물어졌다. 한동안 그렇게 쳐다보며 뭔가를 생각하던 함지박귀는 천천히 조 포교에게 눈길을 돌렸다.

"조 부장님, 그 풍수사를 아십니까?"

조 포교의 얼굴이 약간 어두워졌다. 고개를 갸우뚱하며 대답하였다.

"유 지사란 분이지요. 와우산 산자락에 사시는 분으로 유명한 풍수사라오. 원래 가계가 벼슬을 제대로 한 양반 집안 출신이어서 아는 분들은 높이 대접합니다."

"그분에게 원래 제자가 있습니까?"

"글쎄. 제자가 있다는 말은 못 들었지만 꼭 없으란 법은 없지요. 허니, 그 제지기 여지에인 건 적실히였소. 주막에서 보았을 때, 지시기 여자를 제자로 둔 걸 사람들이 이상해할까 봐 남장을 시켰구나 하고 생각하였소."

"그렇지요."

함지박귀가 시원한 표정을 지으며 장작눈썹을 보자,

"무슨 말씀들을 그렇게 하십니까. 여자가 어떻게 풍수사를 한다고 그런 말씀들을 하는 거오."

장작눈썹이 기분 나쁜 표정으로 투덜대었다.

"자넨 그런 헛소리하지 말고 빨리 샛강주막으로 달려가 보아!"

"그래서, 풍수사 사제를 잡아 오라 이거요?"

"잡아오긴. 내 생각에는 그들은 이미 없을 거네. 자네 말대로 제자가 사내라면 주막에 아직 남아 있을 거구, 여자애라면 이미 샛겠지."

"그럼 뭣허러 가우?"

"여하튼 빨랑 가보게. 확인은 해야 할 것 아닌가. 있걸랑 그 애가 계집아인지 알아보고 계집애면 일루 데려오라구."

"알았수. 갔다 오지요."

뭔가 기분이 잡친 장작눈썹은 휑허니 마을을 나갔다.

그러나 함지박귀는 장작눈썹이 성깔 부리는 것은 신경 쓰지 않고 다시 조 포교에게 물었다.

"풍수사가 어디 산다 하셨습니까?"

"와우산 남쪽 산자락이오."

"뒤웅박의 집과는 멉니까?"

"두 산줄기를 격하고 있으니 그리 가까운 편은 아니지요."

"그분 집은 제가 압니다."

아까부터 옆에서 조용히 있던 방기포가 한마디 하였다. 그 말을 듣자 함지박귀는 별로 신난다는 표정은 아니면서도 약간은 반기는 투로,

"그래요? 그럼 방 형이 누구 한 사람 데불고 그 집을 한번 다녀오시겠소?" 하고 물었다.

"그러지요."

방기포가 제 몫을 찾았다는 듯이 일어서자 함지박귀가 불러 세웠다.

"풍수사는 아마도 집에는 없을 거요. 그분이 어딜 갔나 그걸 알아 오시오. 그리고 제자에 대해서 특히 자세히 물어봐주시고."

"알겠습니다."

방기포가 나가자 함지박귀는 조 포교에게 조심스레 운을 띄었다.

"생각할수록 그 풍수사가 수상합니다. 어떻습니까. 오늘의 목표를 풍수사한테 두는 게?"

"그래요? 느낌이 그렇다면 그렇게 합시다."

조 포교는 그 말과 함께 서랍에서 종이쪽 같은 걸 꺼내 펼쳤다. 지도였다.

"이 부근 지돕니다. 그 두 사제가 지금 시간으로는 서강 안에 있겠지요. 번개같이 빠져나갔다 해도 서강 언저리에 있을 게구."

지도를 보자 함지박귀의 눈이 훤해졌다. 지도라면 그도 아주 좋아하였다.

"지도가 자세하군요. 좋은 지돌세. 맞습니다. 아직은 서강 안에 있다고 보아야 하지요. 그들이 발이 빠르면 얼마나 빠르겠습니까."

함지박귀의 맞장구에 조 포교는 손짓을 하며 계획을 다시 짠다.

"여기가 우리 마을이고 오른쪽이 삼개로 빠지는 길인데 두 갈래요. 현재 노 포교조가 여기에 나가 있고 방기포는 와우산으로 갔고 그러면 한 조를 더 내보내 이 길을 막읍시다. 그리고 서쪽 망원리 쪽은 우리 애를 내보내겠습니다. 성 형과 나는 여기 선착장과 서강 일대를 훑어야겠고, 장작눈썹이 오면 샛강주막 일대를 적간하라 하지요."

"선착장은 지금 누가 나가 있습니까?"

"전담 포졸이 매일 두 사람 나가 있소. 한 사람 더 보내서 기히 살피라 하지요."

조 포교는 검수에게 뭐라 지시를 내리고 귀퉁이에 앉아 있는 한강독사에게 말하였다.

"양 형은 지금 선착장으로 나가서 혹 그 계집애가 얼씬거리는지 지켜봐 주겠소? 지금 배가 여러 길 뜰 시각이니까."

"아, 그러지요. 제 눈을 크게 뜨고 선창을 지키겠습니다."

한강독사는 자신에게도 관심을 가져주는 게 고마워 얼른 대답하고는 패랭이를 집어들었다. 그런 그를 본 함지박귀가 목소리를 낮춰 부탁하였다.

"양 형, 내 생각에는, 그 아이가 어쩌면 밤섬으로 넘어갈지도 모르겠소."

"아, 그렇습니까? 하지만 밤섬에 들어가면 독 안의 쥐가 되는 꼴인데 왜 그곳을 들어갈까요?"

"그게 손자병법의 허허실실이 아니겠소. 뭐 그런 생각을 한번 해본 건데. 딱이 맞는 이야긴 아니고 그런 점에서 좀 잘 살펴봐 달라는 것이요."

"알았습니다. 아까 포교님께서 천기라는 말씀을 하셨는데 전 그 말씀을 듣는 순간 전율이 옵디다. 뭐라 할까. 그 계집애가 노고산 샛길을 타고 서강으로 들어온 것부터가 예삿일이 아니기 때문이지요. 그리고 그 애가 인물이 도저한 만큼 뭔가 비상한 데가 있는 건 아닌가 하는 생각도 듭니다. 어제 저녁 서문 골에서 만난 동무가 그러는데 그 애가 동궁비감이라는 소문까지 났다고 하더군요."

"그 정도로 인물이 좋은 처자인가. 대단한 이야길세."

두 사람의 대화를 듣고 있는 조 포교는 그러나 마뜩치 않은 표정을 짓고 있었다. 그런 낌새를 모를 함지박귀도 아니고 더더욱 한강독사는 눈치가 빨라서 기침을 한 번 길게 뽑고,

"저, 그럼 선착장으로 나가보겠습니다."

말과 함께 허리를 굽신하고는 검수에 뒤질세라 마을 밖으로 나갔다.

조선시대 서강 앞 한강가에는 봄철, 바람이 이상하게 부는 날에, 소용돌이 물살이 나타나곤 하였다. 작은 배가 그 물살에 섭쓸리는 날이면 전복은

물론이고 사공과 도선자가 목숨을 잃기도 하였다.

성종조 어느 해, 가난한 선비 풍의 허름한 나그네가 샛강주막에서 하룻밤을 자고는 배를 타러 강가에 나갔다가 선착장 앞 강물에서 이는 소용돌이 물살을 보고 고개를 외저으며 중얼거린 적이 있었다.

"오호라, 고려가 망한 지 그 얼마인고! 이녁에도 한 맺친 혼이 있어 이 강가에서 몸부림치는고녀. 삶이여 죽음이여, 원한을 지어서는 아니 되리, 아니 되리!"

이 뜬금없는 넋두리가 사람들의 입에 회자되더니 서강 언저리 잡술쟁이들은 노상 이 소용돌이 물살을 가지고 흉사를 점쳤다. 강에서 고기를 잡아 생계를 잇는 어부들도 봄이 되어 풍어제를 지낼 때 소용돌이 물살귀신한테 떡첨을 좋이 던져주곤 하였다.

따뜻한 햇살이 비슷이 기울고 공기가 차가워지며 해가 강 건너 오른켠 계양산 쪽으로 기울어갈 때쯤, 풍수사 유심현은 동자와 함께 선착장 앞켠에 서 있었다. 밤섬과 삼개로 가는 배가 접안하기를 기다리는 사람들이 스무 명 남짓 서성이고 있었다. 대낮엔 약하던 바람이 좀 전부터 세차게 불기 시작했다.

그때 누군가가 소리쳤다.

"소용돌이 물살이 인다. 배를 띄었다가는 모두 물귀신 되겠어!"

사람들은 누가 먼저랄 것 없이 웅성이기 시작하였다.

"저기다, 저기! 소용돌이 물살 좀 보아. 큰배도 전복하겠네."

"아침부터 바람이 이상하게 불더라니, 오늘은 배를 탔다가는 몰살당하겠어. 배는 다 탔어!"

"국초 때 사람을 너무 많이 죽인 게 화근이야. 그 원한이 아직도 사라지지 않은 게야"

"그렇코말고. 강화도에 끌려가서 죽은 사람이 자그만치 삼십만 명이라지. 그 중 거의 반이 벽란나루와 이 서강에서 배를 타고 끌려갔다고 해."

어느 결에 소식을 들었는지 선착장으로 사람들이 몰려오고 있었다. 일
년에 한두 번 이는 소용돌이 물살은 빙빙 도는 것만이 아니라 하늘로 솟을
듯이 용솟음쳐서 구경치고는 장관이었다.

"물살이 크게 인다. 하늘로 솟아오르려는가 보다!

"저 물고기 배들을 선창 안으로들 땡기라고 해. 자칫 잘못하다 전복할
라!"

사람들이 수선을 떠는 사이 유심현은 사방을 둘러보았다. 아까 샛강 주
막에서 본 듯한 포졸과 패랭이를 비스듬히 쓴 부상이 사람들을 기찰하듯
두리번거리고 있었다. 유심현은 하나 둘 숫자를 세고는 혼자 중얼거리듯
말하였다.

"포졸은 셋이요, 패랭이 간자가 하나라. 지금은 밤섬 가기는 틀렸고 어
디서 시간을 벌어준다. 그래, 서쪽으로 가자꾸나!"

유심현은 동자를 뒤에 달고 사람들 틈을 비집고 선착장 서켠으로 게걸
음을 쳤다. 하얀 도포를 엉성하게 걸친 동자는 스승과 떨어질세라 뒤를 바
투 쫓아갔다. 그들이 군중 사이를 뚫고 선착장 옆으로 빠져나와 어물도매
집을 비켜갈 때쯤에야 그들을 확인한 포졸 하나이 부리나케 쫓아왔다. 그
뒤를 검수와 한강독사가 허둥지둥 따라간다.

유심현 사제가 어물도가를 꺾어 돌자 포졸이 소리쳤다.

"거기 앞서 가는 사람, 게 섰거라!"

그러나 유심현은 들은 체도 아니하고 빠른 걸음으로 앞으로 나아갔다.
서른 발짝 가량 걸어 마을 옆 샛길로 빠져나갈 즈음 포졸 일행이 가까이
쫓아왔다.

"거기 서지 못하겠소?"

얼굴이 거무티티한 포졸이 먹이를 보고 포효하는 호랑이처럼 으르렁대
었다. 그때서야 유심현은 발을 멈추고 뒤를 돌아보았다.

"무슨 일들인가. 나를 보고 소리쳤는가?"

풍수사도 걸걸한 목소리로 응수했다. 노기가 서려 있었다. 그 서슬에 포졸 검수는 주춤하였다. 하지만 기가 꺾여서는 안 된다는 생각에 앞으로 쓱 나서며 목소리를 돋우었다.

"그럼 댁들 밖에 이 앞에 누가 있소이까?"

"무엇이? 자네는 어디 소속 포졸인가? 무슨 일로 이 어른한테 큰소리치는 게야?"

품위 있고 위엄 있는 유심현의 어투에 뒤따라 온 한강독사도 멈칫하며 검수 뒤켠에서 발을 멈추었다.

한강독사는 우선 동자를 훑어보았다. 남장 여인이라 해도 나 한강독사의 관찰을 벗어날 수는 없을 터. 잽싸게 살폈다. 한데 아니었다. 그 처자가 아니야. 한강독사는 대번에 알아보았다. 저건 틀림없는 사내녀석. 그 이쁜 처자하고는 거리가 멀어. 아니고말고. 거참 이상타!

그러나 아무 물정도 모르는 검수는 동자의 얼굴이 희끗한 것만 보고 도타하는 처자를 다 잡은 양 의기양양하였다.

"서강 포청 소속 포졸 장검수라 하오. 지사님께서는 지금 어디를 가시는 길입니까?"

"내 어디를 가든 무슨 상관인가?"

"아니, 배를 타려는 것 같던데 우릴 보자 몸을 빼치는 게 이상하여 묻는 바 입지요."

"무엇이, 우리가 도망한다고. 그대들을 보고?"

"그렇지 않았습니까?"

그때 뒤에 있던 한강독사가 검수의 포졸복 끝을 살짝 잡아당겼다. 동자가 처자가 아니라는 신호였으나 공을 다투느라 눈이 어둔 검수가 쉬이 눈치챌 리 없었다. 그는 한강독사가 뒤에서 걸리적거리게 하는 게 귀찮다는 듯, 한 걸음 앞으로 다가가며 풍수사의 대답을 기다렸다.

"이보게 포졸. 자네는 지금 누구와 이야기하고 있는 줄이나 알고 있는가?"

"누구시긴요. 풍수사 어른 아니시오? 남장한 여자 제자와 어딘가로 가구 계시구요."

"알고 있으면서 그렇게 무례한가! 남장 제자라?"

"그렇습니다. 이녀석이 남장한 처자이잖습니까?"

그 말을 하며 검수는 손을 뻗어 풍수사 왼쪽 뒤켠에 서 있는 동자의 턱을 들어올리려 하였다. 유심현은 들고 있던 수맥장으로 검수의 손등을 냅다 쳤다.

"어디서 이 지사님의 제자를 함부로 범접하는고!"

손등을 아프게 맞은 검수는 팔을 후딱 웅크리며,

"이 양반이, 아무리 지사님이라도 관리를 함부로 치다니! 이건 공무집행 방해 항거죄로 장형죄에 해당합니다. 풍수사 어른까지 잡혀가야겠소. 그리고 저 제자는 서울을 도타한 처자이니 당장 잡아들이겠소."

"무엇이 어째? 공무방해 항거죄라. 네 이놈, 양반을 폭언 모욕하는 죄는 직위 박탈에 일천 리 도형인 줄은 모르느냐!"

유 지사가 눈을 부릅뜨며 호통치는 사이 한강독사는 검수의 귀에 대고 뭐라 재빠르게 귀띔하였다. 검수의 얼굴이 금세 어두워졌다. 그 틈새에도 유심현의 호통은 계속되었다.

"허, 고이얀 포졸이로다! 대명천지에 이 지사님을 능멸하고 내 제자가 어째, 도타하고 있는 처자야? 그래서 잡아들이겠다. 흥, 내 동자를 모욕해도 분수가 있지. 여봐라 동자야, 잠방이를 내리고 니 꼬치를 보여줘라!"

옆에 조용히 서 있던 동자는 이 말을 기다리고 있었던 듯 대번에 바지춤을 풀었다. 잠방이가 주르르 내려가니 홑것 입은 몸인지라 아직 성숙하지 못한 잠지가 덜 익은 고추처럼 대롱대롱 매달려 있는 게 보이었다.

검수와 포졸 그리고 한강독사가 동시에 놀라자빠지는 중에 검수의 얼굴은 그야말로 흙빛이 되었다. 그는 말을 잊은 채 풍수사와 제자를 번갈아 쳐다보았다. 뭔가 잘못돼도 한참 잘못된 것이었다.

"잘 보았는가. 귀여운 꼬치를 단 처자는 이 세상에 없겠지. 그렇지 않은가? 동자는 그만 옷을 입거라."

유 지사의 지시에 바지를 훌러덩 쉬이 벗어내린 동자, 까치는 묘한 웃음을 지으며 바지를 다시 주워 입었다.

"그래 이제 되었는가? 사람을 포착하려거든 제대로 해야 하네. 죄 없는 백성을 괴롭히는 것은 우리 어진 임금께서 결코 용서하지 않으실 게야."

"아, 죄송하게 되었습니다."

"흥, 무례를 범해 놓고 죄송하다 하면 단가? 이제는 우리가 가는 길을 막지는 못하겠지? 안 그런가."

"그러문입쇼."

"내 성깔 같으면 그대네 포청에 가서 조 포교부장과 한 차례 담판을 짓겠지만 오늘은 바빠서 그냥 가니 고마운 줄 알라구."

"아, 네네."

크게 인심을 쓴 풍수사는 콧김을 내쉬고 제자는 턱을 치켜올리며 의기양양하게 샛길을 걸어나갔다.

검수는 닭 쫓던 개꼴이 되어 망연히 서 있다가 뒤돌아 한강독사를 바라보았다. '저 동자는 그 처자가 아니야, 사내애라구!' 하며 귀띔해주던 한강독사는 이미 그 자리에 없었다. 후배 포졸만 넋나간 표정으로 그를 쳐다보고 있었다.

"한강독사는 어디 갔는가?"

"금방 선착장으로 달려갔습니다."

맨 먼저 쫓아왔던 후배 포졸이 대답하였다.

"우리도 그 쪽으로 가세."

내막이 터지는 줄 알았다가 소박만 맞은 포졸들은 허둥지둥 포구로 딜려갔다.

서강에서 동쪽 삼개 가는 길은 흑석리에서 삼개를 오가는 한길과 한강을 따라가는 논길의 두 갈래 외에 따로 하나가 더 있었다. 바로 보부상이 즐기는 산길이다. 그것은 흑석리에서 산을 타서 수철리를 왼켠에 두고 토정을 지나 삼개로 가는 험한 소로였다. 쇠푼이 생긴다면 밤길도 마다 않는 보부상들이 은밀한 거래가 있을 적에 애용하는 길이었다.

가을나무와 자향이 가는 길이 바로 이 보부상 산길이었다. 밤이 어두워지면 이 길은 험난한 산길, 여염집 아녀자는 도저히 오를 수 없는 험로가 된다. 허나 포청의 추적을 따돌리기 위해서는 맞춤 맞는 길이었다.

노처녀와 풋처녀가 보상으로 꾸미고 흑석리 산허리를 오른 것은 미시와 신시 사이. 바로 장작눈썹이 다시 샛강주막에 와서 자향을 찾고 있을 때였다. 이처럼 빠르게 움직인 것은, 진 영감의 특명에 의해서였다.

진 영감은 가을나무에게 이렇게 말하였다.

"가을나무라 불러달라 하였지?"

"네."

"가을나무, 잘 듣거라. 오늘의 관건은 속력이다. 신속무비, 이것만이 살길이다. 너는 샛강주막에 가자마자 그 애를 빼내어 보부상 산길로 해서 삼개로 가라. 이 밤을 타고 가야 하는데 그 애의 발 힘이 문제이다. 필요할지 모르니 안방이를 데려가는 게 좋겠다. 그리고 또 하나 중요한 것은 안방의 동무가 풍수사와 함께 선착장서 어물거리며 시간을 벌어줘야 한다. 포교들의 시선을 끌어서 보부상 산길로의 추적을 늦추어주는 거지. 포교들도 그 보부상 산길로 빠지리라는 생각은 미처 못 하겠지만서두."

진 영감의 지시는 하나의 착오 없이 이행되었다. 가을나무의 신속한 행보에 다리 힘이 약한 자향이 조금 어려웠지만.

한데, 세상일이란 예외와 의외가 있는 법. 가을나무와 자향이 보부상 산길로 가는 것을 포교들은 대번에 알게 된다. 그것 하나가 진 영감의 예측을 벗어나게 되고 그것은 자향의 운명인 것이다.

한강독사가 헐레벌떡 돌아왔을 때 조 포교와 함지박귀는 막 마을을 나가려는 참이었다.

"왜 이렇게 허둥대는가? 무슨 일이 있는가?"

함지박귀가 묻자,

"포교님, 유 지사란 사람이 데리고 있는 동자는 처자가 아닙니다. 여자가 아니었어요. 아까 샛강주막서 본 동자는 분명 남장 여자였다고 하셨죠?"

"그렇네만. 여자가 아닌 건 확실하던가?"

"물론입니다. 녀석의 꼬치까지 보고 확인하였는 걸요."

한강독사는 유심현 지사와의 실랑이를 간략히 설명해주었다. 이야기를 다 들은 함지박귀가 혼잣말처럼 중얼거렸다.

"거참, 이상할세. 어떻게 짧은 사이에 동자가 사내애로 바뀌었지?"

"포교님, 이상할 것 없습니다. 농간이 개재된 겁니다. 그 농간에 끼어든 자들이 쭈르르 있구요."

"쭈르르 있다니 그 무슨 말인가?"

"사람들이 좌악 있어요. 그 계집애가 서강으로 오면서 만난 사람들, 그를 도와준 사람들. 즉, 손이랑 진만호 유 지사 그리고 샛강주막 여주인. 이들이 일사불란하게 죄 농간에 끼어들어 한몫씩 했다 이겁니다."

한강독사가 마구 주절대는 말이 뭔가 두서가 없어서 조 포교와 함지박귀는 서로 눈을 맞추고는 한강독사를 다시 보았다. 함지박귀가 물었다.

"손이랑은 누군가?"

"그 방물장수 여편네 말입니다. 샛강주막서 저한테 와서 시비를 건 기집년 말이요."

"아, 그 방물장수. 그 방물장수도 무슨 농간인가에 끼어 있다는 말인가?"

"물론입니다. 고년이 끼어도 단단히 끼었습니다. 아니 고것이 모든 걸

했다고 해도 과언이 아닐 겁니다."

"그래?"

"물론입니다. 고것이 샛강주막에 나타나 자향이란 애를 빼돌려 지금은 그 애와 함께 보부상 산길로 도망가고 있을 겁니다."

"자네 말이 누서가 없군그래. 무슨 말인지 잘 모르겠네. 아무리 급해도 이해하게스리 말을 앞뒤가 맞게 해보게."

"두서가 없는 게 아닙니다. 바로 이렇습니다. 어제 그 처자가 샛길로 해서 진씨네 집으로 숨었다고 하셨지요. 그게 바로 손이랑의 짓입니다. 고것이 노고산 샛길로 문안에 들어가다가 자향이란 애를 만났고 그 애를 진씨 집에 소개시켜 숨겨준 거지요. 그리고 오늘은 귀신같이 제 때에 나타나서 남장 여자인 계집애를 빼돌려 보부상 산길로 도망가고 있는 겁니다. 확실합니다."

"자넨 그걸 어떻게 알아냈는가?"

"첫째는 제 감이지요. 그리고 둘째는 바로 손이랑입니다. 어제 서울 간 그 계집이 왜 오늘 벼락같이 나타났습니까? 바로 그런 짓을 하려고 나타난 것이지요."

"아니, 어제 서울 갔다가도 오늘 나타날 수 있는 거 아닌가. 그걸 갖고 수상하다 할 수 있는가? 자네네 보부상은 얼마나 번개냐구. 오늘은 이천 장터 내일은 안성장터, 도깨비보다 더 동에 번쩍 서에 번쩍 하지 않는가?"

"그건 그렇지만 제가 말한 것은 그렇지가 않습니다. 우리 보부상은요, 시골 한번 돌고 문안에 들어가면 적어도 나흘은 쉬어야 합니다. 쉰다는 것은 몸만 쉬는 게 아니라, 그 사이에 사람 만나고 소식 교환하고 물건 사입하고 그리고 큰 건이 있을 때는 동패 구하고 하느라 적어도 나흘, 많을 때는 이레 정도 준비기간을 갖는다는 뜻입니다. 그 정도 시간이 필요하지요.

한데 손이랑 요것이 아무 이유 없이 하루도 안 되어 번개같이 나타났다 할 제는 수상한 것 아닙니까? 더구나 그 동자가 여자였다가 남자로 바뀐 것, 그것도 수상한 일이지요. 외려 뭔가 수상한 일이 이뤄지고 있음을 웅변해주는 증거, 그것 아니겠습니까?

그리구, 그 손이랑이 샛강주막서 저한테 공연한 트집을 잡았지 않습니까? 그건 지금 생각하니까 포교님들 동태를 본 것이었어요. 앙큼한 년 아닙니까. 그리구, 그때 저는 보았습니다."

마지막 말을 한 한강독사는 의미심장한 눈빛으로 함지박귀를 쳐다보았다. 함지박귀는 그런 한강독사가 조금은 이상하였지만 노련한 경험을 살려 맞장구를 쳐주었다.

"뭘 보았다는 말인가?"

"손이랑의 눈요."

"손이랑의 눈?"

"네. 사람은 눈을 보면 그가 뭘 생각하는지 뭘 원하는지 훤히 알 수 있습니다. 더구나 저는 그녀의 눈을 잘 알지요."

"잘 안다구? 그 방물장수의 눈을?"

"네. 그 여자의 눈을 보면 대번 알 수가 있습니다. 우리 사이에 뭐 그런 사연이 있습니다. 아까 그 눈을 봤을 때는 무언가 아리송하였는데 지금 생각하니까 고것이 뭔가 꿍꿍이속을 품고 있었던 겁니다. 고것이 모든 것을 꾸민 거였어요. 쭈르르 있는 사람들을 죄 엮어서 말입니다. 어떻습니까, 성 포교님. 제 추리가 이해가 가십니까?"

함지박귀는 고개를 끄덕이었다. 한강독사가 말하는 내용엔 뭔가 묘한 것도 있었지만 대충은 아주 자연스럽고 순리에 맞는 것 같았다. 평소 그가 주장하는 자연스런 범죄의 흐름에 딱 맞는 추리였다.

"맞는 말이네. 이해를 하겠네. 한데 그 수상한 농간에 그 사람들이 쫘악 끼어 있다는 것도 맞는 추릴까?"

"그러문요. 저는요, 평소 손이랑이 잘 다니는 길, 친한 사람, 그리고 하는 짓거리도 다아 압니다. 그 중에서 가장 중요한 건, 손이랑이 진씨와 샛강주막 여주인과 아주 친하다는 사실입니다. 그 안목에서 보면 오늘의 짓거리가 휜히 꿰어집니다."

"그래, 그 애를 빼냈다고 생각하는 건 맞다고 보세. 한데 지금 보부상길로 도망한다고 하였는데 그 길은 어떤 길인가?"

그 말에 조 포교가 끼어들었다.

"그 길은 흑석리로 해서 수철리를 끼고 삼개로 가는 험한 산길이요. 보부상들이 우리의 눈을 피하고 싶을 때 또는 도망하는 머슴들이 많이들 이용하는 길입니다."

"아, 그런 길이 있었나요. 조 부장님, 그 길엔 우리 애들을 내보내지 않으셨잖습니까?"

"물론이요.. 도타하는 상대가 노자였다면 그 길을 괘념했겠지만 양반집처자라, 연약한 여자가 가기에는 아주 불편한 길이라 처음부터 신경 쓰지 않은 거요."

그 말에 함지박귀는 귀가 솔깃하고 눈이 번쩍하였다. 기분도 좋다. 모든게 맞다. 한강독사 이놈이 아주 신통한 놈일세.

"좋아, 한강독사. 자네 주장이 지금으로써는 전폭적으로 맞는다고 생각되네. 그 길로 당장 추적해보세. 그 여잘 잡으면 자네 공이 최골세."

"그렇습니까. 감사합니다."

"감사는 그 앨 잡으면 내가 할 인살세. 조 포교님, 어떻습니까. 한강독사의 추리가 맞는 것 같으지요?"

"근리하오."

저녁이 다가오고 있었다. 저 건너편 산 허리에 남기가 내리고 싸늘한 바람이 세차게 불어왔다. 풀들은 갑자기 휘날리는 바람에 흔들리며 몸을 땅위에 누이고 누렇게 병든 나뭇잎들은 센 바람에 날리어 풀 위에 떨어져 내렸다. 오늘은 유난히 바람이 거센 날이었다.

가을나무는 펄럭이는 머리채를 오른손으로 쓸어올리며 바람인지 공기인지를 깊이 들이마시다가 갑자기 눈쌀을 찌푸렸다. 허리를 숙이고 저켠 논 쪽을 유심히 본다. 찬 바람에 저고리와 치마를 추스리던 자향은 그런 가을나무를 보고 역시 나무 사이로 몸을 사리며 물었다.

"무슨 일이 있어요?"

"삼개 가는 논길의 버드나무숲에 포졸 둘이 숨어 있다. 혹 그들이 우릴 보지 않았어야 하는데 말야."

"그쪽서 여기가 환히 보일까요?"

"환히 보이지는 않겠지만 눈썰미 있는 포졸이라면 언뜻 볼 수는 있었을 게야."

"저 혼자가 아니고 둘이니 크게 의심하진 않을 거예요."

자향은 자신은 없었으나 가을나무를 위로해주고 싶었다. 그러나 그 위로에 가을나무는 고개를 저었다.

"그러면 좋겠지만 눈썰미 있는 포졸이라면 우리를 의심하겠지. 다시는 우리가 드러나지 않게 유의해야겠어. 길도 서둘루구."

가을나무가 잘도 관찰해낸 포졸은 노린내 조였다. 그들은 수철리 쪽을 지키다가 함지박귀의 지시를 받고 흑석리로 내려와 삼개 가는 길의 요목을 차단하고 있었다.

노린내는 멀리 내다보며 여러 궁리를 하고 있었다. 그가 보부상 산길을 괘념한 것은 천생의 감각이었다. 바로 반시진 전 노린내는 같이 나와 있는 서강의 포졸에게 물었다.

저기 보이는 게 산길 같기도 한데, 저쪽에 사람들이 다니는 길이 있는가? 잘도 보시는군요. 그게 보부상 산길이라는 거죠. 보부상 산길? 네. 보부상들이 무슨 꿍꿍이 속이 있어 우리를 피하고 싶을 때 그 길을 종종 이용한답니다. 기찰받고 싶지 않을 때 말이요. 이쪽 논밭으로 뚫린 길보다 한참 어렵지만 한것지기야 허지요. 그렇담 이런 도망과 추적에서는 빼서는 안 될 길이잖은가. 그러문이요. 허지만 양반집 딸이 도망하기에는 힘든 길이라서. 뭐, 신경 쓸 건 없을 겝니다.

그러나 노린내는 계속 신경이 쓰였다. 자기도 모르게 수시로 그쪽 길을 유심히 보고 있었다.

그렇게 반시진쯤 지났을까, 노린내는 보았다. 여자 둘이 희끗 나타났다가 사라지는 것을! 오, 저건 뭐야. 여자들이 왜 저 길로 가지? 그것도 나타났다 사라졌다 하고. 더욱 수상하지 않은가.

여보게 저 보부상 산길로 한번 가봐야겠는데. 왜요? 여자 둘이 나타났다 숨었다 하며 저 길을 가고 있는 것 같애. 정말이우? 그럼 내가 왜 거짓말을 하겠는가. 그래요? 허면 수상하군요. 내 저 길로 추적해볼 테니 자네는 여길 지키게. 여기도 요목이니깐 말이야. 그야 좋습니다만 조 포교부장이 뭐라 하면 어쩌지요. 이 사람아, 그 무슨 걱정인가. 자네가 나와 있는 것은 우리를 도우려는 것 아닌가. 하긴 그렇지요. 그럼 내 가보겠네. 그러시우. 포교들이 오면 내 저 길로 해서 추적해갔다고 이야기하소. 알았습니다.

노린내는 즉시 보부상 산길로 붙었다. 갈대와 나무숲을 건너뛰며 저들의 눈에 띄지 않게 신경을 썼다.

가을나무는 풀숲을 빠르게 건너다가 큰 나무 뒤에 숨었다. 자향은 가을나무의 수상한 태도에 자신도 그녀 뒤를 바짝 따라가 역시 몸을 풀섶에 숨겼다.

"왜 또, 무슨 일이 있어요?"

"발자국 소리가 우리를 쫓아오고 있다. 빠른 속도로 우리 쪽으로 오고 있는데."

"안방이 아닐까요?"

"안방이는 훨씬 뒤에서 우릴 엄호하기로 하였는데."

그러나 안방이었다. 안방은 놀란 토끼처럼 달려오더니 둘을 보자 급하게 속삭였다.

"포교 하나가 우리 뒤에 붙었어요."

"오마나, 아까 그 포교들이 우릴 본 모양이네요."

자향이 가을나무에게 말하자 안방이 계속 말하였다.

"아주 날렵한 포교여요. 우리가 못 보게끔 몸을 숨겨가면서 접근해 왔어요. 문안서 온 날랜 포교 같아요."

"귀가 크던? 아니면 눈썹이 찐한 그 포교데?"

자향이 물었다. 안방은 고개를 저었다.

"그 사람들은 아니어요."

"그럼 냄새 잘 맡는 노린내란 잔가."

"그런지도 몰라요."

"오마나 큰일났다. 냄새포교, 그 사람이 추적하는 데는 가장 무섭잖아."

자향이 놀라자 가을나무가 물었다.

"그 잔 어디쯤 오고 있던?"

"약 오백여 보 뒤쪽이어요."

"그럼 빨리 도망가자. 자, 따라와라. 속력을 낸다!"

가을나무는 앞장서서 빠른 속도로 길을 열었다. 자향과 안방은 그 뒤를 열심히 따라갔는데 가을나무가 달리면서 의논하였다.

"안방아, 무슨 좋은 방법이 없을까. 이 길을 눈치챘다면 여기서 벗어나야 할 것 같애. 그치? 어떻게 하면 좋겠니?"

"가다가 두 쪽으로 짜개지면 어때요?"

"짜개져?"

"네. 제가 추적자를 유인할 테니까 가을나무 언니와 아씨는 딴 데로 가는 거예요. 오른쪽 토정마을로 빠지든가."

"그래? 그 생각 좋다. 우리 좀더 가다가 실이 없을 것 같은 곳에서 찌개지자."

노린내는 길을 더듬으며 냄새를 맡았다. 냄새가 난다.

냄새는 어제 어렴풋이 맡았던 처자의 내음이었다. 맞았어. 어제 그 냄새가 틀림없어. 다시 이 냄새를 맡으니 기분이 좋군! 한데 놀랍군. 어느새에 여기까지 왔을까. 우리가 삼개 가는 마지막 선에 진치고 있는 셈인데. 빠르기도 하지. 허, 참. 틀림없이 누군가가 도와주고 있는 게로군.

냄새를 확인한 노린내는 추적의 속도를 냈다. 냄새 자체가 오래된 게 아니었다. 그게 특히 마음에 들었다. 좋다. 이 냄새만 맡으면서 쫓으면 놓칠리 없지. 잘 되었어. 어쩐지 이 보부상 산길에 자꾸 눈길이 가더라니.

노린내는 어제의 실패를 만회할 좋은 기회가 도래한 것에 신이 나 있었다. 게다가 처자의 냄새는 아주 신선하였다.

이 냄새는 어떤 냄샐까. 발걸음을 재게 놀리며 노린내는 자향의 내음을 규명하였다. 그렇다! 이 냄새는 매화 냄새인 게야. 겨울에 고고히 피는 매화, 그 매화의 향기. 매화는 향기 맡기가 어렵다고 그 누가 말하였던가. 흥, 매화 냄새라! 냄새만으로 보면 이 처자는 아주 고상한 여잘세. 그것참, 안된 여자야. 이렇게 좋은 냄새를 풍기는 처자가 쫓기는 신세가 되다니.

어, 한데 이건 또 무슨 냄새야. 하하, 녀석이 또 나타났군. 나를 골탕먹인 안방이란 어린애의 냄새. 좀 고리타한 남정내를 풍기는 녀석. 잘 왔다. 니가 아니 오고 못 배길 놈이지. 일망타진해주마!

한데 또 하나의 냄새가 있었다. 오라, 이건 처자를 돕는 다른 또 하나의 냄샐세. 그렇다면 앞쪽에서 도망가는 자들은 모두 셋이로군. 좋다. 태조대왕이 한 화살에 기러기를 세 마리나 꿰었다더니 나도 그 흉내를 한 번 내보는 건가.

노린내는 확연히 맡아지는 냄새에 흥이 돋고 희망에 부풀어서 날 듯이 달려가고 있었다.

가을나무가 보기에도 자향은 잘 달렸다. 양반집 규수로 어느 정도는 애를 먹일 줄 알았는데 의외로 잘 달리는 게 여간 이쁜 게 아니었다.

그들이 큰 바위 서너 개가 서로 얼싸안고 널브러져 있는 곳에 왔을 때 가을나무가 발길을 멈추었다.

"자, 여기서 나눠서 가자. 왼쪽은 삼개로 가는 보부상 산길의 연속이고 오른쪽은 급경사를 내려가면 토정마을이다."

가을나무가 안방을 보고 말하자,

"그럼 가을나무 언니와 아씨는 토정마을로 가세요. 제가 산길로 계속 가면서 포교를 따돌릴게요."

안방의 말에 가을나무는 고개를 저었다.

"아니다. 네 발자국은 작아서 대번 알아볼 수 있어. 저들은 그런 것까지 본다구. 내가 왼쪽으로 유인할 테니 안방이는 송이와 함께 토정마을로 내려가라. 알았지?"

"그게 좋겠어요."

자향이 동의하자,

"좋아. 결정됐다. 자, 이쪽으로 내려가라구. 풀을 밟으면서. 발자국이 나지 않게. 빨리 가라구, 빨리 가! 시간이 목숨이다. 알았지."

가을나무가 마구 다그치고 이것저것 걱정해서 말하자 안방은 걱정 말라고 고개를 끄덕였다.

"안방아, 토정에 가면 이치 현령 댁을 찾아가 도와달라고 부탁해. 그분 알지? 도와줄 거야. 사람들 모르게 몰래 가야 한다!"

"네, 알았어요."

안방이 대답하자 가을나무는 둘을 떠밀다시피하며 재촉을 하고는 자기는 왼쪽길로 바람같이 달려갔다. 그때 안방이 짧게 소리쳤다.

"아차, 이러면 안 돼요, 이러면 안 돼. 언니 날 따라와요!"

안방은 그렇게 외치고는 가을나무가 사라진 왼쪽길로 쏜살같이 달려갔다. 자향은 어떻게 돌아가는지 어리둥절한 채 경황없이 안방을 뒤쫓아갔다.

왼쪽으로 꺾인 데서 쉰 발짝쯤 가자 안방이 가을나무를 잡고 뭐라 이야기하고 있고 가을나무는 저고리를 벗고 있었다.

안방이 자향에게 급하게 말하였다.

"언니야, 빨리 저고리를 벗어서 가을나무 꺼와 바꿔 입어요!"

자향은 그 말이 무엇을 의미하는지 알았다. 잽싸게 저고리를 벗었다. 안방은 자향의 저고리를 뺏다시피 해서 부근의 나무와 풀들에 휘저은 뒤 가을나무에게 주었다. 둘이 옷을 갈아입자 안방은 자향의 손을 잡고,

"자, 가요. 가을나무 언니도 빨리 가세요. 포교들한테 붙잡히지 말고요!"

"그래. 너희들도 조심해. 삼개에 가면 조씨국밥집에 전언을 남기구!"

자향은 안방의 손에 이끌려 정신없이 왔던 길로 되돌아가면서도 뒤를 돌아보며 가을나무에게 잘 가라고 손짓하였다. 가을나무도 오른손으로 벼랑 아래를 가리키며 빨리 가라고 재촉한다. 포교가 하마 들이닥칠까 봐 어쩔 줄을 몰라한다. 몸과 마음이 동시에 다급하다.

안방과 자향은 아까의 바위 옆쪽 경사가 급한 곳을 내려갔다. 저녁이 가까웠어도 그렇게 어둡지 않은데 바위 밑은 어둑컴컴했고 가팔라서 둘은 천천히 내려갔다. 서른 걸음도 내려가기 전에 요란한 발걸음 소리가 들렸다. 추적 포교가 벌써 그들 위를 지나가고 있었다. 둘은 관목숲에 엎드려 숨을 죽였다.

노린내는 경쾌하게 달리고 있었다. 이렇게 상쾌한 매화 냄새를 쫓는 것은 아무리 생각하여도 즐거운 일. 저 처자가 불쌍한 것 하나만이 마음에 걸릴 뿐이다. 처자는 냄새만큼이나 괜찮은 여잔가 보다. 냄새가 아주 고결한 걸 보면. 이렇게 좋은 냄새를 맡으며 추적하기는 정말 첨일세.

헌데 세 번째 냄새도 좋은 편이군. 풋풋한 게 말이야. 이 냄새의 주인도 여잔가 부다. 그렇지. 여자임에 틀림없어.

노린내는 바위 서너 개가 널부러져 있는 곳을 빠르게 지나가며 언뜻 발아래를 보았다. 이런, 발자국이 선현이 나 있군. 여자 발자국 두 개와 사내

발자국 하나. 저 도망자들은 발자국에 대한 개념이 없군. 도망할 때는 발자국 조심을 하여야 하는데 말이야. 노린내는 여유로운 웃음을 흘리며 바위를 돌아갔다.

돌아가서도 발자국은 여전히 곳곳에 찍혀 있다. 노린내는 웃었다. 한데 그곳서 얼마 가지 않았을 때였다. 노린내의 콧날에 이상한 느낌이 직감적으로 뻗쳐내렸다.

어, 냄새가 변질되고 있다. 아니 냄새가 급작스레 약해지고 있잖아!

노린내는 멈춰 섰다. 냄새를 깊이 들이쉬었다. 가장 중요한 처자의 냄새, 매화 냄새가 아주 미약하다. 냄새 자체가 나지 않는 건 아니다. 나긴 나되 약하다. 어린애 냄새도 사라져가고 있고.

노린내는 뒤를 돌아보았다. 뒤로 조금씩 되돌아가며 냄새를 맡았다. 냄새가 진해진다. 그렇지, 알았다.

놈들이 두 갈래로 짜개졌군. 흠, 얕은 꾀를 쓰는군그래. 보통내기들이 아니야. 그렇다면 그들이 짜개진 곳을 찾아야 한다. 시간을 버리면 안 된다. 이 짧은 사이 사라질 위험이 있다.

노린내의 뇌리에 어제의 일들이 파도처럼 스쳐지나갔다. 어제의 실패를 거듭하는 건 아닌가 하는 두려움이 덮쳐왔다. 노린내는 고개를 흔들며 부정하였다. 두 번 다시 그런 일은 있을 수 없어!

노린내는 눈을 부릅뜨고 앞뒤를 노려보았다.

저들이 나눠 간 곳을 찾아야 한다. 처자가 어느 쪽으로 갔느냐, 그걸 알아내는 게 가장 중요하고.

노린내는 킁킁대며 전후의 냄새를 판별하기 위해 신경을 곤두세웠다.

그때 아까부터 강해지던 바람이 세차게 불어왔다. 바람이 세게 분다. 아니, 아침부터 이상하더니 무슨 바람이 이렇게 거세게 분다는 말인가. 자칫 냄새를 다 몰아갈라.

바람은 노린내의 털벙거지를 날릴 듯 세어서 그는 왼손으로 머리 위를 눌렀다. 바람은 마치 계절풍처럼 강맹하게 불어닥쳤다. 노린내는 냄새를 맡기는커녕 몸을 옹상그리고 넘어지지 않기 위해 두 다리에 힘을 주며 서 있었다. 노린내로서는 정말 기분 나쁜 바람이었다.

바람아, 왜 하필 지금 부니. 왜 극성을 떠는 거야. 이 냄새포졸님은 너희들 바람을 좋아하지 않느니라. 냄새를 잘 맡는 향기포졸에게 바람은 천적이지 않니. 반길 수 없다, 너 바람아. 바람아, 빨리 그쳐다오.

노린내는 그렇게 낭만적으로 바람에 말을 붙이고 있었는데 바람은 낭만적이지 않았다. 휘이 휘이, 바람은 세차게 대지를 휩쓸고 지나갔다. 풀들이 흩날리고 가지가 흔들리고 잎이 요동하고 떨어진 여린 잎들, 약한 잎사귀는 허공 속으로 훨훨 날아갔다. 정말 별스러운 바람이었다.

가까스로 바람이 그친 뒤, 노린내는 서둘러 킁킁 냄새를 맡았다. 한데 냄새가 나지 않는다. 아니, 나지 않는 게 아니라 냄새가 있지 않았다. 냄새가 사라지고 없다.

어, 이것 봐라. 내 예측대로 바람이 냄새를 다 쓸어 가버렸을까. 이래서는 안 되는데.

노린내는 앞뒤로 오가며 사방의 냄새를 맡아보았다. 냄새가 나지 않는다. 계절풍 닮은 바람이 아까까지 잘 맡아지던 냄새를 죄 훑어간 모양이었다.

한동안 냄새를 맡아보던 노린내는 망연자실하였다. 앞쪽과 뒤쪽을 두리번거리며 멍하니 서 있었다. 그러고 보니 발자국마저 지워지고 없었다.

이 무슨 재변이란 말인가. 어제는 서리가 차갑게 대지에 내리며 냄새를 없애버리더니 오늘은 바람이 냄새를 모두 쓸고 가버리다니. 운명인가, 이것은. 운명이란 말인가!

갈대 사이로 자기를 노려보던 안방의 눈초리가 생각났다. 눈매가 날카로운 녀석은 지금은 비웃는 표정을 짓고 있다.

저놈이 애물이야. 저녀석 땜에 안 되는 거야. 뭔가 재수가 없는 놈, 악마

적 불운을 나에게 덮어씌우는 놈. 이놈, 만나기만 해보아라! 내 주리를 틀리라! 분맥착골 수법으로 단말마를 지르게 해주리라! 당장 죽고 싶어도 죽지 않게 하고 처절한 고통을 안기리라!

노린내가 그렇게 절망과 분노에 몸을 떨고 있을 때 뒤쪽에서 급촉한 발소리가 들려왔다. 노린내는 뒤를 돌아 발소리가 가까이 오는 걸 기다렸다. 함지박귀 장작눈썹 한강독사가 거친 숨소리를 내뿜으며 달려오더니 멀뚱히 서 있는 노린내를 보자 우뚝 발걸음을 멈추었다.

11. 토정마을

자향과 안방은 조심스레 마을로 들어섰다. 사람들의 눈에 띄지 않기 위해 둘은 담을 끼고 걸었다. 토담이 길게 이어진 고샅을 지날 때 그들은 섬칫한 눈빛을 보았다.

노파는 장죽을 짚고 골목에 서 있었다. 주름이 쭈글쭈글했는데 그보다도 날카로운 눈빛이 유난하였다. 자향은 자기도 모르게 아, 하고 탄성을 내지를 뻔하였다. 그래도 안방이 나왔다. 그는 외려 성큼성큼 걸어서 노파한테 갔다.

"할머니, 이치 영감님 댁을 가려는데 어디로 가면 됩니까?"

"이 현령 이치 영감 댁 말인가?"

"그렇습니다."

"이쪽으로 쭉 가면 왼켠에 황토흙담이 둘러쳐진 초가가 나온다오. 그 집이오. 강직하고 학문이 심오한 분이시라 우리 고을만 아니라 저 삼개까지도 왼 사람이 죄 존경을 한다오."

"그분 말씀은 저도 들어 알고 있어요. 할머니, 감사합니다."

둘은 노파를 뒤로하고 의젓하게 걸었다. 안방이 노파한테 이 현령 댁을 물은 게 자향은 내내 마음에 걸렸다. 그러나 안방은 그런 것엔 괘념치 않고 있었다.

안방이 자향에게 속삭였다.

"이 현령은 어려운 사람이 오면 모두 도와주시는 걸로 유명해요. 틀림없이 우리도 도와주실 거예요."

"그렇지만 조용히 은거해 사시는 분에게 폐를 끼쳐도 괜찮을까?"

"그런 게 지금 문제여요? 언제 포교들이 쫓아와 언니를 잡아갈지 모르는데 우선 몸을 숨기는 게 급무 아니어요?"

"한데 동생, 가을나무는 잘 가고 있을까. 냄새포교한테 붙잡히지 않을까."

"걱정 마요. 가을나무 같은 방물장수는요, 걷는 데 도사여요. 힘도 세게 생겼잖아요. 절대 잡히지 않을 거예요."

"그랬으면 얼마나 좋아. 안방이는 이치 영감을 만나본 적 있어?"

"나 같은 사람이 어떻게 그런 분을 만나요. 말만 들었지요."

자향은 안방이 이치 영감을 만나본 적도 없으면서 그분을 찾아가자고 당당히 말하는 자세가 기특하였다. 가을나무가 그렇게 하라고 알려주긴 했지만.

"저기 있다. 이치 영감 댁이!"

안방은 흙담집을 보자 자향에게 손짓을 하고는 씩씩하게 걸어가 대문 문고리를 탕탕 들어서 쳤다.

"주인어른장 계십니까?"

두어 번 소리치자 문이 활짝 열리고 늙수그레한 할배가 문 앞에 나타났다.

"무슨 일로 오시었나?"

"저희 언니와 함께 삼개 가는 길인데 날이 저물어 이 집에서 하룻밤 재워줍시사 왔습니다."

안방은 양반도 아니고 번듯한 옷을 입은 처지도 아닌 주제에 말은 틀지게 나갔다. 자향은 그런 안방이 행여 무렴을 당할까 봐 가슴이 조마조마했다. 한데 할배는 자향을 슬쩍 쳐다보고는 의외로 선선히 들어오라고 손으로 안쪽을 가리켜 안내하였다. 안방은 그럴 줄 알았다는 듯이 자향에게 들어가자고 고개를 까딱하고는 성큼 안으로 들어갔다.

황토집은 밖에서 볼 때보다 훨씬 컸다. 대문 옆에 행랑채가 있고 약간 널따란 대청 좌우에 방 세칸이 붙어 있고 오른쪽 안방인 성실은 큰방 옆에 부엌이 딸려 있었다. 할배는 그들을 대청까지 데려다 주었다.

대청 한가운데에 나이가 지긋한 두 양반이 앉아 한담을 나누다가 안방과 자향이 들어오자 가만히 쳐다보고들 있었다. 안방은 두 양반의 인상이 학처럼 고고한 것에 기가 눌렸던지 고개를 깊숙이 숙였다.

"저희 남매가 삼개 가는 길에 날이 저물어 하룻밤 신세를 지고자 감히 들어왔사옵니다."

안방이 아주 공순하게 말을 올렸는데 두 양반은 가타부타 응대를 아니하고 저들끼리 묘한 대화를 나누는 것이었다.

"영감님 어떻습니까. 남매 아닌 남매가 온다고 하였지요."

"그러게요. 하나는 꽃 같은 요조숙녀요 하나는 흙 속에 묻힌 진주일세."

"꽃은 해마다 곱게 피겠지만 흙 속의 진주는 어느 누가 알아주리."

"금년에 아까운 인재들이 몰사죽엄하는 해여서 그런지 남매 아닌 남매도 고생길이 험하군그래."

이때 안방 문이 열리고 여덟 살쯤 되어 보이는 사내아이가 두 양반 사이로 오더니 또릿또릿하게 묻는다.

"어머님이 진지를 몇 분치 준비하옵느냐고 여쭤보시랍니다."

사십이 넘어 뵈이는 무명 옷에 사모관대를 한 양반이 대답하였다.

"손님 두 분이 더 왔으니 물론 사 인분을 준비하라고 일러라."

"네, 알겠습니다."

아이가 꾸벅 절을 하고 물러가려 하자, 삼십을 조금 넘어 보이는 양반이 말을 거들었다.

"지함아, 어머니께 너의 밥상도 이 두분 손과 함께 차려 달라하여 같이 들어라."

"네?"

아이가 놀란 듯 자기에게 분부한 어른을 잠시 쳐다보다가 이번엔 안방과 자향을 똥그란 눈으로 바라보았다. 조금은 하대하여 보는 눈치가 역력하였다.

"저 젊은 남매와 동무가 되라는 이야기이다."

"저보다 나이가 한참 많은 분들인데요."

"동무하는 데 나이가 무슨 상관이 있겠느냐. 한데 두 사람은 성은 똑같이 박씨이지만 관향은 같지 아니하구나. 진기한새야, 아저씨 말이 맞느냐?"

"그렇습니다. 여자는 고령 박씨이고 남자는 밀양 박씨이군요."

"오호, 역시 진기한새는 다르도다."

그러자 사모관대한 양반이 혀를 끌끌 차며 한마디 하였다.

"허어, 화담은 별걸 다 시험하시오그려. 어린 손들이 공연히 놀라겠소. 그리고 그대들 남매는 장승처럼 서 있지 말고 대청으로 올라와 앉게나."

자향은 이들의 대화를 들으며 한 번 두 번 세 번 계속 놀라느라 정신이 아뜩하였다. 두 어른이 나누는 이야기를 간추려보니 사모관대한 양반은 아까 들은 청백리 이치 현령이고 삼십대 초반의 양반은 아버님이 늘상 말씀하시던 그 유명한 송도의 화담 서경덕 선비가 아닌가. 서경덕 선비가 이곳에 와 있는 것도 이상하지만 이들은 어떻게 하여 자기들이 여기 올 것을 알고 있으며 남매 아닌 남매로 성이 박인 걸 어찌 안다는 말인가. 그리고 진기한새라 불리운 저 아이는 어떻게 고령 박과 밀양 박을 알아내었을까. 그야말로 기절초풍할 일이었다.

이상하다 못해 자향은 혹 꿈은 아닌가 하는 생각까지 났다. 그렇다고 현실 같지도 않았다. 자향이 집을 떠나 나오면서 계속 기가 막힌 경우를 겪어 왔지만 이렇게 황당한 일은 처음이었다.

안방도 놀라기는 마찬가지였다. 아까까지만 해도 당돌할 정도로 용기 있는 장부였던 그는 뭣에 홀린 듯 이치 현령의 지시대로 대청마루에 엉덩이를 대고 주춤주춤 앉으며 두 어른을 눈치보듯 바라보았다. 자향도 고개를 깊숙이 숙여 정중히 인사한 뒤 안방의 옆에 걸터앉았다.

"화담 선생, 어린 손들이 너무 놀란 것 같소이다. 마음을 진정시켜줘야겠어요. 지함아, 너는 어머님한테 가서 저녁준비를 빨리 해서 내오라고 일러라. 저녁을 빨리 끝내야 할 일이 있다."

"네."

진기한새가 안방으로 물러가자 화담은 자향을 바라보며 말을 걸었다.

"처자는 나이가 몇인가?"

자향은 잠깐 두 어른을 번갈아 돌아보다가 작은 목소리로 대답하였다.

"열여섯이옵니다."

"열여섯. 그러면 올해가 기묘년이니 자축인묘로 해서 따져보면 쥐띠로군. 허, 부지런해야 할 쥐가 어찌 용과 같은 운세인고. 팔자가 큰 바다의 격랑이요, 한여름의 먹장구름일세. 꽃길과 화염길을 말처럼 급히 달려가야 하니 만나는 사람 하도하고 겪는 일 첩첩이라. 인생을 보람있게 살겠군."

화담의 신들린 듯한 점괘 타령에 자향은 어리둥절하였다. 처음 말들은 신세가 극히 고단할 것을 뜻하는 듯한데, 뒤에 가서는 좀 나아 보였다. 자향은 이제 조금은 용기가 생겨 대담하게 물었다.

"어른께서는 송도의 화담 서경덕 선생이시지요."

"호오, 어린 처자도 내 이름을 아는가?"

"저희 아버님이 훌륭하신 분이라고 노상 말씀하시어서 저같이 어린 소녀도 알고 있사옵니다."

"아버님이? 아버님이라면 우리 괴이한돌이 고령 박씨라고 했으니, 가만있자. 그렇지. 박자 운자 참의이시로군. 내 추측이 맞는가?"

"그러하옵니다."

자향은 또 한번 놀라는데 화담은 지긋이 눈을 감고 혼잣말처럼 중얼거렸다.

"흠, 국화 향기처럼 온 뜰에 아름다운 향을 뿜으련만 주인을 잘못 만나 화무십일홍이요 열매 맺기 전에 억장비 쏟아지니 비감이 천추로다."

자향은 화담의 말에 가슴이 철렁하였다. 화무십일홍, 억장비, 비감이 천추라는 표현은 모두가 불길한 말들이다. 운수가 나쁘다는 뜻일 터이었다. 그녀는 화담을 뚫어지게 바라보다가 그가 눈을 뜨는 것을 기다려 조심스레 물었다.

"선생님, 그럼 저의 아버님께서 큰 불행을 당한다는 뜻이옵니까?"

"아니야 아니야. 그런 뜻은 아닐세. 내 점괘는 저 이상한풀보다 못하니 자세히 알고 싶걸랑 이따가 식후에 물어보게나."

"괴이한돌과 이상한풀은 누구이옵니까?"

"아까 나왔던 지함이의 별호이지. 이 집 둘째아들인데 도저히 측량할 수 없는 재주를 타고나서 진기한새이기도 하고 괴이한돌이기도 하고 이상한풀이기도 한 아이이지. 어쩌면 그대 처자와도 한 오라기쯤의 인연은 있으리."

"저 둘째 자제님은 그럼 천재이군요."

"천재이고말고. 천재이고말고!"

"진기한새는 모든 사람을 보는 즉시 그 사람의 운명을 점칠 수 있나요?"

"다 그런 건 아니고, 영감이 떠오르면 정확하게 맞추는 신이 들린 아이이지."

"아!"

두 사람의 대화에 안방은 너무나 기이해 넋을 잃다시피하고 있는데 집 주인 이치 영감은 무릎만 툭툭 치면서 살포시 어두워지고 있는 앞산을 바라볼 뿐이었다.

"한데 어른께서 말씀하신 저의 신세는 어린 마음에도 너무 무서웁습니다. 자세히 알려주시고 헤쳐나갈 방략을 가르쳐주시면 고맙겠습니다."

"흠, 나는 영감이 떠오르는 대로 읊어 주었을 뿐이라 자세히는 모르네. 그런 신기(神氣)는 나에겐 없지. 궁금하면 이상한풀한테 물어보아."

"잘 아실 것 같아 말씀올립니다만 저는 지금 도망하는 신세이옵니다. 제가 어찌하면 이 험한 곤경을 벗어날 수 있겠습니까?"

이때 밥상이 마루로 나와 대화가 끊겼다. 이상한풀이 안방에서 나와 세 사람 상이 차려진 옆으로 왔다. 안방과 자향이 밥상에 앉기 전이었으므로 이상한풀인지 진기한새인지 괴이한돌인지 알 수 없는 천재 아이는 둘을 꼰아보듯 쳐다보았다.

사모관대한 이 현령이 말하였다.

"두 젊은 손은 그 밥상으로 저녁을 들게나. 지함이는 언니들을 모시고 식사를 하거라. 어린 분네들이나 귀한 손이니 잘 대접하여라."

그리고는 두 양반은 겸상해서 저녁을 들기 시작하였다.

원래 선비는 밥상에서 말을 아끼는 법인지라 한동안 수저 움직이는 소리만 들렸다. 밖은 어둠이 내리고 둥지로 돌아가는 새의 구슬피 우는 소리가 들렸다. 밤이 들면서 대지에 찬기가 내리고 있었으나 대청마루엔 할배 머슴이 밝힌 관솔불이 그윽하여 외려 서늘한 게 좋았다.

하루 종일 거의 굶다시피 한 안방은 소리를 요란하게 내며 밥을 먹었다. 자향은 안방이 소리를 너무 크게 내어 민망하였으나 말리시는 않았디. 얼마나 배가 고팠을까. 게다가 이런 이밥은 오랜만에 먹어볼 거야. 허둥지둥 먹는 안방이 안쓰러웠다.

자향은 옆자리의 두 어른을 슬금슬금 바라보며 많은 궁금증과 싸웠다. 저분들은 내가 쫓기는 신세라고 말해도 조금도 놀라지 않았다. 그런 사연도 죄 알고 있는 거야. 도가 터도 한참 트인 세외고인(世外高人)들인 거지.

갑자기 진기한새가 물었다.

"두 분은 어딜 가는 길입니까?"

안방이 밥상에서 머리를 들고 치켜보는 태세로 툭 쏘았다.

"우리가 어디로 가는지도 알 거 아니야?"

"내가 그걸 어떻게 안담."

진기한새도 도전적으로 대꾸했다.

"내가 밀양 박인 건 어찌 알았지?"

"흥, 거기가 무슨 밀양 박이요. 주인집 성이 밀양 박이었지."

안방은 얼굴이 발개졌다. 자기가 상놈인 걸 아이는 알고 있는 것이다. 같은 밥상에서 밥을 먹어주는 것도 그러고 보면 크나큰 대우 아닌가. 잘 들어가던 밥이 명치에서 턱허니 걸렸다.

"여하간 그래도 박은 내 성이요. 어느 누가 처음부터 성을 가졌겠나? 태고 적에 지어냈거나 남의 성을 땄거나 임금이 하사했거나 뭐 그런 거지."

"그렇긴 합니다. 언니들이 어디로 가는지는 잘 모르겠는 걸이요."

술명해 보이는 진기한새의 얼굴에 약간은 뾰루퉁한 표정이 뜬다. 자향이 대답하였다.

"우리는 삼개로 가는 길이어요."

"삼개? 삼개에는 요즈음 역귀들이 많이 모여 있는데."

"지함아, 쓸데없는 이야기는 그만 하여라."

이 현령이 꾸지람을 하자 괴이한돌은 얼굴이 새촘해져서 밥만 먹었다.

"그럼, 내일은 문안으로 들어가 지인들을 만나볼 생각이시오?"

이 현령이 화담에게 물었다.

"글쎄요. 하루 이틀 있으면 북으로 남으로 귀양들 갈 터이니 그때 노량진으로 나가 귀양 가는 분들을 눈마중하는 게 나을런지요."

"사약은 내리지 않을까요?"

그 물음에 화담은 언뜻 자항을 바라보았다. 자항은 두 분의 대화를 쫑긋하고 듣고 있었으므로 화담이 언뜻 자기에게 눈길을 주는 걸 느꼈다. 저분이 왜 날 쳐다보았을까. 우리 아버님이 혹 사약을 받게 되시는가. 그 생각을 하자 잘 들어가던 밥이 갑자기 막힌다. 그녀는 고개를 숙이고 가만히 숨을 골랐다.

"사약은 당장은 아니나 열흘 내에 남쪽으로 내려가겠지요."

"북쪽은 아니구요?"

"네, 남쪽이겠는데요."

자항은 그 말이 무슨 뜻인지 예민하게 알아들었다. 남쪽으로 귀양 간 분한테 추가로 사약이 내려간다는 뜻일 것이다. 그렇다면 아버님은 제발 남쪽으로 귀양 가지 않아야 한다. 아버님, 남쪽으로는 귀양 가지 마소서. 남쪽으로는 가지 마소서. 그녀는 화담의 말을 신처럼 떠받들며 혼자 되뇌었다.

이치 현령이 다시 물었다.

"화담의 이번 서울 행차는 미리 예견한 것이었습니까?"

"예견이라기보다 어두운 구름이 한성 목멱에 그득한 게 보입디다. 이 현령도 뵌 지가 두 해요, 지함이 어떤 신기를 받고 있는지도 궁금하여 발걸음을 떼어놓았지요."

"송도의 봄은 버릴 수가 없이 아름다운 걸 어찌 두고 오시었소?"

"송도의 봄이 제 아무리 아름답다 하여도 우리 진기한새만큼이야 빼어날 리 없지요."

"빼어나다 한다면, 저 젊은 손들도 아주 빼어나오그려."

"그러 하군요. 처자의 기품이 한 떨기 매화 같군요."

화담은 숭늉을 들면서 자향과 안방을 새삼 자세히 바라보았다. 형형한 눈에 반짝이는 빛이 스치고 반짝임 속에 연민의 정이 흘렀다.

"그대는 나이가 몇인가?"

화담이 안방에게 물었다. 밥을 다 먹고 뚝뚝히 앉아 있던 안방은 기다렸다는 듯 대답하였다.

"올해 열넷입니다."

"열넷이라. 하면 호랑이 띠일세. 으흠 호랑이라. 몸 속에 흐르는 기와 띠가 맞아떨어지는군."

"돌진하니 호랑이의 용맹이요, 멈추나니 의리로다. 빠알간 주먹에 검은 숲이 동탕하도다. 세 번째 눈물이 의를 발하도다."

이 현령이 거들자,

"애비의 업을 등에 지었으니 그 일이 한 큰일이구료."

화담이 응수하였다. 자향은 두 분이 주고받는 안방의 운세가 왠지 불길하게 느껴졌다. 멈추나니 의리로다가 무슨 뜻일까. 그냥 듣기에는 근사한 문구이지만 뭔가 심오한 뜻이 있을 성싶었다.

화담과 이 현령이 또 묘한 대화를 하기 시작하였다.

"한데 박 참의 댁 규수는 흐르는 구름이요 나르는 홍곡(鴻鵠, 큰 기러기와 고니)일세."

"여기에 멈출 수 없고 빠져나갈 길도 외가닥이구려."

"그렇습니다. 진기한새야, 언니가 안전한 길은 어느 쪽이냐?"

화담의 물음에 진기한새는 흘깃 자향을 보고는 간단히 대답하였다.

"손방(巽方, 동남 방향)이에요."

"손방, 손방이면 너가 말한 악귀가 득시글하다는 삼개 쪽일세."

"그러하옵니다."

자향은 어리둥절하였다. 지금 이분들은 자기가 갈 길을 이야기하고 있는 게 아닌가. 그리고 말의 앞뒤를 간추려본즉 오늘 밤 이 집에서는 잘 수가 없고 떠나야 한다는 뜻인가 보았다.

이 현령은 잠시 생각하는 듯하더니 자향을 향해 말하였다.

"이름을 어떻게 불러야 하나?"

자향은 멈칫하다 솔직하게 대답하였다.

"아들 자 향기 향, 자향이옵니다."

"아들의 향기라, 깊이가 있는 이름일세. 아들 자는 딸도 포함이 되지만 이즈막에는 아들만을 뜻하는 경우가 많으니 아들 몫을 해야 한다는 뜻이 담겨 있기도 하고……."

"제 바로 아래에 남동생이 났습니다."

"음, 그대의 이름 덕이로군. 하지만 그대에 치어서 빼어나지는 못하리. 한데 오늘 우리 집에 머물 수가 없네. 지금 해(亥)방향(서북쪽)에서 이쪽으로 저녁 밀물처럼 다가오고 있는 유성이 있네. 저 흐르는 별은 아마도 그대들을 찾으러 오는가 본데 대단한 마성을 지니고 있군. 가만 있어 보자."

이 현령은 앞동산에 두둥실 떠 있는 둥근 달을 보며 뭔가 생각하는 듯하더니 입을 열었다.

"내 한 곳을 지정해 줄 터이니 그곳에 가서 이 밤을 지내고 내일 삼개 쪽으로 가게나."

"영감님께서 지정하시는 대로 따르겠습니다."

"그리고 우리 젊은이는 이름이 어떻게 되나?"

안방에게 묻자 그는 고개를 숙이고 대답하였다.

"박안방이옵니다. 어찌 안자에 모 방자이옵니다."

"밖에 나갈 때 어찌 부모에게 방(가는 곳)을 알리지 않을 수 있는가. 이름이 공자 말씀이로고."

"저희 집은 상놈이오라 아버님은 그런 뜻을 모르고 지으셨을 것입니다."

"허허, 좋지. 한데 너는 오늘 우리 집에 머물다가 내일 화담 선생을 따라 삼개로 가서 언니를 만나라."

"저희 언니는 그럼 누구랑 갑니까?"

"지함이랑 같이 갈 것이다. 화담 선생, 이렇게 안배하면 되겠습니까?"

"물론입니다. 다만 시각이 급하군요. 지금 빨리 가야겠습니다."

자향은 어리둥절하였다. 포교들이 자기를 추적해오고 있는 건 짐작할 수 있는 일이지만 어떻게 시각이 급하다는 것까지 안다는 말인가. 그래, 이분들은 세외고인임에 틀림없다. 이것도 하눌님이 안배해주신 고마움일지 몰라. 그러면서 자향은 순간 평소 존경하는 하눌님께 감사기도를 드렸다.

자향이 어린 지함, 진기한새 이상한풀 괴이한돌을 따라 황토집을 나온 것은 그 직후였다. 자향과 지함은 집 앞에서 동쪽으로 가고 아까 문을 열어준 행랑할배는 서쪽으로 나갔다. 행랑할배가 왜 저녁에 마을을 나가는지 자향으로서는 알 도리가 없었다. 안방은 문밖까지 한동안 따라나오며 근심어린 눈으로 자향을 전송했다.

"언니, 내일 나도 삼개로 가께! 거기서 만나."

"그래, 조씨국밥집으로 와서 항슬이라는 분을 찾아."

"알았어. 언니 조심해."

"응, 빨리 들어가. 너무 멀리 나오지 말고."

두 세외고인의 기세에 눌려 따라가고 싶다는 말 한마디 건네 보지 못한 안방은 둘이 헤어지면 무슨 큰 사단이라도 나는 양 눈물을 글썽글썽했다. 안방이 두 번째 글썽이는 눈물이었다.

"괜찮아 동생, 걱정하지 마."

"응, 꼭 가께."

동생이라는 말까지 써가며 안방을 안심시켜 놓고 발길을 돌렸지만 자향도 공연히 슬픈 건 마찬가지였다.

그들은 달빛의 도움으로 길을 갔다. 할배가 발등거리 불을 주려 했으나 이치 영감이 고개를 외쳤다. 달빛으로 충분하다, 발등거리 불이 있으면 사람들 눈에 띈다고 하였다.

괴이한돌은 어린 나이에 비해 의젓하였고 밤길도 돌이 궁글러가듯이 잘 걸었다. 마을을 벗어나자 바람도 세어지고 갑자기 추워져서 자향은 보퉁이를 꽉 껴안으며 괴이한돌에게 물었다.

"우리는 어디로 가는 거니?"

"이 앞산 고개 두 개를 넘어 산허리에 있는 토굴이어요. 멀지 않아요."

"왜 거기로 가는 거지?"

"음, 거기엔 보통 사람들이 범접할 수 없는 서기(瑞氣)가 있어요."

"그래? 왜 그렇지."

"그곳은 울 어머님이 나를 낳은 토굴이어요. 내가 낳기 전에 제가 이상한 기를 타고 태어난다는 걸 우리 아버님이 아셨데요. 그래서 아버님은 그 토굴에 잡귀가 끼어들 수 없는 팔진도법을 펼치고 어머니가 거기서 나를 낳았다는 거예요. 원래 서기가 뻗는 곳이래요. 아버님은 언니를 위해서 저 보고 그곳에 모시고 가 이 밤을 지내라는 거예요."

"그러면 나를 잡으러 오는 포교들은 그곳에 못 오나?"

"그럴 거여요. 동네 마음 착한 사람들은 토정에 아무 일 없이 드나들지만 뭔가 사악한 사람들은 정자를 잘 발견 못해요."

자향은 놀라지 않았다. 오히려 그 말을 믿고 싶었다. 이것도 운명이다. 하눌님이 안배해주신 운명인 게야. 그런 생각을 하자 용기가 솟고 더욱 힘 있게 버티어야 한다는 생각이 났다. 이런 걸 보면 아버님도 잘 풀리실 거야. 임금님이 곧 간신을 내치고 모든 게 올바르게 되돌려질 거야. 틀림없어. 그렇게 위로하자 마음이 느긋하여졌다.

"한데, 우리가 가는 곳이 토정이라구?"

"그 토굴을 아버님은 토정이라고 명명했어요. 그리구 저한테는 토정을 호로 쓰라고 하셨지요. 토정에 가면 나는 마음이 아주 안온해집니다. 그곳에 앉아 있기만 해도 가슴이 시원해지고 대기가 내 마음과 격의 없이 어우러지곤 해요. 내 말이 이상하게 들려요?"

"아니, 난 그럴 수 있다고 생각해요. 그런데 듣고 보니 너 때문에 이 동네를 토정마을이라고 하는구나."

"그래요. 우리 아버님이 명명해주신 정자 이름과 호가 동네 이름이 되었지요."

"그렇구나."

"언니, 시 좋아하세요?"

"시? 좋아하지."

"난 요즘 주역이 재미없어서 당시를 읽고 있거든요. 언니도 당시를 읽으셨지요?"

"물론. 당시는 정말 아름다워. 당시삼백수(唐詩三百首)는 우리 규중 여자들의 필독서인걸. 동생은 몇 살인데 당시를 읽지?"

"아홉 살이어요. 주역은 다섯 살부터 읽었는 걸요. 당시야 뭐."

"그래? 동생은 천잰가 봐."

"천재는 아니구, 좀 이상한 애래요. 사람들이 다 그래요. 당시 중에 어느 시를 좋아하나요. 두보와 이백 중 어느 쪽을 더 좋아해요?"

"언니들은 이백을 좋아하는데 나는 두보가 낫구. 그보다 낙천 백거이 시를 제일 좋아하지."

"미려(美麗)주의가 아니고 현실주의이군요. 낙천의 시 가운데 어떤 걸 젤 좋아해요? 장한가를?"

"장한가는 정말로 아름다운 사랑시야. 하지만 너무 귀족적인 게 흠이지. 낙천도 말년에 장한가 쓴 걸 후회했다고 해. 난 비파행을 너무 좋아해. 그 시를 읽기만 하면 눈물이 줄줄 나거든."

"저도 그 시를 좋아합니다. 아름다운 시지요. 우리 한번 읊어볼까요."

"비파행*을 읊자구? 그 시는 읽기만 해도 눈물이 나는데."

238

"눈물이 나요?"

"그럼. 눈물이 나구말구. 슬프잖아. 허지만 동생이 읊고 싶으면 읊어 봐."

"좋아요. 그럼 내가 한문으로 읊을게 언니는 언문으로 풀어보아요."

"그래."

열여섯의 무르익은 처녀와 아홉 살 풋내기 아이는 서로의 눈동자를 들여다보며 씨익 웃었다. 갑자기 서로의 마음이 가까워졌다.

진기한새, 이지함의 낭랑한 목소리가 밤 하늘을 울렸다.

"심양강두야송객 풍엽적화추색색 주인하마객재선 거주음주무관현 취불성환참장별."

자향의 언문 풀이는 더욱 청랑하였다.

"심양강가 밤늦게 나그네 전송할 제, 단풍잎 갈대꽃 가을바람 소소하니, 주인은 말께 내리고 손님 배 안에서, 술잔 들어 이별주 드나 풍류는 아예 없네, 취한 마음 감흥 없이 슬픔만 처절하고."

"별시망망강침월, 홀문수상비파성, 주인망귀객불발, 심성암문탄자수, 비파성정욕어지."

"헤어질 제 망망한 강가 달빛만 어려 흐르고, 홀연히 강물 타고 흐르는 비파소리, 주인은 돌아갈 줄 모르고 나그네 뱃길 멈추어, 소리따라 타는 이 그 누군가 물어도, 비파소리 끊기고 대답은 늦네."

"언니 정말 언해 풀이가 너무나 좋네요. 우리말을 그렇게 잘 쓰는 사람 처음 보아요. 그러면 다음 이 구절, 멋있게 풀이해주어요."

"그래, 그 가운데쯤 있는 유명한 절절한 노랫소리 말이지."

"그래요. 정말로 제가 가장 좋아하는 대목이어요. 처억 알아보는 걸 보니 언니도 좋아하는 구절이구나."

"으응."

"그럼 읊어볼게요, 대현조조여급우 소현절절여사어 조조절절착잡탄 대주소주낙옥반 간관앵어화저활 유열천류빙하탄!"

"큰 줄은 소나기 솨솨 작은 줄은 애절한 사연 절절, 솨솨절절 옥쟁반 떨어진다 큰구슬 옥반에 작은 구슬, 사르륵사르륵 꽃 사이 나르는 앵무새여, 얼음 밑 흐르는 개울물같이!"

"아, 멋있어요. 언니는 정말 언해의 고수이어요. 어쩌면 그렇게 이쁘게 우리말로 옮겨요. 언니 땜에 우리말이 곱다는 걸 처음 느끼네. 그러면 마지막 구절 읊어야지요."

"음, 그걸 안 읊으면 비파행은 읊으나 마나지."

"그래요, 마지막 구절이어요. 막사갱좌탄일곡 위군번작비파행 감아차언 양구립 극좌촉현현전급 처처불사향전성 만좌중문개업읍 취중읍하수최다 강주사마청삼습."

"정말로 우리 가슴을 울리는 마지막 구절이어요. 동생, 그치요. 내 언해 해볼께요. 사양 말고 한번 더 그대 위한 비파행, 지극한 그 말 감동해 한동안 망설여 주저타, 급히 줄을 조여도 이전 소리 안 같아, 좌중 모두 울 제에 그 누가 가장 많이 울었나, 강주사마의 푸른 옷깃이어라."

마지막 언해 풀이를 할 때 자향은 자신도 모르게 눈물을 흘리고 있었다. 그런 자향을 보고 진기한새가 생끗 웃으며 말하였다.

"눈물이 흠뻑 젖은 강주사마 옷깃은 낙천 백거이인데 지금은 눈물 줄줄 흘리는 언니가 강주사마 백거이이네."

"고마워, 내가 강주사마 백거이만 되면 오죽 좋겠어."

"언니는 눈물이 많아 정이 가네."

"이렇게 서럽도록 좋은 시를 읊으면서 눈물을 안 흘릴 수 있나."

"그렇긴 해. 허지만 비파행의 여주인공 경성녀보다 언니가 지금은 더 슬픈 처지 같으네."

그 말에 자향은 가던 걸음을 우뚝 멈추었다. 이 슬픈 말을 하는 괴이한 돌을 새삼 바라보았다. 그가 싸늘한 말을 하였지만 그것을 탓하고 싶지는 않았다. 그녀는 옷고름으로 흐르는 눈물을 닦았다. 그리고 더 슬피 울었다. 저 진기한새의 말이 맞다. 저 이상한풀의 말이 맞다. 저 괴이한돌의 말이 맞다. 지금은 내가 가장 슬프다. 부모님 품을 떠나와 하염없이 쫓기는 이내 신세가 정말로 처량하고 서러웁다.

자향은 눈물을 줄줄 흘리며 숲 사이에서 울었다. 퇴물 기생 경성녀의 넋두리에 슬피 울어준 백거이보다 더 눈물을 적시며 울었다. 진기하고 이상하고 괴이한 녀석은 그런 그녀를 다소곳이 쳐다보고 있었다.

토정은 멋진 정자가 아닌 토방 같은 작은 집이었다. 황토로 만든 방 두 칸에 정지가 붙어 있고 뒷켠에 측간이 딸려 있었다.

"마치 도를 닦는 사람의 작은 도량(道場, 도장의 불교적 표현) 같은 곳이네."

자향이 말하자,

"그래요, 소박한 흙정자이지요."

이상한풀은 수월수월하게 대꾸하였다.

"하지만 집 둘레에는요, 팔진도가 펼쳐져 있습니다. 밖을 내다 봐요. 앞쪽에 돌무더기가 두 개 좌우로 있고 뒤에도 옆에도 돌무더기가 두 개씩 있어요. 그리고 이 황토집 주위엔 소나무 두 그루 참나무 두 그루 떡갈나무 두 그루 자작나무와 신갈나무가 한 그루씩 돌아가며 심어 있어요. 그 사이사이에 작은 팽나무와 향나무가 두세 그루씩 섞여 있고요."

"참 묘한 정자다. 그치?"

"그래요. 아버님 말씀은요, 나무들의 연륜으로 보아 일백여 년 전 어떤 이인이 의도적으로 나무를 심은 것 같답니다. 진법에 따라서요. 언니는 마

비파행 潯陽江頭夜送客 楓葉荻花秋索索 主人下馬客在船 擧酒欲飮無管絃 醉不成歡慘將別 別時茫茫江浸月
忽聞水上琵琶聲 主人忘歸客不發 尋聲暗問彈者誰 琵琶聲停欲語遲
大絃嘈嘈如急雨 小絃切切如私語 嘈嘈切切錯雜彈 大珠小珠落玉盤 間關鶯語花底滑 幽咽泉流氷下灘
莫辭更座彈一曲 爲君翻作琵琶行 感我此言良久立 郤坐促絃絃轉急 凄凄不似向前聲 滿座重聞皆淹泣 就中泣下
誰最多 江州司馬靑衫濕

음이 맑은 분이라 이 황토집이 대번 눈에 뜨였죠. 여늬 사람들은 이 집을
잘 못찾습니다. 더구나 마음이 악한 사람, 잡귀에 씌운 사람은 아예 접근
을 못하고 휘이 에둘러서 가버린답니다."

"정말이야?"

"그러문요. 아버님이 이 황토집을 지은 것은 십 년도 안 되었어요. 하루
는 이곳에 산책을 나왔는데 서광이 이 집 정중앙에 비치더래요. 그래서 빛
이 비추는 곳에 와서 앉아 있었더니 그렇게 마음이 평안하고 좋을 수 없
데요.

한참을 앉아 있는데 저 아래쪽 새물마을의 무당이 이 앞쪽으로 지나가
더래지요. 아는 무당이길래, 여보게 새물네, 하고 불렀는데 들은 체도 아
니하고 돌무더기 저쪽으로 빙빙 돌아서 뒷산으로 가버리더래요. 그래서
이곳은 귀신 씌운 사람들은 아예 보지도 못하는구나 알았다는 거지요."

"거참 기이하다. 그래서 여기다 황토집을 지었구나."

"네."

"아, 오늘 밤은 마음놓았다. 이 죄 없는 몸이 속절없이 쫓겨서 어제는 잠
도 제대로 못 잤는데, 오늘은 잠이나마 푹 잘 수 있겠다. 진기한새는 이해
할 거야."

"그래요, 오늘은 편히 주무세요."

"고마워요. 괴이한돌님. 한데 화담 어른이 신기가 있다고 하니 내 물어
보겠는데, 앞으로 내 신세가 어떻게 될 것 같애?"

"난 신기 같은 건 없어요. 그저 어느 순간 영감이 떠오를 뿐이지요. 그때
외에는 아무것도 알 수가 없습니다."

"그러나 천하 신동이잖아. 다섯 살에 주역을 읽고 아홉 살에 당시를 주
르르 꿰는 사람이 어디 있겠어."

"그 무슨 말씀을요. 사육신 김시습 매월당 어른은 다섯 살에 중용 대학
을 통달하고, 서거정 사가정 어른은 여섯 살에 시를 척척 짓는 신동이었다

하데요. 나는 거기에 비하면 조충소기*에 불과하지요."

"그래, 겸손한 건 예쁘다마는 요 며칠 하도 황당한 일만 당해 내 경황이 없어요. 내가 앞으로 어떻게 될 것 같은지 조그만 영감이라도 떠오르는 게 있으면 이야기해주어요."

"그러지요. 한데 아까 언니를 처음 볼 때는 고령 박씨의 규수이다는 영감이 떠오르더니 지금은 언니의 아름다운 얼굴밖에는 아니 보이네요."

"건 무슨 말이니?"

자향은 조금은 부끄러워져서 호롱불빛 사이로 눈을 흘겼다. 어린아이여서 더욱 패씸하였다. 진기한새는 괴이한 미소를 지으며 역시 얼굴을 붉혔다.

"언니가 비파행을 읊으며 우는 걸 보고 내 마음이 동탕(動蕩, 흔들리고 어지러움)이 되어 애련한 정만 눈앞에 어른거립니다. 밤이 늦었으니 주무시지요. 내일 아침 영감이 떠오르는 게 있으면 말씀드릴게요."

이상한풀이 말하는 투는 아홉 살의 경지가 아니었다. 그것은 인생 고수의 넓은 품이었다. 산전수전 다 겪은 노련한 사람의 지혜까지 엿보인다. 자향으로서는 더 이상 우길 수 없어 고개를 끄덕였다.

둘은 미닫이문을 사이에 두고 각 방에서 나눠 잠을 청하게 되었다. 이부자리를 깔고 누웠으나 자향은 쉬이 잠이 들지 않는다.

토정의 사면팔방에 숲이 우거졌어도 산속의 달은 눈길이 밝아서 나뭇가지와 풀잎 사이를 휘휘 뚫고 창호지 안까지 깊숙이 찾아 들어온다. 우릿한 달빛 사이로 풀벌레 우는 소리가 은은히 들리고 먼 데 큰짐승의 포효가 가끔씩 자향의 가슴을 놀래케 한다. 문안의 집에서 겨우 오십 리도 아니 되지만 가족을 떠나온 슬픔과 그리움은 그 깊이가 천길보다 더 깊고 멀다.

엊그제만 해도 상상도 못하던 곳에 누워, 자향은 자기도 모르게 눈물을 흘렸다.

조충소기 彫蟲小技 용열하고 졸망하여 옛사람의 문장과 글귀를 따라가 글을 지을 뿐인 서투른 재주.

함지박귀와 노린내는 토정마을 입구에 서서 동네를 바라보았다. 바람이 조금 세긴 했지만 어둠이 내린 마을은 조용하였다. 인기척도 없다. 불빛이 새어 나오는 곳이 서너 군데밖에 없었다. 벌써 술시가 되어가고 있었다.

이 어딘가에 그 처자가 숨어 있을 것만 같은 생각에 함지박귀는 왠지 미련을 버릴 수가 없었다. 노린내의 말을 종합하면 저들 셋은 바위고개 언덕에서 두 길로 나뉘었다. 바위고개 사방을 수색한 끝에 그들은 토정마을을 생각해내었다. 자향이란 애가 이쪽 벼랑을 타고 내려온 건 아닐까, 하는 추측은 노린내가 해냈다.

억센 바람에 냄새는 없어졌다 해도 그들까지 바람처럼 사라질 리는 없는 일이었다. 바위고개서 내려오면 갈 곳은 서강으로 되돌아가기 전에는 오직 이 마을. 그들은 필히 여기를 거쳐 어딘가로 갔을 터였다.

"여보게 노 형, 이곳서는 그 애의 냄새가 맡아지지 않는가?"

"글쎄, 아까부터 맡아보려 하는데 맡아지지가 않는데요. 바람이 워낙 세게 불어서 그런지."

"하지만 자네 추리에 의하면 계집이 안방이란 애와 함께 이쪽으로 온 게 아닌가?"

"그렇지요."

"혹 마을 사람 누군가가 보지 않았을까?"

"보았다 해도 지금은 늦어서 다 집으로 들어갔으니 물어볼 수가 없군요."

노린내는 의기소침한 투로 말하였다. 함지박귀는 그런 그를 잠시 쳐다보고는 앞장서서 다시 걷기 시작하였다.

그들이 마을 중간쯤에 왔을 때 함지박귀는 스치고 지나가는 눈빛을 보았다. 함지박귀는 눈빛 쪽으로 몸을 돌렸다.

싸리문 너머에 섬칫한 노파가 파란 눈빛을 번뜩이고 서 있었다. 오른손에 장죽을 짚고 있었다. 함지박귀도 처음엔 가슴이 철렁하였으나 역시 날고 기는 포교답게 기세를 돋우어 그 눈빛을 뚫어져라 마주보았다.

"노파는 거기서 뭘 하고 있소?"

함지박귀의 묻는 말에 노파는 한동안 말이 없더니 천천히 대꾸하였다.

"내 집에 내가 서 있는데 뭘 하느냐 묻는 건 뭐요?"

응대가 당돌하지만 틀린 말은 아니었다.

"노파의 눈빛이 뭔가를 이야기하고자 하는 것 같아 물었소."

"이 노파는 이야기할 게 없습니다."

말투는 싸늘하다. 하지만 싸늘한 것은 어투뿐 함지박귀와의 대화를 즐기는 억양이 숨어 있다.

함지박귀는 속으로 쾌재를 불렀다. 오라, 이 할망구가 뭔가 알고 있군. 막막하던 차에 잘 되었다. 살살 캐면 고구마순처럼 주렁주렁 나올지도 모르겠다.

그러나 노린내는 노파의 냄새를 맡고는 눈쌀을 찌푸렸다. 상대해서 하나도 보탬이 안 되는 냄새야. 저런 냄새는 맡는 자체가 기분이 나빠. 싫타 싫어.

그러나 지푸라기를 잡은 함지박귀는 조심스럽게 노파를 잡아당겨 보았다.

"이야기할 게 없는 게 아니라 이야기하지 않으려는 것이로군. 허허, 그렇지 않소?"

함지박귀의 말은 약간 정을 싣고 있었다. 노파에의 아부와 공명심을 끌어내는 함지박귀의 노련한 항용수법이었다.

"호호호, 나한테 뭔가 듣고 싶은 게 있구료, 포교 양반."

"그렇소이다. 조금 전 이 마을에 들어온 남녀에 대해 이야기해주시오."

함지박귀는 지창과 창슬이 이 마을에 들어온 것을 기정사실로 노파에게 주입시키고 있었다. 그 다음에는 그들의 행동을 이야기하라고 유도하고 있고.

그러나 노파는 묘한 말만 하였다.

"남녀라구. 이 세상은 항시 남녀가 문제이지. 혼자만 있으면 아무 문제가 없는 걸 남자와 여자 둘이 만나서 문제인 게야."

이 할망구가 푼돈을 달라는 건가. 돈을 지불하지 않은 정보는 믿을 수 없다, 그보다도 먼저 얻을 수 없다, 하는 우리들 포청의 속신을 알고 있는 걸까. 말을 비비 틀면서.

함지박귀는 잠시 망설였다. 허리춤의 동전을 한닢 던져줄까 하는 생각도 났다.

그러나 조심하여야 한다. 저 눈빛은 사소한 돈을 밝히는 게 아니다. 외려 반대일 수 있다. 오기밖에 없는 선비의 눈과 닮은 데가 있다구. 함지박귀는 동전보다는 고상한 말로 노파를 격동시키기로 마음먹었다.

"누가 할머니한테 말을 못하게 하였소?"

"그럴 리가. 다 내가 하고 싶어서 그런 거지. 누가 감히 나에게 말을 하라 말라 할까, 흥!"

함지박귀는 판단하였다. 노파는 지금 누군가의 압력에 함부로 말을 못하고 있다. 그렇다면 항시 문제인 '남녀'란 말을 한 자체만으로도 그들이 여길 온 건 확실하다. 함지박귀는 말의 방향을 틀었다.

"할머니, 지향없이 가는 길에 어디 묵을 곳이 없소이까. 늦은 밤에 어디로 가야 잠을 청할 곳이 있겠소?"

함지박귀는 노파라는 처음의 칭호를 할머니라고 다정하게 바꾸고 있었다. 노린내는 함지박귀의 끈덕진 노파 달래기에 속으로 감탄하고 있었다. 역시 함지박귀는 여느 포졸과는 달라. 나 같으면 저런 더러운 냄새를 풍기는 노파는 상대도 하지 않고 지나가 버릴 텐데.

"이 가난한 마을에 묵을 데가 어디 있겠소. 저 유명한 이치 영감 댁 하나 이 사람들을 재워주지만서도."

"어디로 가면 그 댁을 찾을 수 있소?"

"포교는 토정이라는 말도 못 들어보시었소? 흙담집이……."

거기까지 말한 노파는 쿨룩쿨룩 기침을 하였다. 해소기침이 심해서 내는 기침이 아니라 일부러 말을 끊기 위한 기침인 것 같았다.

"흙담집이 있는 집이오?"

노파는 계속 기침을 하며 고개를 좌로 우로 위로 아래로 끄덕였다. 맞다는 뜻인지 아니다란 뜻인지, 그것은 새겨들으라는 신호 같았다.

이놈의 노파가 맹랑하고 재미있다. 이치 현령이란 양반이 중요한 단서를 쥐고 있다는 암시일세.

함지박귀는 노파가 기침을 끝낼 때까지 조용히 기다렸다. 기침을 끝낸 노파는 다시 우뚝 서서 밖을 내다볼 뿐 말이 없다. 그렇다면 함지박귀가 물은 말, 그리고 추리가 맞다는 뜻일 것이었다.

"할머니, 고마웁소."

함지박귀가 인사하였으나 노파는 말은 하지 않고 눈알만 떼구르르 굴리며 쳐다보았다.

"할머니 안녕히 계시오. 우린 댁이 말씀해준 곳으로 가서 하룻밤 신세를 져야겠소."

함지박귀는 노파에게 사례인사를 하고 싸리문을 떠났다. 이십여 장을 가니 과연 흙담집이 나왔다.

"노 형 저 집이 이치 영감집인가 보우. 저 집, 아니 이치 영감이란 분이 여간 수상한 게 아니야. 그렇지? 우리 저 집에 가서 하룻밤 자면서 동태를 봅시다."

자향은 토정의 마당으로 나왔다. 새벽 안개가 짙어서 다섯장 앞이 잘 안 보였나. 토정을 둘러싼 나무들의 윤곽만이 희미하게 보였다. 묘시가 한참 넘었는데도 안개 때문에 해가 보이지 않는다.

자향은 무심결에 귀를 기울였다. 무슨 소리가 들렸던 것이다. 조심스럽게 걸어 문 밖으로 나갔다. 문 앞 오른쪽에 상석 같은 바위가 하나 있었는데 그 바위 위에 괴이한돌이 앉아 있었다.

오마나, 저 괴이한돌이 언제 나와 여기에 앉아 있나. 참선을 드리고 있는 건가.

가까이 가서 보니 진기한새는 두 손을 합장하여 모으고 눈을 감은 채로 뭔가를 중얼중얼하고 있었다.

열심히 좌선하는 것을 방해할 수 없어 자향은 한동안 가만히 서서 이상한풀을 지긋이 바라보았다. 잘생긴 얼굴은 아니었다. 나이에 비해 몸체도 작고 어떻게 보면 오종종해 보였다. 그러나 얼굴 전체에 무언가 범할 수 없는 엄정한 기가 어려 있었다.

이윽고 진기한새가 눈을 뜨고 자향을 바라보았다. 슬쩍 웃으며 반기는 기색을 보인다. 반짝이는 눈빛으로 자향을 쏘아보며 입을 열었다.

"언제 나오셨습니까?"

"금방. 오래 좌선하였나요?"

"아니요. 잠깐 했어요. 저는 아침마다 이렇게 좌선을 해야만 마음이 단정해집니다. 그렇지 않으면 가슴이 마구 뛰고 뭔가에 걷잡을 수 없어 몸둘 바를 모릅니다."

"그래요?"

"네. 사람들은 그걸 제가 신기가 충일한 때문이라고 하지만 저희 아버님은 업보가 넘친 탓이라고 하십니다. 그래서 매일 몸과 마음을 보양하라고 하시지요."

"그래서 지금은 몸과 마음이 맑아졌나요?"

"그렇습니다. 오늘은 또 하루의 무사하고 의미 있는 날이 되겠지요."

바위 아래켠 저쪽에서 사람의 발자국 소리가 들려왔다. 자향이 약간은 놀란 듯 그쪽을 바라보자 진기한새가 조용히 말하였다.

"우리 할배가 아침식사를 가져오는군요. 언니의 동생 아닌 동생도 따라

오고 있고."

뿌연 안개 속에서 할배와 안방이 나타났다. 키가 큰 할배는 자향과 지함을 보자 고개를 끄덕이며 간결한 아침 인사를 하는데 안방은 자향을 보고는 대번에 달려왔다. 자향의 손을 거리낌없이 덥석 잡으며,

"언니야, 잘 잤어요?"

"그래, 잘 잤다. 너두 잘 잤겠지?"

"아니요. 언니 생각 땜에 잠을 제대로 못 잤어요."

그때 진기한새가 끼어들었다.

"정숙한 처자의 손을 함부로 잡다니! 상스럽기는. 그리고 잠을 못 자긴 무슨 잠을 못 자. 할배가 세 번이나 깨워서 겨우 일어났으면서."

완전히 퉁박이었다. 어제부터 진기한새에게 감정이 안 좋은 안방이도 대번 틀어졌다. 자향의 손을 슬그머니 놓고는,

"잠을 못 자고 새벽에 겨우 눈을 붙였으니까 빨리 못 일어났을 뿐인걸 뭐!"

큰소리를 쳤지만 그러나 마음속으로는 자기가 세 번 깨워서 일어난 걸 저 어린것이 어떻게 알았을까 놀라워하였다.

할배가 부드러운 목소리로 말하였다.

"좋아요, 좋아요. 그 말씀들은 그것으로 되었구요. 두 분은 안으로 들어가셔서 아침밥을 드십시오. 영감 어른께서는 빨리 식사하고 아씨는 서둘러 삼개로 가셔야 한다고 말씀하셨습니다. 시간이 급하다고 하셨어요."

할배의 따뜻한 서두름에 모두는 토정으로 들어갔다. 할배가 밥상을 주섬주섬 차릴 때 안방이 자향에게 속삭였다.

"어젯밤에 이치 영감 댁에 그 포교들이 왔다!"

"그 포교들이라니?"

"귀가 큰 함지박귀와 다른 한 포졸인데 그자가 냄새 잘 맡는 노린낸가 봐."

"그래서?"

자향은 놀라 눈을 동그랗게 떴다.

"하룻밤 자자고 문을 두드리고 무작정 들어오는 거야. 그래서 건넌방에서 자게 했는데 나보고 할배방에서 나오지 말라고 해서 혼났다. 그자들한 테 들킬까 봐. 그리고 새벽같이 날보고 일루 할배따라 가라고 해서 왔어."

"그래? 포교들은 끝까지 널 못 본 거지?"

"그럼."

그러나 자향은 불안하였다. 그 노린내가 내 냄새를 맡고 아니면 안방의 냄새를 맡고 영감 댁까지 쫓아온 걸까. 그렇다면 여기도 오지 말라는 법이 없다.

자향이 뭔가 골똘히 생각하는데 진기한새가 그녀의 눈을 들여다보며 말하였다.

"그들은 언니가 우리 집에 온 걸 모를 거예요. 다만."

"다만 뭔데?"

안방이 궁금한 듯 되물었다. 진기한새는 안방이 끼어든 게 마음에 안 들었는지 입을 삐쭉이고 눈을 한번 흘겨보고는,

"우리 동네의 할망구 하나가 입을 놀렸을 거예요. 어제 할배가 단속을 하였지만 효험이 없었던가 보지. 그렇지요, 할배?"

할배는 밥상을 다 차리고는 고개를 끄덕였다.

"그렇습니다, 도령님. 영감께서 제가 그 노파의 입단속을 못하였다고 어 젯밤 불려가 혼이 났습지요."

"그 노파에게 뭐라 하시었소? 할배."

"제가 말하였지요. 당인리댁, 당신이 쓸데없는 말을 하여 작년에 사람 하나를 상하더니 오늘도 또 그러면 산신령이 아마 보자고 할 거요, 했지 요. 그랬더니 노파가 하는 말이, 나는 작년부터 말은 하지 않고 은유만 하 고 살기로 약속했고 그 약속은 지금도 지키오, 합디다."

"빌어먹을 할망구, 은유법 좋아하네. 그게 그거지. 주둥일 함부로 놀리면 동네서 쫓아낸다고 하지 그랬어요."

"그렇게도 이야기했습니다. 산신령님이 보자는 건 죽을 거라는 암신데 그것도 막무가내인 노파가 그까짓 말 듣겠어요. 영감님은 왜 그런 노망든 노파한테 매년 먹을거리를 대주시는지 몰라."

"굶어죽을까 봐 그렇지요."

"글쎄 말이에요. 자, 진지나 드십시오. 그 포교들 몰래 왔으니 걱정은 마시구요. 아씨가 더욱 빨리 드셔야겠습니다."

12. 춤추는 나무들

"오늘은 오월 초 닷새. 일진으로 하면 호랑이날에 하늘은 청명하고 바람은 잔잔하고 기온은 따뜻하다. 열여섯 처자의 운수는 닫는 말에 회초리요 꽃 속의 나비요 나무들 속에 길이 있도다. 기중 좋은 방은 동남이요 그 옆에 하얀 길이 있으니 하늘의 태양이 훤히 비추리라. 시각은 묘와 진이요 논길 아닌 밭길이라. 시간이 여삼추로다."

이상한풀은 산자를 허공에 던졌다가 떨어져 눕는 모양새를 보고는 혼잣말처럼 중얼거렸다.

"그러면 우린 토정 앞의 밭길로 해서 삼개로 가면 되는 거니?"

자향이 확인하여 묻자 이상한풀은 고개를 끄덕였다. 그러면서 산자를 옆으로 뉘며 고개를 갸우뚱한다.

"왜, 뭐가 이상한 거라도 있어?"

자향은 묻고 이상한풀은 묘한 얼굴을 조금 찡그리었다. 이상한풀은 한참 후에 자향을 보고 말하였다.

"영감이 잘 떠오르지 않아요. 언니의 아름다운 얼굴에 제 마음이 여리어졌나 봐요. 감정을 가지면 신기가 발동하지 못하거든요."

자향은 어제와 똑같은 말을 하는 괴이한돌이 정말로 어이없었다. 요 어린 것이 벌써 남녀를 아는 긴 아닐 터인데 이런 소릴 자꾸 하나. 하기야 어느 순간 감이 안 떠오를 수도 있겠지.

그런 둘의 교감을 느꼈는지 옆에 있던 안방이 한마디 하였다.

"저 밭길은 훤히 노출돼 있는데 그 길로 가란 말이어요? 차라리 우리가 어제 가던 보부상 산길로 가는 게 훨씬 낫겠다. 안 그래요, 언니?"

"그래, 네 말도 맞지만 진기한새는 우리를 위해 점을 쳐주는 거잖니."

"아무리 점이 좋고 신기도 좋고 영감도 좋지만 상식으로 이상한 건 이상한 거여요. 우리 상놈들같이 무식하게 살며 생각하는 게 젤 좋은 건데."

그 말에 괴이한돌의 눈꼬리가 칼날처럼 치켜올라갔다.

"그래, 네 말대로 보부상 산길로 가시지 그래. 난 말리지 않아요."

진기한새는 날개 접고 새촘히 앉아 있는 새처럼 말하였다.

방기포는 유심현 지사 집에서 헛다리를 짚고 내심 기분이 나빴다. 가만히 보니 이번 비자도타사안은 해결하면 누가 큰돈은 주지 않지만 공을 세우면 문안 포교들의 관심과 평판을 한몸에 받을 것 같았다. 그렇다면 한몫을 해야 할 것 아닌가. 이 차제에 함지박귀 장작눈썹을 사귀어 문안으로 전근해 갈 수도 있을 터이었다.

새물동네 안씨네 집에는 새벽 일찍 추적 포졸이 한강독사까지 포함해 여섯이나 모여 있었다. 토정에서 금방 넘어온 함지박귀가 대청에 앉자마자 금방 식사를 끝낸 장작눈썹에게 고개를 끄덕인다. 뭔가 은밀한 이야기를 하려는 모양이다.

방기포는 그런 통박엔 꼭 끼고 싶어하는 성미인지라 살살 게걸음을 치며 대청 끝머리에 엉덩이를 걸쳤다.

"어디까지 갔었나?"

함지박귀가 장작눈썹에게 물었다.

"번개같이 안골 옆 언덕까지 같으나 콩고물도 없습디다. 발자국 하나가 계속 있는 듯하였는데 안골 근처서 사라졌소. 앞으로는 가지 않았습디다. 그리고 어두워지니 발자국을 찾을 수가 있어야지. 할 수 없이 약속한 이 집에 와서 눈을 좀 붙였지라."

"자네가 쫓은 쪽은 그 방물장수년이야."

"나도 그런 것 같습디다. 성님은 그걸 어떻게 알았수?"

"우리가 간 곳에서 계집하고 안방이란 녀석의 흔적을 발견했거든. 단서를 잡았네. 노린내가 냄새는 잃었지만 추리는 맞았어."

"어쩐지 고것이 번개같이 사라졌더라니. 어디 아는 사처로 숨어들어간 거로군. 방물장수 요년!"

"방물장수야 아는 집이 많으니 숨을 데가 많지!"

"그럼 놈들은 지금 어디 있소?"

"토정."

"토정? 그게 어딘데."

"바로 우리가 온 쪽이네. 우리는 이치 영감이라고 현령을 지낸 분의 집엘 가서 자질 않았겠나. 일부러 그랬네. 그 집에 계집이 들른 것 같아서 말이야. 계집은 그 집에 없었는데 뭔가 수상했어. 고것이 그 집을 다녀간 것 같았단 말씀이야."

"그래서요?"

"동태를 살폈지. 했더니 밤늦게 이 현령이 할배머슴을 불러다 뭐라 말로 혼을 내더니 새벽엔 그 할배를 어딘가로 내보내너군, 우리 모르게."

"그거 수상하네. 하지만 성님이 좋아하는 자연스런 흐름은 잡았군요."

"한데 묘한 게 있어. 노린내도 아침에 두 녀석의 냄새가 난다 하며 마구 밖으로 나가더라구. 밥 먹고 움직이자고 해도 정신 없이 나가는 거야. 냄새따라 허둥지둥 가더라구. 노린내의 그 묘한 집중력 알지."

"괴상한 데가 있지요."

"물론이야. 아마 토정으로 갔는가 본데 내가 그곳에 가서 한참 헤매어도 노 형은 찾을 수가 없네."

"토정은 뭘 말하는 거요?"

"토정이라고 정자가 하나 있는가 봐. 노 형이 간 쪽이 바로 토정이 있는 곳이었거든. 허나 도시 보이지를 않더라구."

"어디 딴 데로 갔나 보지요."

"그렇지는 않을 거야. 그 토정이 영 수상하거든. 요상하게 생긴 숲 속에 토정이 있는가 본데 나도 길을 잃었다니까. 노린내도 길을 잃고 헤매었을 꺼야."

"그럼 우린 그 토정으로 가야겠네."

"가긴 가야지. 우선 이 부근 사방을 차단해야겠어. 천라지망*을 펴자구. 한데 방 형, 토정에는 뭐가 있소?"

함지박귀는 아까부터 은근히 말에 끼어들고 싶어하는 방기포에게 물었다.

"뭐가 있다니요?"

"토정이란 데가 여간 이상한 게 아니야. 뭐 유별난 게 있는 것 같애."

"유별난 거요? 아, 유별난 게 있지요. 토정이 바로 유별난 정자입니다요."

방기포는 갑자기 신이 나서 바짝 다가와 앉았다. 토정에 대해 아는 지식을 두서없이 한참 풀어재켰다.

함지박귀는 아침 일찍 이 현령 집을 나왔다. 노린내는 무조건 앞쪽으로 갔으므로 그 자신은 마을 뒤쪽을 돌아보았다. 동태도 볼 겸 일찍 움직이는 동네 사람을 탐문할 요량이었다. 한데 이상하게 사람이 눈에 띄지 않았다.

천라지망 天羅地網 하늘의 그물과 땅의 그물을 합친 말. 사방 어디에고 벗어날 수 없는 경계망을 일컬음.

결국 노파집 앞에서 서성이었다.

　노파는 나와 있지 않았다. 함지박귀는 싸리문을 밀고 안으로 들어갔다. 부엌에 기척이 있어 고개를 들이밀고 보니 서른쯤 되어 보이는 아낙 하나이 아궁이 앞에서 불을 때고 밥을 짓고 있었다. 아낙은 무심코 고개를 돌리다가 함지박귀와 눈이 마주치자 소스라치며 벌떡 일어났다.

　"놀라지 마시오. 난 문안 포청에서 나온 사람이니 마음놓아요. 어제 보니 댁에 할머니 한 분이 계시더니 지금은 어디 계신가?"

　아낙은 주춤거리다가 함지박귀의 긴 얼굴에 적의가 없다는 걸 알았는지 떠듬거리며 말하였다.

　"어머님은 지금 아프셔서 드러누워 계십니다."

　"아, 아프시군. 내 병문안 좀 해볼까?"

　아낙은 함지박귀의 말에 이상한 표정을 짓는다. 처음 본 문안 포교가 우리 어머니 병문안은 왜 할까, 하는 표정이었다.

　노파는 안방에 멍하니 누워 있었다.

　"할머니 내가 왔소. 어디 아프시우?"

　함지박귀는 마루에 앉아 방을 들여다보며 물었다.

　"난 몰라."

　멍한 눈동자와는 달리 대답은 쌀쌀하다.

　"뭘 모르시우?"

　"흙정자를 잘 몰라. 가까이 못 가."

　"거기가 어디 있는 곳인데."

　"몰라. 산신령이 노했어."

　"어디가 아프시오?"

　"아픈 정도가 아니야. 죽을라는가 보아."

　"어제 나한테 이야기한 것 땜에 그러슈?"

　"그것도 몰라."

"그럼 내 더 이상 말을 아니하리다. 입을 다물면 산신령이 화내지 않을 테니까."

"그래. 이상한 흙정자는 난 모르니까."

"잘 알았수다. 할머니 그럼 병조리 잘 하시구려."

함지박귀는 귀신에 섭쓸려 환상속을 헤매는 노파의 방문을 닫아주고 밖으로 나갔다. 한데 싸리문을 나서려는데 부엌 앞에 놀란 듯 서 있는 아낙의 얼굴이 들어왔다. 순간 스치는 영감에 따라,

"흙정자가 어디 있소?"하고 물었다.

"토정이요? 토정은 저 언덕을 두 개 넘으면 있지요. 거긴 현령 어른 댁 도령님 정자인데요."

아낙은 오른손으로 방향을 가리켰다.

"고맙소."

함지박귀는 노파를 보는 순간부터 영감이 모락모락 이는 것을 느꼈다. 노파는 흙정자를 말하였고 아낙은 토정이 어디 있는지 알려주었고 그의 영감은 흙정자가 있는 곳으로 뻗어 나가는 것이었다. 확신을 안고 두 번째 고개를 넘자 오른쪽에 논으로 뻗은 시골길이 있고 왼켠 소로 저켠에 아담한 숲이 보였다.

숲은 유난히 아름다웠다. 서기가 서린 듯 눈이 아련하다. 한데 아름답기는 하여도 숲 속의 정경이 잘 뜨이지 않는다. 아마도 그 속에 정자가 있는 것 같았다.

숲으로 들어갔다. 오솔길을 따라 걸었다. 좌우에 나무가 빼곡하다. 소나무 참나무 신갈나무 자작나무 팽나무 향나무, 온갖 나무가 모여 있다. 함지박귀는 그 나무 사이를 걸어갔다. 한 사람이 다닐 수 있음직한 길은 외길처럼 계속되어 있었다.

이상하다. 이렇게 오래 걸었는데도 정자는 보이지 않고 길만 계속 있다. 그러고 보니 나무들이 질서가 있다. 일부러 그렇게 심은 게 확실하였다.

함지박귀는 현재의 앞뒤를 정리하여 보았다.

나무가 쭉 늘어서 있고, 그들은 마치 병정 같고, 어느 순간 위치를 움직이는 거 같고, 아무리 걸어도 끝이 없는, 질서가 정연한 숲. 그 속에 자신이 있는 것이었다.

이건 무어냐. 제갈량의 팔진도에 빠진 것 같구나. 무심코 그렇게 중얼거렸는데, 맞다, 내가 팔진도에 빠진 거야. 책에서만 보던 게 현실에서 나타나고 있는 게다.

그러고 보니 어느 순간, 나무들이 확실히 움직이는 것 같다. 나무들의 위치가 바뀌는 것이다. 그의 움직임에 따라 움직이는 나무들. 흥, 요것들 봐라. 함지박귀는 나무들을 유심히 바라보았다. 유심히 바라보자 나무는 그저 나무이다. 허나 걸어가면서 느끼는 나무는 위치가 움직이는 게 아닌가.

함지박귀는 숲 속 나무 사이에 우뚝 섰다. 좌우를 둘러보았다. 눈앞이 몽롱하다. 진법 속에 빠진 게 확실하였다. 이 미로에서 빠져나가는 방법은 무얼까. 그렇다. 그 방법을 써보자.

함지박귀는 걸어온 쪽을 가늠하였다. 현재 자리에서 바로 왼쪽 뒤켠, 이 방향으로 나가 보자. 생문(生門)은 아니라도 사문(死門)의 반대쯤은 될 것이니 나갈 수는 있겠지.

함지박귀는 책에서 읽은 대로 반쯤 눈을 감고 반듯한 풀밭길을 걸어나갔다. 차 한잔 마실 시간을 걸었을까. 몽롱한 속에 환한 세상이 보였다. 그는 아까 숲을 바라보던 언저리로 다시 나와 있었다.

저 숲은 마성이 있군. 누군가가 진법을 차려놓아 우리같이 응큼하고 사악한 기가 있는 사람은 절제하는가 보다. 나 혼자로는 안 되겠다. 약속한 사가로 가서 애들을 총동원해야지.

"그럼 성 포교님, 그 숲을 들어가자마자 길을 잃으신 거군요?"

"그러네. 이 동네 사람들도 그렇게 길을 못 찾고 거기만 가면 헤매는가?"

"아니요. 대부분 아무렇지 않은데 가끔 그 부근에 가서 헤맸다고 말하는 사람이 있습니다. 무당같이 귀신을 섬기거나 마음이 올곧지 못한 사람이 그런다고 하는데 포교님도 그 속에 떨어질 줄은 몰랐는데요."

함지박귀는 웃었다. 무심결에 그 말을 한 방기포도 순간 머쓱해 했다.

"죄송합니다. 포교님, 어떻습니까, 저랑 다시 한 번 가보시겠습니까?"

"물론이네. 하지만 그 전에 천라지망을 발동하여야겠네."

그 말을 하고 있을 때 서강 포졸 하나이 다가왔다.

"문안에서 전령이 오셔서 모시고 왔습니다."

포졸 뒤에 어디서 본 듯한 눈익은 평복 차림의 사내가 슬쩍 웃으며 인사를 한다. 전령이 아니라 특사 정도의 인물이었다.

"성 포교님, 안녕하십니까. 긴한 일이 있어 찾아왔습니다. 저는 윤이라고 하는 사람입니다."

"아, 오랜만입니다."

언뜻 보아도 품위가 있어 뵈는 사람이라 함지박귀는 정중히 아는 체를 하였다. 어디서 본 듯도 하였다.

"조금 긴한 말이 있습니다."

"그렇습니까. 그럼, 방에 들어가서 말씀하십시다."

함지박귀는 장작눈썹에게 고개를 까딱하고는 사내를 데리고 안방으로 들어갔다.

장작눈썹은 함지박귀를 따라 들어가는 사내를 유심히 보았다. 서문이나 포청에서 나온 자는 아니었다. 그러나 눈썰미만 보아도 한 가락을 하는 사내였다. 장작눈썹은 뭔가 으스대지 않으면서 근사해 보이는 사내를 보자 입맛이 썼다.

저런 자는 보기만 해도 싫어. 권력에 가까이 있는, 뭔가 은밀한 것을 많이 아는, 돈걱정도 별로 하지 않는, 그리고 남에게 속을 보이지 않는 사람. 저런 자는 싫어! 우리와는 질이 다르지. 사는 세상도 다르구. 오장육부의 구성까지 다를 거야. 한데 함지박귀는 저자를 어떻게 아는 건가. 여하튼 김새는 녀석이야.

장작눈썹이 그렇게 아무것도 아닌 것에 투덜대고 있을 때 노린내가 털 럭털럭 들어왔다.

"어, 노 형 왔소?"

"응, 성 형은 와 있는가?"

"손님이 있어 안방서 이야기하는가 보우. 할배를 쫓아갔다던데 어떻게 되었소?"

장작눈썹은 턱으로 안방을 가리키며 말하였다.

"허, 참네. 이번 비자추적은 기분이 나빠. 중요 대목마다 뭔가 틀어진다 니까. 오늘도 아침부터 미로에서 헤매다 왔네. 웃겨. 내가 한물 갔나."

"핫핫하! 무슨 말씀을."

장작눈썹이 수염을 흔들며 웃자 노린내는 눈꼬리를 세우며 노려본다.

"왜 웃는 거야?"

"아니, 노 형 화내지 마소. 우리 성 성님도 미로에서 헤매다 왔데. 날고 기는 포교 둘이 한 군데서 헤맸다니까 우습지 않소. 그래서 웃었소."

"뭐야. 성 형도 그 숲에 왔었는가. 나처럼 헤매었다고! 허, 그것 참 더 이 상하구, 위로도 되는구료. 그나저나 난 조금 쉬어야겠소. 골이 떵하고 기 분이 울렁울렁해."

"들어가 잠깐 쉬시오. 아침 식사는 했소? 그렇지, 할 데도 할 시간도 없 었겠지. 방 형, 우리 노 형의 아침밥이나 챙겨주시지 그래."

"네, 알았습니다."

계속 인상을 쓰고 있는 노린내는 옆방으로 들어가고 방기포는 부엌으로 갔다.

노린내는 방에 들어가자 마침 보이는 목침을 베고 드러누웠다. 방에 누 우니 그동안 어질어질하던 게 좀 나아진다. 울울하고 갑갑하던 가슴도 약간은 시원해졌다.

누워서 흙벽이 들여다보이는 천장을 보고 있자니 아까 헤매다 겨우 나온 숲과 나무들이 천장에 어른거렸다. 굵직한 나무들은 사람처럼 움직이며 자신의 좌우에서 출몰하고 있었다. 노린내는 한동안 눈을 가늘게 뜨고 천장에서 어른거리는 나무의 향연을 보았다.

맞았어, 아까 나무들은 마치 나를 놀리는 양 사방에서 몸체를 흔들며 홀린 거야. 나는 꿈결 속에서 길을 가고 있었고. 이상한 숲이야. 황홀한 가운데 냄새마저 맡아지지가 않고!

그러고 보니 요 이틀 동안은 참으로 어이없는 나날이었다. 시작은 서리고 그 다음은 바람이고 오늘 새벽은 숲 속의 나무라! 허, 참내!

노린내는 눈을 감았다. 눈을 감아도 어른거리는 것은 마찬가지였다. 서리가 뿌옇게 흩날릴 제 바람이 불고 건장한 나무들이 숲을 이루어 그의 망막 속에서 요동쳤다. 서리와 바람, 그리고 나무들. 나의 냄새 재주를 무용지물로 만든 원흉들. 한데 서리와 바람은 왜, 하필 고 계집애의 향방을 짚어낼 순간에, 불어온 걸까? 공교롭게도, 왜 그때였을까. 귀신이 한다 해도 꼭 그럴 수는 없을 터인데 말이다.

하면, 혹 부처님이나 하눌님이 그 애를 돕고 있는 건 아닐까. 아니야. 이 세상에 그런 이치란 있을 수 없다. 이 세상은 우리 사람만이 사는 게야. 부처님이 어디 있고, 하눌님이 어디 있어. 저 깨끗한 선비들이 몰사 죽엄하는 데도 부처심은 이 세상에 한 오라기도 없었다. 없고말고.

옆방에서 문 여닫는 소리가 들렸다. 아까부터 조심스럽게 나누던 대화가 끝나고 방을 나가는가 보았다. 조금 있자, 함지박귀가 밖에서 장작눈썹들에게 뭐라 이야기하는 게 들렸다.

음, 오늘의 천라지망 배치를 다시 하는군. 나도 나가봐야 하나. 에라 모르겠다. 필요하면 부르겠지. 좀 쉬고 보자.

다시 눈을 감았으나 뒤숭숭한 생각은 여전하였다.

여하간 저 자향이라는 애는 뭔가가 돕고 있는 건 분명해. 하늘인지 부처인지 보이지 않는 뭔가가 돕고 있다는 생각을 떨칠 수가 없다. 하다못해 그녀 집안은 뭔가 훌륭한 일을 했을 거야. 음덕을 쌓은 집안인지 몰라. 나처럼, 우리 집안처럼 덕없는 족속은 아닌 게다.

그렇다면 저 앤 혹시 우리가 잡아서는 안 되는 처자는 아닐까. 잡아서는 안 되는 처자. 그럴지 몰라. 그래, 절대 잡아서는 안 되는 거야. 그걸 내 몰랐어. 저 처자를 잡아서 비자로 만들어서는 안 되는 거야!

노린내가 이처럼 턱도 없는 환상에 사로잡혀 있을 때, 함지박귀가 방문을 열고 머리를 들이밀었다.

"노 형 좀 쉬었는가?"

"뭘 쉬어요?"

아직도 환상 속에서 헤어나지 못하고 있는 노린내는 말이 다정하게 나가지 않는다.

"피곤할 터라 좀 쉬었냔 얘기지."

"피곤할 것도 쉴 것도 없소."

노린내는 일어나 앉았다.

"허, 노 형. 고년을 놓쳤다고 너무 상심했는가 보우. 다 병가지상사일세. 잊으라구. 그래, 요상한 숲이 있는 곳에 갔었는가?"

함지박귀는 방에 들어와 노린내와 마주 앉았다.

"갔었지요. 냄샐 따라 갔더니 숲입니다. 숲 앞까지는 여자애 냄새를 어렴풋이 맡았는데 사람은 하나도 못 보고 나무 속에서는 헤매기만 하다가 왔소이다. 헤매다 보니까 냄새도 헷갈려서 아무 소용이 없구. 그것 참 이상한 숲이요. 형님도 거길 갔었다며?"

"그랬네. 나도 숲 속에서 헤매다 생문인 성싶은 뒷길로 가까스로 나왔네."

"그 숲은 뭐요, 성 형? 짚히는 게 있소?"

"무슨 팔진도 같은 게 아닐까. 거기가 토정이 있는 숲인가 본데 그렇다면 그 이치 영감이란 분이 포진했을 법도 하고."

"그 말을 듣고 보니 그럴 듯도 하네. 어쩐지 그 이 현령이란 분은 눈 언저리가 조금 신비한 데가 있습디다. 그분을 본 순간 뭔가 섬칫한 게 느껴지더라구."

"그랬어? 그것까지는 난 못 느끼었네. 내 오늘 아침, 어제 만난 그 노파를 다시 찾아가 보았지. 노파가 묻지도 않는데 토정 이야기를 하면서 무척 두려워하데. 그러고 보면 노파가 이 현령을 두려워하는 걸까."

"그런지도 모르지요. 여하튼 뭔가 이상한 게 그 동네에 있어요. 오늘 포진은 다 끝냈습니까. 내 임무는 뭐요? 그 숲을 다시 캐봐야 하는 거 아니요."

"암, 캐봐야지. 안배는 다 했네. 벌써들 다 출발했고. 하지만 자넨 딴 일이 있네."

"딴 일이라니요."

"자네, 지난번 밤에 내 귀띔해준 친군위 이야기 잊지 않았지?"

"기억하고 있소."

"그 친군위에서 통보가 왔는데 자넬 그 소속으로 전입시켰다네."

"저를요?"

"그렇네."

"형님은 어떻게 친군위와 통하시오? 그곳은 비선 조직이라서 아무도 모른다지 않았소?"

"내 토로하네만 사실은 나도 그곳 소속일세. 포청일을 보면서 별도로 그곳의 임무도 받고 있지. 내 자네의 능력을 익히 알고 있는 터라 일찍이 추천했었네. 했더니 자네를 오늘 중으로 문안으로 들여보내라는 전갈이 왔네. 내일 아침 일찍 출두하라는 명령일세."

"내일 아침에요?"

"그렇네. 경복궁 서문으로 가서, 연추문 수위장인 김 위장을 만나면 될 것이네. 궁중에서 당장 맡아야 할 일이 있는가 보이."

"그래요?"

"그렇다네."

함지박귀는 품에서 비밀 병부를 꺼내 노린내에게 건네주었다.

"축하하네. 자네는 나처럼 이중 일을 하며 친군위 일을 보는 게 아니라, 궁중에 들어가 뭔가 중요한 일을 맡게 되는가 보아. 이 병부는 밤이라도 성문은 물론 궁문도 통과할 수 있는 표신일세. 김 위장한테 보이면 어느 때라도 궁에 들일 걸세. 잘 간직하고 빨리 떠나도록 준비하게."

노린내는 받아든 병부를 물끄러미 바라보더니 함지박귀의 두 손을 덥석 잡았다. 손이 떨리고 있었다. 고마움과 감격이 같이 이는 모양이었다. 그는 함지박귀의 눈을 빤히 쳐다보며 신들린 듯이 주워섬겼다.

"형님 고맙소. 정말 고마웁소. 나를 알아주는 사람은 평생 내 냄새 솜씨를 평가해준 스승뿐이었는데 이제 형님이 또 한 분 생겼구료. 이 은혜, 백골난망이로소이다. 결초보은하리다."

"우리끼리 무슨 결초보은인가, 이 사람아. 그런 말 하지도 말게."

"아닙니다. 결코 잊지 않겠습니다. 한데 하나 부탁이 있소."

"뭔데?"

"형님, 저 애는 잡지 마시오. 형님이 잡으려 해도 잡히지 않겠지만 천의(天意)에 반하여 억지로 잡으려는 우를 범하지 말라 하는 이야깁니다. 동티를 입을 위험이 있습니다. 보셨지요, 형님. 서리와 바람, 그리고 저 숲에 어린 서기. 그 수많은 나무들까지도 그녀를 보호하려는 것을. 이 우둔한 놈의 말을 한 번만 들어주시오. 이번의 이 전근을 보아도 알 수 있지 않습니까. 하늘이 나에게 저 애를 잡지 말라고, 잡는 데 끼어들지 말라고 딴 데로 보내는 겁니다. 제 말 알아 들으셨습니까?"

"알았네. 무슨 말인지 알았어."

함지박귀는 그렇게 답할 수밖에 없었다. 그 외에는 어느 대꾸도 소용없음을 알고 있었다. 노린내는 두 차례의 실패, 그리고 오늘 새벽의 놀라운 풍경에 뭔가 마음을 빼앗겼거나 아니면 자신도 주체하지 못하는 어떤 광기가 있는 자임에 틀림없었다.

아침 햇살이 찢어진 창호지 사이로 쏘아들어와 그들이 앉아 있는 시골집 방바닥을 어울리지도 않게 화사하게 비추고 있었다. 지금 출발하면 오후 넉넉하게 문안에 들어갈 수 있을 것이었다. 함지박귀는 노린내를 빨리 출발하라 재촉하였다. 일찍 문안에 들어가 가족도 보고 내일엔 옷을 깨끗이 갈아입고 일찍 출두하라고 채근하였다. 궁궐에 출근하는 게 얼마나 근사한 일인가. 멋진 새 출발이 아닌가.

그러나 노린내는 어딘가를 쏜살같이 가더니 농주 한 되를 받아 갖고 왔다.

"형님, 우리가 하찮은 사람인지는 모르지만 그냥 헤어질 수가 있습니까. 자 이별주 한잔 합시다."

노린내는 큰 대포잔에 술을 가득 따라 함지박귀에 권했다. 둘은 대포 한잔씩을 상대방의 눈동자를 응시하며 함께 들었다. 노린내는 뭔가 흥이 나는지 싱글벙글 웃고 있었으나 함지박귀는 이녀석이 어느 `구석이 조금 갔나 해서 빙그레 웃을 뿐이었다.

"헤어지자 한잔 술 드니 이 또한 슬퍼지누나! 인생은 만났다 헤어지는 것, 한 송이 구름 같고녀."

노린내는 당시의 어느 명구인 듯한 사설을 광대같이 뱉어내고,

"사내 대장부끼리 무슨 이별인가. 같은 문안서 내일 만나고 또 만나야 할 사람이. 싱겁기는."

함지박귀는 허허하게 대꾸했다.

13. 장작눈썹

화천군 겸 지의금부사 심정은 향오문을 지나 강녕전(康寧殿)으로 들어갔다. 그가 남곤과 함께 기묘사화를 일으킨 것은 천하가 알고 있는 바이지만 그가 지금 친군위의 극비조직 임무를 비밀리에 수행하고 있는 것은 세상 사람이 모르는 일이었다. 왕과 왕비 그리고 친군위의 고위 요직 서너 사람만이 아는 기밀사안이었다.

은밀히 들어오라는 명령이었으므로 심정은 누구의 눈에 띄일까 저어하며 임금의 동소침(東小寢)인 연생전(延生殿) 옆을 지나 교태전(交泰殿)으로 들어갔다. 더구나 아침 일찍부터 들어오라는 것부터가 심상치가 않다.

팔폭 산수병풍 양옆에 누런 왕촛불이 환하게 켜 있고 그 가운데 앉아 있는 왕비는 서안을 사이에 두고 심정을 대하였다. 심 지사가 절하고 나자 왕비는,

"편히 앉으시지요. 요즈음에 이것저것 심려가 많아 얼굴이 초췌해지신 것 같습니다. 몸을 조심하셔야겠습니다"하고 위로하였다. 심정은 고개를 숙이며 답하였다.

"그동안 흉신들의 궤악한 소행에 얼마나 옥체가 손모(損耗)되셨나이까. 성상께서 용상에도 제대로 못 오르시고 수라상도 제때에 못 받으시는 것에 저희들은 정말로 가슴이 떨리고 두 손을 어디에 둘 줄 모를 정도로 헤매었나이다. 이제 저들을 내치셔서 벌하시는 것은 성명(聖明, 임금 또는 성스럽고 밝음)의 가슴아픈 징벌이시라 천백 번 지당하신 처사이오나 처분이 너무 가벼울까 걱정이 되나이다."

"조광조 김식 김정은 사약을 내릴 것이고 기준 한충도 사약을 아니 받아서는 아니 되리다. 또 누구누구를 사약을 내리면 되겠소."

"김구 박세희 박운도 마땅히 사약을 내려야 합니다. 특히 그중에 박운은

몰래 딸애를 도타시킨 역신이옵니다. 이런 자를 살려 두어서는 아니 되옵니다."

"박 참의의 딸이 도타하였다는 말은 나도 들었소. 어찌 되었다 합디까?"

"서문의 추격조를 두 조나 풀어서 잡게 하였으나 아직 잡지 못하고 있는 실정이옵니다."

"아니, 계집 하나이 쫓는데 어찌하여 쉬이 잡지 못하고 있을까. 더 날랜 포교들을 풀면 어떠할른지요?"

"서문에서 파견한 자들도 날랜 자들로 호가 나 있다 하옵니다. 아마도 하루 이틀 사이에 포착할 것으로 생각되옵니다."

"그러한가요. 만일 그들이 쉬이 못 잡을 경우엔 금부에서 특파를 하도록 하시지요. 무슨 일을 할 때는 매사 아퀴를 콱 잡아서 소루*함이 없어야 합니다."

이 말을 할 때의 왕비는 눈매가 사나워지고 어투도 냉엄하였다. 심정은 그런 왕비의 성품을 알고 있었지만 사소한 처자의 도타 건에 왜 이처럼 관심을 갖는지 이해할 수 없었다.

"알겠사옵니다. 그것도 한 방책으로 생각해 두고 있습니다. 돌아가는 품새를 보아서 처리하겠나이다."

"또 다시 말씀드리옵니다만 우리 친군위의 조직은 비밀을 엄히 지켜야 합니다."

"물론이옵니다. 지금 오위영과 포청도 일절 모르옵고 의정부의 재상들도 모르는 사안이옵니다."

"그리고 한 가지 긴한 말씀이 있습니다."

"무슨 분부이시온지."

왕비는 즉시 말을 하려다 밖의 동태에 귀를 기울이는 듯 잠시 말을 끊었다. 아주 낮은 목소리로 속삭이듯 말하였다.

소루 疏漏 소활하고 빠뜨리는 것.

"홍 희빈의 무수리 있지 않습니까. 주초위왕(走肖爲王)을 꿀물로 잎사귀에 새긴 애 말입니다."

"네, 그 애에게 무슨 일이 있사옵니까?"

"돈을 듬뿍 주어 무마를 했건만 그 애가 요즘 밤이면 궁중을 헤매고 다닌다는 말이 있습니다. 듣자하니 시룽시룽하며 헛소리까지 하는 게 영 믿을 수가 없다 합니다."

"큰일을 낼 애 아니옵니까. 즉시 처리를 하여야겠군요."

"한시라도 빨리 조처해야지 무슨 말이 날지 예단키 어렵습니다. 한데 그 아이를 며칠 전부터 특별히 내 밑으로 옮겨주었는데 어제 저녁부터 어디로 갔는지 행방이 묘연합니다. 내반원에서 찾고는 있으나 늦어지고 있어요. 그러다가……."

"혹, 궁 밖으로 나가기라도 하면 큰 사단이군요."

"바로 그것을 걱정하고 있지요."

"호오, 보통 일이 아니군요. 제가 우리 무사들을 동원해 알아보겠나이다."

"그랬으면 해서 말씀드리는 겁니다. 내반원에만 맡겨둘 일이 아니지 않습니까. 우리 궁중 안에도 친군위의 용사들이 있지요?"

"전하의 안위를 위해 무술이 빼어난 자들을 박아 놓았습니다. 그 중 하나에게 급히 엄명을 내리겠나이다."

"문제는 그 애가 자진한 것으로 해야 합니다."

"잘 알겠습니다. 심려 마시옵소서. 한데 혹……."

"뭘 심려하시는 바라도 있으신지요?"

"그 아이가 집에 자기가 한 일을 행여 알려 놓아서 말썽이 나지 않을까 걱정이 됩니다."

"그것도 은밀히 내사하여 보시지요. 그렇다고 죄 죽일 수는 없지 않겠습니까. 본인이 아니면 큰일은 아닐 터이니 돈꿰미를 조금 주어 입을 막을 수가 있지 않겠습니까."

"그럼 그렇게 조처를 하도록 하겠나이다."

"이 일은 정말로 은밀히 하시어야 합니다."

"알겠사옵니다."

심정은 고개를 들고 왕비를 슬쩍 바라보았다. 아름다운 얼굴에 눈빛은 날카롭다. 박운의 딸을 냉큼 못 잡는다고 사나웁게 말한 것은 바로 이 궁녀를 제대로 처리하라는 추상 같은 말을 하기 위한 전제, 바로 그것인 듯하였다.

장작눈썹은 생각할수록 화가 났다. 함지박귀가 그런 사람이리라고는 생각하지 않았다.

지금이 어느 순간인가. 바로 사안이 해결될 막바지, 정점이 아닌가. 도타한 계집은 확실히 토정 언저리에 있을 거였다. 새벽부터 토정 주변의 동서남북을 죄 차단하였다. 옴치고 뛸 곳이 없다. 자연히 토정을 맡는 자는 계집을 붙잡을 것이고 그러면 가장 큰 공을 세우게 마련이다.

한데 함지박귀는 토정에 이대치와 한강독사를 배치했다. 이 날고 기는 장작눈썹은 겨우 삼개 가는 밭길을 맡으라고 하고. 기분이 나쁘다. 저만 공을 차지할 심산인가. 그리고 보니 어제도 바위고개서 계집이 갔을 법한 곳은 노린내와 함께 가고 신통치 않은 보부상 산길은 한강독사와 나에게 맡겼지. 흥, 나를 물먹이다니. 저하고 나하고 얼마나 오랜 짝팬데 이렇게 푸대접하다니!

장작눈썹은 뒤따라오는 방기포에게 물었다.

"여봐, 방 형. 이 언저리에 술집 같은 게 없나?"

뭔가 불만이 그득한 목소리였다.

"있지요, 왜요?"

"술청 찾는 건 한잔 걸치고 싶어서가 아니겠나."

"아니, 새벽부터 술을 드시게요. 그러다 위에서 알면 경치는데."

"위가 누구야?"

"아, 아닙니다. 술은 일을 끝내고 드셔도 될 것 같아서."

"할 일이 별로 없잖아. 그 계집은 토정 언저리에서 잡히게 되어 있어. 내 노비추적을 여러 번 해보아서 아네. 오늘 아침 일진 보고 피부에 와닿는 감을 정리해보니 계집은 오늘 잡히는 게야. 한데 우리는 엉뚱한 데로 배치돼서 찬밥 신세고."

그 말에는 방기포도 동감이었다. 새벽에 함지박귀와 노린내가 겪은 이 야기를 종합하면 토정이야말로 해결장소인 게 분명하였다. 따라서 이곳 지리가 밝은 자기는 토정을 맡아야 했다. 한데 이 엉뚱한 곳으로 보냈지 않는가. 맞았어, 이렇게 버림받을 바에야 장작눈썹의 비위나 취주지 뭐.

"여기서 활 서너 바탕만 가면요, 초가가 하나 있고 그 집서 술을 팔지요."

"그래? 그럼 거기 가서 한잔 걸치고 보세. 내가 사줌세."

"아닙니다. 제가 한턱 올리겠습니다."

방기포는 장작눈썹에게는 한잔 사도 손해볼 게 없다는 셈판으로 진정으로 술을 살 요량이었다. 그러나 장작눈썹은 눈까지 부라리며,

"무슨 소리야, 내가 산다고 했잖아. 딴소리 말고 가세."

기세 하나는 좋은 장작눈썹이었다. 방기포는 그런 장작눈썹이 맘에 들었다. 문안 포졸들은 거의가 깍정이인데 이 털보는 눈썹만 진한 게 아니라 씀씀이도 굵은 것 같았다.

"좋습니다. 장작눈썹께서 사신다니 모시고 가지요."

둘은 아침부터 의기가 투합하여 술집으로 발길을 돌렸다.

할배는 자향이 빨리 떠나야 한다고 재촉하였다. 이치 영감께서 신속함이 관건이라고 하였다는 것이다. 그러나 괴이한돌은 자꾸만 고개를 흔들고 있었다. 산자가 안 맞는다, 감이 떠오르지 않는다, 시간은 대충 맞아가

는데 방향이 이상하다며 망설이고 있었다.

안방이 안절부절못하였다.

"아씨, 빨리 가십시다. 저들 포교가 이미 영감 댁을 나와 이쪽으로 왔을 겝니다. 한시라도 빨리 보부상 산길로 빠집시다."

"보부상 산길?"

"그래요. 여기서 북쪽으로 가면 산길로 붙을 수 있습니다. 어제 가을나무 언니가 이야기하는 걸 들으니 산길에는 숨을 곳이 많아요. 우리가 다시그 길로 가리라 생각하지 않을 것 아닙니까?"

틀린 말이 아니었다. 그러나 자향은 진기한새의 영감과 신기에 매달리고 있었다. 어제부터 주술적인 마력을 보이는 괴이한돌의 행운을 믿고 싶었던 것이다.

자향과 안방은 묘시가 한참 지나서야 출발하였다.

한동안 망설이며 확답을 안 하던 이상한풀이 갑자기 벌떡 일어나더니동쪽을 바라보며 나무들 사이에 섰다. 그는 손을 들어 앞쪽을 가리키면서자향에게 말하였다.

"보입니다. 길이 보여요. 언니, 이 길로 가세요. 빨리요. 맞아요, 시간이조금 늦었어요. 허지만 빨리만 가면 돼요. 단 조심해요. 알았지요?"

그 순간 진기한새는 신들린 듯이 말하였다. 자향은 그런 그에게 잘 있으라고 손을 잡아주었다. 어리고 앙증맞은 진기한새는 왠지 입을 악물고 눈은 동그랗게 뜨고 고개를 크게 끄덕이었다.

"잘 가세요. 언니가 보고 싶을 거예요."

"그래, 동생도 잘 있어. 언제 좋은 날 오면 또 만날 수 있을 거야. 어제,오늘 고마웠어. 아버님한테도 정말 고마웠다고 인사말씀 잘 올려줘. 알았지?"

"응, 잘 가요. 조심하세요."

"잘 있어."

자향과 안방은 왠지 아쉬움이 남는 토정을 등지고 떠났다. 한데 그들이 백여 보를 갔을 때였다. 진기한새가 마구 달려오는 게 보였다. 팔진도를 펼친 나무 사이로 진기한새는 정신없이 달려왔다.

나무와 풀들이 춤을 추듯 흔들리는 사이로 진기한새는 날 듯이 와서 자향의 손을 잡았다.

"잠깐만 일루 와요. 사람들이 이쪽으로 오고 있어요. 일루 일루, 날 따라와요!"

그 말에 자향과 안방은 놀라서 진기한새가 끄는 대로 따라갔다. 이십여 보를 서쪽으로 돌아나갔다. 진기한새는 잠깐 멈추어 서더니 앞쪽으로 머리를 뽑아 내다보고는 이번에는 동쪽으로 삼십여 보를 갔다.

"됐어요. 이 길로!"

그들은 앞쪽으로 살살 걸으며 다시 삼십여 보를 갔다. 진기한새는 이번엔 오른쪽을 유심히 보더니 재차 앞쪽으로 나아갔다. 진기한새가 뭘 보고 있는지 그리고 그들 주변에 누가 나타나고 있는지 자향과 안방은 알 도리가 없었다. 무언가 엄중한 사태인 것 같아 둘은 진기한새의 뒤만 졸래졸래 따라갔다.

그렇게 백여 보를 따라갔을까. 나무들이 활짝 열리고 평소의 시골 풍경이 저 앞에 훤히 펼쳐 보였다.

"됐어요. 이 길로 반듯하게 가세요. 저들 포교가 지금 토정을 에워싸고 있어요. 허지만 이제는 언니들을 보지 못할 거예요. 가세요!"

진기한새의 얼굴에는 걱정하는 빛이 너무나 역력하였다. 절절한 얼굴이었다. 자향은 그게 마음에 걸렸다. 저 애가 나와 헤어지는 것을 너무나 아쉬워하는구나. 불안해하기까지 하고. 저러면 안 되는데. 왜 저런다지. 어리고 여린 이상한풀의 이상한 행동에 자향은 마음이 불안하였다.

자향과 안방은 빠른 걸음으로 숲을 떠났다. 논틀밭틀 길을 한참 가서 뒤를 돌아보았다. 진기한새는 아직도 헤어진 자리에 서서 손을 흔들고 있었

다. 그 모습이 하도 가슴에 어리어와서 자향이 손을 흔들려고 하자,

"손 흔들 시간 없어요. 빨리 가요!"

안방이 일부러인지 소매를 잡아당겨 자향은 허청허청 앞으로 달려갔다. 얼마 동안 달리다 다시 뒤돌아보았다. 이번에는 이상한풀이 없다. 벌써 되돌아갔을까. 자향은 안방이 끄는 대로 경황없이 밭길을 헤매며 갔다.

참새떼들이 후익 하늘을 날다가 오른쪽 밭가에 파도치듯이 아름다운 곡선을 그으며 내려앉았다.

"오마나, 참새가 멋지게 나네."

"참새가 이쁘죠?"

안방은 새를 보자 발걸음을 멈추며 새들을 바라보았다. 얼굴이 화사하게 웃고 있다. 새를 좋아하는가 보았다. 자향도 걸음을 멈추며 함께 참새떼들을 넘어다본다.

"참새는 너무 귀여워. 오마, 저기에도 참새가 잔뜩 있다."

자향이 왼쪽 나무들 위를 가리켰다.

"그건 참새가 아니어요."

"참새가 아니야?"

"네. 그건 방울새여요."

"방울새? 참새 같은데."

"참새 같은 새가 얼마나 많은데요. 저기 봐요. 새 세 마리가 나무에 앉아 있지요."

"그래. 것도 방울새니?"

"아니요. 저건 멧새에요. 머리가 노란색에 꼭대기에 검은 관 같은 게 있잖아요. 크기도 좀 더 크고."

"그래? 새에 대해 잘 아는구나."

그들은 다시 걸었다. 안방이 앞장서 걸으며 말하였다.

"언니가 와우산서 유 지사님하고 떠나올 때 제가 서 있었잖아요."

"그래, 너 울고 있었지?"

"울진 않았지만 눈물이 났어요. 그때 박새가 울잖아요. 쯔쯔삐 쯔쯔삐 하고 말예요."

"박새가 쯔쯔삐 쯔쯔삐 하고 울어?"

"그래요. 박새는 참말로 이쁜 새여요. 통통하고 깃털이 약간 검은데 눈이 얼마나 이쁜지 몰라요. 그 맑은 눈을 보면 가슴이 너무 아파요. 뭔가 애련하고 뭔가를 해주고 싶어요. 뭐라 위로의 말도 걸고 싶고."

"그래에. 안방이는 마음이 착한 사람이다. 새를 보고 정을 느끼는 걸 보면."

"언니는 그렇지 않아요?"

"글쎄. 난 문안서 살아 새를 자주 못 봐선지 그런 정은 느껴보지 못했어."

"저기 봐요. 참새 같지요, 언니는?"

"응, 참새가 아니니?"

"저건 오목눈이어요. 참새보다도 더 작은 새여요. 몸둥이는 작고 꼬리는 길고 부리는 작고 짧고 얼굴에 까만 눈썹선이 있어요. 잘 보아요. 저 새는 보기만 해도 괜히 귀여워요. 만져보고 싶지 않으세요?"

"그래에? 그렇게 말하니까, 만져보고 싶네에. 저 새는 어떻게 우니?"

"어떻게 우냐구?"

안방은 발걸음을 멈추며 묻고는 새 쪽을 보며 입을 뾰족히 내밀었다.

"이렇게 울지. 쭈릿쭈릿 쭈리리 쭈릿쭈릿 쭈리리─."

"그래? 쭈릿쭈릿 쭈리리 쭈릿쭈릿 쭈리리─? 우는 것도 정말 이쁘고 귀엽다. 그치?"

"그러문요. 새는 안 이쁜 게 없어요. 이 세상에 사람 같이 안 이쁜 게 어디 있나요."

"호오!"

자향은 안방을 바라보며 웃었다. 둘은 다시 걸었다. 이 아이는 새와 꽃과 자연을 사랑하지만 사람은 별로 좋아하지 않는구나. 환경 때문에 그럴까. 사람도 마음을 열고 사귀면 다 좋을 수 있는데.

그들이 가는 논틀밭틀 왼켠 멀리에 복숭아나무 서너 그루가 보였다. 아직 민가는 보이지 않는다. 자향이 안방에게 말하였다.

"안방아, 저기 복숭아나무가 있다."

"어디?"

"저기, 왼쪽에."

"오, 그러네. 금년에는 복숭아꽃이 일찍 졌어요. 언니는 복숭아꽃 본 적 있어요?"

"한두 번 보았지."

"정말 아름답지요?"

"그래. 한데 꽃이 피자마자 너무 일찍 져서 가슴이 아프더라."

"그래요. 한 열흘이라도 피어 있으면 느긋하게 감상할 텐데 그러질 못해요."

"복숭아나무는 저희들끼리 우애가 돈독한 과목(果木)으로 알려져 있단다. 그거 아니?"

"아니요. 그게 무슨 말이어요. 나무들끼리도 우애가 있어요?"

"그럼. 옛 사람들이 어떻게 알아냈는지 그렇게들 이야기하더구나. 있지, 오얏나무는 띄엄띄엄 심어야 하는데 복숭아나무는 바투 심어야 한데. 그래야 서로 얼싸안고 좋아하면서 열매를 많이 연대나."

"그거 웃긴다."

"그래, 우습지? 한데 복숭아나무는 정말로 마음이 여린가 봐. 오래 살지도 못해. 복숭아나무는 삼 년이면 열매 맺고 오 년이면 어른되고 칠 년이면 늙어서 십 년이면 다 죽는데. 거기에 비하면 밤나무 감나무는 얼마나 오래 사니?"

"그럼 복숭아나무는 불쌍하다."

"그렇지? 우리 둘째 외삼촌이 복숭아나무를 보면 젊어서 죽은 동무 생각이 난다며 그렇게 알려주었어."

그들이 이렇게 새 이야기와 복숭아나무 이야기를 재미있게 하며 산허리를 돌아갈 때, 민가 예닐곱 채가 보였다. 등치 큰 사내 하나가 허청허청 걸어오는 게 보였다. 안방이 후딱 자향의 왼쪽 팔뚝을 잡아끌며 덤불 속으로 몸을 숙였다.

그 순간, 옆에서 굵직한 목소리가 들렸다.

"하하하, 할망구 요것이, 이 동네에 기집애가 없어? 여기 이쁜 기집만 있는데 그래!"

자향은 깜짝 놀라 옆을 보았다. 허름한 옷차림의 포졸 하나이 우악스런 손으로 그녀를 잡아채고 있었다. 자향과 안방은 잽싸게 뒤로 물러났다. 포졸은 뒤뚱거리다 제풀에 앞으로 푹 고꾸라졌다. 얼굴이 벌건 게 술을 잔뜩 마신 모양이었다.

"뭐야, 뭐야! 기집애가 있다구?"

자향은 뒤로 몸을 빼치다가 오른쪽에서 들리는 소리에 화들짝 놀라 이번에는 오던 길로 도망했다. 안방이 그런 자향의 뒤를 막아섰다. 눈썹이 장작개비 같은 포졸이 음흉한 웃음을 흘리며 다가오고 있었다.

"장작눈썹!"

안방은 자기도 모르게 큰 소리로 부르짖었다. 그 유명한 장작눈썹이었다. 역시 얼굴이 벌겋다. 술냄새도 풀풀 난다. 둘이 술을 억병으로 마신 모양이었다. 안방은 어디서 주웠는지 몽둥이 하나를 들고 장작눈썹을 노려봤다.

"흐흐흐, 고놈. 어디서 감히 어르신한테 덤비는 거냐!"

장작눈썹은 성큼성큼 다가와 안방이 휘두르는 몽둥이를 왼 팔뚝으로 턱허니 막고는 솥뚜껑만한 오른손으로 안방을 들어 횡하니 던져버렸다. 안방은 두 장 저쪽으로 날아가 밭에 툭허니 떨어졌다. 워낙 멀리 날아간 탓에 떨어지자마자 큰 충격을 받았는지 꼼짝도 하지 않는다.

뒤로 주춤주춤 도망하던 자향은 안방이 '장작눈썹!' 이라고 외치는 소리에 뒤를 돌아보다가 안방이 동댕이쳐지는 것을 목도하였다. 그녀는 안방이 무참하게 날아가 떨어지는 것을 보자 발길을 돌려 허둥지둥 안방에게 날려갔다.

"안방아, 안방아! 정신차려!"

자향이 외치며 안방을 끌어안으려는데 우악스런 손이 그녀의 왼팔을 잡아 당겼다. 시커먼 방기포였다.

"흐흐흐, 요년. 어디로 도망가려느냐. 우리 포교님의 시중을 안 들고 어딜 도망가려고 해!"

방기포는 자향을 잡아끌며 장작눈썹을 보고 히죽 웃었다. 형님, 여기 이쁜 기집이 있소, 하는 투였다. 장작눈썹은 방기포의 노는 꼴이 맘에 들었는지 헤벌쭉하게 웃으며 다가와 도망치려 허둥지둥하는 자향의 몸을 두 팔로 꽉 껴안았다.

"으흐흐, 이쁜 게 어디서 나타났는고!"

"악, 날 놓아줘요!"

자향은 있는 힘을 다해 발악을 해보았으나 소용이 없다. 장작눈썹은 흐리멍텅한 눈꼬리를 가슴츠레히 뜨며,

"고거 이쁘다. 내 말 잘 들으면 좋게 해주지! 으응? 세상이 얼마나 좋은가, 남자가 얼마나 좋은가, 놀랄 거다!"

장작눈썹은 힘은 세었지만 대취한 탓인지 몸을 제대로 가누지 못했다. 앞으로 뒤뚱뒤뚱 자향을 안은 채 걸어가며 겨우 몸을 유지했다. 방기포가 옆에서 그런 두 사람을 잡아주었다. 뒤뚱거리던 그들은 헌 쌀가마로 칸막이한 울 같은 곳에 기대는 형국이 되었다. 그곳은 아까 방기포가 나온 마을 측간이었다.

측간 울타리에 기댄 장작눈썹은,

"좋았어, 좋았어!"

신이 난듯 흥얼대고는 자향의 치마를 밑에서부터 위로 훌러덩 쓸어올렸다. 자향의 허연 허벅지가 드러나고 속곳이 부욱 찢어지는 소리가 들렸다.

아까부터 마을사람들은 이런 추태를 보며 발을 동동 구르고 있었다. 세상에, 이런 일을 막아야 할 포졸들이 벌이는 패악이라, 어찌할 줄 모르고 아우성만 친다. 그중 가장 나이든 촌로가,

"억보는 어디 갔나. 억보를 데려오게!"

억보는 이 마을서 가장 힘센 사내인 모양인데,

"억보는 산에 나무하러 가고 지금 없소!"하는 대답이 나오고,

"그럼 강 서방은 뭘 하는 거야. 술을 팔았으면 책임을 져야지!"

책망을 하자,

"강 서방은 술을 더 안주겠다고 하다가 저 포졸한테 얻어맞아서 지금 인사불성이요!"

해명하는 소리에,

"뭐야, 이거 큰일났다. 저 처자가 대낮에 길거리에서 봉욕하네그려. 우리 마을 수치로다! 자네들 가서 못 말리나! 어떻게 좀 말려보라고!"

아우성을 쳐보지만 사내라곤 힘없는 사십객 둘이서 당찬 술망나니를 당할 수가 없는 형국이었다.

이때 장작눈썹은 자향의 속곳을 완전히 찢어발기며,

"핫핫하, 거드모리를 한 번 해보나!"

미치광이처럼 외치고는 자향의 아랫도리를 마구 훑는다. 자향은 소리지르며 저항을 하다가 이제는 거의 정신을 잃고 대롱대롱 장작눈썹의 왼팔에 매달려 있는 상태였다. 게다가 방기포란 녀석은 한술 더 떠서 자향을 뒤에서 받치며 자기도 왼손으로 자향의 가슴팍을 더듬고 있었다.

진기한새는 자향 언니가 가는 모습을 한참 바라보고 있었다. 언니가 돌

아보자 너무 좋아서 손을 흔들었다. 한데 언니는 안방이 우악스레 잡아끌며 데려가는 바람에 손도 흔들어주지 못한다. 섭한 마음에 가슴이 찡한데 갑자기 왼쪽에서 이상한 그림자가 어른거렸다.

포교들이 가까이 온 것이다. 진기한새는 재빠르게 나무 사이로 몸을 숨겼다.

포졸 둘이 진기한새가 서있던 곳에 나타났다.

"여기에 누군가가 서 있었는데. 금방 없어졌네."

"정말이세요?"

"그럼. 내가 두 눈으로 보았는걸. 저쪽을 향해서 손을 흔드는 것 같았어. 못 보았는가?"

"못 보았는데요."

"저쪽을 보며 손을 흔들었단 말씀이야. 누가 저쪽에 가고 있었나?"

두 포졸은 자향과 안방이 간 밭길을 쳐다본다. 나무 사이에 숨어 그들을 지켜보던 괴이한돌은 가슴이 철렁하였다. 저들이 자향 언니와 안방이를 보면 어쩌지!

그러나 다행히 그들은 자향을 보지 못하고 있었다. 아마도 안방이 억지로 끌고 마구 달려가는 바람에 나무와 덤불에 시야가 가린 모양이었다. 아까 언니를 손도 못 흔들게 강제로 끌고갈 때는 상놈 안방이 녀석이 그렇게 미웠는데 지금은 고맙게만 느껴졌다. 그때문에 저들 포교의 눈에 띄지 않은 것이다.

언뜻 괴이한돌을 본 포교는 이대치였다. 원래 마음이 순박한 이대치는 이치 현령이 포설해 놓은 팔진도가 그렇게 효험을 보지 못하고 있었다. 그러나 마음이 시커면 한강독사는 사방에 쭉쭉 솟아 있는 나무들만 얼씬거릴 뿐 앞뒤를 구분할 수가 없을 지경으로 숲이 어지러웠다.

장작눈썹과 방기포가 아침술을 든 것은 홧술이었고 이것이 화근이었다.

처음 한잔 두 잔 할 때까지는 그래도 괜찮았다. 술이 얼큰히 들어가자 늘상 그렇듯 둘은 불평을 늘어놓기 시작하였다. 불평은 둘이서 번죽이 잘 맞았고 최종 과녁은 함지박귀였다.

한데 방기포가 한마디 한 게 화중에 기름을 부은 꼴이 되었다.

"장작눈썹님, 술은 함지박귀 형님이 더 세다면서요?"

"뭐야? 함지박귀가 세다고? 무슨 말을. 저가 아무리 세어도 날 당할 수 있나. 흥, 자네 무슨 말을 그렇게 기분 나쁘게 하나?"

함지박귀보다 못하다는 게 가장 싫은 장작눈썹이었다. 사소한 술 먹는 것도 지고 싶지가 않다.

연전에 의주까지 쫓아가 이매망량*이라는 별호의 산도깨비 마파람을 잡았을 때 그들의 명성은 절정에 달하였다. 그러나 그 사안을 계기로 함지박귀의 평가가 장작눈썹을 앞질렀고 부장포교로의 승진도 당연히 함지박귀가 먼저 되리라는 소문이었다. 모든 지휘도 함지박귀가 맡게 되었다.

그렇게 뒤틀린 관계가 최근에 조금씩 드러났는데 이번에 가만히 보니 함지박귀는 노린내를 높이 평가하고 있는 게 아닌가. 건건사사 함지박귀는 노린내와 의논하고 노상 함께 다니는 것이었다. 이렇게 둘의 사이는 이번 사안으로 크게 뒤틀려지고 있었는데 방기포가 무심히 한 말이 불을 지른 것이다.

장작눈썹이 소리쳤다.

"여보게 주모, 술 한잔씩 더 가져와!"

"아니, 형님. 석 잔이나 마셨잖습니까. 오늘은 그만 하시죠?"

"뭐야? 자네, 내가 함지박귀보다 정말로 술이 약한 줄 아는 모양이구만!"

"아닙니다. 눈썹님께서 더 세시다면 세신 거죠. 제가 몰랐습니까."

한데 이 말은 장작눈썹 귀에는 신랄한 비아냥이었다.

이매망량 魑魅魍魎 산과 내, 나무와 바위의 정령에서 생겨난다는 온갖 도깨비.

"흥, 그렇게 못 믿어지면 내가 먹는 걸 보고 판단하라구. 자네에게 윽박지를 맘은 없네! 지깐 놈이 어찌 나보다 술을 더 먹는다는 말인가!"

그 터울에 둘은 대포 두 잔을 더 들게 되었다.

당시의 대포 한 잔이란 큰 뚝배기잔에 그득하게 따라서 드는 것으로, 술이 센 장정도 얼큰히 취하는 수준이었다. 더구나 에누리가 없는 시골 동동주일 경우는 모든 주객이 대포 한잔에 갈지자걸음을 걸어야 했다. 그렇게 독한 동동주를 아침부터 다섯 잔이나 기울였으니 둘 다 고주망태가 아니될 수 없었다. 더구나 횟술은 더욱 취하게 마련. 거기에 대포 한잔에 따르는 육회 반근의 안주가 이 시골구석에 있을 리 없다. 부실한 안주는 곤드레만드레에 더욱 부채질을 해서 다섯 잔을 마셨을 때는 이제 세상이 보이지 않게 되었다.

"여봐, 주인장. 대포 한 잔씩을 더 가져와라!"

장작눈썹이 비뚤어진 입으로 여섯 잔째 주문할 때는 술집주인 강가도 더 갖다줄 염(念)이 나지 않았다. 벌써 두 포졸의 작태가 명정(酩酊) 상태인데다 이렇게 많이 든 사람이 제대로 술값을 낼 것도 걱정이고 술에 취해 쓰러지면 그 치닥거리를 어찌한단 말인가. 더군다나 상대는 으스스한 포졸들 아닌가.

술이 더 이상 없다고 두 손을 흔들자 장작눈썹은 벽력같이 화를 내더니 벌떡 일어나 강가를 주먹으로 팼다. 도끼보다 더 센 주먹을 맞은 강가는 앞 이빨이 우수수 떨어지고 온 얼굴이 피범벅이 되어 쓰러졌다.

여기에 방기포는 한술 더 떴다. 술이 있으면 여자가 따라야 한다고, 방기포는 우리 장작눈썹님 모실 여자를 대령하라고 큰 소리를 질러댔다. 술집 안주인은 그 말에 놀라서 뒤뜰로 도망가고 꼬부랑 할머니가 나와서, 이 고을에 젊은 처자란 없수다, 하고 두 손을 젓는데 방기포가 느닷없이 발길질을 해서 토방에 시체처럼 나자빠졌다.

이런 북새통에 열살 난 술집 어린 아들이 나름대로 분기탱천한 끝에 두 포졸한테 온갖 악담을 퍼부어 두 곤드레만드레는 아이를 잡느라 난리를 치게 되었다. 아이는 무서운 포졸에 붙잡히지 않고 잘도 도망다녔는데 그러느라 바깥 측간까지 냅다 뛰는 바람에 멋도 모르고 오던 자향과 안방이 날벼락을 맞게 된 것이다.

자향의 저고리는 거의 벗겨지고 아랫도리 치마도 다 찢어져서 온몸이 훤히 드러나고 있었다. 뒤에서는 방기포가 자향의 가슴을 주무르고 앞에서는 장작눈썹이 자향의 아랫도리를 훑는데 우악스런 손으로 어여쁜 처자의 은밀한 곳을 마구 헤치고 양물로 깊숙한 곳에 넣으려 헉헉대는 판국이어서 처녀의 은밀한 곳에서 피가 튀고 난장판이 되었다.

너무나 놀란 자향은 불쌍하게도 정신을 잃고 있었다. 그나마 정신을 잃은 게 낫다고나 할까.

바로 그때였다.

천하에 아름다운 자향이 정조를 잃고 몸이 더럽혀지려는 순간, 퓨우웅, 금속성 소리가 대기를 갈랐다. 까만 시누대에 날렵한 까투리 날개가 달린 섬칫한 화살 한 대가 측간 뒤쪽에서 번개같이 날아왔다.

화살은 분노의 화신처럼 천지에 미만한 공기를 뚫고 대기를 찢으며 날아와 방기포의 뒷머리 아래 아문혈(瘂門穴)에 콰악, 소리도 날카롭게 박혔다. 푸르르, 무섭게 떨리는 화살은 방기포의 목을 관통했다. 활촉이 꿰뚫고 나온 방기포의 벌린 입에서 피가 분수처럼 뿜어 나왔다. 악마의 피인 양 새빨간 응혈은 앞쪽에 있던 장작눈썹의 얼굴을 때렸다. 목 앞뒤가 온통 피범벅이 된 방기포는 신음조차 지르지 못한 채 머리가 꺾이며 뒤로 무너져내렸고, 피로 도배한 장작눈썹의 얼굴은 야차처럼 변하였다.

곤드레만드레 속에서 그나마 퍼뜩 정신이 든 장작눈썹은 본능적인 능력을 발휘해 화살이 날아온 곳을 바라본다.

그 순간, 장작눈썹은 자향을 잡은 두 손을 놓아 가녀린 여인의 몸은 밭 위로 무너져 내렸고 피에 범벅이 된 야차의 얼굴과 당혹한 눈은 복숭아나무 옆에 서 있는 사내의 모습을 더듬는다.

하얀 두루마기에 갓을 반듯이 올려 쓴 사나이, 사나이는 두 번째 화살을 각궁에 먹이고 있다. 단호하게 깍지를 끼고 있던 오른손이 부드럽게 시위를 놓자, 화살은 푸르르 대기를 가르고, 처절을 극하며 날아와 퍽, 장작눈썹의 오른쪽 눈을 관통해 뇌를 뚫었다.

"으윽!"

둔중한 비명과 분수처럼 쏟아지는 피와 뇌수와, 경악으로 떠는 온몸 온살의 경련! 그리고 전율, 단말마의 신음이 이어 터지고 육중한 장작눈썹의 몸체는 서서히 앞으로 무너졌다. 퉁방울만한 그의 남은 한쪽 눈은 넘어질 때까지 놀란 원을 그리며 어렴풋이 보이는 각궁을 든 사내를 노려보고 있었다.

이른 아침, 과한 술로 이성을 잃은 두 포졸은 이렇게 엄정한 응징의 대가로 처참한 죽음을 당하여야 했다.

술집 아들이 자향을 껴안아 일으켰다. 힘이 약한 아이는 끙끙대며 일루일루, 하고 안방을 불렀다. 금방 전 아이한테 뺨을 맞고 깨어난 안방은 한동안 어리둥절하다가 뭔가 눈치가 붙었는지 급히 기어와 자향을 안았다.

안방은 황황히 사방을 둘러보았다. 술집 앞에서 어쩔 줄 모르고 있는 마을 사람 대여섯이 눈에 들어오고 복숭아나무 옆에 있는 사나이는 볼 수가 없다. 그리고 그들이 온 저켠에서 사람들의 발자국 소리가 은은히 들려온다.

이게 어찌된 일인가. 자향은 온몸이 헤쳐진 채 정신을 잃고 있고 장작눈썹과 다른 포졸은 화살 한 대씩 맞고 죽어 있고 저켠에서는 누군가가 다가오고 있는 것이다. 아이는 뭐라 연신 손으로 신호한다. 멀건히 아이를 보던 안방은 벌떡 일어나 자기도 모르게 자향을 둘러매었다.

함지박귀는 이대치의 말을 듣는 순간 자향과 아이가 토정을 떠나갔다고 판단하였다.

"어린애가 어느 쪽을 보고 손을 흔들었다고?"

"바로 저쪽이오. 저 산등성이 보이지요. 보세요, 밭길 같은 게 있네. 저 길로 갔을 거요."

그들은 이대치가 가리킨 곳으로 가기로 하였다. 얼마를 가다 보니 과연 발자국이 보였다. 금방 간 발자국이었다.

복숭아나무가 있는 곳을 휘돌 때 그들은 이상한 분위기를 느꼈다. 사람들이 마을 앞에 서 있었는데 그들은 무슨 일이 난 양 꼼짝도 않고 말들이 없다. 그러더니 일행이 접근하는 것을 보자 슬금슬금 각자의 집으로 사라지는 것이었다.

"어, 피비린내가 나네. 저길 보아요!"

한강독사가 피냄새를 맡는 데는 빨랐다. 길 옆에 측간이 있고 그 옆에 사람 둘이 쓰러져 있다. 다가가 보니 다름 아닌 장작눈썹과 방기포다.

둘 다 얼굴이 피범벅이 되어 있고 화살이 하나는 뒤통수를 하나는 눈을 관통해 즉사했다. 죽은 모습이 처참을 극하고 있다.

함지박귀는 대번 화살에 눈이 갔다. 까만 칠을 한 반짝반짝 빛나는 화살은 으스스한 한기를 내뿜고 있다. 극히 귀한 화살이었다.

그리고 진동하는 술냄새! 시체 주변에는 어지러운 발자국과 여인네의 찢어진 옷가지, 그리고 사방에 흩어진 피들. 그 피 속에는 색깔이 다른 여인네의 빨간 피까지 흩뿌려져 있었다.

노련한 함지박귀는 어떤 상황이 벌어졌는지 대번 짐작이 갔다.

이대치가 놀라 급히 다가가 혹시나 하며 장작눈썹을 깨워 일으키려 하였다.

"대치, 손대지 말게. 한강독사, 가만히 서 있게!"

"왜 그러십니까? 성님."

"잠깐 동안이지만 현장을 보관해야 하네. 현장을 잘 관찰들 하게. 건들지는 말고! 그리고 지금 급한 것은……."

"지금 급한 것은요?"

"화살을 쏜 자……."

"아, 화살을 쏜 자가 아직은 이 부근 어딘가에 있겠군요!"

"물론이지!"

그들은 무기를 꼰아들고 사방을 살폈다. 물론 아무도 보이지 않는다.

장작눈썹이 쓰러진 위치로 보아 화살은 복숭아나무 쪽에서 날아왔다. 발자국이 어렴풋이 남아 있다. 그러나 그 뒤가 추적되지 않는다. 노련한 자의 흔적이다. 궁수는 활만 명수인 게 아니라 행동도 민첩한 자임이 분명하다. 무서운 자다. 이 부근에 있어 우리와 조우한다면 외려 우리 쪽에 불행이 될지 모른다.

하지만 함지박귀는 이 정체불명의 사나이는 이미 이곳을 떴다는 생각에 비중을 주었다. 그것이 아주 간단한 순리이기 때문에.

현장을 세세히 살피던 함지박귀는 대충 파악이 끝나자 술집으로 들어갔다. 좁은 술청에 여인네 하나이 두 환자를 보살피고 있었다. 삼십대 후반의 사내는 아구창이 날라가고 얼굴과 섶이 피범벅이 되었어도 눈을 멀뚱하게 뜨고 있는데 할매 하나는 시체처럼 쭉 뻗어 있었다. 큰 충격을 받고 인사불성이 되어 있는 것이다.

"어찌 된 일이요?"

"어찌 되다니요? 당신네 포졸이 울 낭군은 패서 죽을 지경이고 우리 어머님은 이렇게 다 죽어서 산송장이 되어 있소! 나까지 죽이러 왔습니까. 자, 죽이세요, 죽여!"

여자는 악을 쓰며 당장 덤빌 듯이 노려보았다.

"그 여자애는 어디로 갔소?"

"그걸 내가 어떻게 알아요. 당신도 그 처잘 찾아서 마저 강간할려구!"

악다구니밖에 안 남은 여자였다. 하긴 그럴 만큼 어이없는 상황이었다. 함지박귀는 술집 밖으로 나왔다.

284

자향이 정신을 차렸을 때 그들은 숲의 억새밭에 있었다. 마을과 멀지 않은 곳이었다. 안방은 마을을 내려다보고 있었다. 자향이 깨어난 것을 보자,

"아, 정신을 차렸군요. 언니, 걸을 수 있겠어요?" 하고 물었다. 자향은 그 말에 자신을 살펴보았다. 저고리는 다 헤쳐지고 치마는 너덜너덜 찢어져 있다. 그리고, 아, 그녀는 아랫도리를 손으로 더듬다가 놀라 외쳤다. 생각이 난다. 야차 같은 포졸에 보듬겨 온몸을 강간당하던 생각이 났다. 은밀한 곳을 만져 보았다. 피범벅이 되어 있다. 아프다. 아, 자향은 너무 놀라 눈을 감았다.

귀중한 정조를 잃은 것이다. 깨끗해야 할 몸이 이제는 더럽혀졌고 이것은 무엇인가. 순결하고 아름다운 처자로서의 인생은 끝이 난 것이다. 온몸이 온살이 떨리고 천지가 아드막하였다.

어머님, 이를 어찌하면 좋으리까. 소녀 몸을 버렸나이다. 몸을 버렸나이다! 자향은 도저히 가눌 수 없는 슬픔에 그만 소리내어 흐느낀다.

그러나 그런 정황도 모르는 안방은,

"언니, 소리내지 마요! 마을에 포졸놈들이 와 있어요!"

자향의 소매를 잡아당기며 말렸다. 그러나 자향은 그런 말은 들리지 않는 듯 계속 흐느꼈다. 자향의 처연한 행동에 안방이 애를 태우고 있는데 부시럭, 하는 소리가 나고 아이가 으악새숲으로 쓱 들어왔다. 아이는 자향의 보퉁이를 들고 있었다. 장작눈썹이 자향을 범할 때 치마와 함께 허리춤에서 뜯겨져 나간 것을 아이는 용케도 보고 챙겨온 것이다. 안방은 보퉁이를 빼앗다시피하여 자기 허리춤에 꿰어찼다.

아이는 보퉁이를 빼앗아가도 별 반응이 없다. 무뚝뚝한 얼굴에 슬픔과 분노가 스며 있다. 안방이 보기에 조금 이상하다.

"애야, 포졸은 지금 어디 있던?"

아이는 대답 없이 고개를 저었다. 그러더니 으앙, 울어버린다.

"왜 그래?"

안방이 다정하게 묻자,

"울 아빠가 엄청 다치고 외할머니가 죽었다앙!"

"정말?"

"으웅!"

안방은 놀라 우는 아이를 보다가 자향을 돌아보았다. 자향은 자신의 몸을 버린 슬픔에 아무것도 신경 쓰지 않고 있다가 아이가 울고 할머니가 죽었다는 말에 너무 놀라 아이를 바라보았다. 열 살쯤 되어 보이는 사내였다. 진기한새보다 덩치는 좋았으나 눈딱지가 순진하고 조금은 모자라 보였다.

안방이 아이의 등을 또닥이며 위로하였다.

"애야, 울지 마라. 이럴 때일수록 힘을 내야지. 울지 마. 할머니는 정신을 잃었을 게야. 돌아가시지 않았을지 몰라."

"정말 그럴까?"

아이는 울음을 그치고 희망 어린 눈빛으로 대번 그렇게 되물었다. 할머니가 죽은 걸 확인하고 온 건 아닌 모양이었다.

"그럼. 할머니라고 금방 돌아가시지 않아. 그리구 우리같이 불쌍한 사람은 용기와 오기를 갖고 살아야 한다. 쓸데없이 울지 마! 울 것 없어. 언놈이 우릴 도와주니! 운다고 누가 도와줘! 우리가 힘을 내야지. 울지 마! 절대 울지 마! 알았지?"

"으웅!"

"다신 울지 마! 난 우는 게 젤 싫다!"

그 말을 하는 안방의 눈은 아이의 눈동자를 뚫어질 듯 바라보았다. 무언가 간구하는 힘이 눈빛에 서려 있었다.

"알았쩌."

아이는 입을 꽉 물고 눈물을 끌썽이며 고개를 끄덕이었다.

안방의 어른스런 격려에 아이만 울음을 그친 게 아니라 자향도 반성하고 있었다.

안방은 정말 훌륭하다. 이런 경황없는 속에서 어쩌면 저렇게 의연하고 단호하단 말인가. 그리고 안방은 아이보다는 나한테 이야기하는지도 몰라. 용기를 내자고! 용기를 내라고!

자향은 슬쩍 안방을 훔쳐보았다. 조금은 부끄러웠다.

울음을 그친 아이는 자향의 눈총을 느끼자 까맣게 쩌든 손등으로 눈물을 훔치고는 손으로 산 위쪽을 가리킨다. 그때 안방이 조용히 하라고 오른손 사시를 입술에 갖다대었다.

셋은 동시에 억새숲으로 몸을 숨겼다. 오른쪽 산 언덕으로 포졸 하나이 올라가고 있었다. 아마도 흩어져 산 언저리를 뒤지는가 보았다. 포졸은 사방을 살피며 산을 넘어갔다. 포졸이 지나간 한참 뒤 아이가 산 왼켠을 가리켰다. 자향이 물었다.

"뭐야? 산 위쪽으로 가자구?"

"응."

"거기 뭐가 있는데?"

"산골네."

"산골네?"

"응, 거기는 아무도 가지 않는 곳이에요. 사람들이 무서워하는 곳이거든요. 은밀하기두 하구. 거기가 젤 안전해. 제가 데려다 드릴게 따라와요."

아이는 집안의 흉사도 그렇지만 두 사람이 걱정되었던지 대범하게 앞장선다. 아이는 포졸한테 들킬세라 풀 사이를 기어갔다. 자향과 안방도 아이처럼 풀숲을 기어 뒤를 따라갔다.

그런 그들을 건너편 산허리의 눈동자 두 개가 살펴보고 있었다.

14. 새우젓패

    소금쟁이집의 뒷방 문이 스르르 열리고 히여밀쑥한 얼굴이 쓰윽 들어왔다. 훤칠한 키에 서글서글한 큰 눈과 오똑한 코를 지닌 사내였다. 입술은 붉고 두툼하였다. 옷차림은 상놈이었으나 늘푼수가 있어 보였다. 스무 살은 좋이 넘어 보였다.

    그는 하얀 이를 드러내며 씨익 웃었다. 웃는 게 인사였다.

    "일찍 왔나?"

    "금방 왔어요. 욱자만 오면 돼요. 뭣 땜에 불렀어요?"

    방안에 앉아 있던 두 사내 가운데 햇빛에 잘 그을은 얼굴이 대꾸했다. 다부진 몸매에 순박한 티가 넘친다. 눈이 호랑이눈으로 힘이 들어 있었다.

    "별건 아니고 조그만한 일이 있네."

    두 사람 앞에 앉은 눈이 큰 사내는 두 손바닥을 마주 비비면서 다시 빙그레 웃었다. 그리고는 엄숙한 얼굴이 돼서,

    "다름 아니구, 내가 평소 사귀던 마름이 한 분 계신데 이 어른이 급보를 알려왔어. 자기네 집 아씨를 구해달라는 거야."

    "아씨를 구해? 그 무슨 말인가?"

    얼굴이 누런 다른 사내가 물었다. 체격은 약해 보였으나 눈빛은 초롱초롱하였다.

    "우리 가게의 단골손님이고 노상 덕을 베푸시는 분으로 나에게 정을 주신 분이지."

    "자네보고 글을 읽으라고 충언해주고 헌 책도 갖다줬다는 양반 말인가?"

    "그렇지. 그분 이야길세. 그분네 주인이 박자 운자 쓰는 유명한 박운 참의신데 이번에 그 집이 사화를 당하는가 봐."

"사화를? 그렇다면 조광조 대감 사람일세. 허, 안되었군."

"그러게 말이야. 이번에 남곤이 일당한테 미움 산 사람들은 죄 사약 받고 귀양 가고 가솔은 노비박히고 풍비박산이 되는가 본데."

"그런 집 노비박히는 아씨를 구해달라는 이야긴가?"

"그러네."

"자네가 무슨 힘이 있어 그 집 아씨를 구한단 말인가?"

"그게 생떼로 구해달라는 게 아니구, 지금 그 처자가 문안을 빠져나와 서강으로 도망하고 있는 모양일세."

"호오, 그래서?"

"그 처자를 잡기 위해 서문 수문장이 추적포교를 잔뜩 풀었는가 봐. 게다가 그녀를 빼돌려가던 마름 어른이 붙잡혀 들어갔는데 구경에는 의금부까지 끌려가고 거기서 밤새 고문당한 끝에 행선지며 노정을 다 불었다는 게지. 가만 놔두면 그 처자가 잡히는 건 시간 문제인가 봐. 날보구 서강 가서 처자를 찾아 구해달라는 이야길세."

"그 이야기는 누가 전해온 건가?"

"그 마름 어른이."

"의금부에 잡혀들어 갔다면서 어떻게 소식을 전해왔을까?"

"글쎄, 그것도 이상하지만 전언이 왔네."

"믿어도 될까?"

"믿을 만한 신표를 보내왔어. 우리끼리 서로 통하는 게 있거든."

"그런가. 여하튼 크게 어려운 건 아니지만 추적포교가 잔뜩 풀렸다면 아차 하다가는 큰 사단이 나겠는걸."

얼굴이 누런 사내는 그렇게 말하며 고개를 갸웃했다. 얼굴이 해맑은 사내는 그런 그의 눈치를 보듯 바라보았다. 누런 자가 말하였다.

"항슬이, 내 한마디 해도 될까?"

"해보아."

"그런데 끼어들지 않는 게 좋지 않나? 우리 외당숙되는 어른이 늘 그러더라구. 양반놈들 권력쌈에는 결코 끼어들어서는 안 된다, 집안이 큰 난리가 나지, 허구 말이야. 비겁한 말 같지만 난 그 말씀이 옳다고 보네. 안 그런가, 석수?"

석수라 불리운 몸 좋은 사내는 그러나 동조하는 태세가 아니었다. 그는 흘낏 해맑은 얼굴, 항슬이를 훔쳐보고는 자신 있게 말하였다.

"보욱이 형, 형님 말은 옳쿠말구요. 허지만 항슬이 형이 이야기하는 데는 다 사연과 도리가 있는 게 아니겠어요."

"무슨 도리?"

"인생은 자기 좋은 대로만 살 수 없는 것. 우리 같은 사람도 쬐그만한 의리는 있어야 허니께요. 그렇잖아요? 의리 말이요. 속담에 땅꾼도 꼭지가 있다고 하지 않습디까."

"그야 허는 말이지. 우리 같은 놈한테 의리가 무슨 당할 소린가. 세상은 실속이 중요한 게야. 분수도 알아야 하고. 그리고 나는, 그저 양반놈들 싸움에 항슬이가 끼어들지 않는 게 좋다, 그뿐일세."

그러나 석수는 보욱의 그 말에 잠깐 동안을 두고는 재차 반박하는 말을 한다.

"이번 양반쌈은 그렇게 나 몰라라 할 일은 아니잖아요. 조광조 대감 같은 분은 나라의 충신이요, 남곤이 같은 자는 간신인데 그들의 싸움을 보고만 있어서야 쓰겠습니까. 안 그렇습니까?"

"따지면 그렇네만 우리 같은 처지는 분수를 알아야지, 그리고 누가 권력을 잡은들 우리와 무슨 상관인가. 외려 간신배가 잡아야 콩고물이라도 있는 게 아냐? 우리네 같은 사람을 이용해줄 테니까 말야. 허지만, 항슬이 알아서 하게."

그 말에 한동안 동무들의 이야기만 듣고 있던 항슬이 입을 떼었다.

"무슨 말인지 알겠네. 나는 그분을 아니 도울 수 없네. 거창하게 의리 따위는 아니구, 그저 그런 생각을 할 뿐이야. 그래서 자네들을 불렀어. 도와주게. 영 싫으면 할 수 없지만."

"그럼 지금 뭘 어떻게 하면 됩니까?"

석수가 묻자 항슬은 잠시 눈을 꿈벅꿈벅하다가,

"그 처자 이름이 자향이라고 하더군. 그녀의 최종 목적지는 용인 하림리지만 우선은 나를 찾아오는 거로 되어 있다고 해. 헌데 그게 행로가 삼개로 오다가 서강으로 틀었다는 거지. 서강 샛강주막 알지. 그 주막에서 하루를 자고 삼개로 넘어오게 돼 있었는데 그 예정이 어떻게 되어가고 있는지 알 수 없다는 거구, 거기서부터는 내가 책임지고 그 처자를 찾아다 보호해달라는 걸세."

"헌데 욱자는 왜 이리 늦는가? 성질이 급하면 오는 것도 빨라야지."

석수가 중얼거리자,

"욱자는 샛강주막에 갔다 오라고 내 일찍 서강에 보냈어. 곧 올 걸세."

항슬이 귀를 기울여 밖의 동태를 보며 말하였다.

"샛강주막에? 그 처자가 어떻게 됐는지 알아보라구? 거 잘했군요. 우리 가운데 뜀박질이 젤 빠르니 그런 일엔 적임이지."

"우리보다 빠르다니. 어쩌면 서울 문안에도 그보다도 빠른 놈은 없을 거야. 조선 수일이지."

보욱이가 석수의 초에 한술 더 뜨자 항슬이 그에게 물었다.

"보욱이. 이번에 자향이라는 처자를 잡으려고 급파된 추적조가 두 조로 네 명이나 된다구 해. 뭐 함지박귀와 노린내 조인가 봐. 그들에 대해 자넨 잘 알지. 어떤 자들인가?"

"뭐야, 함지박귀가 떴어? 거기다 노린내까지!"

보욱은 깜짝 놀란 표정을 짓는다.

"무서운 놈들인가?"

석수가 궁금한 듯 묻자,

"무서운 정도가 아니야. 연전에 이매망량을 평안도 의주까지 쫓아가 압록강 건너기 바로 직전에 잡아왔다는 포교 아닌가. 바로 함지박귀와 장작눈썹 조야. 함지박귀가 떴으면 장작눈썹도 움직였겠지. 동패니까. 거기다 노린내까지 끼었다면 추적조로는 조선 바닥에 그 이상이 없어. 허, 위험하다 위험해! 항슬이, 내 말대로 손떼는 게 낫겠다."

"그렇다고 관둘 수는 없지 뭐."

석수는 추적조가 빼어나다는 말에 외려 해 볼 만하다는 듯이 콧김을 내뿜었다. 그때 문이 덜컹 열리고 넙죽한 얼굴이 씩씩대며 방안으로 들어왔다. 역시 스무 살쯤 되어 뵈는 젊은이로 큰 키에 몸이 날렵하게 뽑혀 있었다.

"벌써 갔다 왔는가?"

항슬이 반겨서 묻고,

"욱자가 발은 과연 빨러요."

석수는 추켜올리고,

"아침밥은 먹었나?"

모사꾼 보욱은 심기를 썼다.

"웅, 밥도 먹구 소식도 갖구 왔수다. 잠깐 숨 좀 돌리고."

욱자는 심호흡을 내뿜더니 보욱이 건네주는 냉수 한 그릇을 시원하게 들이켰다.

"서강이 난리났어. 청렴결백 조 포교에다 유명한 추적조 함지박귀 장작눈썹 노린내가 죄 동원돼서 처자 하나 잡는데 쥐새끼 한 마리 얼씬 못하게 천라지망을 펴고 있어요."

"그 처자는 아직 안 잡혔지?"

"아직은 안 잡혔데요."

욱자도 석수처럼 항슬과 보욱에게 약간의 존댓말을 썼다.

"그럼 다행이군."

항슬은 안도의 한숨을 쉬고는 저도 냉수 한 사발을 들이켰다. 그리고는 욱자에게 조용히 재촉한다.

"들은 바를 자세히 이야기해보게."

"가자마자 샛강 광흥창패한테 가서 수소문해 달라고 부탁하지 않았겠소. 차 한잔 마실 시간도 안 돼 소식들을 뻔질 물어오는데 역시 손속이 빠릅디다."

"서강짝패한테는 부탁 안 했어?"

보욱이 묻자,

"왜요, 거기한테도 신세를 졌지요. 허지만 홍창패가 으뜸이지 않습니까."

"요즘 광흥창패는 어떻게 지내던가. 치통 땜에 쇠푼 한 닢 안 떨어진다더니."

"그래서 고깃배에 기웃거려 서강짝패와 구역싸움이 있는가베."

"그렇탐, 칼부림 한번 나겠는걸."

"그러진 못하는가 봐요. 조 포교가 워낙 무서워서. 그건 그렇고. 항슬이 형이 도와주려는 애가 유명한 박운 참의의 딸이더구만. 열여섯에 이름은 자향이고 동궁비감이라고 소문난 처자래. 인물 좋고 학문 있고 행실 높은 규중처자로 장안에 소문이 짜한 애더만. 항슬이 형은 그런 얘긴 왜 안 해주셨소?"

"급한 판에 그런 얘기할 새가 어디 있었나. 나도 이름만 들었지 그런 애긴 몰랐다. 하여튼 들은 이야기나 빨리 해보아. 우리 행보를 짜야 하니까."

"그 처자가 서문을 통해 문안을 빠져 나온 게 그제 아침인데 서문 수문징으로 다시 온 천만수란 놈이 대번에 냄새를 맡고 그 애를 데려오던 마름은 납싹 잡아들이고 계집도 잡으라고 추적조를 내보냈대요. 한데 그 자향이란 애가 어떻게 했는지 그 날렵한 추적조를 피해 몸을 감쪽같이 숨겨버렸다는 거지요."

"호오. 한 시진이면 서강이건 삼개건 죄 훑어버릴 추적존데."

보욱이 중얼거리자 욱자는 그의 무릎을 툭 치며,

"보욱이 형, 뒤웅박이란 자 알지?"

"뒤웅박? 알구말구. 그 더러운 고자질쟁이 말야?"

"응, 그 고자질쟁이가 이번 사안에 끼어 있데요. 게다가 그의 큰아들이라는, 이름이 뭐라더라 안방이라고 하던가 하는 맹랑한 녀석도 한몫을 하고 있고."

"그래?"

"그럼요. 한데 요상한 것은 애비인 뒤웅박은 기집애를 발견했다고 관에 고자질하고 아들인 안방은 자향이란 처자를 숨겨준 모양이야. 허, 꼬여도 이상하게 꼬였더구만. 게다가 방물장수하는 손이랑이란 여편네까지 한 다리를 집어넣고 있더라구."

"그래? 그거 재미있다. 우리 삼개 새우젓패가 한판 멋지게 할 맛이 나겠는걸. 흥이 나는군그래."

석수가 주먹을 부르쥐자 욱하는 성미에 욱자로 불리는 동무가 이번에는 거꾸로 생글 웃고는 퉁박을 하였다.

"석수, 흥분하고 재미볼 일만은 아니여. 지금 말이야, 추적조와 서강 포졸이 총동원되어 노고산길 선착장 난지도길은 물론이고 우리 삼개로 오는 세 갈래 길을 완전 봉쇄하고 있어. 새처럼 날개 달기 전에는 옴치고 뛸 수 없다구. 보부상 산길도 어젯밤에 다 막았구."

"보부상 산길까지?"

항슬이 이마를 찡그리며 물었다.

"응, 보부상 산길, 그 험한 길 있잖수. 유명한 한강독사 알지요? 고놈이 천만수 왕발톱이래요. 그자가 공을 다퉈서 손이랑이 끼어들었으면 필히 그 길로 갔을 것이라며 빨랑 덮쳐야 한다고 난리를 쳤데. 지금쯤은 그 애가 잡혔는지 모르지."

"쳐죽일 놈!"

이번에도 석수가 더 화를 냈다.

항슬이와 그 일당이 소금쟁이네 집을 나온 것은 점심때가 가까워서였다. 그들이 담장을 끼고 돌아 사라지자 밭길 정자나무 밑에 앉아 있던 늙은이들이 속닥이었다.

"삼개 새우젓패가 또 무슨 짓을 하려는 건가. 우 몰려다니기는."

"항슬이란 애도 끼어 있군."

"그 애는 왈패짝은 아닌데."

"그러긴 한데, 왈패들이 항슬이란 애를 존중한데요."

"글 좀 읽고 인물 훤하고 쇠푼께나 만지니까 그렇지."

"그럼, 그게 어딘가. 그리구 의리도 있다는 거지."

"건 지 애비 닮은 거야. 애비도 의리가 있었지. 조씨국밥집 주인이 저 애를 무척이나 이뻐한데요. 일 잘하고 심성 고와서 사람들이 그렇게 잘 꼬이게 한다나. 사위 삼고 싶어서 안달인 게지."

"맞어, 애비 닮았으면 사람들이 좋아하겠지. 그 박서방이 일찍 안 죽었으면 한가락 했을 터인데. 아무래도 애비만은 못할걸."

"허기사⋯⋯."

함지박귀는 모든 정리를 끝내자 서강서 나온 포졸과 한강독사 두 사람을 보고 말하였다.

"자네들 둘이 이들 시신을 삼개와 서강에 각각 운반해주겠는가."

"삼개요?"

한강독사가 물었다.

"그렇네. 우선 서상은 밀이네, 자네, 조 포교에게 이 보고서를 전해주게. 그러면 알아서 처리할 걸세."

포졸은 고개를 끄덕이며 보고서를 받아들었다.

"그리고 양 형, 삼개를 가면 유 포교부장이라고 있네. 그에게 장작눈썹

시신과 이 보고서를 갖다주게. 서문까지 잘 안돈해줄 걸세. 그리고 자네도 서문까지 같이 가서 아까 말한 상황을 자세히 천 수문장에게 이야기해드리게."

"알았습니다. 가장 중요한 물증인 회살은 안 가져갑니까?"

"그건 이 고을서 난 사안이니 당분간은 여기 남겨 둬야 하네. 조 포교부장한테 보낼 걸세. 아마 내일쯤엔 제 이차 현장검증을 하러 나올 텐데 그때까지는 물증과 현장이 보관돼야 하네."

그때 이대치가 들어왔다. 큰바보를 보자 함지박귀가 물었다.

"애들을 다시 재배치했는가?"

"다 했습니다. 저 앞산을 넘으면 바로 삼개로 뻗어 있어서 폭이 좀 넓습니다. 사람이 좀 더 필요하겠는데요."

"삼개로 가는 보고서에 몇 사람 지원해 달라고 부탁하였네. 동네 사람들은 지금도 비협조적인가?"

"그렇습니다. 어쩌면 그들 중 한둘은 계집애가 어디로 도망했는지 알 법도 한데 일체 함구하고 말들이 없습니다."

"그렇지 않겠는가. 이 작은 마을에서 할매는 인사불성이고 술집주인은 중상을 입은 데다 마을이 우세를 당하였다고 통분해하니 우리에게 협조해줄 턱이 없지. 더구나 그 마을 촌로는 기가 세더구만. 그들은 건드리지 마세. 그들에게도 체면이라는 게 있지 않겠는가. 그리고 한강독사, 나 좀 보세."

함지박귀는 한강독사를 데리고 밖으로 나갔다. 마당 끝에서 사건이 벌어진 밭을 내다보며 함지박귀가 입을 열었다.

"천 수문장을 만나면 해동응시를 조사해 달라고 말해주게."

"해동응시가 뭡니까?"

"장작눈썹을 죽인 화살 있잖은가. 그 화살이 임금께 진상하는 해동응시라는 화살일세."

"아, 그렇습니까."

"그 화살은 전라도의 한 유명한 궁시장이 만드는 것으로 알고 있네. 그런 화살을 갖고 있는 자, 쓰는 자는 우리 조선에도 몇 명이 없을 것이네."

"그러면 이 살인사안이 보통 큰일이 아니군요."

"어떻게 보면."

"누굴까요? 짚이는 자가 있습니까?"

"있기도 하고 없기도 하네."

"그게 무슨 말씀입니까. 있으면 있구 없으면 없는 거 아닙니까?"

함지박귀는 한강독사를 내려다보며 묘한 웃음을 지었다.

"그 화살은 원래 임금께만 올리는 건데 한 군데가 틀려서 차등품 대접을 받는다네. 허지만 해동웅시에 하나도 떨어질 게 없는 명품일세. 일부 고위 무관들이 애지중지하는 사치품이지. 내가 한 이야기를 천 수문장한테 이야기하면 그분은 다 알 걸세."

"그렇습니까. 뭔가 으시시하네요. 그자가 지금도 이 부근에 있어 우리를 감시하고 있는 건 아닐까요?"

"흐음, 그럴지도 모르지. 허지만 우리가 방기포와 장작눈썹처럼 벗어난 일만 하지 않는다면 그가 매번 끼어들겠는가."

"그자의 신원을 꼭 밝혀야 하는 것 아닙니까?"

"물론이네. 허나 모든 게 밝혀지면 우리의 입장도 고약해질 수가 있지."

"그렇기는 하겠네요."

"천 수문장한테 이렇게 이야기하게. 해동웅시에 준하는 화살을 갖고 있는 분이 이 고을 언저리에 있고 그분이 우리를 감시하는 건지 지나가다 본 건지 하여든, 빙기포와 장작눈썹이 도타하는 처자를 강간하려 하자 그분이 응징하여 죽였다. 그 화살을 갖고 있는 사람 중에 이 마을 언저리에 있는 사람이 누구인지 찾으면 된다. 그렇게 전하게. 알았는가?"

"알겠습니다."

"이런 사정은 조 포교에게 보내는 보고서에도 적어주었네. 조 포교가 신경을 쓰면 우리가 뛸 것도 없이 해결할 수도 있겠지."

"알았습니다. 그렇게 전하지요. 뭐가 뭔지 잘은 모르겠지만요."

"그리고 이 사안은 일체 함구를 하게. 어디 가서 절대 이야기해서는 안 되네. 천 수문장에게 보고할 때도 다른 사람은 못 듣게 은밀하게 하게. 자네를 믿기 때문에 이 일을 부탁하는 걸세. 알았는가?"

"그것도 알았습니다."

석수는 어릴 적 꿈이 있었다.

세상이 이게 전부는 아닐 거야. 뭔가 근사한 게 있을 거야. 이 세상은 나를 위해서도 뭔가 배려해 놓은 게 있을 거라구. 이렇게 시시하게 끝나지는 않겠지.

어린 석수는 그렇게 꿈을 그리곤 하였다. 석수는 아버지가 불쌍하였다. 농사꾼인 아버지는 시커먼 얼굴, 굽은 허리, 뭉툭한 손톱을 지니고 있었다. 눈은 소처럼 퉁방울만 했는데 그 큰 눈은 이장을 만나거나 양반을 뵐 때 항상 겁을 먹곤 하였다. 그럴 때는 목소리까지 떨리었다. 석수는 그게 싫었다.

어머니는 그런 아버지가 큰 소리치면 바들바들 떨었다. 어머니는 더 불쌍한 사람이었다.

왜 아버지와 어머니는 저처럼 불쌍할까. 양반처럼 거드름을 피우고 이장처럼 난 체하면서 살 수는 없을까. 왜 우리는 이렇게 살아야 하는가.

열 살이 넘어가면서 아이는 알았다. 우리가 왜 불쌍한가를 알았다. 그들은 아무 힘이 없었다. 양반도 아니었고 돈도 없었고 아는 것도 없었다. 셋 중 하나만 있어도 이렇게 처참하지는 않을 것 같았다.

아이는 배가 고플 때마다 조씨국밥집을 얼씬거렸다. 얼굴이 뽀오얗고 키가 큰 항슬은 그를 보기만 하면 손짓하였다. 쪼르르 달려가면 누룽지를 주었다. 그리고는 어깨를 두드리며 웃었다.

"석수야, 배고프지?"

"으응, 맨날 배고파."

"배고프면 나한테 와. 알았지?"

"응, 고마워."

항슬은 조씨국밥집 머슴이었다. 그러나 그는 머슴이 아니라 주인집 아들 같았다. 석수보다 겨우 한 살 위인데도 어디서 배웠는지 아는 게 많았다. 행동도 번듯하였고 의리가 있었다. 그는 어려서 '항상 슬픈' 얼굴이었다고 했다. 항슬은 그래서 붙여진 별명이었다.

그러나 그는 지금 슬픈 사람이 아니다. 지금은 늘 웃었고 상냥하였다. 조씨국밥집에 드나드는 사람만 좋아하는 게 아니라 삼개의 젊은애들은 죄 그를 따랐다. 석수는 그를 형이라고 부를 때 자신의 억양이 큰형님 부르 듯 어리광을 띠고 있음을 잘 알고 있었다. 그게 부끄럽지 않았다. 외려 그러고 싶었다.

열여섯 살 때였다. 더위가 기승을 부려서 한강물은 뜨뜻하고 대기는 후덥지근하고 나무는 축 늘어지고 사람들은 헉헉대던 여름날 밤, 둘은 언덕 풀 위에 앉아 강물을 바라보고 있었다. 풍뎅이가 더위를 먹었는지 경황없이 날고 반딧불이 풀섶 위를 곤두박질치고 있었다. 모기가 팔과 다리를 마구 물어댔으나 둘은 그나마 부는 강바람에 조금은 살맛이 났다.

"형, 왜 우리는 이렇게 가난하지?"

"석수, 너네만 가난한 건 아니야. 우리나라 사람 거개가 가난하지."

"무슨 말을. 형이 일하는 조씨국밥집은 부자잖아."

"부자긴. 그저 밥을 먹을 뿐이지."

"그럼 부자지. 형은 나한테 맨날 쌀밥누룽지를 줄 수 있잖아. 그리고 살 먹을 거구."

"그렇게 말하면 그렇지만 별게 아니다. 장사하는 사람도 고생을 해. 하루하루 노심초사하거든. 농사꾼이 가난은 해도 마음은 더 편할 거야. 맘 편한 거 그게 얼마나 큰 복인데."

"음식 장사하는 사람은 마음이 편안하지 못해?"

"그럼, 하루하루가 지옥이야. 오늘 만든 음식이 안 팔리면 어쩌나, 음식이 쉬면 어쩌나, 술이 시어버리면 어쩌나, 왈짜들이 행패하지 않을까, 사나운 포교가 혹 트집잡지 않을까, 머슴놈들이 일을 망치지는 않을까, 온갖 신경을 써야 하거든."

"하지만 양반들은 고생을 안 하고도 부자로 잘 살잖아."

"양반이라고 다 잘사는 건 또 아니란다. 가난한 양반도 많다구."

"그래도 우리보다는 낫지."

"물론 낫긴 하겠지. 그러나 그들도 나름대로 고생하는 게 많다더군."

석수는 항슬 형이 말끝마다 아니라고 토를 다는 게 섭했다. 그는 이제 아이의 티를 벗은 청년의 몸매를 지니고 있었다. 그러나 마음만은 아직도 아이 적 어리석음을 벗어나지 못하고 있었다. 석수는 느릿하게 흐르는 강물을 물그러미 바라보다 혼잣말처럼 중얼거렸다.

"난 울 아버지처럼 농사짓지 않을 거야. 힘이 있는 사람이 되겠어."

"힘있는 사람?"

"응, 우리는 양반도 아니고 돈도 없고 아는 것도 없잖아. 그러니 힘이라도 있어야지."

석수는 팔을 움켜쥐며 주먹을 꽉 쥐었다. 눈초리가 갑자기 사나워졌다.

"장수가 될 수 없을까."

"그럼, 될 수 있지."

"양반이 아닌데?"

"양반만 장수가 되는 건 아니지. 너처럼 양민 출신 장수도 많대."

"그럴라면 어떻게 해야지?"

"무술을 연마해봐."

"형도 나랑 같이 무술을 연마하지 않을래?"

"나는 힘이 약해서 안 돼. 너는 힘이 좋잖아. 칼과 활 공부를 해보렴."

항슬은 석수의 굵은 팔뚝과 두툼한 어깻죽지를 주물러보고는 믿음직한 듯 툭툭 쳤다.

"정말 좋은 체격이다. 나도 너처럼 근골이 좋으면 무술을 연마하겠다."

"형은 머리가 좋잖아? 책도 많이 읽었구. 과거를 한번 보지 그래."

"안 돼. 과거는 양반만 볼 자격이 있다구."

"무인도 마찬가지잖아."

"건 아니라니까. 졸개부터 들어가서 금방 입신할 수도 있어. 나라에 전란이 일면 그때 공을 세워 장수가 될 수 있고."

"무술은 어떻게 배우면 될까."

"용강동에 은퇴한 무인이 한 분 있는데 그분한테 찾아가 배워보아. 무술이 상당하다고 소문이 났더라."

"그분을 모시려면 돈을 내야 한다던데."

"조금만 갔다 드리면 되겠지."

"우리 집은 너무 가난해서 땡전 한 푼 낼 수 없는 거 알잖아."

"하긴. 그러나 방법이야 있겠지."

"어떤 방법?"

"글쎄, 지금 당장은 생각나지 않는다만 궁리하면 무슨 수가 없겠니."

"그래, 궁리 좀 해주어 봐. 항슬이 형은 방법이 있을 거야."

산골네는 산에서 홀로 사는 산여자였다. 그리고 뭔가 기이한 기를 지닌 여인이었다. 아마도 나이가 들면 지장할매란 말을 들을 만한 신기가 있는 여자가 될 것이었다. 갸름한 얼굴과 날카로운 콧날이 보는 사람을 섬칫하게 하는 그런 여인이었다. 서른을 갓 넘었을까.

자향과 안방이 어린아이를 따라 초가에 들어갔을 때 여인은 마루에 앉

아 있다가,

"부동아, 너니?"

신기 어린 투로 물었다. 처음 듣는 사람한테는 섬칫한 목소리였다.

"네, 저예요. 손님을 데리고 왔어요."

그러나 산골네는 하나도 놀라지 않고 천천히 일어나 안방이 부축해 들어오는 자향을 바라보았다. 그녀는 자향을 잠깐 보고서 대번에,

"처자가 큰일을 당하였구만. 일루 방으로 들어가시오. 옷을 갈아입어야할 텐데, 맞는 옷이 있으까?"

산골네는 문을 열고 자향에게 들어가라 하고는 안방이 앞에서 문을 탕하고 닫았다. 그녀는 허름한 장롱을 뒤지더니 하얀 적삼과 검은 치마 한벌을 내놓았다.

"워낙 가난해서 속곳은 없고 이 옷으로나마 갈아입으시게."

자향은 이제 조금은 정신을 차리고 마음먹은 게 있어 침착하게 고개를 끄덕였다. 깨끗한 처자로서의 정절을 버린 몸, 자진하더라도 옷은 단정히입고 볼 일이었다.

"죄송합니다. 신세를 집니다."

옷을 갈아입은 자향이 깍듯이 인사를 올리자,

"큰일을 당하느라 기력도 쇠잔해 있구료. 잠시만 기다리게, 내 누룽지를끓여줄 터이니."

산골네는 자향을 한 번 더 지긋이 보고는 이부자리를 꺼내 웃목에 깔아주면서,

"잠깐 드러누워 몸을 녹이고 있어요. 내 따뜻한 국물을 만들어 줄 테니. 그리고 우리 집은 말이야, 동티난 곳이라 해서 아무도 안 오는 곳이라오. 걱정 말고 있어요. 저 부동이만 우리 집을 드나들 뿐 아무도 감히 못 오는곳이니까."

묘한 말을 얼렁뚱땅 하고는 문을 열고 밖으로 나갔다. 부동이란 아이는

이미 동네로 내려갔고 안방은 불안한 마음을 추스리며 마루에 앉아 있었다.

서강으로 가는 길은 훤하였다. 그들은 둘씩 짝을 지어서 걸어갔다. 석수는 언젠가 무인이 되어 낮이건 밤이건 지향없이 걸어서 진군하는 것을 머리에 그리곤 하였다. 하룻밤에 백 리 길도 행군해야 할지 몰라. 그럴 때를 위해 체력을 갖추어야 한다. 허황된 그런 생각을 많이 하였다. 그래선지 이렇게 어딘가로 진군해 가듯 걸어가는 게 그렇게 좋을 수가 없었다.

밭길을 재촉하며 석수는 돈밖에 모르는 검술 스승을 생각하였다.

뱁새눈에 두툼한 입술, 왠지 조화를 이루지 못한 얼굴의 스승은 그러나 조화를 강조하였다. 검술은 조화다. 천지와 만물 그리고 검의 조화 속에서만이 검술의 진정한 도를 얻는 게다. 석수, 칼끝을 더욱 올려라. 칼의 위치를 정안(正眼)의 선상에 놓아라. 그래야만 조화가 시작되느니라. 그렇지. 네 몸을 자연과 일치 조화시키면 눈은 밝아지고 호흡은 길어지고 어깨는 부드러워지고 마음은 안정된다. 그러면 검선이 보이지. 허리가 유연해지면서 움직임이 자유로울 게다. 자세는 단단해지고 기술은 매서워지고, 대기를 흐르는 검선(劍線)이 보일 게다. 검은 그 선을 따라 치고 베고 거두어야 한다. 움직여라, 쳐라, 베어라! 그리고 정지!

스승은 돈을 밝히기는 했어도 검술은 빼어났다. 석수는 그런 스승을 평가하면서도 존경하지는 않았다. 검술은 이론이 중한 게 아니라 실제가 중요하다는 생각 때문이었다. 검술에 무슨 철리가 필요한 게야. 스승은 너무 이론과 철리를 논한단 말씀이야. 심기합일이니 태극이니 음양조화니 하는 온갖 철리론이 시켜웠다.

사람의 몸은 심(心)과 기(氣)로 나뉘어 있다. 심은 몸체의 움직이지 않는 주인이요 고요함이며, 기는 끊임없이 움직여 잠시라도 멈추거나 머물러 있어서는 아니 되는 힘이다. 그 둘을 조화시켜라! 석수, 너는 심과 기가 왜 따로따로 노느냐?

스승은 매번 석수를 꾸짖었다. 나의 심과 기가 따로 노는 걸 저가 어떻게 아는지 가당치도 않았다. 하지만 스승의 눈매가 자신의 폐부를 뚫을 듯 노려볼 때는 몸을 부르르 떨 밖에 없었다.

만사 인색한 스승이 칭찬할 때도 있었다. 검의 겨눔, 베기를 가르칠 때였다. 조천세 음양팔세 양지하세 등을 가르쳐주며 적을 겨누는 방법을 지도할 때는 석수 자신도 신이 났다.

그렇지, 그 자세 좋다. 앞을 보고 검선을 찾아라. 그래, 정면머리베기, 손목베기, 왼쪽허리베기, 무릎베기, 검선이 보이느냐? 보이지! 좋다 움직여라. 빠르게 그리고 천천히! 유연하게 또 날카롭게! 흐음, 그럴 때는 잘한다!

이런 대목은 검술에 있어서 실전적이었으므로 석수는 정신을 집중하였다. 그리고 자기가 생각하기에도 잘 풀렸다. 맞아, 나는 실전판가 봐. 전장터에서 잘 싸울라나. 석수는 스스로를 실전파로 자부하고 있었다.

스승은 용강의 대장장이를 통해 검을 구해주었다. 검이 대장이한테서 보내온 날, 스승은 검을 이리 보고 저리 보고 한 식경을 살피면서 석수에게 훈시하였다.

이 검은 삼인검이다. 네 눈이 호랑이눈을 닮은 데가 있어 내가 특별히 삼인검으로 만들어 달라고 부탁한 것이다. 삼인검이 무슨 뜻인지 아느냐. 호랑이해 호랑이달 호랑이날에 맞추어 만든 검을 삼인검(參寅劍)이라 하느니라. 너는 이제 참된 검을 지녔으니 행동거지를 진중하게 해야 한다. 검은 허투루 써서는 아니 되느니라. 검은 나라를 위하여 너의 인격을 위하여만 쓰도록 하라. 검은 사람을 보호하는 데 쓰는 것이지 사람을 죽이는 데 쓰는 게 아니니라. 알았느냐? 그리고 내명년 봄에는 무과에 한번 도전해보아. 왜냐면 호랑이검은 호랑이해보다 용의 해에 더욱 빛을 보는 법이다. 용호상박이란 말도 있지 않느냐. 검도에서는 용과 호랑이가 어우러져야 궁극의 경지를 얻게 되는 법. 내가 과거를 볼 수 있도록 추천서를 얻어 줄 게다.

석수는 그 검을 가슴에 안고 집으로 돌아오며 얼마나 울었는지 모른다. 검을 갖게 되었다는 기쁨만이 아니라 그 우여곡절이 그를 눈물 뿌리게 하였다.

삼인검을 사기 위해 석수는 여섯 달을 헤매었다. 서른 냥이란 큰 돈이 있을 턱이 없었다. 스승은 서른 냥도 싼 것이라고 하였다. 결국 그 돈은 항슬이 만들어 주었다. 항슬의 여섯 달 새경을 깡그리 모은 돈이었다. 그 사이 용강의 대장장이는 검값으로 열다섯 냥을 요구했다는 사실도 알아냈다. 이 사실을 알아온 보욱은 스승을 통하지 말고 대장장이한테 직접 사자고 주장하였다. 그러나 항슬은 검은 스승한테 받아야 한다며 서른 냥을 만들어 주었다.

그런 사연이 있는 검을 품에 안았을 때 석수는 당연히 항슬을 생각하였다. 그의 얼굴이 떠오르자 자기도 모르게 눈물이 주르르 흘러내렸다. 고마운 형님, 매달 스승에게 바치는 강미(講米)도 대준 형님, 그리고 검값으로 삼십 냥까지 만들어 준 형님. 항슬은 큰형님이자 은인이었다. 검값에 열다섯 냥을 얹어 꿀꺽한 스승과는 비견이 되지 않았다.

석수는 검을 안고 항슬에게 달려갔다. 형님, 검이 나왔어. 이 멋진 검 좀 보아! 이 검을 쓸 때마다 형님 생각을 할 거야! 형님을 위해 쓸 거야!

석수는 이 멋진 검을 항슬에게 제일 먼저 보여주고 싶었다. 그는 정신없이 달려가며 눈물과 외침을 흩뿌렸다. 항슬이 형, 이 검 멋있지! 무섭지! 날카롭지!

앞서 가는 항슬을 보며 석수는 기분이 째졌다. 그는 품에 메고 온 검을 툭 쳐보았다. 쨍하는 소리가 나는 것 같다. 드디어 검을 한 번 써보는 건가. 그것도 항슬이 형을 위해서.

항슬이 형이 여자를 구하는 데 검을 유용하게 쓴다고 생각하니 정말로 기분이 좋았다. 발걸음도 가볍다. 마음도 상쾌하다. 검도 기분이 좋을 거다. 지나가는 사람이 그런 석수를 유심히 보았으면 이상할 터이었다. 그러나 석수는 그런 것은 개의치 않았다. 그가 가는 길 앞엔 스승이 노상 강조하던 검선이 사방에 널려 있었다. 오늘은 검선이 어쩌면 이나지도 잘 보인단 말인가. 정말로 기분이 째졌다.

15. 자결

자향은 몽롱한 속에서 정신이 들었다. 산골네 방이었다. 묘한 인상의 여인이 끓여준 누룽지를 한 사발 겨우 들고 잠이 든 생각이 났다. 안방은 부동이란 아이와 함께 동태를 본다고 마을 가까이 내려갔는데 아직 오지 않은 모양이었다. 어쩌면 한 반시진쯤 잤을까. 시간은 미시쯤 되었을 것 같았다. 일어나 나갈까 하다가 그냥 드러누워 있자니 어머님 얼굴이 망막에서 어른거린다.

어머님! 아 어머니, 어머님! 저예요, 자향입니다. 자향입니다. 어머님, 제가 몸을 버렸나이다. 이를 어찌하면 좋습니까? 어찌하여야 하올까요.

언뜻언뜻 보이는 어머니의 얼굴을 대하자 자향은 아침에 당한 수치가 불현듯 솟구쳐 올라와 뛰는 가슴을 어찌해야 할지 몰랐다.

어머님! 이 모자란 딸은 몸을 버렸나이다. 부모님을 다시 뵐 면목이 없나이다. 소자는 이제 죽을 수밖에 없습니다. 죽음으로 은혜를 대신하겠나이다. 가문을 더럽히고 어찌 얼굴을 들고 살 수 있겠나이까.

자향의 어린 마음은 너무나 산란하였다. 그렇다. 어머님께 말씀드린 대로 몸 더럽힌 이 소자는 죽어서 사죄해야 한다!

어머니 얼굴을 본 자향은 아까 혼자 생각한 결심이 불현듯 깨우쳐졌다. 정절을 잃은 여자는 어떻게 해야 할까. 죽을 밖에 없다. 그래, 안방이 없는 데서 죽음으로 깨끗이 이생을 끝내자. 더럽혀진 몸으로 어떻게 세상을 산단 말인가. 그렇게 다짐했던 각오가 어머니 얼굴을 보자 대번 급격히 격양되고 자결은 필히 해야 하는 명제가 되었다.

자향은 부시시 일어났다. 방구석에 놓여 있는 보퉁이가 눈에 들어왔다. 아, 내 보퉁이. 은장도가 있지. 자향은 불불 기어가서 보퉁이 속의 은장도를 더듬어 찾았다.

은장도란 조선 반도 우리네 여인이 가질 수 있는 유일한 무기였다. 그것은 방어를 위한 무기라기보다는 스스로를 지키다가 지켜낼 수 없을 때 쓰는 자진 도구였다. 얼마나 많은 여인이 은장도의 비수로 여린 심장을 찔러 몸을 지켰던고! 이제 자향도 그들 한 많은 여인의 뒤를 이을 밖에 없었다.

경상도 포항의 명장이 만들었다는 은장도는 길이가 한 뼘밖에 되지 않았다. 그러나 칼집만 잡아도 서늘한 감촉은 가슴을 섬칫하게 한다. 자향은 차가운 은장도를 두 손으로 잡고 잠시 망연하였다.

내가 이렇게 죽는구나. 이렇게 죽어야 하는구나. 그 생각을 하자 너무나 슬펐다. 분하였다. 허무하였다. 하늘님, 하늘님. 이렇게 죽어야 하는 건가요!

그러나 그것도 잠깐, 자향은 깨끗한 몸 올바른 마음으로 살다가 죽어야 한다는 평소의 소신을 생각하였다. 그렇다. 내 몸은 더럽혀졌다. 구차하게 더러운 몸으로 살아서는 안 된다. 죽어야 한다. 그 소신을 버려서는 안 된다. 나 자신을 배신해서도 안 된다.

자향은 이를 악물고 오른손을 뽑아 올렸다. 퍼런 칼날이 쓰윽 뽑아져 나왔다. 섬칫하였다. 자진하자고 마음을 먹었건만 정작 시퍼런 칼날을 보자 두려움이 앞선다.

죽음. 아, 죽는구나! 나의 인생이 이렇게 끝나는고나. 그래, 더럽혀진 몸, 나는 죽어야 하지. 내 죽음을 두려워하지 않으리! 깨끗이 죽자.

자향은 오른손에 은장도를 힘차게 끌어쥐고 눈은 앞을 바라보았다. 벽 저쪽에 어머니와 아버지의 얼굴이 어른거렸다. 그녀는 마지막 다짐을 하듯 중얼거렸다. 어머님 아버님, 이 소자는 이제 목숨을 끊나이다. 길러주신 은혜 갚지 못하고 가는 소자, 용서하시옵소서. 용서하시옵소서!

자향은 오른손에 쥔 은장도를 들어 올렸다. 왼쪽 가슴을 깊숙이 찌르리라. 고통 두려움보다 깨끗이 목숨을 끊는 용기 보이리라.

자향은 은장도를 왼쪽 가슴에 세차게 내려꽂았다. 아! 고통에 신음이 터지고 앞으로 푹 엎어졌다. 피가 하얀 적삼을 벌겋게 적셨다. 고통이 온몸을 엄습했지만 혼몽한 중에도 이래서는 죽지 못한다는 생각이 났다. 죽으려거든 깨끗이 죽어야 한다. 그녀는 반은 놓쳤던 은장도를 끌어쥐고 비스듬히 몸을 일으켰다. 다시 한 번 가슴을 찔렀다. 오! 그녀는 비명과 함께 옆으로 쓰러졌다.

고통과 몽롱함이 엄습하더니 갑자기 천지가 고요해졌다. 나 외의 세상은 아무것도 없다. 방 밖은 아무런 동정이 없었다. 안방은 아직 돌아오지 않고 있었다.

쓰러진 자향은 눈을 꼭 감고 있었는데 이상하게 정지됐던 정신에 의식이 되돌아왔다. 닫혀진 자향의 눈속에 어머니의 얼굴이 큼지막하게 다가왔다. 어머니의 얼굴은 추상같다. 그녀를 나무라는 엄한 얼굴이었다.

자향아! 어머니의 목소리는 차갑고 엄중하였다. 자향은 어렴풋한 의식 중에 자신도 모르게 네, 하고 대답하고 있었다. 그녀의 대답을 들었는지 어머니는 손짓을 하며 그녀를 부르는 것이었다.

어머니의 얼굴은 어느새 온화해져 있었다. 그리고는 모습이 여러 가지로 바뀌어갔다. 여덟 살 때 천자문을 독파하자, 깨우침이 정말 빠르구나, 환하게 웃으시던 얼굴. 반짇고리에 담아 올린 버선을 들어올려 살피시다가, 너무 이쁘도다, 우리 자향은 바느질 솜씨도 천하일품이야, 반기던 모습. 추석 전날 빚은 송편을 자세히 살피며, 하이구 맛있게도 빚었구나, 감탄하시던 자태. 한여름 안방 툇마루에서 당시를 낭랑하게 읊는 딸을 보며, 거기 거기 그렇지 소리를 올리고, 오메 목청도 좋은 것, 대견해하시던 눈매.

어머니와의 세월은 아름다움 그 자체였다. 밝음과 기쁨과 희망이 가득하였다. 마주보는 눈길에는 항상 기대가 넘쳐흘렀다. 자향이 나이 열여섯 생일을 맞던 지난달, 어머니는 노란 저고리에 파란 치마를 지어 주시며 등을 또닥이었다. 너는 너무 총기가 좋으니 항상 겸손하여야 한다. 똑똑한 체는 절대로 하지 말거라. 검박하고 수수하고 부지런하여라. 나보다는 남을 생각하거라. 이제 나이가 찼으니 시집을 가야지. 좋은 배필 만나 가정을 꾸려야지.

어머니의 인자한 얼굴을 대하자 자향은 몽롱한 중에도 귀주머니 생각이 났다. 뭔가 긴박할 때 열어 보라시던 귀주머니. 맞아, 그게 있었지.

자신의 본능이었을까, 어머니의 사랑하는 마음이었을까. 자향은 육신의 의식을 되찾고 손을 더듬었다. 죽기 전에 어머니의 글월이라도 보고 지라. 우연인지 운명인지 은장도를 꺼내고 방바닥에 내려놓았던 보퉁이가 손에 잡혔다. 보퉁이를 손에 쥐었건만 힘이 없어 귀주머니를 찾을 수가 없다. 귀주머니, 그 새벽 헤어지기 직전 어머님이 내 손을 잡으며 손수 쥐어주신 귀주머니! 아, 귀주머니를 보고 싶어!

죽기 전 마지막 힘을 다하여 더듬더듬하던 손에 귀주머니가 잡혔다. 찾았다! 빨간 바탕에 노랑 파랑으로 모란을 수놓는 귀주머니!

자향은 귀주머니를 열려고 하였으나 수이 되지 않았다. 아름다운 귀주머니는 열리지 않았다. 마시막으로 어머니의 글을 보고 싶다! 보고 싶어! 어떻게 열었을까, 귀주머니 속에 있는 사각으로 접은 전주 한지가 손끝에 닿았다.

앞가슴에서는 피가 줄줄 흘러내렸고 심장은 마지막 숨을 들이쉬고 있었다. 곧 죽는구나! 죽기 전에 어머님의 글월을 보아야 한다. 그녀는 자꾸 닫혀지는 눈꺼풀을 뜨고 가까스로 쥔 한지를 눈앞으로 당기었다. 다정한 어머님의 글씨가 어른거리었다. 파도처럼 눈과 글이 흔들리며 어머님의 말씀을 읽었다.

─어떠한 일이 일어나도 참아야 한다. 참을 인자를 백 번 외우거라. 그리고 한 번 다시 생각하라! 자결은 하지 마라!

아! 참으라구! 다시 생각하라구! 자결은 하지 말라구!

어머님은 내가 이런 경우를 겪을 줄 알으셨다는 말인가. 아셨다는 말인가. 어머님은 아셨구나. 아셨구나! 자향의 두 볼에 눈물이 주르르 흘러내렸다.

어머님은 내가 죽어서는 안 된다고 말씀하시는 거야. 죽기 전에 이 글을 볼걸! 볼걸! 또 마지막 불효를 하였구나! 방바닥에 기대어 있던 자향은 고개를 힘없이 떨구었다. 슬픈 자향의 몸 속에서 마지막 남은 힘이 쏘옥 빠져나갔다. 슬픈 자향은 정신을 잃었다.

안방은 문을 열며 너무 조용하다는 생각을 하였다. 어, 이상하다! 자향 언니가 이상하게 쓰러져 있다. 피가 사방에 번져 있고!

안방은 설설 기어서 쓰러져 있는 자향한테 다가갔다. 피가 아직도 흘러나오고 있었다. 오메, 이 언니가 자진을 하였나. 정말 자진하였네!

정신이 아뜩한 안방은 잠시 멍하니 자향과 은장도와 피범벅을 내려다보았다. 겨우 정신이 든 안방은 자향을 흔들어 보았다. 가슴의 피가 난 곳을 더듬어 보니 피가 줄줄 흐르고 있었다. 이런, 큰일났다. 큰일났어!

안방은 밖에 대고 소리질렀다.

"산골네, 산골네! 일루 와 봐요, 큰일났어요!"

부엌에 있던 산골네의 되묻는 소리가 들렸다.

"무슨 큰일이 났다고 그렇게 소리질러요?"

"아주머니, 일루 와 보셔요. 우리 언니가 자진했어요. 죽었어요!"

"뭐야?"

산골네는 치마를 펄럭이며 방으로 들어와서는 자향의 동태를 살폈다. 안방보다는 역시 침착하였다. 자향의 숨을 확인하고는,

"아직 죽지 않았어요. 숨이 있어요. 오마나 이렇게 피를 많이 흘리다니!"

"살았어요? 언니를 살려주세요!"

산골네는 대답 없이 장롱에서 하얀 헝겊을 꺼내어 자향의 가슴을 동여매었다.

"와서 언니를 안아 일으켜 봐요. 잘 좀 동여매게. 피가 더 흐르면 안 돼요! 착한 아씨가 독하게도, 은장도로 가슴을 찔렀네. 그것도 두 번씩이나."

"아주머니, 괜찮을까요?"

"괜찮을 리가 있나. 의원이 있어야 하는데."

"의원이 없습니까?"

"이런 시굴에 의원이 어딨어. 삼개나 나가야지."

"그럼 어떻게 해요?"

"삼개로 나가야지 어떻게 하긴. 가만 있어봐라. 그렇지, 엄씨네 외할아버지가 오셨으면 될 텐데."

"무슨 말씀이어요?"

아낙은 자향의 가슴을 단단히 동이고는 다시 손을 가슴에 대어 본다. 아직 숨이 있다. 정신을 잃은 게다.

"저 건너 앞마을에, 엄씨네라고 있는데 그집 며느리의 친정 아버님이 의술이 대단한 선비라데. 그분은 서강 살거든. 자주 따님 집엘 오시기는 한다는데 지금 와 계신지 모르겠다. 하긴 그분 따님도 의술을 좀 안다니까."

"그래요? 그럼 언니를 매고 제가 찾아가 보지요."

"한참 가야는데. 고갤 두 개 넘어야 하고."

"그게 뭔 문제여요. 언니를 저한테 업혀 주세요!"

"총각이 갈라구?"

"그럼 그 길밖에 없잖아요. 언제 삼개를 가요. 갈 수도 없지만."

"아이그, 불쌍해라. 아씨도 불쌍하지만 총각도 안됐구려. 역시 뭔가 깊은 사연이 있는 아씬갑다!"

아낙은 자향을 문가로 끌어다가 안방에게 업혀주며 계속 주절대었다.

"참, 저 아랫길로 가면 포졸들한테 붙잡히니 산길로 가야는데. 부동이가 있으면 좋은데. 일루 와 봐요. 내가 은밀한 산길을 알려줄게."

산골네는 자향을 업은 안방을 산 위로 데려갔다. 오른쪽 아래 저 멀리에 소롯길이 나 있는 게 보였다. 산골네는 그 반대인 왼쪽 험한 계곡을 가리켰다.

"왼쪽 계곡으로 내려가서, 저기 보이지. 바위가 있는 곳으로 해서 저 큰 소나무숲을 가로질러 가. 알았어? 그러고 나면 풀밭을 넘어 작은 등성이를 한 번 더 타라구. 보이지, 저기 묘가 있는데, 거길 넘어가면 방죽이 하나 있구, 그 방죽을 오른쪽으로 끼고 돌면 마을이 나온다. 그 마을 세 번째 기와집이 엄씨네 양반집인데 그 집이야. 알겠나. 조심해서 가. 괜히 그 집 가서 경치지 말구."

"양반집이면 뭐가 어떻다구 경치기는!"

안방은 급한 중에도 한마디 투덜대고 계곡을 내려갔다. 험한 계곡을 발에 힘을 주며 달렸다. 아낙은 멀어져 가는 안방과 자향을 보며,

"아이구 불쌍해라. 가기도 전에 죽겠네. 어쩌나. 그나저나 가보긴 가보아야겠지. 저를 어째! 빨리 가요, 빨리 가!"

산골네는 안방에게는 들리지도 않는 소리를 하며 두 팔을 마구 흔들었다.

안방은 정신없이 달렸다. 생각 같아서는 밥 한 동자 지을 동안은 족히 달렸을 것이다. 그러나 산에서 볼 때 가깝던 거리가 여간 먼 게 아니다. 게다가 길이 아닌 산과 계곡이라 힘이 들어 길이 붙지를 않는다.

자향이 아무리 가볍다 해도 한참을 업고 달리다 보니 안방은 금방 쓰러질 것만 같고 시간은 여삼추였다. 잠시 서서 숨을 가다듬은 안방은 젖 먹던 힘을 다하여 달리기 시작하였다.

바위 옆을 지나 소나무숲과 풀밭까지는 좋았다. 산등성이를 다시 올라가는데 칡넝쿨에 걸렸는지 앞으로 철퍼덕 고꾸라지고 말았다. 자향의 몸은 안방을 넘어서 덤불 위에 풀썩 떨어졌다.

으메, 언니가 또 다칠라. 안방은 후딱 일어나 자향을 안았다. 얼굴에 볼을 대 보았다. 차디차다. 이제는 숨을 쉬지 않는 것 같다. 큰났다. 언니가 숨을 쉬지 않네. 언니야 숨을 쉬어요, 숨을 쉬어요. 아니지. 이러고 있을 시간이 없다. 빨리 가자!

안방은 자향을 업고 다시 산을 올랐다. 그리고 힘을 내기 위한 추임새인지 발악인지 혼잣말을 부르짖듯 읊어댔다.

언니야, 죽지 마라. 언니야 왜 자진하였소. 왜 죽느냐구. 한 번만 더 생각할 것이지. 한 번만 더 생각할 것이지! 우리 같은 쌍놈도 사는데. 억지부리고 사는데. 서러워도 사는데. 굶으면서도 사는데. 희망 하나 없어도 사는데. 언니 같은 사람이 왜 죽으려 하오. 언니야 죽지 마라!

산등성이에 올라 보니 방죽이 보인다. 옳타구나. 저기다! 고매한 의원이 계시다는 마을이다. 간다! 언니야 잠깐만 기다려라. 숨을 쉬어요, 숨을 쉬어! 제발 죽지는 말아요. 죽지는 말아!

마을에 들어서자 포졸의 눈에 띌까 걱정도 되었으나, 에라 모르겠다. 우선 살고 봐야지. 엄씨네 집인 성싶은 기와집 쪽으로 냅다 뛰었다.

어떻게 왔는지 엄씨네 집 대문 앞이다. 안방은 발로 대문을 쾅쾅 찼다. 경황없이 예닐곱 번쯤 찼을까. 삐그덕 문이 열렸다.

"웬 소란이야?"

삼십은 한참 넘은 머슴이 머리를 내밀었다.

"여기 의술 높은 분이 계시죠?"

안방의 허둥대는 모습에 머슴은 얼굴을 찡그리고 주춤하며 뒷걸음질을 쳤다. 온몸에 피칠갑을 한 어린애가 가슴에 피를 철철 흘린 여자를 업고 있는 모습은 순박한 머슴에게 주체할 수 없는 일이었다. 안방은 대답을 기다릴 새 없이 머리로 대문을 밀고 문지방을 넘어 들어가며 소리쳤다.

"의술 고매하신 선비는 어디 계셔요?"

"그런 사람 없어. 여기 들어오지 말라구!"

머슴이 두 팔을 저으며 앞을 막아섰다. 의원님이 없어? 안 계신가. 정말로? 철렁하였다. 큰일이다! 그러나마나 따님도 의술을 좀 안다고 했잖아.

안방은 머리로 밀고 머슴은 두 손으로 저지하는데, 낮지만 진중한 목소리가 안쪽에서 들려왔다.

"빨리 그들을 일로 들이거라!"

머슴이 멍청해하는 사이 안방은 그를 제치고 소리나는 쪽으로 돌진하였다. 선비다! 의술이 고매한 선비가 우리를 부르고 있다. 우리가 올 것을 알고 있었던 게야. 살았다. 살았어. 언니는 살 수 있다!

안방은 고마웠다. 눈물이 마구 나서 앞을 가렸지만 그는 사랑채 마루에 앉아 있는 나이든 노인을 알아보았다. 선비가 나이든 노인인가? 여하튼 안방은 노인 앞에 자향을 내려놓았다. 안방이 간절하게 부탁을 올렸다.

"영감 나리, 저희 언니를 살려주소서. 언니만 살려주면 무슨 일이든 다 하겠나이다! 살려 주소서!"

마루에 좌정해 있던 선비는 다름 아닌 서 진사였다. 서 진사는 안방의 말은 듣는 둥 마는 둥 대꾸 없이 침착하게, 자향의 콧김을 쐬어보고 손목을 짚어보고 눈을 까뒤집어 보더니 눈을 감으며 혼잣말을 하였다.

"숨이 끊어진 지 오래로다!"

그 말을 듣자 안방은 얼굴이 백지장처럼 창백해지며 섬돌 위에 철퍼덕 주저앉았다. 절망이다. 아, 이것으로 끝인가. 저 언니는 끝내 죽고. 이를 어쩌면 좋단 말인가.

안방은 서 진사를 물끄러미 바라보았다. 서 진사는 눈을 감고 뭔가를 생각하고 있었다. 그 표정에서 안방은 실낱 같은 희망을 느꼈다.

안방은 두 무릎을 단정히 꿇고 두 손을 모으며 읍소했다.

"영감 나리, 언니를 살려주소서. 제발 언니를 살려주소서. 언니는 죽으면 아니 되옵니다. 비상수법이란 게 있지 않겠사옵나이까!"

서 진사는 그래도 아무 대답 없이 눈을 감고 있었다. 그 행동이 하도 엄숙하여 안방도 더 이상 시끄럽게 하소연할 수가 없었다. 안방은 두 손을 모으고 눈물을 흘리며 서 진사만 바라보았다.

이윽고 서 진사가 눈을 떴다. 노인네의 눈은 형형히 빛나고 있었다. 뭔가 결심이 선 표정이었다. 서 진사는 옆에 있는 침통을 바라보며 입을 한일자로 굳게 다물었다. 안방이 보기에 영감은 아마도 이런 일이 있을 줄알고 침통을 준비한 모양이었다.

맞아, 이런 상황까지 예측하고 침통을 준비한 거야. 그렇다면 고매한 의원일 뿐 아니라 앞을 내다보는 이인인 게다. 울 언니는 살았다, 살았어. 살려주실려고 준비하고 있었던 거다.

서 진사는 침통에서 대침 하나를 꺼내 들었다. 한 뼘이나 되는 큰 침이었다. 대침을 오른손으로 톡톡 쳐본 서 진사는 안방에게 꾸짖듯 말하였다.

"너 이놈, 징징대지 말고 이 언니를 반듯이 누이거라."

"네네!"

뭔가 눈치가 붙은 안방은 자향을 천장을 보고 눕게끔 반듯이 몸을 추스리었다. 언니를 누이면서 안방은 자향의 몸이 갑자기 따뜻해지는 것처럼 느껴졌다. 의원한테만 와도 언니는 따뜻해지네. 이제 숨만 쉬면 살아날 거야. 언니는 죽지 않아! 살아날 거야!

서 진사는 대침을 들고 자향의 얼굴을 샅샅이 들여다보았다. 이마에서 턱까지 그리고 양 볼과 인중 사이를 유심히 보는 것이었다. 그의 눈이 훑고 가는 곳에 얼굴의 경혈이 보였다.

광대뼈 부분의 관료, 콧대 양옆의 거료, 머리 정중앙의 총회, 머리 양옆의 곡차, 이마 위아래의 광초와 인당, 입 양옆의 지창, 턱 정중앙의 승장.

서 진사는 그들 경혈을 지나 코와 입 사이 인중 정중앙에 있는 수구(水溝)를 찬찬히 바라보았다. 아니 노려보고 있었다. 고개를 옆으로 틀어 자향의 옆얼굴도 살폈다. 그는 수구에서 뒷머리 정중앙의 뇌호와 풍부까지의 길이를 재고 있었다.

모든 것이 파악되었는지 서 진사는 대침을 오른손으로 쥐고 자향의 머리 위에 자기 머리를 놓고 정면으로 내려다보았다. 그리고 순간, 입을 굳게 다문 자세로 대침을 자향의 수구 깊숙이 쏘옥, 찔러 넣었다. 하나의 망설임도 없었다.

인중 정중앙의 수구는 사람의 급소 가운데 급소. 침술의 고수도 이곳에 침을 찔러 넣는 예는 거의 없다. 그 급소에 서 진사는 대침을 박아 넣은 것이다. 그것도 깊숙이. 침이 네 치 정도 깊게 박혔을 때 자향의 몸 전체가 꿈틀하였다.

"아!"

섬돌 아래에서 무릎을 꿇고 있는 안방과 계하에서 하회를 보고 있던 머슴이 동시에 탄성을 내었다. 침술의 금기와 무서움을 모르는 안방은 기쁨에서, 세상을 좀 아는 머슴은 놀라움에서 지른 탄성이었다.

자향의 몸체가 반응하는 것을 본 서 진사는 오른손 중지로 침의 중간 부위를 통 하고 쳤다. 대침이 계절풍에 흔들리는 대나무처럼 부르르 세차게 떨렸다. 대침은 한동안 진동하다 멈추었다.

서 진사는 떨림이 멈춘 대침을 오른손 세 손가락으로 살포시 쥐고 한동안 눈을 감고 있다. 무어라 중얼거리는 것 같기도 하고 주문을 외는 것 같기도 하였다.

움직이지 않는 대침이 주는 진동, 호흡, 그리고 말할 수 없는 그 어떤 신호, 아니 열여섯 꽃다운 처녀의 생명이 마지막으로 내는 탄원, 그 처절한 외침을 혼에서 육신으로 불러내는 주문이었을까?

서 진사는 갑자기 침을 쑤욱 뽑아올렸다. 대침은 서 진사 머리 위로 높게 뽑아 올라갔다. 마치 자향의 몸 속에 있는 모든 공기를 뽑아올리는 것처럼.

그 순간, 휴 하며 자향이 숨을 내뿜었다. 아! 안방은 차탄하였다. 놀람과 기쁨의 탄성이었다. 언니가 숨을 쉬었다. 살아났어, 살아났다! 안방은 와락 자향에게 대들어 그녀의 왼손을 잡았다. 언니, 하고 소리를 지르려는데,

"이놈아, 환자한테 손을 대지 말거라!"

서 진사는 호통과 함께 벌떡 일어나 오른발로 안방의 왼쪽 가슴팍을 냅다 걷어찼다. 안방은 쿵 하고 엉덩방아를 찧으며 섬돌 아래로 굴러 떨어졌다. 서 진사는 그런 안방은 쳐다보지도 않고 선 채로,

"여봐라, 따뜻한 물과 수건과 광목과 이부자리를 준비하고, 엄 서방은 내 방에서 초혼합정단과 오향단과 영고약을 가져오고, 원당댁은 따뜻한 물에 매실과 꿀과 마늘즙을 빨리 대령하라. 안방에는 뜨끈뜨끈하게 불을 지펴라. 아기 어멈아, 넌 이리 와서 이 처자를 손과 발을 주물러 생기를 되돌리고 안방으로 옮기어라!"

"네."

"네이."

"예."

대답이 여러 군데서 동시에 들려왔다. 섬돌 아래에 굴러 떨어진 안방은 소리가 나는 곳들을 둘러보았다. 자기 뒤에 서 있던 머슴 외에도 부엌 쪽에 동자아치임직한 여자가 둘, 시랑 입구에 삼십대 선비 한 사람, 대청마루에 깨끔히 차려 입은 부인 하나이 서 있었고, 그들은 서 진사의 분부에 따라 동시에 움직이고 있었다.

언제부터인가 그들도 서 진사의 목숨 건 침술을 숨죽이며 지켜보고 있

었던 것이다.

자향은 혼몽 속에서 깨어났다. 눈을 뜨고 흐릿하게 보이는 물체들을 둘러보았다. 차츰 윤곽이 잡혀왔다.

아, 여기는 어디일까. 아무 생각이 나지 않는다.

연꽃이 소복하게 그려진 민화 병풍, 화각장 한 쌍, 기명액자 한 폭, 산수족자 한 폭, 반짇고리와 난초 화분 하나. 지체 있는 여성의 고아한 거처방이었다. 방에는 아무도 없다. 그녀의 머리맡에는 수건과 가위질해 잘라놓은 광목 서너 겹이 단정하게 포개어 있었다.

자향은 눈이 밝아오자 기억도 살아났다.

나는 자결했었지. 용기 있게 죽으려 했는데 죽지 못하였구나. 그래, 죽지 못하였어. 누군가가 나를 살려내었고, 또 신세를 지었구나.

어머니의 글을 보았을 때 죽으면 안 된다는 생각에 너무나 슬펐던 생각이 났다. 맞아, 한 번 더 생각해야 했던 거야. 어머님은 이런 나를 예측하시고 계셨어. 왜 자결하기 전에 귀주머니를 안 보았을까. 볼 것을……

몸을 살짝 움직여보니 왼쪽 가슴에 통증이 엄청나게 쏟아졌다. 신음소리를 죽이고 몸을 가만히 두었다. 죽지 못하면서 자결해 누군가에게 신세를 졌다는 생각을 하니 너무나 미안하였다. 가슴에 피가 철철 흘렀는데 그런 자기를 살려내었으니 큰 소란이 있었을 터이었다.

인기척이 나고 문이 열리더니 앳된 여종의 목소리가 들렸다.

"오마나, 환자가 깨어났네."

그 소리에 이어 여종과 젊은 부인이 소반을 들고 들어왔다.

"가슴 언저리가 많이 아프지요?"

소부(少婦)는 머리맡에 소반을 놓고 앉아 자향에게 물었다.

"참을 만합니다. 제가 큰 신세를 진 것 같습니다. 저를 살려주신 분은 누구신가요?"

"저희 친정 아버님이십니다."

"의술이 높은 대부 어른이시군요."

"아닙니다. 아버님은 그냥 학자이십니다. 의술은 책을 보고 배우셨구요."

"아, 그렇습니까. 너무 큰 은혜를 졌습니다. 뵙고 인사를 올려야 하는데."

"그렇지 않아도 아버님이 처자와 이야기를 하고 싶어하십니다. 이 미음을 우선 드십시오. 깨어나면 드릴려고 쑤었습니다."

"제가 떠 넣어 드리지요."

옆에서 관심 깊게 빠끔히 바라보고 있던 어린 여종이 미음 그릇을 들고 자향 머리맡으로 다가와 앉았다.

미음을 다 마시자 여종은 빈 그릇을 들고 방을 나갔다. 소부는 자향 옆에 앉아 잠시 뭔가를 생각하는 듯하더니 한 번 망설이는 표정을 짓고는 입을 열었다.

"아씨는 왜 자진하려고 하시었는지요?"

"……."

자향은 대답할 수가 없었다. 말없이 허공만 쳐다보았다. 소부는 잠시 동안을 두고는 입을 열었다.

"하도 많이 다치셨길래 몸을 씻겨드렸습니다. 많은 곳을 다치셨더군요. 험한 일을 당하신 것 알겠구요. 하지만 중요한 곳은 다치시지 않았습니다."

자향은 무슨 말인지 알아들었다. 아, 정말 그랬었나? 그렇다면 자결할 것까지는 없었구나. 그렇게 순긴 미음을 놓고 위로하고 후회하는 마음이 일었으나, 꼭 그런 것만은 아닐 터이었다.

자향이 조용히 말하였다.

"하지만 그래도 깨끗한 몸은 잃은 거지요. 순결한 처자는 아닌 거구요."

그 말에는 소부도 더는 입을 열지 않았다.

자향은 서 진사가 들어오는 걸 보자 일어나려 하였다.

"아아, 움직이지 말아요. 다친 데가 합창하려면 당분간 절대 움직이면 아니 되니까."

"소녀, 큰 은혜를 입었사옵나이다. 이런 큰 누를 끼쳐 죄송하옵니다."

사죄의 말을 올리는 자향의 눈에 이슬방울이 어른거리었다.

"세상을 살다 보면 별의별 일이 다 있는 게요. 마침 내가 이곳 사위 집에 와 있어서 연이 잘 닿았소. 그것도 운이지. 처자의 운도 되고 나의 운도 되고."

"어른께서 의술이 고매하시어 제가 큰 행운을 입었사옵니다."

"의술이란 있으면 베풀어야 하고 의술 받은 사람은 그 덕을 딴 데 갚으면 되는 게지. 그리고 그건 또한 운명이기도 하고. 상처 부위의 통증은 어떤가?"

"움직이지 않으면 통증은 크지 않나이다."

"좋지. 경과가 좋은 게야. 불편하여도 움직이지 말고 한 사흘만 조리하면 되겠네. 한데."

"무슨 걱정되시는 게 있나이까."

"처자의 이번 사건이 워낙 커서 저 건너편 고을 언저리가 난리가 났네. 포졸 둘이 죽어 시신이 삼개와 서강으로 떼매 가고 집집마다 적간이 이뤄져서 소요하고 있지."

"그러면 이 집도 위험하군요."

"조금은, 허나 내일까지는 괜찮을 게야. 사건 난 곳은 토정 쪽이고 여긴 좀 떨어진 안골이라는 곳일세. 적간을 엄히 한다 해도 이 집까지 들어오진 못하겠지."

"그러면 제가 이 집을 뜨겠습니다. 어른 댁에 누를⋯⋯."

"아닐세. 그 몸으로는 아직 움직일 수 없네. 그리고 방법이 없는 것도 아니고."

"죄송합니다. 저 때문에. 헌데 제가 어떻게 여기 오게 되었습니까."

"어떤 선머슴이 처자를 업고 왔데. 둘이 피칠갑이 되어서. 엎어지고 넘어지고 발광을 하면서 처자를 업어온 모양이야. 아직 나이도 어린 게 대단한 녀석이야. 상놈인 주제에 의리와 결기가 무섭더구만."

"안방이 저를 데려 왔군요. 정말 좋은 애지요. 지금 안방은 어디 있습니까?"

"그대의 보퉁이를 놓고 왔다며 나갔네. 그 집에 신세를 졌으니 셈도 치뤄야 한다고 어린것이 중얼거리데. 상놈의 무소식은 양반의 희소식보다 훨씬 좋은 것, 느긋하게 기다리게. 저가 아니 오고 배기겠는가."

자향은 안방이 보고 싶었다. 자진해서 쓰러진 나를 살리려고 여기까지 업고 왔구나. 정말로 고마운 아이였다. 자진하기 전에 안방이를 한번 더 보고 싶은 마음도 있었다. 죽기 싫어서가 아니라 고마운 그 애를 마지막으로 한번 더 보고 싶었다.

그 안방이 자기를 업고 먼 거리를 달려오는 정경이 눈에 선하였다. 고마운 아이. 착한 아이. 하눌님, 그 아이가 잘 되도록 도와주소서. 오래오래 행복하게 살게 해주소서. 자비를 베풀어주소서!

정말로 안방이 빨리 보고 싶었다. 한데 우리 가을나무 언니는 어떻게 되었을까. 포교들한테 잡히지는 않았을까. 그녀의 시원한 모습이 눈에 선하였다.

자향이 망설이다 서 진사에게 물었다.

"안방이가 혹시 가을나무 언니 이야기를 안 하던가요?"

"방물장수 계집 말인가."

"네, 가을나무 언니를 어떻게 아시지요?"

"샛강주막서 여러 번 보았지. 어제 낮 처자가 샛강주막에 그 풍수사 영감탱이하고 같이 왔을 때도 방물장수 여편네가 나타나지 않았는가. 안방이란 아이가 여러 이야기를 하는 중에 그 방물장수 이야기도 하데.”

자향은 깜짝 놀랐다. 눈을 동그랗게 뜨고 서 진사를 바라보았다.

“제가 샛강주막에 간 걸 어떻게 아셨습니까?”

“사실은 나도 그때 샛강주막에 있었네.”

“아!”

“처자가 패랭이를 쓰고 장삼을 걸치고 사내동자인 것처럼 꾸미고 유 지사랑 함께 들어오지 않았는가. 한눈에 그대가 어린 처자인 걸 알 수 있었지.”

“……”

경천동지할 일이었다. 이 어른이 무슨 일로 그 자리에 있었으며 어쩌면 이다지도 귀신처럼 알았을까.

“그뿐 아니야. 그 자리에는 포교들이 많았지 않은가. 그들 중에도 처자를 알아본 사람이 있지.”

“네에?”

“놀라지 말게. 걱정할 것도 없고. 그 포교는 처자를 잡을 마음이 없었던 게야. 아마도 처자가 박운 참의 딸인 걸 알고 일부러 잡을 마음을 지운 모양이니까.”

“그럴 리가요.”

자향은 헷갈리었다. 지금 이야기하는 게 너무나 황당하여서 현실이 아닌가 하는 생각도 들었다.

“세상이란 그럴 수도 있지. 한데 처자의 부친이 박운 참의인 건 맞는가?”

“그렇사옵니다. 소녀가 제 신상을 말씀올려야 하는데 늦었사옵니다. 죄만하옵니다. 저는 넷째딸이고 이름이 아들 자자 향기 향자, 자향이옵니다.”

"으흠, 그 이름도 알고 있지. 벌써 서강에 소문이 짜하니까."

"벌써 그렇게 소문이 다 나 있습니까?"

"그럼."

"한데, 어른께서는 함자가 어떻게 되시는지요. 은인의 함자는 알고 있어야 하겠기에 감히 여쭙나이다."

"음, 내 이름을 알려주지 않았군. 나는 서 진사란 사람일세. 이름은 외자로 살필 정자고. 조상은 양반이지만 나는 양반이 아닐세."

"그럴 리가요. 말씀하시는 하나하나가 격조가 있으시고 학문이 숨어 있는 걸요."

"학문이 숨어 있어?"

"네, 지혜의 눈이 반짝반짝 하셔요."

서 진사는 컴컴한 밤에 찬란한 별빛을 볼 때처럼 기분이 좋았다. 자기를 추켜올려서가 아니라 말을 아름답게 하는 처자를 만난 게 너무 즐거운 때문이었다. 박 참의가 인품 있고 청렴하고 학문도 있다더니 그 딸을 보매 소문이 허전(虛傳)이 아닐세. 저런 딸 하나이 있으면 얼마나 좋을까. 서 진사는 자기의 평범한 아들딸들을 생각하며 속으로 아쉬워하였다.

"어른께서는 어떻게 의술이 그렇게 고매하신지요?"

"내 허접스런 의술 말인가. 허, 그야 내력이 좀 있지."

"들려주세요."

"그래. 이야기하자면 길지만 간단히 들려줄까……. 내 조상에 수재라는 말을 들을 정도로 머리가 빼어난 분이 계셨지. 그분이 학문만 있는 게 아니라 의학에도 조예가 있어서 중국의 의서를 번역하기도 하였다네. 우리 집안은 그분의 서출 출신이라 한미하게 살고 있었는데 어느 날 그분한테 내가 불려간 적이 있었지. 나를 본 그 어른은 우리 집안에 재산도 주시고 양반 족보도 만들어 주시었는데 마지막에 그 어른은 나에게 책을 두 권 주시더군. 깊은 뜻이 숨어 있는 책이었지."

"무슨 책이었는데요."

"태평한화골계집과 향약집성방이었네."

"사가정 어른이시군요."

자향이 자기의 조부를 쉽게 알아맞히었어도 서 진사는 놀라지 않았다. 이 처자가 그 정도는 알리라 생각하고 있었던 것이다.

"그대가 우리 조부 함자를 알아낼 줄 알았네. 그 향약집성방을 보고 연구한 게 내 허름한 의술이네. 물론 그 뒤 다른 의서도 조금씩 보긴 했지만."

자향은 웃으며 꿈틀하였다. 서 진사가 움직이지 말라고 손짓하였다.

"허름한 의술은 결코 아니시구요, 또 훌륭하신 분 후손께 절을 해 올리고 싶은데 몸을 맘대로 못 움직여 죄송하옵니다."

"그런 예 차릴 것 없네. 가만히 누워나 있게."

"저를 고쳐주신 은혜 정말 감사하옵니다."

"그 은혜도 하긴 향약집성방 덕이니 우리 조부께 감사해야 할까나."

"사가정 어른이 친조부되시는군요."

그 말을 하며 둘은 똑같이 고개를 끄덕이었다. 함께 살짝 미소지었다. 친조부라는 말은 서출에게 있어서 담을 수 없는 호칭이었다. 둘은 그걸 잘 알고 있었던 것. 다만 서 진사는 한마디 하면 세 마디를 알아듣는 자향의 말이 어여뻐서 미소를 지은 것이다.

자향이 서 진사를 조심스럽게 바라보며 입을 열었다.

"저희 어머님은요, 양반집 족보를 거의 다 알고 계셔요. 그래서 그분네들의 내력과 경력과 제반 쇄사(瑣事, 쓸모없고 사소한 일)까지도 저한테 들려주시지요."

"궁중의 동궁마마도 그런 교육을 받지. 다음 임금이 될 왕세자는 양반의 족보뿐만 아니라 중인의 족보 그리고 명문 집안의 사소한 내력까지 다 배운다네. 그대네 어머님은 처자를 동궁비감으로 기르고 싶어서 그런 것들을 다 알려준 게야."

자향은 민망한 웃음을 지었다.

"그런 건 아니옵니다. 지금 궁중에는 저하고 연치가 맞는 왕자분은 안 계시구요, 호사가들이 재미로 하는 이야기지요. 어머님이 들려주신 이야기 중에 사가정 어른 집안은 누대로 수재인데 기중 가장 빼어난 천재 하나이 있었는 바 출신이 바르지 못해서 묻혔다고 하였습니다. 바로 그 이야기가 서 진사님을 일컫는 걸 이제 알았습니다."

"내 이야기를 세도가 집안들이 하다니, 그건 생각 밖일세그려."

"저희 어머님이 아시니까 어지간한 집안에서는 회자되는 이야기겠지요. 헌데 진사님께서는 남장한 저를 어떻게 알아보셨습니까. 원래 천재이신 건 이제 알았지만요."

"허허허, 나는 이제 시골 천부로 이 세상을 관조하는 재미로 살고 있네. 그대처럼 머리가 반짝반짝 하던 젊은시절은 세월이 숨겼는지 훔쳤는지 이젠 사라지고 없어요. 하지만, 사람 보는 눈은 상금도 조금은 살아 있지. 풍수사가 설렁탕을 들러 들어올 때 내 그대를 보고 대번 알아보았네. 유 지사 요것이 어디서 여자 제자를 얻어서는 남 보기에 민망하니까 남장을 하여 갖고 나타났고나. 그땐 그렇게만 생각하였지. 한데 옆에서 전함사의 최 제검이라는 양반이 그의 동무인 서강골 조 포교한테 이야기하는 걸 들으니 이상해지데. 박운 참의 딸이 비자가 될 운명을 피해서 삼개로 도타하였다. 조 포교 말은 삼개가 아니고 여기 서강이다. 아, 그래. 그럼 그 앨 잡아야 하겠군. 못 잡았다가는 위험할 수가 있네. 조 포교 조심하시게, 하는 게야. 그런 말을 들으며 유 지사와 그대를 다시 보니 이건 이상한 게 아니라, 바로 그게 그거더라 이것이었지."

자향은 이야기를 들을수록 오싹하였다. 샛강주막에서 그렇게 간을 졸이며 애를 태웠는데 알고보니 주변에선 이미 자기를 훤히 알아보고 있었던 게 아닌가.

"제가 남장 여제자란 걸 그 조 포교란 분도 알았을 것이란 말씀이시군요?"

"그러하네. 내가 알아보았는데 그 포교가 모르겠나. 조 포교는 큰 인물이야. 포교부장으로는 아까운 사람이지. 그는 처자가 박 참의 딸인 것도 알았을 게야. 나는 그렇게 생각하네."

"그럼 왜 저를 잡지 않았지요."

"일부러 안 했겠지. 그 깊은 뜻은 우리야 알 길 없고."

자향은 한동안 조용히 있었다. 서 진사도 말을 하지 않았다. 잠시 뭔가를 혼자 생각하던 서 진사는 옆에 놓아둔 쥘부채를 활짝 펴서 서너 번 부쳤다. 더워서가 아니고 뭔가 생각할 때의 버릇인 모양이었다.

자향이 그런 서 진사의 눈치를 보며 말하였다.

"저는 이번 도망길에 많은 분을 만났습니다. 한데 그분들 중에는 세상이 모르는 이인들이 있었습니다. 풍수사이신 유심현 지사님이 그렇고, 이치 현령과 화담 서경덕 처사님, 그리고 진사 어른님, 이렇게 만나는 분들마다 세외고인이신 거 너무 놀라웁습니다."

"처자는 너무 과하게 사람들을 평가하고 있군그래. 그들 중에 이인이 있다 하면 화담 하나이고 나도 아니지만 풍수사 녀석은 더구나 이인 축엔 끼지 못하지."

"풍수사님도 아시는군요. 그분은 냉수 한 모금을 뿜어내어 와우산 계곡을 온통 안개로 덮는 요술도 부리시던데요."

"그건 눈속임인 게야. 처자가 속은 거지. 그자는 단순한 잡술쟁이지, 그 이상도 그 이하도 아닐세. 내 잘 아는 연유가 있네. 그저 조금 빼어난 지사라고 하면 될까."

"그렇습니까."

자향은 더 이상 우기지 않았다. 어려서 신동 소리를 들은 서 진사가 주장하는 바를 반박할 여지도 없지만 뭔가 유 지사님을 시샘하거나 사이가 나쁜 사연이 있는 것 같아서였다.

"헌데 처자는 화담을 어디서 만났는가."

"이치 현령 댁에서 뵈었습니다. 샛강주막에 들른 날 피할 곳이 없어 우연히 그 영감 댁 문을 두드렸는데 이 현령께서는 기다리고 있었던 듯 저희를 받아주셨지요. 그 댁에 화담 선생이 계셨습니다."

"화담이 역시 이치 현령과 내왕이 깊군. 그것은 일찍이 알았는데. 화담은 어인 일로 개성을 떠나왔다던가?"

"선비들이 사화를 당하는 걸 보고 자신도 모르게 서울행차를 하게 됐다고 말씀하셨습니다."

"그것도 그럴 법 허이. 아무리 세상을 등지고 산다 해도 아름다운 사람들이 죽어가는 것까지 나 몰라라 하고 있을 순 없을 게야."

자향은 토정에서 일어난 사연을 간략히 설명해주었다.

"한데요, 이 현령의 아들이 참 특이하였습니다."

"지함이를 말하는군. 그 애야말로 그대가 말하는 이인일세. 화담도 그 애에 비하면 아무것도 아니지."

"그렇지요. 화담 선생도 지함을 귀하게 대하더군요."

"진기한새 이상한풀 괴이한돌은 앞으로 우리나라에 큰 영향을 끼칠 인물이 될 걸세."

"그 애의 특이한 별호도 아시는군요. 그 앤 저를 보자 대번 제 본이 고령인 것도 알구요, 도망하는 신세인 것도 알았고, 제가 앞으로 어느 쪽으로 피신해야 하는 것도 지정해주었습니다."

"지함이 영험 있는 것은 유명한데 처자가 피신할 방향을 지정하여 주었다고?"

"그렇습니다. 길한 방위는 손 방향으로 삼개 쪽이고 또 우리가 갈 길과 시간도 알려 주었습니다."

"그래? 그게 바로 잘못된 거로군. 그래서 처자가 이번에 흉변을 당한 걸세."

"그러하옵니까. 그걸 진사님은 어찌 아시는지요?"

그 말에 서 진사는 손을 꼽으며 무언가를 생각하더니,

"올해가 삼변이 있는 해일세. 그런 해는 흉사를 피하는 점괘에 한 오락씩 틀릴 수가 있는 것. 지함은 그것을 감안하지 않았을 게야. 인생 경험부족이지."

"그렇습니까?"

자향은 정말 놀라웠다. 서 진사를 다시 보았다. 작은 체구에 위엄이 서려 있는 이마, 맑은 눈빛, 길쭉하게 흐른 콧날, 붉은 입술. 나이는 점치기가 어려웁고 따뜻하면서도 냉철함이 몸 전체에 흐르고 있었다. 이분도 이인이로구나. 말씀하시는 게 의술만이 아니라 천문지리 역사에 통달하신듯하니 유 지사님을 높이 보지 않을 밖에. 이 어른한테 의술을 배웠으면 좋겠다.

서 진사는 쥘부채를 들어 살살 부쳤다. 그는 어제 왠지 딸집에 오고 싶었고 오늘은 누군가가 찾아올 것 같은 예감을 하고 있었다는 말은 하지 않았다. 그런 예감은 어쩌다가 드는 것이었는데, 사실 그러한 신기는 그가 유심현을 당할 수 없는 대목이었다.

서 진사가 말만 듣던 유심현을 만난 것은 십여 년 전이었다. 처음 유심현을 만났을 때 서 진사는 시시껄렁한 풍수쟁이에 불과하려니 치부하였다. 허나 유 지사는 깊이가 있는 지관이었다. 그는 서 진사를 보자마자 대뜸 신기를 발휘하며,

"서 진사님, 실개천 같은 갯가에 팔뚝만한 농어가 사는구료. 큰 물과 너른 대양이 그립겠소이다."

첫말부터 은유가 깊었다. 서 진사의 서자 출신을 찍어 말하는 것 아니고 그 무엇이겠는가. 점잖은 사람들끼리의 첫 대면치고는 거친 언사였다. 서 진사는 가슴이 부르르 떨리고 분기는 머리 위로 솟구치었다.

서 진사의 응수도 가시가 돋았다.

"유 지사, 그대의 조상은 훌륭한 청백리시구려. 귀하의 얼굴에 조상의

덕이 아직도 서려 있으니 대단한 집안이시오. 헌데, 조상의 통곡하는 소리가 들리지 않소이까? 공부자 공부는 어디다 팽개치고 바람과 물, 아니 귀신과 벗이 되었소이까?"

그 말에 유심현은 껄껄 너털웃음을 터뜨리고는 엉뚱한 공자 공박론을 펴는 것이었다.

"허허허, 자불어괴력난신*이라. 서 진사께서는 공자의 가르침에 영향을 깊이 받으시어 귀신하고는 담을 쌓으셨군요. 그러나 서 진사님, 세상에는 공자님만 계신 게 아닙니다. 노자님도 계시고 부처님도 계시고 신농씨 복희씨도 계시고 우리 단군님도 계시고. 그리고 알 수 없는 귀신도 있습니다요. 조오치요, 공자님이 귀신 이야기 안 하시는 것 좋아요. 괴이하고 힘쓰고 난폭하고 귀신 같은 것 말씀 안 하시는 것 조오치요.

하지만, 공자님이 왜 그런 말씀을 안 하시는지 아십니까? 간단합니다. 간단해요. 공자님은 그런 걸 모르시는 거야요. 아무리 성현이라 한들 이세상일도 죄 알 수 없는 터에 저 건너, 보이지 않는 세상, 어두컴컴한 세상, 신령한 세상, 온 살이 떨리고 억겁의 깊이를 헤아릴 수 없는 세계, 저무한의 시방세계를 그 누가 제대로 알겠습니까. 모르는 것은 말하지 않는 것, 현명합지요. 그렇지 않습니까, 서 진사님?"

서 진사는 더 이상 말을 하지 않았다. 이런 투로 말이 오고간다면 이 잡술쟁이와 이야기를 나누는 것 자체가 손모되는 짓일 뿐이었다. 그러나 유지사는 조금은 미안한 표정으로 말을 이었다.

"제가 수철리 산속을 가다가 서 진사 댁 선산을 보았습지요. 귀댁 어른 모신 곳이 수맥으로 논하면 결코 나쁘지 않은데 뒤쪽의 나무가 영 좋지를 않습디다. 하얀 백양나무와 어지러운 칡나무와 상수리나무라, 아주 나쁜 형상을 하고 있었어요. 그런 묘장은 후손에 좋은 머리가 안 나온다는 우리네 풍수사들의 헛소리가 있습지요. 서 진사님은 제 말을 이해하

자불어괴력난신 子不語怪力亂神 공자님은 괴이하고 힘쓰고 어지럽고 귀신 같은 것은 말씀하지 않으셨다. 논어에 나오는 말.

시겠는지요?"

이 말은 서 진사의 가장 아픈 곳을 찌른 것이었다. 평소 자기의 아들딸들이 너무 평범한 것을 탄하여 오던 서 진사였다. 빼어난 아버지가 못난 자식을 볼 때의 슬픔은 겪어보지 않은 사람은 알 수가 없는 것. 그렇지 않아도 선산을 잘못 썼나 패념한 적도 있었다. 한데 이 유 지사란 자가 그런 말을 하니 공연히 얄미운 생각이 났다. 더구나 현재로서는 딱 맞는 말이었다. 이를 악물고 노기를 참고 있는데 유 지사는 또 한마디 덧붙였다.

"그 뒷산의 나무들을 죄 자르고 소나무만 살도록 보살펴주십시오. 묘 뒤켠에 소나무를 좌우 일자로 벌려서 자라게 해주면 증손자쯤에는 빼어난 녀석이 나오리다."

그렇게 유 지사와의 첫 대면은 끝났는데 마음속에 화가 깊은 서 진사는 그후 유 지사를 보고도 아는 체를 하지 않았다. 그가 알려준 대로 선산은 소나무로 잘 꾸며 놓았으면서도 풍수사 녀석은 용서할 수가 없었다. 유 지사 또한 그런 서 진사의 심사를 아는지 역시 모르는 척하였다.

자향은 무언가 생각에 빠진 서 진사를 바라보다가 그가 부치는 부채를 보았다. 새 부채로 그림이 그려 있었는데 화풍이 고아하면서도 힘이 곁들여 있었다.

"부채의 그림은 누구 작품이옵니까?"

잠시 사념에 빠졌던 서 진사는 자향의 말에 현실로 되돌아와 즐거운 마음으로 대답하였다.

"오, 이 그림 말인가. 처자는 그림에도 조예가 있는 모양일세."

"조예는요, 어머님이 서화를 좋아하셔서 이야기를 많이 들었을 뿐입니다."

"선비는 음률과 서화를 알아야 하는데 나는 음악은 감흥이 없고 서화는 조금 즐기나 재주가 없네. 이 그림은 처자가 보아도 잘 모를 게야."

"네, 처음 보는 필체이옵니다."

"얼마 전 내 외종이 전주에서 왔네. 내가 식도락의 병이 좀 깊어서 노상 전주의 묵은 김치와 남도의 젓갈을 가져다 먹지. 그곳에 사는 인척이 매번 음식을 가져오거든. 음식에 대해서는 처자도 잘 알 게야. 우리나라에 음식 문화가 깊은 곳, 셋을 꼽으라면 개성에는 고려적 왕실음식이 있고, 서울에는 당금의 조선 궁중음식이 있고, 전주로 가면 삼남을 대표하는 남쪽음식이 있지. 그중 어느 음식이 젤 좋을까. 그건 한마디로 결판을 낼 수는 없어도 난 전주음식을 좋아하지. 개성음식은 시원하고 서울음식은 좀 달고 전주음식은 좀 짠데, 그 모두가 지역성이 있는 게라. 그 음식 덕분에 전주의 외종이 내 집에 발을 끊지 않으니 그 좋은 일 아닌가. 근친이 서로 오가는 것 말이야. 외종이 이번에 오면서 이 부채를 가져왔다네."

"그럼 그 그림의 화공도 전주 사람인가요?"

"전주 사람일 뿐만 아니라 나와 같은 천출이라 하더군."

"아!"

자향은 자기도 모르게 놀라다 서 진사가 섭해할까 봐 후딱 입을 다물었다.

"이름이 이상좌*라는데 우리 외종이 절친하게 지내는 집안의 머슴이라 더군. 나이는 아직 약관이구. 그림 재주가 있어서 주인이 그림공부를 하게 하고 여러 벗들에게 그 아이가 그린 그림을 나눠주는 재미를 즐긴다고 하데. 그림을 한번 자세히 보겠는가. 어떤가?"

서 진사는 자향이 보기 편하게 부채를 그녀의 눈 가까이 펼쳐주었다. 자향은 한동안 그림을 감상하였다.

"제가 그림을 잘 몰라서 말씀드리기는 부끄럽습니다만 마원의 필체가 엿보이는 것 같습니다."

"그렇지. 잘 보았네. 역시 그림을 아는구만. 마원*으로 말하면 산수화와

이상좌 李上佐 조선 초기의 화가. 연대미상이나 1543년 중종어진을 그리고 그 다음해엔 공신들의 초상화를 그렸음. 사대부의 종 출신임. 그의 그림으로 남아 있는 것은 하나도 없고 전칭작 傳稱作 만 여러 점 남아 있음.
마원 馬遠 1165?~1225 중국 남송 때의 유명한 화가. 중국 산수화의 획기적인 화공임.

인물화가 빼어난데 이 아이도 이처럼 인물이 있는 산수화풍을 그리는 품이 마원을 많이 닮았지."

"그렇습니다. 인물이 자연스럽고 생동감이 있고 시적 운치가 있습니다."

"그러네. 그게 마원의 특징이지. 사람 없는 산수화가 무슨 의미가 있겠는가. 죽은 그림일 뿐이지. 이 세상은 사람이 주인이요 그림에도 사람이 있어야 의미가 있는 것을, 마원은 깨우친 게야. 한데, 전주가 아무리 관찰사가 거하는 큰 고을이라 해도 마원의 그림이 없을 터인데 이 아이는 어디서 보고 그런 마원의 풍을 배웠을까 몰라."

"보지 않고도 배우는 수가 있지 않겠습니까. 사람마다 글씨를 쓸 때 저절로 어느 체를 닮는 수가 있으니까요. 저희 어머님은 저수량체를 그렇게 좋아하시는데 제가 글쓰는 걸 보시곤 구양순체를 닮았다고 늘 말씀하십니다. 구양순 어른의 글씨를 보긴 하였지만 열심히 모방한 바도 그렇게 잘 쓰지도 못하거든요."

"글씨는 그러는 수가 많지. 허면 어머님은 성품이 깔끔하고 매서운 분일세."

"그러한 점이 있습니다."

"처자는 수더분하고 남한테 잘하는 그런 심성이고."

"남한테 잘하지는 못하지만 마음이 여리고 약한 체질입니다. 진사 어른께서는 어떤 체를 좋아하시는지요."

"어려서는 왕희지체를 흠모하였지. 지금은 나도 저수량체를 좋아하네."

"젊어서는 풍운의 뜻이 있었고 지금은 자신의 마음을 갈고 닦는 자세이시군요."

"허허허, 처자의 통찰력이 나의 폐부를 찌르는가."

둘은 또 한번 시원하게 웃었다. 자향이 말하였다.

"이상좌라는 젊은 화가는 갈고 닦으면 대가가 되겠습니다. 그렇지요, 진사님?"

"나도 그렇게 생각하네. 하지만 자신의 처지를 극복하지 못하면 국초를 풍미한 안견의 경지까지는 이르지 못할 걸세."

"안견(安堅) 선생의 경지는 어느 누구도 수이 오르기 힘들지 않겠습니까. 저 족자가 안견 선생의 풍모가 엿보이는 그림인데요. 그분 제자 작품인가요?"

자향은 문옆에 걸려 있는 대나무 그림의 족자를 가리켰다. 서 진사는 잠깐 돌아보고,

"석경(石敬)이라고 안견의 제자인데. 인물이 빼어나고 대를 잘 쳤다고 하더군. 내 사위가 그림 도자기 등을 좋아해서 모으는 모양인데 재력이 딸리니 저 정도의 그림밖에는 구할 도리가 없는 게지. 별로 빼어난 작품은 아닐세. 오히려……."

"저 민화를 말씀하실려구요."

"그러하네. 그걸 어찌 알았는가?"

"저 민화는 어쩌면 궁중의 화공이 파적 삼아 그린 명품 같습니다."

"처자는 내가 생각했던 것보다 훨씬 그림에 조예가 있군그래. 저 민화가 괜찮지? 어떤가."

"모란과 괴석을 한데 어울려 잘 그린 것 같습니다. 모란은 부귀가 넘치고 괴석은 표연하여 출세와 은거를 잘 조화시킨 빼어난 작품으로 보입니다."

"거기다가 아직 꽃을 안 피운 저 파란 모란의 싱싱함, 활짝 핀 모란의 풍성함, 불로를 뜻하는 괴석의 초탈한 자태, 어우러지기 힘든 두 존재의 조화가 멋들어지지."

"진사님의 화평이 작품보다 더욱 격조가 높으십니다."

"에끼, 잘 나가다가 그 무슨 아분가."

"아닙니다. 순간 느낀 건데요, 저 괴석은 세상을 초탈하여 난아하게 사시는 진사님 같다는 생각이 나서요."

"뭐야? 허허허, 처자가 아까보다 더 깊숙한 아부를 하는구만그랴!"

그 말과 함께 둘은 다시 허심탄회하게 웃었다. 그 웃음 속에 자향은 재미가 있었고 서 진사는 기분이 좋았다.

"사위가 쌍으로 된 작품 두 폭을 어디서 싼값에 얻었나 본데 내가 보기에는 수집품 중에 최골세. 기중 하나를 내 서가에 걸어놓았는데 이 작품보다 못한 걸 가져왔어. 제 딴에는 더 좋은 걸 가져왔습니다 하고 말하는데 사위집에 와서 보니 이 작품이 외려 월등하더군."

"그래서 섭섭하였습니까."

"물론 섭섭하였지."

"그것은 나쁜 그림을 주었다는 투정이 아니라, 그림을 모으는 사위께서 작품의 높낮이를 모르는 것에 가슴이 아프셨다는 뜻이지요."

"잘도 아는구만. 그림을 좋아하고 모은다는 사람이 그림을 모르면 어쩌겠다는 건가."

"그림을 몰라서 잘 못 보는 것은 죄는 아니지 않습니까."

"무슨 말을. 바로 그런 게 죄인 게야. 젊은이들은 그런 걸 몰라. 자식이 애비보다 못하면 그것은 더 큰 죄가 되는 겐데."

"하긴 그러하옵니다. 죄송합니다."

"자네가 죄송할 건 없구. 저 모란을 보니 생각나는 게 있네. 내 잠깐 다녀옴세. 몸조리하고 있게."

"네, 다녀오시지요."

자향이 일어나려 하자,

"아냐, 아냐. 그대로 있게. 움직이지 말고. 내 다녀와서 또 오겠네. 긴히 할 이야기가 있으니까."

"네, 다음에는 의술 이야기를 해주셔요. 남에 보탬이 될 수 있는 의술이 서화보다 실용성이 있지 않겠습니까."

"그렇지, 그야 물론일세. 마치 공자 말씀 같군그래. 의술을 원하면 가르쳐 줄 수도 있지. 다녀오겠네."

열여섯 풋풋한 처자와 아름다운 이야기를 맘껏 누린 서 진사는 오랜만에 가슴이 투욱 트여서 안방을 나갔다.

〈2권 계속〉